CEM ANOS
de
SOLIDÃO

OBRAS DO AUTOR

O amor nos tempos do cólera
A aventura de Miguel Littín clandestino no Chile
Cem anos de solidão
Cheiro de goiaba
Crônica de uma morte anunciada
Do amor e outros demônios
Doze contos peregrinos
Em agosto nos vemos
Os funerais da Mamãe Grande
O general em seu labirinto
A incrível e triste história da cândida Erêndira e sua avó desalmada
Memória de minhas putas tristes
Ninguém escreve ao coronel
Notícia de um sequestro
Olhos de cão azul
O outono do patriarca
Relato de um náufrago
A revoada (O enterro do diabo)
O veneno da madrugada (A má hora)
Viver para contar

Obra jornalística
Vol. 1 – Textos caribenhos (1948-1952)
Vol. 2 – Textos andinos (1954-1955)
Vol. 3 – Da Europa e da América (1955-1960)
Vol. 4 – Reportagens políticas (1974-1995)
Vol. 5 – Crônicas (1961-1984)
O escândalo do século

Obra infantojuvenil
A luz é como a água
María dos Prazeres
A sesta da terça-feira
Um senhor muito velho com umas asas enormes
O verão feliz da senhorita Forbes
Maria dos Prazeres e outros contos (com Carme Solé Vendrell)

Antologia
A caminho de Macondo

Teatro
Diatribe de amor contra um homem sentado

Com Mario Vargas Llosa
Duas solidões: um diálogo sobre o romance na América Latina

Gabriel
García Márquez

CEM ANOS de SOLIDÃO

Ilustrado por Luisa Rivera

Tradução de
Eric Nepomuceno

1ª edição

EDITORA RECORD
RIO DE JANEIRO • SÃO PAULO
2025

CIP-BRASIL. CATALOGAÇÃO NA PUBLICAÇÃO
SINDICATO NACIONAL DOS EDITORES DE LIVROS, RJ

G21c García Márquez, Gabriel, 1928-2014
Cem anos de solidão / Gabriel García Márquez ; ilustração Luisa Rivera ; tradução Eric Nepomuceno. - 1. ed. - Rio de Janeiro : Record, 2025.

Tradução de: Cien años de soledad
ISBN 978-85-01-92465-0

1. Ficção colombiana. I. Rivera, Luisa. II. Nepomuceno, Eric. III. Título.

25-98645.0 CDD: 868.993613
CDU: 82-3(862)

Gabriela Faray Ferreira Lopes - Bibliotecária - CRB-7/6643

Título original:
Cien años de soledad

Projeto gráfico: Penguin Random House Grupo Editorial / Nora Grosse

Texto revisado segundo o Acordo Ortográfico da Língua Portuguesa de 1990.

Impresso no Brasil

ISBN 978-85-01-92465-0

Para Jomí García Ascot
e María Luisa Elío.

Gabriel García Márquez nasceu em 6 de março de 1927, em Aracataca, um pequeno povoado na costa atlântica colombiana. Honrado com o Prêmio Nobel de Literatura em 1982, publicou seu primeiro conto, "A terceira renúncia", aos vinte anos e, no ano seguinte, deu os primeiros passos no jornalismo. Durante mais de meio século exerceu esses dois ofícios, enfeitiçado pelo "encanto amargo da máquina de escrever". Seu primeiro romance, *A revoada* (*O enterro do diabo*), foi publicado em 1955. Durante a segunda metade da década de 1950, como correspondente internacional e redator, morou em Paris, Roma, Caracas, Barranquilla, Bogotá, Havana e Nova York, até se estabelecer, em 1961, na Cidade do México, que se tornou sua residência mais frequente.

Ao longo dos anos escreveu *Ninguém escreve ao coronel*, *O veneno da madrugada* (*A má hora*) e o livro de contos *Os funerais da Mamãe Grande*. Após várias dificuldades financeiras e algumas dificuldades profissionais, a fama, que jamais o abandonaria, chegou com *Cem anos de solidão* (1967). Seu talento narrativo fez com que ele fosse considerado um escritor fascinante por milhares de leitores. Entre 1975 e 1985, publicou *O outono do patriarca*, *Crônica de uma morte anunciada* e *O amor nos tempos do cólera*, três romances fundamentais nos quais vinha trabalhando havia algum tempo. No campo do jornalismo, produziu textos inesquecíveis, como *Relato de um náufrago*. A maior parte de suas colunas de jornal está reunida nos cinco volumes de suas *Obras jornalísticas*. Os 41 contos que publicou em quatro livros foram compilados em *Todos los cuentos*. Em 2002, publicou o primeiro volume de suas memórias, *Viver para contar*. Considerado o maior expoente do "realismo mágico", ele sempre afirmou: "Não há nos meus romances uma única linha que não seja baseada na realidade." García Márquez morreu na Cidade do México em 17 de abril de 2014.

Amaranta
Remédios Moscote
17 Aurelianos
Úrsula Iguarán
Aureliano
Aureliano José
Pilar Ternera
José Arcádio Buendía
Arcádio
José Arcádio
Santa Sofía de la Piedad
Rebeca

Família Buendía

Muitos anos depois, diante do pelotão de fuzilamento, o coronel Aureliano Buendía havia de recordar aquela tarde remota em que seu pai o levou para conhecer o gelo. Macondo era então uma aldeia de vinte casas de pau a pique e telhados de sapé construídas na beira de um rio de águas diáfanas que se precipitavam por um leito de pedras polidas, brancas e enormes como ovos pré-históricos. O mundo era tão recente que muitas coisas careciam de nome, e para mencioná-las era preciso apontar com o dedo. Todos os anos, lá pelo mês de março, uma família de ciganos esfarrapados plantava sua tenda perto da aldeia e com um grande alvoroço de apitos e tímbalos mostrava as novas invenções. Primeiro levaram o ímã. Um cigano corpulento, de barba indomada e mãos de pardal, que se apresentou com o nome de Melquíades, fez uma truculenta demonstração pública do que ele mesmo chamava de oitava maravilha dos sábios alquimistas da Macedônia. Foi de casa em casa arrastando dois lingotes metálicos e todo mundo se espantou ao ver que os caldeirões, as caçarolas, os alicates e os fogareiros caíam de onde estavam, e as madeiras rangiam por causa do desespero dos pregos e parafusos tentando se soltar, e até mesmo os objetos perdidos há muito tempo apareciam onde mais tinham sido procurados e se arrastavam em debandada turbulenta atrás dos ferros mágicos de Melquíades. "As coisas têm vida própria" — apregoava o cigano com sotaque áspero —, "é só questão de despertar suas almas." José Arcádio Buendía, cuja desaforada imaginação ia sempre mais longe que o engenho da natureza, e muito além do milagre e da magia, pensou que era possível servir-se daquela invenção inútil para desentranhar ouro da terra. Melquíades, que era um homem honrado, avisou: "Para isso, não serve." Mas naquele tempo José Arcádio Buendía não acreditava na honradez dos ciganos, e trocou sua mula e uma partida de bodes pelos dois lingotes imantados. Úrsula Iguarán, sua mulher, que contava com aqueles animais para espichar o minguado patrimônio doméstico, não conseguiu dissuadi-lo. "Dentro de muito pouco haverá ouro de sobra para ladrilhar esta casa", replicou seu marido. Durante vários meses se empenhou em demonstrar o acerto de suas conjecturas. Explorou a região palmo a palmo, inclusive o fundo do rio, arrastando os dois lingotes de ferro e recitando em voz alta o sortilégio de Melquíades. A única coisa que conseguiu foi desenterrar uma armadura do século XV com todas as suas partes soldadas por uma casca de ferrugem, cujo interior tinha a ressonância oca de uma enorme cabaça cheia de pedras. Quando José Arcádio Buendía e os quatro homens de sua expedição conseguiram desmontar a armadura, encontraram dentro dela um esqueleto calcificado que levava dependurado no pescoço um relicário de cobre com um cacho de cabelo de mulher.

Em março os ciganos voltaram. Dessa vez traziam uma luneta e uma lupa do tamanho de um tambor, que exibiram como sendo o último descobrimento dos judeus de Amsterdã. Sentaram uma cigana num extremo da aldeia e instalaram a luneta na tenda. A troco de cinco pesos, as pessoas chegavam até a luneta e viam a cigana ao alcance da mão. "A ciência eliminou as distâncias", apregoava Melquíades. "Daqui a pouco, o homem vai poder ver o que acontece em qualquer lugar da Terra sem sair de casa." Num meio-dia ardente fizeram uma assombrosa demonstração com a lupa gigantesca: juntaram um montão de capim seco no meio da rua e puseram fogo por meio da concentração dos raios solares. José Arcádio Buendía, que ainda não tinha acabado de se consolar do fracasso de seus ímãs, concebeu a ideia de utilizar aquele invento como uma arma de guerra. Melquíades, outra vez, tratou de dissuadi-lo. Mas acabou aceitando os dois lingotes imantados e três peças de dinheiro colonial a troco da lupa. Úrsula chorou de consternação. Aquele dinheiro fazia parte de um cofre de moedas de ouro que seu pai tinha acumulado ao longo de uma vida inteira de privações e que ela havia enterrado debaixo da cama à espera de uma boa ocasião para investi-las. José Arcádio Buendía, entregue por inteiro às suas experiências táticas com a abnegação de um cientista e até mesmo pondo em risco a própria vida, nem tentou consolá-la. Tratando de demonstrar os efeitos da lupa sobre a tropa inimiga, ele se expôs à concentração de raios solares e sofreu queimaduras que se transformaram em úlceras e demoraram muito a curar. Enfrentando os protestos de sua mulher, alarmada por tão perigosa inventiva, quase incendiou a casa. Passava longas horas em seu quarto, fazendo cálculos sobre as possibilidades estratégicas de sua arma inovadora, até que conseguiu elaborar um manual de uma assombrosa clareza didática e um poder de convicção irresistível. Despachou-o para as autoridades acompanhado de numerosos depoimentos sobre suas experiências e de vários maços de desenhos explicativos, aos cuidados de um mensageiro que atravessou a serra, se extraviou em pântanos desmesurados, subiu rios tormentosos e esteve a ponto de perecer debaixo do açoite das feras, do desespero e da peste, até conseguir um atalho para encontrar as mulas do correio. Apesar de, naquele tempo, a viagem até a capital ser pouco menos que impossível, José Arcádio Buendía prometia tentar chegar lá assim que recebesse ordens do governo, com o objetivo de fazer demonstrações práticas de seu invento diante dos poderes militares e adestrá-los pessoalmente nas complicadas artes da guerra solar. Durante vários anos esperou pela resposta. No fim, cansado de esperar, lamentou-se com Melquíades do fracasso de sua iniciativa, e o cigano deu então uma prova convincente de honradez: devolveu a ele os dois dobrões em troca da lupa, e além disso deixou uns mapas portugueses e vários instrumentos de navegação. De próprio punho e letra escreveu uma apertada síntese dos estudos do monge Hermann, que deixou à sua disposição para que pudesse tirar bom proveito do astrolábio, da bússola e do sextante. José Arcádio Buendía passou os longos meses de chuva trancado num quartinho que construiu nos fundos da casa para que ninguém perturbasse suas experiências. Tendo abandonado completamente as obrigações domésticas, passou noites inteiras no quintal vigiando os astros e quase contraiu uma insolação por tentar estabelecer o método exato para achar o meio-dia. Quando se tornou perito no uso e manejo de seus instrumentos, chegou a uma noção do espaço que permitiu a ele navegar por mares incógnitos, visitar territórios desabitados e travar relações com seres esplêndidos, sem a necessidade de abandonar seu gabinete. Foi nessa época que adquiriu o hábito de falar sozinho, zanzando pela casa sem se importar com ninguém, enquanto Úrsula e as crianças se arrebentavam de trabalhar na horta cuidando da banana e da batata-doce, do aipim e do inhame, da abóbora e da berinjela. De repente, sem nenhum aviso, sua atividade febril se interrompeu e foi substituída por uma espécie de fascinação. Passou vários dias feito um enfeitiçado, repetindo para si mesmo em voz baixa uma fieira de assombrosas conjecturas, sem dar crédito ao próprio entendimento. Finalmente, numa terça-feira de dezembro, na hora do almoço, soltou de um golpe só toda a carga de seu tormento. As crianças haveriam de recordar pelo resto de sua vida a augusta solenidade com que seu pai sentou-se à cabeceira da mesa, tremendo de febre, devastado pela prolongada vigília e pela ferida aberta de sua imaginação, e revelou a elas sua descoberta:

— A Terra é redonda feito uma laranja.

Úrsula perdeu a paciência. "Se é para ficar louco, pois que fique você, sozinho", gritou. "Não trate de pregar nas crianças suas ideias de cigano." José Arcádio Buendía, impassível, não se deixou amedrontar pelo desespero da mulher, que numa explosão de cólera estraçalhou o astrolábio no chão. Construiu outro, reuniu no quartinho os homens da aldeia e demonstrou a eles, com teorias que para todos eram incompreensíveis, a possibilidade de regressar ao ponto de partida navegando sempre rumo ao Oriente. A aldeia inteira estava convencida de que José Arcádio Buendía havia perdido o juízo, quando Melquíades chegou para pôr as coisas em ordem. Ele exaltou em público a inteligência daquele homem que através da pura especulação astronômica havia construído uma teoria já comprovada na prática, embora até então desconhecida em Macondo, e como prova de sua admiração deu a ele um presente que haveria de exercer uma influência decisiva no futuro da aldeia: um laboratório de alquimia.

Naquela altura, Melquíades tinha envelhecido com uma rapidez assombrosa. Em suas primeiras viagens parecia ter a mesma idade de José Arcádio Buendía. Mas, enquanto José Arcádio conservava sua força descomunal, que lhe permitia derrubar um cavalo agarrando-o pelas orelhas, o cigano parecia arruinado por um mal tenaz. Era, na verdade, o resultado de múltiplas e raras doenças contraídas em suas incontáveis viagens ao redor do mundo. Segundo ele mesmo contou a José Arcádio Buendía enquanto o ajudava a montar o laboratório, a morte o seguia por todos os lugares, pisando seus calcanhares, mas sem se decidir a dar o golpe final. Era um fugitivo de todas as pragas e catástrofes que haviam flagelado o gênero humano. Sobrevivera à pelagra na Pérsia, ao escorbuto no arquipélago da Malásia, à lepra em Alexandria, ao beribéri no Japão, à peste bubônica em Madagascar, ao terremoto da Sicília e a um naufrágio multitudinário no estreito de Magalhães. Aquele ser prodigioso, que dizia possuir o código de Nostradamus, era um ser lúgubre, envolto numa aura triste, com um olhar asiático que parecia conhecer o outro lado das coisas. Usava um chapéu grande e preto, como as asas esticadas de um corvo, e um colete de veludo patinado pelo limo dos séculos. Mas apesar de sua imensa sabedoria e de sua aura misteriosa, tinha um peso humano, uma condição terrestre que o mantinha enredado nos minúsculos problemas da vida cotidiana. Queixava-se de achaques de velho, sofria pelos mais insignificantes percalços econômicos e havia deixado de rir fazia muito tempo, porque o escorbuto tinha arrancado seus dentes. No sufocante meio-dia em que revelou seus segredos, José Arcádio Buendía teve a certeza de que aquele era o princípio de uma grande amizade. As crianças se assombraram com seus relatos fantásticos.

Aureliano, que não tinha mais que cinco anos, haveria de recordá-lo pelo resto da vida do jeito que o viu naquela tarde, sentado contra a claridade metálica e reverberante da janela, alumbrando com sua profunda voz de órgão os territórios mais escuros da imaginação, enquanto deixava jorrar pela sua fronte a gordura derretida pelo calor. José Arcádio, seu irmão mais velho, haveria de transmitir aquela imagem maravilhosa, como uma recordação hereditária, a toda a sua descendência. Úrsula, porém, conservou uma lembrança desagradável daquela visita, porque entrou no quarto no momento em que Melquíades quebrou por distração um frasco de bicloreto de mercúrio.

— É o cheiro do demônio — disse ela.

— De jeito nenhum — corrigiu Melquíades. — Está comprovado que o demônio tem propriedades sulfúricas, e isto aqui não passa de um pouco de sublimado corrosivo.

Sempre didático, fez uma sábia exposição sobre as virtudes diabólicas do sulfeto de mercúrio, mas Úrsula não lhe deu importância: levou as crianças para rezar. Aquele cheiro forte de aguarrás ficaria para sempre em sua memória, vinculado à lembrança de Melquíades.

O laboratório rudimentar — sem contar uma profusão de caçarolas, funis, retortas, filtros e coadores — era composto por uma tubulação primitiva, uma proveta de cristal de gargalo comprido e estreito, imitação do *ovo filosofal*, e um destilador construído pelos próprios ciganos de acordo com as descrições modernas do alambique de três braços de Maria, a Judia. Além dessas coisas, Melquíades deixou amostras dos sete metais correspondentes aos sete planetas, as fórmulas de Moisés e de Zósimo para a duplicação do ouro, e uma série de anotações de desenhos sobre os processos do *Grande Magistério*, que permitiam a quem soubesse interpretá-los tentar a fabricação da pedra filosofal. Seduzido pela simplicidade das fórmulas para duplicar o ouro, José Arcádio Buendía cortejou Úrsula durante várias semanas, para que o deixasse desenterrar suas moedas coloniais e multiplicá-las tantas vezes quanto fosse possível subdividir o azougue. Úrsula cedeu, como sempre, diante da inquebrantável obstinação do marido. Então José Arcádio Buendía jogou trinta dobrões numa caçarola e os fundiu com raspa de cobre, sulfato de arsênico, enxofre e chumbo. Pôs tudo para ferver em fogo forte num caldeirão de óleo de rícino até obter um xarope espesso e pestilento mais parecido com uma calda banal do que com o ouro magnífico. Em temerários e desesperados processos de destilação, fundida com os sete metais planetários, trabalhada com o mercúrio impenetrável e com o vitríolo do Chipre, e cozida de novo em banha de porco na falta de óleo de nabo, a preciosa herança de Úrsula ficou reduzida a um torresmo carbonizado que não se soltou do fundo do caldeiro.

Quando os ciganos voltaram, Úrsula havia predisposto contra eles a população inteira. Mas a curiosidade foi mais forte que o temor, porque daquela vez os ciganos percorreram a aldeia fazendo um ruído ensurdecedor com tudo que é tipo de instrumento musical, enquanto o pregoeiro anunciava a exibição do mais fabuloso achado dos antigos de Naciançо. E todo mundo foi até a tenda, e mediante o pagamento de um centavo todos viram um Melquíades juvenil, reposto, desenrugado, com uma dentadura nova e radiante. Quem recordava suas gengivas destruídas pelo escorbuto, suas faces flácidas e seus lábios murchos estremeceu de pavor diante daquela prova determinante dos poderes sobrenaturais do cigano. O pavor se converteu em pânico quando Melquíades tirou os dentes, intactos, engastados nas gengivas, e mostrou-os ao público por um instante — um instante fugaz em que voltou a ser o mesmo homem decrépito dos anos anteriores — e colocou-os outra vez e sorriu de novo com um domínio pleno da juventude restaurada. Até mesmo o próprio José Arcádio Buendía considerou que os conhecimentos de Melquíades haviam chegado a extremos intoleráveis, mas deixou-se levar por um saudável alvoroço quando o cigano explicou a ele, a sós, o mecanismo da dentadura postiça. Aquilo pareceu-lhe ao mesmo tempo tão simples e prodigioso, que da noite para o dia perdeu todo interesse nas investigações de alquimia; sofreu uma nova crise de mau humor, não tornou a comer de forma regular e passava o dia dando voltas pela casa.

"No mundo estão acontecendo coisas incríveis", dizia a Úrsula. "Ali mesmo, do lado de lá do rio, existe tudo que é tipo de aparelho mágico, enquanto nós continuamos vivendo feito burros." Quem o conhecia desde os tempos da fundação de Macondo se assombrou com o quanto ele havia mudado debaixo da influência de Melquíades.

No começo, José Arcádio Buendía era uma espécie de patriarca juvenil, que dava instruções para o plantio e conselhos para criar filhos e animais e colaborava com todos, inclusive no trabalho físico, para os avanços da comunidade. E como sua casa foi desde o primeiro momento a melhor da aldeia, as outras foram arrumadas à sua imagem e semelhança. Tinha uma salinha ampla e bem iluminada, uma sala de jantar na forma de terraço com flores de cores alegres, dois dormitórios, um quintal com uma castanheira gigantesca, um jardim bem plantado, com horta e pomar, e um curral onde viviam em comunidade pacífica os bodes, os porcos e as galinhas. Os únicos animais proibidos não só na casa, mas na aldeia inteira, eram os galos de briga.

A diligência de Úrsula andava passo a passo com a de seu marido. Ativa, miúda, severa, aquela mulher de nervos inquebrantáveis, e que em nenhum momento de sua vida alguém ouviu cantar, parecia estar em todas as partes do amanhecer até alta noite, sempre perseguida pelo suave sussurro de suas anáguas rendadas. Graças a ela, os chãos de terra batida, os muros de barro sem caiar, os rústicos móveis de madeira construídos por eles mesmos estavam sempre limpos, e as velhas arcas onde era guardada a roupa exalavam um perfume morno de alfavaca.

José Arcádio Buendía, que era o homem mais empreendedor que a aldeia conheceu e jamais veria outro igual, havia disposto de tal modo a posição das casas que de todas elas era possível chegar ao rio e abastecer-se de água com o mesmo esforço, e traçou as ruas com tanta sabedoria que nenhuma casa recebia mais sol que a outra na hora do calor. Em poucos anos, Macondo foi a aldeia mais arrumada e laboriosa que qualquer outra que seus 300 habitantes tivessem conhecido. Era de verdade uma aldeia feliz, onde ninguém tinha mais de trinta anos e onde ninguém tinha morrido.

Desde os tempos da fundação, José Arcádio Buendía construía alçapões e gaiolas. Em pouco tempo encheu de corrupiões, canários, azulões e tiês-sangue não só a própria casa como todas as da aldeia. O concerto de tantos pássaros diferentes chegou a ser tão atordoante que Úrsula tapou os ouvidos com cera de abelha para não perder o senso da realidade. A primeira vez que a tribo de Melquíades chegou vendendo bolas de vidro para dor de cabeça, todo mundo se surpreendeu que eles tivessem conseguido encontrar aquela aldeia perdida no marasmo do pantanal, e os ciganos confessaram que tinham se orientado pelo canto dos pássaros.

Aquele espírito de iniciativa social desapareceu em pouco tempo, arrastado pela febre dos ímãs, dos cálculos astronômicos, dos sonhos de transmutação e das ânsias de conhecer as maravilhas do mundo. De empreendedor e limpo, José Arcádio Buendía transformou-se num homem de aspecto folgazão, descuidado no vestir, com uma barba selvagem que Úrsula conseguia aparar a duras penas com uma faca de cozinha. Não faltou quem o considerasse vítima de algum estranho sortilégio. Mas até os mais convencidos de sua loucura abandonaram trabalho e famílias para segui-lo quando jogou sobre os ombros suas ferramentas de desbastar matos e bosques e pediu a participação de todos para abrir uma picada que pusesse Macondo em contato com os grandes inventos.

José Arcádio Buendía ignorava por completo a geografia da região. Sabia que para os lados do oriente estava a serra impenetrável, e do outro lado da serra, a antiga cidade de Riohacha, onde em épocas passadas — segundo havia contado a ele o primeiro Aureliano Buendía, seu avô — sir Francis Drake se dava ao esporte de caçar jacarés a tiros de canhão, que depois mandava remendar e rechear de palha e despachava para a rainha Elizabeth. Na sua juventude, José Arcádio e seus homens, com mulheres e crianças e animais e todo tipo de utensílios domésticos, atravessaram a serra buscando uma saída para o mar, e ao cabo de vinte e seis meses desistiram da aventura e fundaram Macondo para não ter que empreender o caminho de volta. Era, pois, um caminho que não lhe interessava, porque só podia conduzir ao passado. Ao sul estavam as lagoas cobertas por uma eterna nata vegetal e o vasto universo do pântano grande, que de acordo com o depoimento dos ciganos carecia de limites. Esse pantanal se confundia ao ocidente com uma extensão aquática sem horizontes, onde havia cetáceos de pele delicada com cabeça e torso de mulher, que faziam os navegantes se perderem com o feitiço de suas tetas descomunais. Os ciganos navegavam seis meses por essa rota antes de alcançar o cinturão de terra firme por onde passavam as mulas do correio. De acordo com os cálculos de José Arcádio Buendía, a única possibilidade de contato com a civilização era a rota do norte. Por isso, entregou foices, machados, facões e armas de caça aos mesmos homens que o acompanharam na fundação de Macondo, enfiou numa mochila seus instrumentos de orientação e seus mapas, e lançou-se à temerária aventura.

Nos primeiros dias não encontraram obstáculo apreciável. Desceram pela pedregosa ribeira do rio até o lugar onde anos antes haviam encontrado a armadura do guerreiro, e por ali penetraram o bosque por uma trilha de laranjeiras silvestres. No fim da primeira semana mataram e assaram um veado, mas se conformaram em comer a metade e salgar o resto para os próximos dias. Tratavam de adiar com essa precaução a necessidade de continuar comendo araras, cuja carne azul tinha um áspero sabor de almíscar. Depois, durante mais de dez dias, não tornaram a ver o sol. O chão tornou-se mole e úmido, feito cinza vulcânica, e a vegetação ficou cada vez mais insidiosa e se fizeram cada vez mais distantes os gritos dos pássaros e a algazarra dos macacos, e o mundo ficou triste para sempre. Os homens da expedição sentiram-se angustiados por suas recordações mais antigas naquele paraíso de umidade e silêncio, anterior ao pecado original, onde as botas afundavam em poços de óleo fumegante e os facões destroçavam lírios sangrentos e salamandras douradas. Durante uma semana, quase sem falar, avançaram como sonâmbulos por um universo de desassossego, alumbrados apenas por uma tênue reverberação de insetos luminosos e com os pulmões agoniados por um sufocante cheiro de sangue. Não podiam regressar, porque a trilha que abriam enquanto caminhavam tornava a se fechar num instante, com uma vegetação nova que quase viam crescer diante de seus olhos. "Não importa", dizia José Arcádio Buendía. "O essencial é não perder a direção." Sempre atento à bússola, continuou guiando seus homens rumo a um norte invisível, até que conseguiram sair da região encantada. Era uma noite densa, sem estrelas, mas a escuridão estava impregnada por um ar novo e limpo. Exauridos pela longa travessia, dependuraram suas redes e dormiram pesado pela primeira vez em duas semanas. Quando despertaram, já com o sol alto, ficaram pasmos de fascinação. Diante deles, rodeado de samambaias e palmeiras, branco e empoeirado na silenciosa luz da manhã, estava um enorme galeão espanhol. Ligeiramente inclinado para estibordo, de seus mastros intactos pendiam fiapos esquálidos do velame, entre cordoalhas adornadas por orquídeas. O casco, tapado por uma resplandecente couraça de rêmoras petrificadas e musgo tenro, estava firmemente cravado num solo de pedras. Toda a estrutura parecia ocupar um âmbito próprio, um espaço de solidão e de esquecimento, vedado aos vícios do tempo e aos costumes dos pássaros. No interior, que os expedicionários exploraram com um fervor sigiloso, não havia nada além de um espesso bosque de flores.

Achar o galeão, indício da proximidade do mar, estraçalhou o ímpeto de José Arcádio Buendía. Considerava uma ironia de seu travesso destino ter buscado o mar sem encontrá-lo, ao preço de sacrifícios e penas sem conta, e ter encontrado o mar sem buscá-lo, atravessado em seu caminho como um obstáculo invencível. Muitos anos depois, o coronel Aureliano Buendía tornou a atravessar a região, quando já era uma rota regular do correio, e a única coisa que encontrou do galeão foi o esqueleto carbonizado no meio de um campo de amapolas. Só então, convencido de que aquela história não tinha sido uma artimanha da imaginação de seu pai, se perguntou como o galeão tinha conseguido entrar até aquele ponto na terra firme. Mas José Arcádio Buendía não teve essa inquietação quando encontrou o mar, depois de outros quatro dias de viagem, a doze quilômetros de distância do galeão. Seus sonhos terminavam diante daquele mar cor de cinza, espumoso e sujo, que não merecia os riscos e sacrifícios de sua aventura.

— Caralho! — gritou. — Macondo está cercada de água por todos os lados.

A ideia de uma Macondo peninsular prevaleceu durante muito tempo, inspirada no mapa arbitrário que José Arcádio Buendía desenhou quando regressou de sua expedição. Traçou-o com raiva, exagerando de má-fé as dificuldades de comunicação, como castigando-se a si mesmo pela absoluta falta de noção com que escolhera o destino da sua marcha. "Nunca chegaremos a nenhum lugar", lamentava-se para Úrsula. "Aqui vamos apodrecer em vida, sem receber os benefícios da ciência." Essa certeza, ruminada vários meses no quartinho do laboratório, levou-o a conceber o projeto de levar Macondo para um lugar mais propício. Só que desta vez Úrsula se antecipou aos seus desígnios febris. Num secreto e implacável trabalho de formiguinha ela predispôs as mulheres da aldeia contra as veleidades de seus homens, que já começavam a se preparar para as mudanças. José Arcádio Buendía não soube em que momento, nem graças a que forças adversas, seus planos foram se enredando em um emaranhado de pretextos, contratempos e evasivas, até se converterem em pura e simples ilusão. Úrsula observou-o com uma atenção inocente e até chegou a sentir por ele um pouco de piedade, na manhã em que o encontrou no quartinho dos fundos comentando entre dentes seus sonhos de mudança, enquanto colocava nas caixas originais as peças do laboratório. Deixou que ele terminasse. Deixou que pregasse as caixas e com um pincel lambuzado de tinta pusesse suas iniciais em cima, sem fazer reparo algum, mas já sabendo que ele sabia (porque ouviu o que ele dizia em seus monólogos surdos) que os homens da aldeia não o seguiriam em sua aventura. Só quando começou a desmontar a porta do quartinho Úrsula se atreveu a perguntar por que estava fazendo aquilo, e ele respondeu com uma certa amargura: "Já que ninguém quer ir embora, vamos sozinhos." Úrsula não se alterou.

— Não vamos não — disse ela. — Nós ficamos aqui, porque aqui tivemos um filho.

— Mas ainda não temos um morto — disse ele. — E a gente não é de lugar nenhum enquanto não tem um morto debaixo da terra deste lugar.

Úrsula replicou, com uma suave firmeza:

— Pois se for preciso que eu morra para que vocês fiquem aqui, então eu morro.

José Arcádio Buendía não acreditou que fosse tão rígida a vontade da sua mulher. Tratou de seduzi-la com o feitiço da sua fantasia, com a promessa de um mundo prodigioso onde bastava jogar uns líquidos mágicos na terra para que as plantas dessem frutos de acordo com a vontade dos homens, e onde se vendia por quase nada todo tipo de artefato contra a dor. Mas Úrsula foi insensível à sua clarividência.

— Em vez de andar pensando em suas maluquices fantasiosas, você devia é cuidar dos seus filhos — replicou. — Olha só como estão, largados de mão feito os burros.

José Arcádio Buendía tomou ao pé da letra as palavras de sua mulher. Olhou pela janela e viu os dois meninos descalços na horta ensolarada, e teve a impressão de que só naquele instante haviam começado a existir, concebidos pelo pedido determinado de Úrsula. Alguma coisa então aconteceu dentro dele; algo misterioso e definitivo que o desenraizou do tempo presente levou-o à deriva por uma região inexplorada de recordações. Enquanto Úrsula continuava varrendo a casa que agora tinha certeza de não abandonar pelo resto da vida, ele permanecia contemplando os meninos com um olhar absorto, até que os olhos se umedeceram e ele os secou com o dorso da mão, e exalou um profundo suspiro de resignação.

— Bom — falou. — Diga a eles que venham me ajudar a tirar as coisas dos caixotes.

José Arcádio, o mais velho dos meninos, havia feito catorze anos. Tinha a cabeça quadrada, os cabelos espessos e emaranhados e a personalidade voluntariosa do pai. Embora tivesse o mesmo impulso de crescimento e solidez, já naquele tempo era evidente que carecia de imaginação. Foi concebido e dado à luz durante a penosa travessia da serra, antes da fundação de Macondo, e seus pais deram graças aos céus ao comprovar que não tinha nenhum órgão de animal. Aureliano, o primeiro ser humano que nascera em Macondo, ia completar seis anos em março. Era silencioso e retraído. Tinha chorado no ventre de sua mãe e nasceu com os olhos abertos. Enquanto cortavam seu umbigo movia a cabeça de um lado a outro reconhecendo as coisas do quarto, e examinava o rosto das pessoas com uma curiosidade sem assombro. Depois, indiferente aos que chegavam perto para conhecê-lo, manteve a atenção concentrada no teto de sapé, que parecia a ponto de desmoronar debaixo da tremenda pressão da chuva. Úrsula não tornou a se lembrar da intensidade daqueles olhares até o dia em que o pequeno Aureliano, na idade de três anos, entrou na cozinha no momento em que ela retirava do fogão e punha na mesa uma panela de barro com caldo fervendo. O menino, perplexo na porta, disse: "Vai cair." A panela estava bem posta no centro da mesa, mas assim que o menino deu o anúncio, começou um movimento irremediável rumo à borda, como impulsionada por um dinamismo interior, e se espatifou no chão. Úrsula, alarmada, contou o episódio ao marido, que o interpretou como sendo um fenômeno natural. Assim foi sempre, alheio à existência de seus filhos, em parte porque considerava a infância um período de insuficiência mental, em parte porque estava sempre absorto demais em suas próprias especulações quiméricas.

Mas desde a tarde em que chamou os meninos para ajudá-lo a desempacotar as coisas do laboratório, dedicou a eles suas melhores horas. No quartinho afastado, cujas paredes foram se enchendo pouco a pouco de mapas inverossímeis e gráficos fabulosos, ensinou-os a ler e a escrever e a fazer contas, e falou a eles das maravilhas do mundo não apenas até onde iam seus conhecimentos, mas forçando a extremos incríveis os limites de sua imaginação. Foi assim que os meninos acabaram aprendendo que no extremo meridional da África havia homens tão inteligentes e pacíficos que sua única distração era sentar e pensar e que era possível atravessar a pé o mar Egeu saltando de ilha em ilha até o porto de Salônica. Aquelas sessões alucinantes ficaram de tal modo impressas na memória dos meninos que, muitos anos mais tarde, um segundo antes que o oficial dos exércitos regulares desse a ordem de fogo ao pelotão de fuzilamento, o coronel Aureliano Buendía tornou a viver a tarde morna de março em que seu pai interrompeu a lição de física e ficou fascinado, com a mão no ar e os olhos imóveis, ouvindo à distância os pífanos e tambores e pandeiros dos ciganos que uma vez mais chegavam à aldeia, apregoando o último e assombroso descobrimento dos sábios de Mênfis.

Eram ciganos novos. Homens e mulheres jovens que só conheciam a própria língua, exemplares formosos de pele oleosa e mãos inteligentes, cujas danças e músicas semearam nas ruas um pânico de alvoroçada alegria, com seus papagaios pintados de todas as cores que recitavam romanças, e a galinha que punha uma centena de ovos de ouro ao som da pandeireta, e o mico amestrado que adivinhava o pensamento, e a máquina múltipla que servia ao mesmo tempo para pregar botões e baixar a febre, e o aparelho para esquecer as más lembranças, e o emplastro para enganar o tempo, e um milhar de invenções a mais, tão engenhosas e insólitas que José Arcádio Buendía bem que gostaria de inventar a máquina da memória para poder se lembrar de todas elas. Num instante transformaram a aldeia. Os habitantes de Macondo se encontraram de repente perdidos em suas próprias ruas, aturdidos pela feira multitudinária.

Levando um menino em cada mão para não perdê-los no tumulto, tropeçando com saltimbancos de dentes encouraçados de ouro e malabaristas de seis braços, sufocado pelo confuso bafo de esterco e sândalo que a multidão exalava, José Arcádio Buendía andava feito louco buscando Melquíades em todas as partes, para que lhe revelasse os infinitos segredos daquele pesadelo fabuloso. Dirigiu-se a vários ciganos que não entenderam sua língua. Finalmente chegou até o lugar onde Melquíades costumava plantar sua tenda, e encontrou um armênio taciturno que anunciava em castelhano um xarope para se tornar invisível. Havia tomado de um golpe só uma taça da substância ambarina, quando José Arcádio Buendía abriu caminho aos empurrões entre o grupo absorto que presenciava o espetáculo e conseguiu fazer a pergunta. O cigano envolveu-o no clima atônito de seu olhar, antes de se transformar num charco de alcatrão pestilento e fumegante sobre o qual ficou flutuando a ressonância de sua resposta: "Melquíades morreu." Aturdido pela notícia, José Arcádio Buendía permaneceu imóvel, tratando de superar a aflição, até que o grupo se dispersou convocado por outros artifícios e o charco do armênio taciturno se evaporou por completo. Mais tarde, outros ciganos confirmaram que de fato Melquíades havia sucumbido às febres nas dunas de Cingapura e que seu corpo havia sido arrojado no lugar mais profundo do mar de Java. Os meninos não se interessaram pela notícia. Estavam obstinados em que seu pai os levasse para conhecer a portentosa novidade dos sábios de Mênfis, anunciada na entrada de uma tenda que, pelo que diziam, tinha pertencido ao rei Salomão. Tanto insistiram, que José Arcádio Buendía pagou os trinta pesos e os conduziu até o centro da tenda, onde havia um gigante de torso peludo e cabeça raspada, com um anel de cobre no nariz e uma pesada corrente de ferro no tornozelo, custodiando um cofre de pirata. Ao ser destapado pelo gigante, o cofre deixou escapar um hálito glacial. Dentro só havia um enorme bloco transparente, com infinitas agulhas internas nas quais a claridade do crepúsculo se despedaçava em estrelas coloridas. Desconcertado, sabendo que os meninos esperavam uma explicação imediata, José Arcádio Buendía atreveu-se a murmurar:

— É o maior diamante do mundo.

— Não — corrigiu o cigano. — É gelo.

José Arcádio Buendía, sem entender, estendeu a mão até o bloco de gelo, mas o gigante não deixou. "Para tocar, são mais cinco pesos", disse. José Arcádio Buendía pagou, e então pôs a mão sobre o gelo e a manteve por vários minutos, enquanto seu coração se inchava de temor e de júbilo graças ao contato com o mistério. Sem saber o que dizer, pagou mais dez pesos para que seus filhos vivessem a prodigiosa experiência. O pequeno José Arcádio se negou a tocar. Aureliano, porém, deu um passo adiante, pôs a mão e a retirou no ato. "Está fervendo", exclamou assustado. Mas seu pai não prestou atenção. Embriagado pela evidência do prodígio, naquele momento esqueceu a frustração de seus empreendimentos delirantes e o corpo de Melquíades abandonado ao apetite das lulas. Pagou mais cinco pesos e, com a mão no bloco de gelo, como que prestando um depoimento e jurando sobre o texto sagrado, exclamou:

— Este é o grande invento do nosso tempo.

Quando o pirata Francis Drake assaltou Riohacha, no século XVI, a bisavó de Úrsula Iguarán se assustou tanto com o ressoar do sinal de alarme e o estampido dos canhões que perdeu o controle dos nervos e sentou-se no fogão aceso. As queimaduras a deixaram transformada em uma esposa inútil pelo resto da vida. Não podia sentar-se a não ser meio de lado, acomodada em almofadas, e alguma coisa estranha deve ter ficado em seu modo de andar, porque nunca mais tornou a caminhar em público. Renunciou a todo tipo de hábito social obcecada pela ideia de que seu corpo soltava um cheiro de coisa chamuscada. O alvorecer a surpreendia no quintal sem se atrever a dormir, porque sonhava que os ingleses com seus cães ferozes entravam pela janela do quarto e a submetiam a vergonhosos tormentos com ferros em brasa viva. Seu marido, um comerciante aragonês com quem ela tinha dois filhos, gastou meia loja em remédios e entretenimentos buscando a maneira de aliviar seus terrores. No fim, liquidou o negócio e levou a família para viver longe do mar, numa aldeia de índios pacíficos situada nas encostas da serra, onde construiu para a mulher um quarto sem janelas para que os piratas de seus pesadelos não tivessem por onde entrar.

Na aldeia escondida vivia desde muito tempo um filho de imigrantes espanhóis que cultivava tabaco, dom José Arcádio Buendía, com quem o bisavô de Úrsula estabeleceu uma sociedade tão produtiva que em poucos anos fizeram fortuna. Vários séculos mais tarde, o tataraneto do filho de imigrantes espanhóis casou-se com a tataraneta do aragonês.

Por isso, cada vez que Úrsula saía dos eixos com as loucuras do marido, saltava por cima de trezentos anos de coincidências e amaldiçoava a hora em que Francis Drake assaltou Riohacha. Era um simples recurso de desabafo, porque na verdade estavam ligados até a morte por um vínculo mais sólido que o amor: um remorso comum de consciência. Eram primos. Tinham crescido juntos na antiga aldeia que os antepassados de ambos transformaram com seu trabalho e seus bons costumes num dos melhores povoados da província. Embora seu matrimônio fosse previsível desde que vieram ao mundo, quando expressaram a vontade de casar-se seus próprios parentes trataram de impedir. Tinham o temor de que aqueles saudáveis expoentes de duas raças secularmente entrecruzadas passassem pela vergonha de engendrar iguanas. Já existia um precedente tremendo. Uma tia de Úrsula, casada com um tio de José Arcádio Buendía, teve um filho que passou a vida toda com calças-balão, e frouxas, e que morreu sangrando depois de haver vivido quarenta e dois anos no mais puro estado de virgindade, porque nasceu e cresceu com uma cauda cartilaginosa na forma de saca-rolha e com uma escovinha de pelos na ponta. Uma cauda de porco que não se deixou ver jamais por mulher alguma, e que lhe custou a vida quando um açougueiro amigo fez o favor de cortá-la com um cutelo de retalhar costela de boi. José Arcádio Buendía, com a ligeireza de seus dezenove anos, resolveu o problema com uma frase só: "Não me importa ter leitõezinhos, desde que consigam falar." E assim se casaram com uma festa de banda e rojões que durou três dias. Teriam sido felizes desde então se a mãe de Úrsula não a houvesse aterrorizado com tudo que é tipo de prognóstico sinistro sobre sua descendência, a ponto de conseguir que ela se recusasse a consumar o matrimônio. Temendo que o corpulento e voluntarioso marido a violasse adormecida, Úrsula vestia, antes de dormir, uma calça rudimentar que sua mãe tinha fabricado com lona de veleiro e reforçara por um sistema de correias entrecruzadas, que se fechava pela frente com uma grossa fivela de ferro. Assim ficaram vários meses. Durante o dia, ele pastoreava seus galos de briga e ela bordava no bastidor da mãe.

Durante a noite, se enredavam e engalfinhavam várias horas com uma ansiosa violência que já parecia um substituto do ato de amor, até que a intuição popular farejou que alguma coisa irregular estava acontecendo, e soltou o rumor de que Úrsula continuava virgem um ano depois de casada porque seu marido era impotente. José Arcádio Buendía foi o último a ficar sabendo daquele rumor.

— Veja você, Úrsula, o que o pessoal anda dizendo — disse ele à mulher com muita calma.

— Deixe que falem — respondeu ela. — Nós sabemos que não é verdade.

E assim a situação continuou tal e qual por outros seis meses, até o domingo trágico em que José Arcádio Buendía derrotou Prudêncio Aguilar numa briga de galos. Furioso, exaltado pelo sangue de seu animal, o perdedor afastou-se de José Arcádio Buendía para que toda a arquibancada pudesse ouvir o que ia lhe dizer.

— Meus cumprimentos — gritou. — Vamos ver agora se enfim esse galo faz um favor à sua mulher.

José Arcádio Buendía, sereno, recolheu seu galo. "Volto já", disse a todos. E em seguida, disse a Prudêncio Aguilar:

— Vá para casa e se arme, porque vou matar você.

Dez minutos depois voltou com a lança que tinha sido de seu avô, e que conhecia o gosto da morte. Na porta da arquibancada, onde havia se concentrado meia aldeia, Prudêncio Aguilar esperava por ele. Não teve tempo de se defender. A lança de José Arcádio Buendía, arrojada com a força de um touro e a mesma direção certeira com que o primeiro Aureliano Buendía tinha exterminado as onças da região, atravessou-lhe a garganta. Naquela noite, enquanto o cadáver era velado na rinha de galos, José Arcádio Buendía entrou no quarto quando sua mulher estava vestindo a calça de castidade. Brandindo a lança na frente dela, ordenou: "Tire isso." Úrsula não pôs em dúvida a decisão do marido. "Haja o que houver, a responsabilidade será sua", murmurou. José Arcádio Buendía cravou a lança no chão de terra.

— Pois se você tiver que parir iguanas, criaremos iguanas — disse ele. — Mas nesta aldeia não haverá mais mortos por sua culpa.

Era uma boa noite de junho, fresca e com lua, e ficaram acordados e se revolvendo na cama até o amanhecer, indiferentes ao vento que passava pelo quarto, carregado com o pranto dos parentes de Prudêncio Aguilar.

O caso foi considerado um duelo de honra, mas aos dois restou um mal-estar na consciência. Certa noite em que não conseguia dormir, Úrsula saiu para tomar água no quintal e viu Prudêncio Aguilar ao lado do enorme jarro de barro onde havia água. Estava lívido, com uma expressão muito triste, tentando tapar com uma atadura de cânhamo o furo em sua garganta. Não lhe causou medo, e sim lástima. Voltou ao quarto para contar ao esposo o que havia visto, mas ele não deu importância. "Os mortos não voltam", disse ele. "A gente é que não dá conta do seu peso na consciência." Duas noites depois, Úrsula tornou a ver Prudêncio Aguilar no banheiro, lavando com a atadura de cânhamo o sangue cristalizado do pescoço. Outra noite, viu Prudêncio passeando debaixo da chuva. José Arcádio Buendía, aborrecido com as alucinações da mulher, saiu ao quintal armado com a lança. Lá estava o morto com sua expressão triste.

— Vai para o caralho — gritou José Arcádio Buendía. — Tantas vezes você voltar, tantas voltarei a matar você.

Nem Prudêncio Aguilar foi embora, nem José Arcádio Buendía se atreveu a atirar a lança. Mas não tornou a dormir bem nunca mais. Era atormentado pela imensa desolação com que o morto o havia olhado na chuva, a profunda nostalgia com que recordava os vivos, a ansiedade com que revirava a casa buscando água para molhar sua atadura de cânhamo. "Deve estar sofrendo muito", dizia a Úrsula. "Dá para ver que está muito sozinho." Ela estava tão comovida que na outra vez em que viu o morto destampando as panelas no fogão entendeu o que ele buscava, e desde então pôs potes de água pela casa afora. Certa noite em que o encontrou lavando as feridas em seu próprio quarto, José Arcádio Buendía não conseguiu resistir.

— Está bem, Prudêncio — disse a ele. — Vamos embora deste lugar o mais longe que a gente conseguir, e não voltaremos nunca mais. Agora, vá embora tranquilo.

Foi assim que empreenderam a travessia da serra. Vários amigos de José Arcádio Buendía, jovens como ele, fascinados com a aventura, desmantelaram suas casas e arrastaram mulher e filhos rumo à terra que ninguém havia prometido. Antes de partir, José Arcádio Buendía enterrou a lança no quintal e degolou, um por um, seus magníficos galos de briga, confiando que assim daria um pouco de paz a Prudêncio Aguilar. A única coisa que Úrsula levou foi um baú com suas roupas de recém-casada, uns poucos utensílios domésticos e o cofrinho com as peças de ouro que tinha herdado do pai. Não traçaram um itinerário definido. Só procuravam viajar no sentido contrário ao caminho de Riohacha para não deixar rastro algum nem encontrar gente conhecida. Foi uma viagem absurda. Depois de catorze meses, com o estômago estropiado pela carne de macaco e a sopa de cobras, Úrsula deu à luz um filho com todas as partes humanas. Havia feito a metade do caminho numa rede pendurada num pedaço de pau que dois homens levavam nos ombros, porque o inchaço havia desfigurado suas pernas e as varizes arrebentavam como borbulhas. Embora desse pena ver as crianças com os ventres ocos e os olhos lânguidos, elas resistiram à viagem melhor que os pais, e para elas a maior parte do tempo acabou sendo divertida. Certa manhã, depois de quase dois anos de travessia, foram os primeiros mortais que viram a vertente ocidental da serra. Do pico enevoado contemplaram a imensa planície aquática do grande pantanal, que se estendia até o outro lado do mundo. Mas nunca encontraram o mar. Uma noite, depois de andar vários meses perdidos entre os pântanos, já longe dos últimos indígenas que encontraram pelo caminho, acamparam nas margens de um rio pedregoso cujas águas pareciam uma torrente de vidro gelado. Anos depois, durante a segunda guerra civil, o coronel Aureliano Buendía tratou de fazer aquela mesma rota para tomar Riohacha de surpresa, e passados seis dias compreendeu que era uma loucura. Na noite em que acamparam junto ao rio, as hostes de seu pai tinham um aspecto de náufragos sem escapatória, mas seu número havia aumentado durante a travessia e todos estavam dispostos a (e conseguiram) morrer de velhos. Naquela noite José Arcádio Buendía sonhou que bem ali erguia-se uma cidade ruidosa com casas de paredes de espelho. Perguntou que cidade era aquela, e lhe responderam com um nome que nunca havia ouvido, que não tinha significado algum, mas que teve no sonho uma ressonância sobrenatural: Macondo. No dia seguinte convenceu os seus homens de que jamais encontrariam o mar. Mandou que derrubassem as árvores para fazer uma clareira junto ao rio, no lugar mais fresco da margem, e ali fundaram a aldeia.

José Arcádio Buendía não conseguiu decifrar o sonho das casas com paredes de espelhos até o dia em que conheceu o gelo. Então acreditou entender seu profundo significado. Pensou que num futuro próximo poderiam ser fabricados blocos de gelo em grande escala, a partir de um material tão cotidiano como a água, e construir com eles as novas casas da aldeia. Macondo deixaria de ser um lugar abrasador, cujas dobradiças e aldrabas se contorciam de calor, para transformar-se numa cidade invernal. Se não perseverou em suas tentativas de construir uma fábrica de gelo foi porque naquele momento estava definitivamente empolgado com a educação dos filhos, em especial a de Aureliano, que havia revelado desde o primeiro momento uma rara intuição alquímica. O laboratório tinha sido resgatado do pó. Revisando serenamente as notas de Melquíades sem a exaltação da novidade, em prolongadas e pacientes sessões trataram de separar o ouro de Úrsula da maçaroca grudada no fundo do caldeiro. O jovem José Arcádio mal participou do processo. Enquanto seu pai só tinha corpo e alma para o laboratório, o voluntarioso primogênito, que sempre foi demasiado grande para a idade, transformou-se num adolescente monumental. Mudou de voz. O buço se povoou por uma penugem incipiente. Certa noite, Úrsula entrou no quarto quando ele tirava a roupa para dormir e viveu um confuso sentimento de vergonha e piedade: era o primeiro homem nu que via, além de seu esposo, e estava tão bem equipado para a vida que ela achou que era algo anormal. Úrsula, grávida pela terceira vez, viveu de novo seus terrores de recém-casada.

Naquele tempo costumava aparecer na casa uma mulher alegre, desbocada, provocativa, que ajudava nas tarefas domésticas e sabia ler o porvir no baralho. Úrsula falou com ela sobre seu filho. Pensava que sua desproporção era algo tão desnatural como a cauda de porco do primo. A mulher soltou uma risada expansiva que repercutiu pela casa inteira feito um rastro de vidro. "Pelo contrário", disse ela. "Ele vai é ser feliz." Para confirmar seu prognóstico levou o baralho poucos dias depois, e se trancou com José Arcádio numa espécie de despensa contígua à cozinha. Colocou as cartas com muita calma numa velha mesona de carpintaria, falando de qualquer coisa, enquanto o garoto esperava perto dela mais aborrecido que intrigado. De repente, ela estendeu a mão e o tocou. "Que bárbaro", disse, sinceramente assustada, e foi tudo que conseguiu dizer. José Arcádio sentiu que seus ossos se enchiam de espuma, que tinha um medo lânguido e uma terrível vontade de chorar. A mulher não fez insinuação alguma. Mas José Arcádio continuou procurando por ela a noite inteira, no cheiro de fumaça que ela tinha nas axilas e que ficou entranhado em sua própria pele. Queria estar com ela o tempo todo, queria que ela fosse sua mãe, que nunca saíssem da despensa, e que dissesse a ele que bárbaro, e que tornasse a tocar nele e dizer que bárbaro. Um dia não conseguiu aguentar mais e foi procurá-la em sua casa. Fez uma visita formal, incompreensível, sentado na sala sem pronunciar uma palavra. Naquele momento não a desejou. Achava que ela estava diferente, inteiramente alheia à imagem que seu cheiro inspirava, como se fosse outra. Tomou café e abandonou a casa deprimido. Naquela noite, no assombro da vigília, tornou a desejá-la com uma ansiedade brutal, mas já não a queria como tinha sido na despensa, e sim como havia sido naquela tarde.

Dias depois, de um jeito intempestivo, a mulher o chamou à casa dela, onde estava sozinha com a mãe, e fez com que ele entrasse no quarto com o pretexto de ensinar a ele um truque com o baralho. Então tocou-o com tamanha liberdade que ele sofreu uma desilusão depois do estremecimento inicial, e sentiu mais medo que prazer. Ela pediu que naquela noite fosse procurá-la. E ele concordou, para mudar de assunto, mas sabendo que não seria capaz de ir. Naquela noite, na cama ardente, compreendeu que tinha que ir procurá-la mesmo achando que não seria capaz. Vestiu-se às apalpadelas, ouvindo na escuridão a repousada respiração do irmão, a tosse seca do pai no quarto vizinho, a asma das galinhas no quintal, o zumbido dos mosquitos, o bumbo do seu coração e a algazarra sem-fim do mundo, que ele não tinha percebido até então, e saiu pela rua adormecida. Desejava de todo coração que a porta estivesse com tramela, e não apenas encostada, como ela havia prometido. Mas estava aberta. Empurrou-a com a ponta dos dedos e as dobradiças soltaram um gemido lúgubre e articulado que teve uma ressonância gelada em suas entranhas. A partir do momento em que entrou, meio de lado e tratando de não fazer ruído, sentiu o cheiro. Ainda estava na salinha onde os três irmãos da mulher penduravam suas redes em lugares que ele ignorava e que não conseguia determinar nas trevas, e não teve outro remédio a não ser atravessá-la tateando, depois empurrar a porta do quarto e se orientar lá dentro de maneira a não se enganar de cama. Conseguiu. Tropeçou nos cordões das redes, mais baixas do que ele havia suposto, e um homem que roncava sem parar se mexeu no meio do sono e falou com uma espécie de desilusão: "Era uma quarta-feira." Quando empurrou a porta do quarto, não conseguiu impedir que ela raspasse no desnível do soalho. De repente, na escuridão absoluta, compreendeu com uma irremediável nostalgia que estava completamente desorientado. No quarto estreito dormiam a mãe, outra filha com o marido e duas crianças, e a mulher que talvez já não esperasse por ele. Teria conseguido se guiar pelo cheiro se o cheiro não estivesse pela casa inteira, tão enganoso e ao mesmo tempo tão definido como havia estado sempre em sua pele. Permaneceu imóvel um bom tempo, perguntando-se assombrado como tinha feito para chegar até aquele abismo de desamparo, quando uma mão com todos os dedos esticados, que tateava nas trevas, tropeçou com seu rosto. Não se surpreendeu, porque sem saber havia esperado por aquilo. Então confiou-se àquela mão, e num terrível estado de exaustão deixou-se levar até um lugar sem formas onde tiraram sua roupa e o sacudiram como se fosse um saco de batatas e foi virado pelo avesso e o endireitaram de novo, numa escuridão insondável onde seus braços sobravam, onde já não cheirava a mulher, mas a amoníaco, e onde tentava se lembrar do rosto dela e dava de cara com o rosto de Úrsula, confusamente consciente de que estava fazendo uma coisa que há muito tempo desejava que fosse possível fazer, e estava fazendo sem saber como, porque não sabia onde estavam os pés e onde estava a cabeça, nem os pés de quem nem a cabeça de quem, e sentindo que não conseguia mais aguentar o rumor glacial de seus rins e o ar de suas tripas, e o medo, e a ânsia atordoada de fugir dali e ao mesmo tempo ficar para sempre naquele silêncio exasperado e naquela solidão espantosa.

Chamava-se Pilar Ternera. Tinha feito parte do êxodo que culminou na fundação de Macondo, arrastada pela família para separá-la do homem que a tinha violado aos catorze anos e continuou a amá-la até os vinte e dois, mas que nunca se decidiu a tornar pública a situação porque era um homem comprometido com outra. Prometeu a ela que a seguiria até o fim do mundo, só que mais tarde, quando resolvesse a sua situação, e ela tinha cansado de esperar por ele, reconhecendo-o sempre nos homens altos e baixos, louros e morenos que as cartas do baralho lhe prometiam pelos caminhos de terra e os caminhos do mar, para dali a três dias, três meses ou três anos. Na espera havia perdido a força das coxas, a dureza dos seios, o hábito da ternura, mas conservava intacta a loucura do coração. Transtornado por aquele brinquedo prodigioso, José Arcádio buscou seu rastro todas as noites através do labirinto do quarto. Em certa ocasião encontrou a porta com a tramela passada, e bateu várias vezes, sabendo que se havia tido a valentia de bater a primeira vez teria que bater até a última, e após uma espera interminável ela abriu a porta.

Durante o dia, desmoronando de sono, gozava em segredo as lembranças da noite anterior. Mas quando ela entrava na casa, alegre, indiferente, desaforada, ele não precisava fazer nenhum esforço para dissimular sua tensão, porque aquela mulher, cujo riso explosivo espantava as pombas, não tinha nada a ver com o poder invisível que o ensinava a respirar para dentro e controlar as batidas do coração, e tinha permitido a ele entender por que os homens têm medo da morte. Estava tão ensimesmado que nem compreendeu a alegria de todos quando seu pai e seu irmão alvoroçaram a casa com a notícia de que tinham conseguido remexer a maçaroca metálica e separar o ouro de Úrsula.

Foi necessário enfrentar jornadas complicadas e perseverantes, mas conseguiram. Úrsula estava feliz, e até dava graças a Deus pela invenção da alquimia, enquanto o pessoal da aldeia se apertava no laboratório, e ela servia a todo mundo doce de goiaba com biscoitinhos para celebrar o prodígio, e José Arcádio Buendía deixava que vissem a caldeirinha com o ouro resgatado, como se acabasse de inventá-lo. De tanto mostrar, acabou diante de seu filho mais velho, que nos últimos tempos mal aparecia no laboratório. Pôs diante de seus olhos a maçaroca seca e amarelada e perguntou: "O que você acha que é?" José Arcádio respondeu sincero:

— Merda de cachorro.

O pai soltou com o dorso da mão um golpe tão violento na boca do filho que fez saltar sangue e lágrimas. Naquela noite Pilar Ternera pôs compressas de arnica no inchaço, adivinhando o frasco e os algodões na escuridão, e fez tudo o que quis sem que ele se incomodasse, para amá-lo sem machucá-lo. Conseguiram tamanho estado de intimidade que um momento depois, sem perceber, estavam conversando em murmúrios.

— Quero ficar com você — dizia ele. — Um dia desses conto tudo para todo mundo e se acabam os segredos.

Ela não tentou apaziguá-lo.

— Seria muito bom — disse. — Se ficarmos sozinhos, deixaremos a lâmpada acesa para nos vermos direito, e eu vou poder gritar tudo que quiser sem que ninguém se meta e você vai me dizer ao pé do ouvido todas as bandalheiras que imaginar.

Esta conversa, o rancor afiado que sentia contra o pai, a iminente possibilidade do amor desaforado inspiraram nele uma serena valentia. De maneira espontânea, sem preparação alguma, contou tudo ao irmão.

No começo o pequeno Aureliano só compreendia o risco, a imensa possibilidade de perigo que estava contida nas aventuras do irmão, mas não conseguia imaginar a fascinação daquele assunto. Pouco a pouco foi se contaminando de ansiedade. Fazia com que contasse as minuciosas peripécias, identificava-se com o sofrimento e o gozo do irmão, sentia-se assustado e feliz. Esperava acordado até o amanhecer, na cama solitária que parecia ter uma esteira de brasas, e continuavam conversando insones até a hora de se levantar, de maneira que muito depressa ambos começaram a padecer da mesma sonolência, sentiram o mesmo desprezo pela alquimia e pela sabedoria do pai, e se refugiaram na solidão. "Esses meninos andam sorumbáticos", dizia Úrsula. "Devem estar com lombrigas." Preparou para eles uma repugnante poção de bagas de cagaiteira amassadas, que os dois beberam com imprevisto estoicismo, e sentaram-se ao mesmo tempo nos seus urinóis onze vezes num só dia, e expulsaram uns parasitas rosados que mostraram a todos com grande júbilo, porque permitiram que desorientassem Úrsula em relação à origem de suas distrações e langores. Aureliano não apenas já conseguia entender, como viver como se fossem dele as experiências do irmão, porque numa ocasião em que José Arcádio explicava com muitos pormenores o mecanismo do amor, interrompeu-o para perguntar: "E o que é que a gente sente?" O irmão deu uma resposta imediata:

— É que nem um terremoto.

Numa quinta-feira de janeiro, às duas da madrugada, nasceu Amaranta. Antes que qualquer um entrasse no quarto, Úrsula examinou-a minuciosamente. Era leve e úmida feito uma lagartixa, mas todas as suas partes eram humanas. Aureliano não percebeu a novidade a não ser quando sentiu a casa cheia de gente. Protegido pela confusão saiu à procura do irmão, que não estava na cama desde as onze, e foi uma decisão tão impulsiva que não teve tempo nem mesmo de se perguntar como faria para arrancá-lo do quarto de Pilar Ternera. Ficou rondando a casa durante várias horas, assoviando em códigos secretos até que a proximidade do amanhecer obrigou-o a regressar. No quarto da mãe, brincando com a irmãzinha recém-nascida e com uma cara que derramava inocência, encontrou José Arcádio.

Úrsula mal havia cumprido o resguardo de quarenta dias quando os ciganos voltaram. Eram os mesmos saltimbancos e malabaristas que tinham levado o gelo. Mas eram diferentes da tribo de Melquíades, pois em pouco tempo haviam demonstrado que não eram arautos do progresso, e sim mascates de diversões. Mesmo quando levaram o gelo não o anunciaram em função de sua utilidade na vida dos homens, mas como uma simples curiosidade de circo. Desta vez, entre muitos outros jogos de artifício, levavam uma esteira voadora. Mas não a ofereceram como uma contribuição fundamental para o desenvolvimento do transporte, e sim como um objeto de recreação. As pessoas, é claro, desenterraram seus últimos pedacinhos de ouro para desfrutar de um voo fugaz sobre as casas da aldeia. Amparados pela deliciosa impunidade da desordem coletiva, José Arcádio e Pilar viveram horas de alívio. Foram dois namorados ditosos no meio da multidão, e chegaram a suspeitar que o amor podia ser um sentimento mais repousado e profundo do que a felicidade exaltada, mas momentânea, de suas noites secretas. Pilar, ainda assim, rompeu o encanto. Estimulada pelo entusiasmo com que José Arcádio desfrutava de sua companhia, errou na forma e na ocasião, e de um só golpe despejou o mundo em cima dele. “Agora sim, você é um homem”, disse. E, como ele não entendeu o que ela queria dizer, explicou letra por letra:

— Você vai ser pai.

José Arcádio não se atreveu a sair de casa durante vários dias. Bastava escutar a gargalhada trepidante de Pilar na cozinha para ir correndo se refugiar no laboratório, onde os artefatos de alquimia tinham revivido com as bênçãos de Úrsula. José Arcádio Buendía recebeu com alvoroço o filho extraviado e iniciou-o na busca da pedra filosofal, que por fim havia empreendido. Uma tarde os rapazes se entusiasmaram com a esteira voadora que passou veloz ao nível da janela do laboratório levando o cigano piloto e várias crianças da aldeia que faziam alegres saudações com a mão, e José Arcádio Buendía sequer olhou para ela. "Deixem que sonhem", disse. "Nós voaremos melhor do que eles com recursos mais científicos que esse miserável cobre-leito." Apesar de seu fingido interesse, José Arcádio não entendeu jamais os poderes do *ovo filosófico*, que simplesmente parecia um frasco malfeito. Não conseguia escapar de sua preocupação. Perdeu o apetite e o sono, sucumbiu ao mau humor, igualzinho ao pai diante do fracasso de algum de seus empreendimentos, e foi tal o transtorno que o próprio José Arcádio Buendía dispensou-o de seus deveres no laboratório achando que tinha levado a alquimia demasiado a sério. Aureliano, é claro, compreendeu que a aflição do irmão não tinha origem na procura da pedra filosofal, mas não conseguiu arrancar dele confidência alguma. Tinha perdido sua antiga espontaneidade. De cúmplice e comunicativo, se fez hermético e hostil. Ansioso de solidão, mordido por um virulento rancor contra o mundo, certa noite abandonou a cama como de costume, mas não foi à casa de Pilar Ternera; foi se misturar ao tumulto da feira. Depois de perambular no meio de tudo que é tipo de máquina de fantasias sem se interessar por nenhuma, prestou atenção em algo que não estava em jogo: uma cigana muito jovem, quase uma menina, sufocada em miçangas, a mulher mais bela que José Arcádio tinha visto na vida. Estava no meio da multidão que presenciava o triste espetáculo do homem que havia se transformado em víbora por ter desobedecido aos pais.

José Arcádio não prestou atenção. Enquanto prosseguia o triste interrogatório do homem-víbora, tinha aberto caminho no meio da multidão até a primeira fila, onde se encontrava a cigana, e havia parado atrás dela. Apertou-se contra suas costas. A menina tratou de se afastar, mas José Arcádio apertou-se com mais força contra suas costas. Então, ela sentiu. Ficou imóvel contra ele, tremendo de surpresa e de pavor, sem conseguir acreditar na evidência, e enfim virou a cabeça e olhou-o com um sorriso trêmulo. Nesse instante dois ciganos meteram o homem-víbora em sua jaula e carregaram tudo para o interior da tenda. O cigano que dirigia o espetáculo anunciou:

— E agora, senhoras e senhores, vamos mostrar a prova terrível da mulher que terá que ser decapitada todas as noites nesta mesma hora durante cento e cinquenta anos, como castigo por ter visto o que não devia.

José Arcádio e a menina não presenciaram a decapitação. Foram até a barraca da cigana, onde se beijaram com uma ansiedade desesperada enquanto iam tirando a roupa. A cigana se desfez de seus espartilhos sobrepostos, de suas numerosas saias rodadas de rendas engomadas, de seu inútil corpete de arame, de sua carga de miçangas, e ficou praticamente reduzida a nada. Era uma rãzinha lânguida, de seios incipientes e pernas tão finas que não ultrapassavam em diâmetro os braços de José Arcádio, mas tinha uma decisão e um calor que compensavam sua fragilidade. Mesmo assim, José Arcádio não conseguia corresponder porque estavam numa espécie de barraca pública, onde os ciganos passavam com suas coisas de circo e acertavam seus assuntos, e até mesmo demoravam perto da cama para jogar uma partida de dados. A lâmpada pendurada no mastro central iluminava o ambiente inteiro. Numa pausa das carícias, José Arcádio esticou-se na cama, nu, sem saber o que fazer, enquanto a menina tratava de animá-lo. Uma cigana de carnes esplêndidas entrou pouco depois acompanhada por um homem que não fazia parte do espetáculo, mas que tampouco era da aldeia, e os dois começaram a se despir na frente da cama. Sem querer, a mulher olhou para José Arcádio e examinou com uma espécie de fervor patético seu magnífico animal em repouso.

— Rapaz — exclamou —, que Deus conserve isso.

A companheira de José Arcádio pediu aos dois que os deixassem tranquilos, e o casal se estendeu no chão, muito perto da cama. A paixão dos outros despertou a febre de José Arcádio. Ao primeiro contato, os ossos da menina pareceram desarticular-se com um rangido desordenado como o de uma caixa de dominó, e a pele se desfez num suor pálido e seus olhos se encheram de lágrimas e seu corpo inteiro exalou um lamento lúgubre e um vago odor de lodo. Mas suportou o impacto com uma firmeza de caráter e uma valentia admiráveis. José Arcádio sentiu-se então levantado em ondas rumo a um estado de inspiração beatífica, onde seu coração se desbaratou num manancial de obscenidades ternas que entravam na menina pelos ouvidos e saíam pela boca traduzidas na sua língua. Era quinta-feira. Na noite de sábado José Arcádio amarrou um pano vermelho na cabeça e foi-se embora com os ciganos.

Quando Úrsula descobriu sua ausência, procurou-o por toda a aldeia. No desmantelado acampamento dos ciganos não havia nada além de um rastilho de sobras entre as cinzas ainda fumegantes das fogueiras apagadas. Alguém que andava por ali procurando miçangas no meio do lixo disse a Úrsula que na noite anterior havia visto seu filho no tumulto da algazarra, empurrando um carrinho de mão com a jaula do homem-víbora. "Virou cigano!", gritou ela ao marido, que não tinha dado o menor sinal de alarme diante do desaparecimento.

— Oxalá seja verdade — disse José Arcádio Buendía, amassando no almofariz a matéria mil vezes amassada e reaquecida e tornada a amassar. — Assim vai aprender a ser homem.

Úrsula perguntou pelo rumo que os ciganos tinham tomado. Continuou perguntando pelo caminho que lhe indicaram e, acreditando que ainda teria tempo de alcançá-los, continuou se afastando da aldeia, até que teve consciência de estar tão longe que já não pensou em regressar. José Arcádio Buendía não percebeu a falta da mulher até as oito da noite, quando deixou a matéria reaquecendo numa cama de esterco e foi ver o que estava acontecendo com a pequena Amaranta, que tinha ficado rouca de tanto chorar. Em poucas horas reuniu um grupo de homens bem equipados, pôs Amaranta nas mãos de uma mulher que se ofereceu para amamentá-la e se perdeu por veredas invisíveis atrás de Úrsula. Aureliano foi junto. Uns pescadores indígenas, cuja língua desconheciam, indicaram por sinais, ao amanhecer, que não tinham visto ninguém passar. Ao cabo de três dias de busca inútil, regressaram à aldeia.

Durante várias semanas, José Arcádio Buendía se deixou vencer pela consternação. Feito mãe, tomava conta da pequena Amaranta. Banhava a filha e trocava sua roupa, a levava para ser amamentada quatro vezes por dia e até cantava para ela, à noite, as canções que Úrsula nunca soube cantar. Em certa ocasião Pilar Ternera se ofereceu para cumprir com as obrigações do lar enquanto Úrsula não voltasse. Aureliano, cuja misteriosa intuição tinha se tornado ainda mais sensível na desdita, sentiu um fulgor de clarividência ao vê-la entrar. Soube então que, de algum modo inexplicável, ela era a culpada pela fuga do irmão e pela desaparição da mãe, e acossou-a de tal forma, com uma calada e implacável hostilidade, que a mulher não tornou a aparecer na casa.

O tempo pôs as coisas em seu devido lugar. José Arcádio Buendía e seu filho não perceberam há quanto tempo estavam outra vez no laboratório, sacudindo o pó, acendendo o fogo do alambique, entregues uma vez mais à paciente manipulação da matéria adormecida fazia vários meses em sua cama de esterco. Até Amaranta, deitada num cestinho de vime, observava com curiosidade as absorventes tarefas do pai e do irmão no quartinho sufocado pelos vapores de mercúrio. Em certa ocasião, meses depois da partida de Úrsula, começaram a acontecer coisas estranhas. Um frasco vazio que durante muito tempo andou esquecido num armário tornou-se tão pesado que ficou impossível movê-lo. Uma caçarola cheia de água colocada na mesa de trabalho ferveu sem fogo durante meia hora até evaporar por completo. José Arcádio Buendía e seu filho observavam aqueles fenômenos com assustado alvoroço, sem conseguir explicá-los, mas interpretando-os como anúncios da matéria. Um dia o cestinho de Amaranta começou a se mover por impulso próprio e deu uma volta completa no quarto, diante da consternação de Aureliano, que se apressou em detê-lo. Mas seu pai não se alterou. Pôs o cestinho em seu lugar e amarrou-o na perna da mesa, convencido de que o acontecimento esperado era iminente. Foi nessa ocasião que Aureliano ouviu o pai dizer:

— Se você não teme a Deus, tema os metais.

De repente, quase cinco meses depois de ter desaparecido, Úrsula voltou. Chegou exaltada, rejuvenescida, com roupas novas, de um estilo desconhecido na aldeia. José Arcádio Buendía mal conseguiu resistir ao impacto. "Era isso!", gritava. "Eu sabia que ia acontecer." E acreditava de verdade, porque em seus prolongados serões trancado no quartinho, enquanto manipulava a matéria, rogava no fundo de seu coração que o prodígio esperado não fosse a descoberta da pedra filosofal, nem a liberação do sopro que faz os metais viverem, nem a faculdade de transformar em ouro as dobradiças e as fechaduras da casa, mas o que agora tinha acontecido: o regresso de Úrsula. Só que ela não compartilhou do alvoroço. Deu-lhe um beijo convencional, como se não tivesse estado ausente por mais de uma hora, e disse:

— Vem até a porta.

José Arcádio Buendía demorou muito tempo para se restabelecer da perplexidade quando saiu à rua e viu a multidão. Não eram ciganos. Eram homens e mulheres como eles, de cabelos lisos e pele parda, que falavam a mesma língua e se lamentavam das mesmas dores. Traziam mulas carregadas de coisas de comer, carretas de bois com móveis e utensílios domésticos, puros e simples acessórios terrestres postos à venda sem mais delongas por mascates da realidade cotidiana. Vinham do outro lado do pantanal, a apenas dois dias de viagem, onde havia aldeias que recebiam o correio todos os meses e conheciam as máquinas do bem-estar. Úrsula não tinha alcançado os ciganos, mas encontrara o caminho que o marido não havia conseguido descobrir em sua frustrada procura das grandes invenções.

O filho de Pilar Ternera foi levado para a casa de seus avós duas semanas depois de ter nascido. Úrsula admitiu-o de má vontade, vencida uma vez mais pela teimosia do marido, que não conseguiu tolerar a ideia de que um rebento do seu sangue ficasse navegando à deriva, mas impôs a condição de que ocultassem do menino sua verdadeira identidade. Embora tenha recebido o nome de José Arcádio, acabou sendo chamado simplesmente de Arcádio para evitar confusões. Havia naquela época tanta atividade na aldeia e tanto ataranto na casa, que as crianças ficaram relegadas a um segundo plano. Ficaram aos cuidados de Visitación, uma índia guajira que tinha chegado à aldeia com um irmão, fugindo da peste da insônia que flagelava sua tribo fazia vários anos. Ambos eram tão dóceis e servis que Úrsula resolveu abrigá-los para que a ajudassem nas tarefas domésticas. Foi assim que Arcádio e Amaranta falaram a língua guajira antes do castelhano, e aprenderam a tomar caldo de lagartixas e a comer ovos de aranhas sem que Úrsula percebesse, porque andava demasiado ocupada com um negócio promissor de animaizinhos de caramelo. Macondo estava mudada. As pessoas que tinham chegado com Úrsula divulgaram a boa qualidade do seu solo e sua posição privilegiada em relação ao pantanal, e assim a acanhada aldeia de outros tempos converteu-se depressa num povoado ativo, com lojas e oficinas de artesãos, e uma rota de comércio permanente através da qual chegaram os primeiros árabes de pantufas e argolas nas orelhas, trocando colares de vidro por araras e papagaios. José Arcádio Buendía não teve um instante de sossego. Fascinado por uma realidade imediata que acabou sendo mais fantástica que o vasto universo da sua imaginação, perdeu todo o interesse pelo laboratório de alquimia, pôs para descansar a matéria extenuada por longos meses de manipulação, e voltou a ser o homem empreendedor dos primeiros tempos, que decidia o traçado das ruas e a posição das novas casas, de maneira tal que ninguém desfrutasse de privilégios que não fossem de todos. Adquiriu tanta autoridade entre os recém-chegados que nenhum deles fez alicerces nem ergueu cercas sem que José Arcádio Buendía fosse consultado, e se determinou que ele decidiria como seria a divisão das terras. Quando os ciganos saltimbancos voltaram, dessa vez com sua feira ambulante transformada num gigantesco estabelecimento de jogos de sorte e azar, foram recebidos com alvoroço porque pensou-se que José Arcádio regressava com eles. Mas José Arcádio não voltou, nem traziam o homem-víbora, que, de acordo com o que Úrsula achava, era o único que poderia dar notícias de seu filho; portanto, não foi permitido aos ciganos nem se instalar no povoado nem tornar a pisar nele no futuro, porque foram considerados mensageiros da concupiscência e da perversão. José Arcádio Buendía, porém, foi firme ao assegurar que a antiga tribo de Melquíades, que tanto havia contribuído para o engrandecimento da aldeia com sua milenar sabedoria e seus fabulosos inventos, encontraria sempre as portas abertas. Mas a tribo de Melquíades, pelo que os vira-mundos contaram, tinha sido varrida da face da Terra por haver superado os limites do conhecimento humano.

Livre, pelo menos naquele momento, das torturas da fantasia, José Arcádio Buendía impôs em pouco tempo um estado de ordem e trabalho dentro do qual só se permitiu uma licença: a libertação dos pássaros que desde a época da fundação alegravam o tempo com suas flautas, e a instalação, em seu lugar, de relógios musicais em todas as casas. Eram belos relógios de madeira lavrada que os árabes trocavam por araras, e que José Arcádio Buendía sincronizou com tamanha precisão que, a cada meia hora, o povoado se alegrava com os acordes progressivos de uma mesma peça, até chegar ao ápice de um meio-dia exato e unânime com a valsa completa. Naqueles anos, foi também José Arcádio Buendía quem decidiu que nas ruas do povoado seriam plantadas amendoeiras em vez de acácias, e quem descobriu, sem revelar jamais, os métodos para fazer com que fossem eternas. Muitos anos depois, quando Macondo virou um acampamento de casas de madeira e telhados de zinco, ainda perduravam nas ruas mais antigas as amendoeiras rotas e empoeiradas, embora ninguém mais soubesse quem as havia plantado. Enquanto seu pai punha o povoado em ordem e sua mãe consolidava o patrimônio doméstico com sua maravilhosa indústria de galinhos e peixes açucarados, que duas vezes por dia saíam da casa espetados em palitos de pau-balsa, Aureliano vivia horas intermináveis no laboratório abandonado, aprendendo por pura investigação a arte da ourivesaria. Tinha espichado tanto que em pouco tempo a roupa abandonada pelo irmão já não servia nele, e começou a usar as do pai, mas foi necessário que Visitación fizesse pregas nas camisas e refizesse a cintura das calças, porque Aureliano não tinha puxado a corpulência dos outros. A adolescência havia tirado a doçura da sua voz e feito com que ele se tornasse silencioso e definitivamente solitário, mas ao mesmo tempo havia restituído a expressão intensa que tinha nos olhos ao nascer. Estava tão concentrado nas suas experiências de ourivesaria que mal abandonava o laboratório para comer. Preocupado com seu ensimesmamento, José Arcádio Buendía lhe deu as chaves da casa e um pouco de dinheiro, achando que talvez fosse falta de mulher. Mas Aureliano gastou o dinheiro em ácido muriático para preparar água-régia e embelezou as chaves com um banho de ouro. Seus exageros eram comparáveis apenas aos de Arcádio e Amaranta, que já tinham começado a trocar os dentes e continuavam agarrados o dia inteiro nas mantas dos índios, obstinados em sua decisão de não falar castelhano, mas a língua guajira. "Você não tem do que se queixar", dizia Úrsula ao marido. "Os filhos herdam as loucuras dos pais." E, enquanto se lamentava da má sorte, convencida de que as extravagâncias de seus filhos eram algo tão espantoso como um rabo de porco, Aureliano fixou nela um olhar que a envolveu num ar de incerteza.

— Alguém vai chegar — disse ele para a mãe.

Úrsula, como sempre que ele fazia uma previsão, tentou desalentá-lo com sua lógica caseira. Era normal que alguém chegasse. Dezenas de forasteiros passavam todos os dias por Macondo sem despertar inquietações nem antecipar avisos secretos. No entanto, por cima de qualquer lógica, Aureliano tinha certeza do seu presságio.

— Não sei quem é — insistiu —, mas seja quem for, já está a caminho.

No domingo, realmente, chegou Rebeca. Não tinha mais que onze anos. Havia feito a penosa viagem desde Manaure com uns traficantes de peles que receberam a missão de entregá-la com uma carta na casa de José Arcádio Buendía, mas não conseguiram explicar com precisão quem era a pessoa que havia pedido o favor. Sua bagagem inteira era composta pelo bauzinho de roupa, uma pequena cadeira de balanço de madeira com florzinhas coloridas pintadas a mão e um embornal de lona que fazia um permanente ruído de cloc cloc cloc, onde levava os ossos de seus pais. A carta dirigida a José Arcádio Buendía estava escrita em termos muito carinhosos por alguém que continuava gostando muito dele apesar do tempo e da distância e que se sentia obrigado, por um elementar sentido humanitário, a fazer a caridade de mandar-lhe aquela pobre orfãzinha desamparada, que era prima em segundo grau de Úrsula e, portanto, parente também de José Arcádio Buendía, embora em grau mais afastado, porque era filha daquele inesquecível amigo que foi Nicanor Ulloa e sua mui digna esposa Rebeca Montiel, a quem Deus tinha em seu santo reino, cujos restos juntava à presente para que lhes dessem sepultura cristã. Tanto os nomes mencionados como a assinatura da carta eram perfeitamente legíveis, mas nem José Arcádio Buendía nem Úrsula recordavam ter tido parentes com aqueles nomes nem conheciam ninguém que se chamasse como o remetente e muito menos no remoto povoado de Manaure. Através da menina foi impossível obter qualquer informação complementar. Desde o momento em que chegou, sentou-se na cadeirinha de balanço chupando o dedo e observando a todos com seus grandes olhos espantados, sem que desse sinal algum de entender o que lhe perguntavam. Vestia uma roupa de tecido de trançado grosso tingido de negro, gasta pelo uso, e botinas de verniz descascado. Tinha os cabelos presos atrás das orelhas com laços de fitas negras. Usava um escapulário com as imagens apagadas pelo suor e no pulso direito uma presa de animal carnívoro montada num suporte de cobre como amuleto contra o mau-olhado. Sua pele verde, seu ventre redondo e tenso como um tambor revelavam uma saúde ruim e uma fome mais velhas do que ela, mas quando lhe deram de comer ficou com o prato nas pernas sem provar nada. Chegaram inclusive a achar que era surda-muda, até que os índios lhe perguntaram em sua língua se queria um pouco de água e ela moveu os olhos como se os houvesse reconhecido e disse que sim com a cabeça.

Ficaram com ela, mesmo porque não havia outro remédio. Decidiram chamá-la de Rebeca, que de acordo com a carta era o nome de sua mãe, porque Aureliano teve a paciência de ler na frente dela o santoral inteiro e não conseguiu que reagisse diante de nenhum nome. Como naquele tempo não havia cemitério em Macondo, pois ninguém tinha morrido, conservaram o embornal com os ossos à espera de que houvesse um lugar digno para sepultá-los, e durante muito tempo os ossos estorvavam pela casa inteira e eram encontrados onde menos se esperava, sempre com seu chocalhante cacarejo de galinha choca. Passou muito tempo antes que Rebeca se incorporasse à vida familiar. Sentava-se na cadeirinha de balanço para chupar o dedo num canto afastado da casa. Nada chamava sua atenção, salvo a música dos relógios, que a cada meia hora ela procurava com os olhos assustados, como se esperasse encontrá-la em algum lugar do ar. Durante vários dias não conseguiram fazer a menina comer. Ninguém entendia como é que ela não tinha morrido de fome, até que os índios, que percebiam tudo porque percorriam a casa sem cessar com seus pés sigilosos, descobriram que Rebeca só gostava de comer a terra úmida do quintal e os biscoitos de cal que arrancava das paredes com as unhas. Era evidente que seus pais, ou quem quer que a tivesse criado, haviam repreendido a menina por causa desses hábitos, porque os praticava escondida e com consciência culpada, procurando guardar as porções para comê-las quando ninguém estivesse vendo. A partir desse instante foi submetida a uma vigilância implacável. Jogavam fel de vaca no pátio e untavam de pimenta ardida as paredes, acreditando que com esses métodos iriam curar seu vício pernicioso, mas ela deu tamanhas mostras de astúcia e engenho para procurar terra que Úrsula se viu forçada a empregar recursos mais drásticos. Punha suco de laranja com ruibarbo numa caçarola que deixava ao sereno a noite inteira, e no dia seguinte dava a ela a poção, quando ela ainda estava em jejum. Embora ninguém tivesse dito a Úrsula que aquele era o remédio específico para o vício de comer terra, achava que qualquer substância amarga no estômago vazio tinha que fazer o fígado reagir. Rebeca era tão rebelde e tão forte, apesar de seu raquitismo, que tinham que agarrá-la pelo pescoço, como um bezerro, para que engolisse o remédio, e mal conseguiam reprimir suas pedaladas no ar e suportar os arrevesados hieróglifos que ela alternava com mordidas e cuspidas e que, segundo os escandalizados índios, eram as obscenidades mais grosseiras que se podia imaginar em seu idioma. Quando Úrsula soube disso, complementou o tratamento com chibatadas. Não se soube nunca se o que surtiu efeito foi o ruibarbo ou as surras, ou as duas coisas combinadas, mas a verdade é que em poucas semanas Rebeca começou a dar mostras de se restabelecer. Participou das brincadeiras de Arcádio e Amaranta, que a receberam como uma irmã maior, e comeu com apetite, servindo-se bem dos pratos. Logo se revelou que falava o castelhano com tanta fluidez como a língua dos índios, que tinha uma habilidade notável para os ofícios manuais e que cantava a valsa dos relógios com uma letra muito graciosa que ela mesma tinha inventado. Não levaram muito tempo para considerá-la como um membro da família. Era mais afetuosa com Úrsula do que seus próprios filhos jamais tinham sido, e chamava Amaranta e Arcádio de irmãozinhos, Aureliano de tio e José Arcádio Buendía de vovô. Com isso acabou merecendo, tanto como os outros, o nome de Rebeca Buendía, o único que teve e que levou com dignidade até a morte.

Certa noite, na época em que Rebeca curou-se do vício de comer terra e foi levada para dormir no quarto das outras crianças, a índia que dormia com eles despertou por acaso e ouviu um estranho ruído intermitente no canto. Levantou-se alarmada, achando que algum animal tinha entrado no quarto, e então viu Rebeca na cadeirinha de balanço, chupando o dedo e com os olhos alumbrados como os de um gato na escuridão. Pasmada de terror, angustiada pela fatalidade do seu destino, Visitación reconheceu naqueles olhos o sintoma da doença cuja ameaça a havia obrigado, com o irmão, a desterrar-se para sempre de um reino milenar onde eram príncipes. Era a peste da insônia.

Cataure, o índio, não amanheceu em casa. Sua irmã ficou, porque seu coração fatalista dizia que a doença letal haveria de persegui-la de todas as maneiras até o último rincão da Terra. Ninguém entendeu o desassossego de Visitación. "Se não voltarmos a dormir, melhor", dizia José Arcádio Buendía, de bom humor. "Desse jeito a vida renderá mais." A índia, porém, explicou a eles que o mais terrível da enfermidade da insônia não era a impossibilidade de dormir, pois o corpo não sentia cansaço algum, mas sua inexorável evolução rumo a uma manifestação mais crítica: o esquecimento. Queria dizer que quando o enfermo se acostumava com seu estado de vigília, começavam a se apagar de sua memória as recordações da infância, depois o nome e a noção das coisas, e por último a identidade das pessoas e a consciência do próprio ser, até afundar numa espécie de idiotice sem passado. José Arcádio Buendía, morto de rir, concluiu que se tratava de uma das tantas doenças inventadas pela superstição dos indígenas. Mas Úrsula, por via das dúvidas, tomou a precaução de separar Rebeca das outras crianças.

Depois de várias semanas, quando o terror de Visitación parecia aplacado, José Arcádio Buendía se pegou certa noite dando voltas na cama sem conseguir dormir. Úrsula, que também tinha acordado, perguntou a ele o que estava acontecendo, e ele respondeu: "Estou pensando outra vez em Prudêncio Aguilar." Não dormiram um único minuto, mas no dia seguinte se sentiam tão descansados que esqueceram a noite ruim.

Aureliano comentou assombrado na hora do almoço que se sentia muito bem apesar de ter passado a noite inteira no laboratório dourando um broche que pretendia dar a Úrsula no dia de seu aniversário. Não se alarmaram até o terceiro dia, quando na hora de ir deitar se sentiram sem sono e perceberam que estavam há mais de cinquenta horas sem dormir.

— As crianças também estão acordadas — disse a índia com sua convicção fatalista. — Depois que a peste entra em casa, não escapa ninguém.

Haviam, sim, contraído a enfermidade da insônia. Úrsula, que tinha aprendido com a mãe o valor medicinal das plantas, preparou e fez todos tomarem uma beberagem de acônito, mas não conseguiram dormir e passaram o dia inteiro sonhando acordados. Nesse estado de alucinada lucidez não apenas viam as imagens de seus próprios sonhos, mas uns viam as imagens sonhadas pelos outros. Era como se a casa tivesse se enchido de visitas. Sentada em sua cadeirinha de balanço num canto da cozinha, Rebeca sonhou que um homem muito parecido com ela, vestido de linho branco e com o colarinho da camisa fechado por um botão de ouro, levava um ramo de rosas para ela. Estava acompanhado por uma mulher de mãos delicadas que separou uma rosa e pôs no cabelo da menina. Úrsula compreendeu que o homem e a mulher eram os pais de Rebeca, mas embora tenha feito um grande esforço para reconhecê-los, confirmou sua certeza de que nunca os havia visto. Enquanto isso, por um descuido que José Arcádio Buendía não se perdoou jamais, os animaizinhos de caramelo fabricados na casa continuavam sendo vendidos no povoado. Crianças e adultos chupavam encantados os deliciosos galinhos verdes da insônia, os esplêndidos peixes rosados da insônia e os macios cavalinhos amarelos da insônia, e assim a alvorada da segunda-feira surpreendeu o povoado inteiro acordado. No começo ninguém se assustou. Ao contrário, se alegraram por não dormir, porque havia tanta coisa a ser feita em Macondo que o tempo mal dava. Trabalharam tanto que logo não tiveram mais nada para fazer, e às três da madrugada estavam com os braços cruzados, contando o número de notas da valsa dos relógios. Os que queriam dormir, não por cansaço mas por saudades de seus sonhos, recorreram a todo tipo de métodos esgotadores. Reuniam-se para conversar sem trégua, repetindo durante horas e horas as mesmas piadas, complicando até os limites da exasperação a história do galo capão, que era uma brincadeira infinita na qual o narrador perguntava se queriam que contasse o conto do galo capão, e quando respondiam que sim o narrador dizia que não havia pedido que dissessem que sim, mas que se queriam que contasse a história do galo capão, e quando respondiam que não, o narrador dizia que não havia pedido que dissessem que não, mas que se queriam que lhes contasse a história do galo capão, e quando ficavam calados o narrador dizia que não tinha pedido que ficassem calados, e sim que dissessem se queriam que contasse o conto do galo capão, e ninguém conseguia ir embora, porque o narrador dizia que não havia pedido que fossem embora, mas que se queriam que contasse o conto do galo capão, e assim sucessivamente, num círculo vicioso que se prolongava por noites inteiras.

Quando José Arcádio Buendía percebeu que a peste da insônia havia invadido o povoado reuniu os chefes de família para explicar a eles o que sabia da doença, e combinaram medidas para impedir que o flagelo se estendesse a outros povoados do pantanal. Foi assim que tiraram dos bodes os sininhos que os árabes trocavam por araras e os puseram na entrada do povoado à disposição dos que desatendiam os conselhos e súplicas dos sentinelas e insistiam em visitar o lugar. Todos os forasteiros que por aquele tempo percorriam as ruas de Macondo tinham que fazer soar seu sininho para que os enfermos soubessem que estavam sãos. Não era permitido que comessem ou bebessem durante sua estadia, pois não havia dúvida de que a enfermidade só era transmitida pela boca, e todas as coisas de comer e de beber estavam contaminadas pela insônia. Assim a peste foi mantida circunscrita ao perímetro do povoado. Tão eficaz foi a quarentena, que chegou o dia em que a situação de emergência foi considerada coisa natural, e organizou-se a vida e o trabalho retomou seu ritmo e ninguém tornou a se preocupar com o inútil costume de dormir.

Foi Aureliano quem concebeu a fórmula que haveria de defendê-los durante vários meses das evasões da memória. Descobriu-a por acaso. Insone experiente, por ter sido um dos primeiros, havia aprendido à perfeição a arte da ourivesaria. Um dia estava buscando a pequena bigorna que utilizava para laminar os metais, e não lembrou o nome dela. Seu pai disse a ele: "bigorna". Aureliano escreveu o nome num papel que grudou com goma arábica na base da bigorninha: *bigorna*. Assim, teve certeza de não esquecê-lo no futuro. Nem lhe ocorreu que aquela havia sido a primeira manifestação do esquecimento, porque o objeto tinha um nome difícil de lembrar. Mas poucos dias depois descobriu que tinha dificuldade para se lembrar de quase todas as coisas do laboratório. Então as marcou com os respectivos nomes, de maneira que bastava ler a inscrição para identificá-las. Quando seu pai falou de sua preocupação por ter esquecido até os fatos mais impressionantes de sua infância, Aureliano explicou seu método, e José Arcádio Buendía colocou-o em prática na casa inteira e mais tarde o impôs em toda a aldeia. Com um galho de hissopo com tinta marcou cada coisa com seu nome: *mesa*, *cadeira*, *relógio*, *porta*, *parede*, *cama*, *caçarola*. Foi até o curral e marcou os animais e as plantas: *vaca*, *bode*, *porco*, *galinha*, *aipim*, *inhame*, *banana*. Pouco a pouco, estudando as infinitas possibilidades do esquecimento, percebeu que podia chegar o dia em que as coisas seriam reconhecidas por suas inscrições, mas ninguém se lembraria de sua utilidade. Então foi mais explícito. O letreiro que pendurou no cachaço da vaca era uma mostra exemplar da forma pela qual os habitantes de Macondo estavam dispostos a lutar contra o esquecimento: *Esta é a vaca, e deve ser ordenhada todas as manhãs para que produza leite, e o leite deve ser fervido para ser misturado com o café e fazer café com leite*. E assim continuaram vivendo numa realidade escorregadia, momentaneamente capturada pelas palavras, mas que fugiria sem remédio quando fosse esquecido o valor da letra escrita.

Na entrada do caminho do pantanal tinha sido colocado um anúncio que dizia *Macondo*, e outro maior na rua central que dizia *Deus existe*. Em todas as casas tinham sido escritas palavras para memorizar os objetos e os sentimentos. Mas o sistema exigia tamanha vigilância e tanta fortaleza moral que muitos sucumbiram ao feitiço de uma realidade imaginária, inventada por eles mesmos, que acabou sendo menos prática, porém mais reconfortante. Pilar Ternera foi quem mais contribuiu para popularizar essa mistificação, quando concebeu o artifício de ler o passado nas cartas do baralho, da mesma forma que antes lia o futuro. Através desse recurso os insones começaram a viver num mundo construído pelas alternativas incertas das cartas, onde o pai era lembrado apenas como se fosse o homem moreno que havia chegado em princípios de abril e a mãe era recordada como a mulher triguenha que usava um anel de ouro na mão esquerda, e onde uma data de nascimento ficava reduzida à última terça-feira em que a cotovia cantou no pé de louro. Derrotado por aquelas práticas de consolação, José Arcádio Buendía decidiu então construir a máquina da memória que um dia desejou para se lembrar dos maravilhosos inventos dos ciganos. O artefato se baseava na possibilidade de repassar, todas as manhãs, e do princípio até o final, a totalidade dos conhecimentos adquiridos ao longo da vida. Imaginava-o como um dicionário giratório que um indivíduo situado no eixo pudesse operar através de uma manivela, de maneira tal que em poucas horas passassem diante de seus olhos as noções mais necessárias para viver. Havia conseguido escrever cerca de catorze mil fichas quando apareceu pelo caminho do pantanal um ancião estrambótico com a sineta triste dos que conseguiam dormir, carregando uma maleta barriguda amarrada com cordas e um carrinho de mão coberto por uns panos negros. Foi diretamente para a casa de José Arcádio Buendía.

Visitación não o reconheceu ao abrir a porta e pensou que ele estava querendo vender alguma coisa, ignorando que não dava para vender nada num povoado que afundava sem remédio no lamaçal do esquecimento. Era um homem decrépito. Embora sua voz também estivesse trincada pela incerteza e suas mãos parecessem duvidar da existência das coisas, era evidente que vinha do mundo onde os homens ainda podiam dormir e recordar. José Arcádio Buendía encontrou-o sentado na sala, abanando-se com um chapéu negro remendado, enquanto lia com piedosa atenção os cartazes colados nas paredes. Cumprimentou-o com amplas demonstrações de afeto, temendo tê-lo conhecido em outros tempos e agora não se lembrar. Mas o visitante percebeu sua falsidade. Sentiu-se esquecido não pelo esquecimento remediável do coração, mas por outro esquecimento mais cruel e irrevogável que ele conhecia muito bem, porque era o esquecimento da morte. Então compreendeu. Abriu a maleta entulhada de objetos indecifráveis e do meio deles tirou uma maletinha com muitos frascos. Deu de beber a José Arcádio Buendía uma substância de cor suave, e fez-se a luz em sua memória. Seus olhos se umedeceram de pranto antes de ver-se a si mesmo numa sala absurda onde os objetos estavam etiquetados, e antes de se envergonhar das solenes bobagens escritas nas paredes, e antes até de reconhecer o recém-chegado num deslumbrante esplendor de alegria. Era Melquíades.

Enquanto Macondo celebrava a reconquista das recordações, José Arcádio Buendía e Melquíades sacudiam a poeira de sua velha amizade. O cigano chegava disposto a ficar no povoado. Havia estado na morte, era verdade, mas tinha regressado porque não conseguiu aguentar a solidão. Repudiado pela sua tribo, desprovido de qualquer faculdade sobrenatural como castigo por sua fidelidade à vida, decidiu refugiar-se naquele rincão do mundo ainda não descoberto pela morte, dedicado à exploração de um laboratório de daguerreotipia. José Arcádio Buendía nunca tinha ouvido falar daquela invenção. Mas quando viu a si mesmo e a toda sua família plasmados numa idade eterna numa lâmina de metal furta-cor, ficou mudo de estupor. Dessa época datava o oxidado daguerreótipo onde apareceu José Arcádio Buendía com os cabelos eriçados e cinzentos, o engomado colarinho da camisa preso por um botão de cobre e uma expressão de solenidade assombrada, que Úrsula, morrendo de rir, descrevia como "um general assustado". Na verdade, José Arcádio Buendía estava mesmo assustado na diáfana manhã de dezembro em que fizeram o daguerreótipo, porque pensava que as pessoas iam se gastando pouco a pouco à medida que sua imagem passava para as placas metálicas. Numa curiosa inversão de costume, foi Úrsula quem tirou essa ideia de sua cabeça, da mesma forma que também foi ela quem se esqueceu de seus antigos ressentimentos e decidiu que Melquíades ficaria morando na casa, embora nunca tenha permitido que fizessem seu daguerreótipo porque (de acordo com suas próprias palavras textuais) não queria virar, sabe-se lá quando, motivo de troça de seus netos. Naquela manhã vestiu as crianças com suas melhores roupas, passou pó de arroz em seus rostos e deu uma colherada de xarope de tutano a cada um para que permanecessem absolutamente imóveis durante quase dois minutos diante da aparatosa câmara de Melquíades. No daguerreótipo familiar, o único que existiu, Aureliano apareceu vestido de veludo negro, entre Amaranta e Rebeca. Tinha a mesma languidez e o mesmo olhar clarividente que haveria de ter anos mais tarde diante do pelotão de fuzilamento. Mas ainda não havia sentido a premonição de seu destino. Era um ourives exímio, estimado em toda a região do pantanal pelo preciosismo de seu trabalho. Na oficina que compartilhava com o desordenado laboratório de Melquíades mal se ouvia sua respiração. Parecia refugiado em outro tempo, enquanto seu pai e o cigano interpretavam aos gritos as predições de Nostradamus, entre o estrépito de frascos e cubas e o desastre dos ácidos derramados e do brometo de prata perdido pelas cotoveladas e tropeções que davam a cada instante. Essa consagração ao trabalho e o bom senso com que administrava seus ganhos tinham permitido a Aureliano ganhar em pouco tempo mais dinheiro do que Úrsula com sua deliciosa fauna de caramelo, mas todo mundo estranhava que, sendo já um homem feito, ninguém tivesse ouvido falar de mulher em sua vida. Na verdade, não havia tido.

Meses depois, voltou Francisco, o Homem, um andarilho ancião de quase 200 anos que passava com frequência por Macondo divulgando canções compostas por ele mesmo. Nelas, Francisco, o Homem, relatava com detalhes minuciosos as novidades acontecidas nos povoados em seu itinerário, de Manaure aos confins do pantanal, e, se alguém tinha algum recado para mandar ou um acontecimento para divulgar, pagava a ele dois centavos para ser incluído em seu repertório. Foi desse jeito que, por acaso, Úrsula ficou sabendo da morte de sua mãe, na noite em que escutava as canções com a esperança de que dissessem alguma coisa de seu filho José Arcádio. Francisco, o Homem, que assim era chamado por ter derrotado o diabo num duelo de repentes, e cujo verdadeiro nome ninguém jamais ficou sabendo, desapareceu de Macondo durante a peste da insônia e certa noite reapareceu sem aviso algum na taberna de Catarino. Todo mundo foi escutar o que ele contava, para saber o que tinha acontecido no mundo. Dessa vez chegaram com ele uma mulher tão gorda que quatro índios tinham de levá-la carregada num andor e uma mulata adolescente de aparência desamparada que a protegia do sol com uma sombrinha. Aureliano foi naquela noite até a taberna de Catarino. Encontrou Francisco, o Homem, feito um camaleão monolítico, sentado no meio de uma roda de curiosos. Cantava as notícias com sua velha voz áspera e exaurida, acompanhando-se com o mesmo acordeão arcaico que tinha ganho de sir Walter Raleigh na Guiana, enquanto marcava o compasso com seus grandes pés caminhadores rachados pelo salitre. Na frente da porta dos fundos, por onde entravam e saíam alguns homens, estava sentada abanando-se em silêncio a matrona do andor. Catarino, com uma rosa de feltro na orelha, vendia à plateia canecas de garapa fermentada e aproveitava a ocasião para se aproximar dos homens e pôr a mão onde não devia. Lá pela meia-noite o calor era insuportável. Aureliano escutou as notícias até o final sem encontrar nenhuma que interessasse à sua família. Estava disposto a voltar para casa quando a matrona lhe fez um sinal com a mão.

— Vem cá, você também — disse ela. — São só vinte centavos.

Aureliano jogou uma moeda na caixinha que a matrona tinha nas pernas e entrou no quarto sem saber para quê. A mulata adolescente, com suas tetinhas de cadela, estava nua na cama. Antes de Aureliano, naquela noite sessenta e três homens tinham passado pelo quarto. De tanto ser usado, e amassado com suores e suspiros, o ar do quarto começava a se transformar em lodo. A menina abriu o lençol empapado e pediu a Aureliano que o segurasse por uma ponta. Pesava como uma vela de barco. Os dois o espremeram, torcendo o lençol pelas pontas, até que ele recobrou o seu peso natural. Viraram a esteira, e o suor escorria pelo outro lado. Tudo que Aureliano queria era que aquela operação jamais terminasse. Conhecia a mecânica teórica do amor, mas não conseguia se manter de pé por causa do desalento de seus joelhos, e embora tivesse a pele ouriçada e ardente não conseguia segurar a urgência de expulsar o peso das tripas. Quando a moça acabou de arrumar a cama e mandou que ele tirasse a roupa, Aureliano deu uma explicação estabanada: "É que me mandaram entrar. E me disseram que jogasse vinte centavos na caixinha e que não demorasse." A moça entendeu seu desnorteio. "Se você jogar mais vinte na saída, pode até demorar um pouco mais", disse suavemente. Aureliano se desvestiu, atormentado pelo pudor, sem poder se livrar da ideia de que sua nudez não resistia à comparação com a de seu irmão. Apesar dos esforços da moça, ele se sentiu cada vez mais indiferente, e terrivelmente solitário. "Vou botar mais vinte centavos", disse ele com voz desconsolada. A moça agradeceu em silêncio. Suas costas estavam em carne viva. Tinha a pele grudada nas costelas e a respiração alterada por um esgotamento insondável. Dois anos antes, muito longe dali, tinha adormecido sem apagar a vela e havia acordado cercada pelo fogo. A casa onde vivia com a avó, que a havia criado, ficou reduzida a cinzas. Desde então, a avó a levava de povoado em povoado, fazendo com que se deitasse por vinte centavos, para pagar o valor da casa incendiada. De acordo com os cálculos da moça, faltavam ainda uns dez anos de setenta homens por noite, porque além de tudo tinha de pagar os gastos de viagem e alimentação das duas e o salário dos índios que carregavam o andor. Quando a matrona bateu na porta pela segunda vez, Aureliano saiu do quarto sem ter feito nada, atordoado pela vontade de chorar. Naquela noite não conseguiu dormir pensando na moça, com uma mistura de desejo e comiseração. Sentia uma necessidade irresistível de amá-la e protegê-la. Ao amanhecer, extenuado pela insônia e pela febre, tomou a serena decisão de casar-se com ela para libertá-la do despotismo da avó e desfrutar todas as noites da satisfação que ela dava a setenta homens. Mas às dez da manhã, quando chegou na taberna de Catarino, a moça tinha ido embora da aldeia.

O tempo aplacou seu propósito desvairado, mas agravou seu sentimento de frustração. Refugiou-se no trabalho. Resignou-se a ser um homem sem mulher pela vida afora, para ocultar a vergonha de sua inutilidade. Enquanto isso, Melquíades terminou de plasmar em suas placas tudo o que era plasmável em Macondo e abandonou o laboratório de daguerreotipia aos delírios de José Arcádio Buendía, que havia decidido utilizá-lo para obter a prova científica da existência de Deus. Através de um complicado processo de exposições superpostas tomadas em diferentes lugares da casa, tinha certeza de que cedo ou tarde faria o daguerreótipo de Deus, se existisse, ou poria um fim de uma vez por todas às suposições sobre sua existência. Melquíades aprofundou-se nas interpretações de Nostradamus. Ficava até altas horas asfixiando-se dentro de seu desbotado colete de veludo, cobrindo papéis de garranchos com suas minúsculas mãos de pardal, cujos anéis tinham perdido o lume de outra época. Certa noite, acreditou ter encontrado uma predição sobre o futuro de Macondo. Seria uma cidade luminosa, com grandes casas de vidro, onde não restaria nenhum rastro da estirpe dos Buendía. "Você está enganado", trovejou José Arcádio Buendía. "Não serão casas de vidro e sim de gelo, como eu sonhei, e sempre haverá um Buendía, pelos séculos dos séculos." Naquela casa extravagante, Úrsula lutava para preservar o bom senso, tendo expandido o negócio dos animaizinhos de caramelo com um forno que produzia a noite inteira canastras e canastras de pão e uma prodigiosa variedade de pudins, merengues e biscoitinhos, que se esfumavam em poucas horas pelos estreitos e tortuosos caminhos do pantanal. Havia chegado a uma idade em que tinha o direito de descansar, porém estava cada vez mais ativa. E andava tão ocupada em suas prósperas aventuras, que uma tarde olhou distraída o pátio, enquanto a índia a ajudava a adoçar a massa, e viu duas adolescentes desconhecidas e formosas bordando no bastidor à luz do crepúsculo. Eram Rebeca e Amaranta. Mal haviam levantado o luto pela avó, que guardaram com inflexível rigor ao longo de três anos, e a roupa colorida parecia ter dado a elas um novo lugar no mundo. Rebeca, ao contrário do que se podia esperar, era a mais bela. Tinha uma cútis diáfana, uns olhos grandes e repousados e mãos mágicas que pareciam elaborar com fios invisíveis a trama do bordado. Amaranta, a menor, era assim meio sem graça, mas tinha a distinção natural, a fidalguia interior da avó morta. Perto delas, embora já revelasse o impulso físico do pai, Arcádio parecia um menino. Havia se dedicado a aprender a arte da ourivesaria com Aureliano, que também o ensinou a ler e escrever. Úrsula percebeu de repente que a casa tinha se enchido de gente, que seus filhos estavam a ponto de casar e ter filhos, e que se veriam obrigados a se dispersar por falta de espaço. Então pegou o dinheiro acumulado ao longo de longos anos de trabalho duro, assumiu compromissos com seus clientes e começou a ampliação da casa. Mandou construir uma sala formal para as visitas, outra mais cômoda e fresca para o uso diário, uma sala de jantar com uma mesa de doze lugares onde a família poderia sentar-se com todos os convidados; nove dormitórios com janelas para o pátio e uma varanda comprida protegida do resplendor do meio-dia por um jardim de rosas, com uma balaustrada para colocar vasos de samambaias e jardineiras de begônias. Mandou aumentar a cozinha para construir dois fornos, mandou destruir a velha despensa onde Pilar Ternera leu o futuro de José Arcádio e construir outra duas vezes maior para que nunca faltassem alimentos na casa. Mandou erguer no pátio, à sombra da castanheira, um banheiro para as mulheres e outro para os homens, e nos fundos uma cavalariça grande, um galinheiro com tela de arame, um estábulo para a ordenha e um viveiro aberto aos quatro ventos para que os pássaros sem rumo se acomodassem à vontade. Seguida por dúzias de pedreiros e carpinteiros, como se tivesse contraído a febre alucinante do marido, Úrsula determinava a posição da luz e a conduta do calor, e repartia o espaço sem a menor noção de seus limites. A primitiva construção dos fundadores encheu-se de ferramentas e materiais, de peões sufocados pelo suor, que pediam a todo mundo o favor de não estorvar, sem pensar que eles eram os que estorvavam, exasperados pelo embornal de ossos humanos que os perseguia por todos os lados com seu surdo chocalhar. Naquele desconforto, respirando cal viva e melaço de alcatrão, ninguém entendeu direito como foi surgindo das entranhas da terra não apenas a maior casa que haveria no povoado, mas também a mais hospitaleira e fresca que jamais existiu na região do pantanal. José Arcádio Buendía, tentando surpreender a Providência Divina no meio do cataclismo, foi quem menos entendeu. A casa nova estava quase terminada quando Úrsula arrancou-o do seu mundo quimérico para informar que havia uma ordem para que a fachada fosse pintada de azul, e não de branco, como eles queriam. Mostrou a ordem oficial escrita num papel. José Arcádio Buendía, sem entender o que a mulher dizia, examinou a assinatura.

— Quem é esse fulano? — perguntou.

— O alcaide — disse Úrsula desconsolada. — Dizem que é uma autoridade que o governo mandou.

Dom Apolinar Moscote, o alcaide, havia chegado a Macondo sem fazer alarde. Baixou no Hotel do Jacob — instalado por um dos primeiros árabes que chegaram barganhando bugigangas por araras — e no dia seguinte alugou um quartinho com porta para a rua, a duas quadras da casa dos Buendía. Montou uma mesa e uma cadeira que comprou do próprio Jacob, pregou na parede um escudo da república que tinha trazido na bagagem e pintou na porta o letreiro: *Alcaide*. Sua primeira providência foi determinar que todas as casas fossem pintadas de azul para comemorar a independência nacional. José Arcádio Buendía, com a cópia da ordem nas mãos, encontrou-o fazendo a sesta na rede que tinha pendurado no escritório acanhado. "Foi o senhor que escreveu este papel?", perguntou. Dom Apolinar Moscote, um homem maduro, tímido, de compleição sanguínea, respondeu que sim. "E com que direito?", tornou a perguntar José Arcádio Buendía. Dom Apolinar

Moscote procurou um papel na gaveta e mostrou a ele: "Fui nomeado alcaide deste povoado." José Arcádio Buendía sequer olhou a nomeação.

— Neste povoado não mandamos com papéis — falou sem perder a calma. — E para que o senhor fique sabendo de uma vez por todas, não precisamos de nenhum alcaide nem de corregedor nem de nada disso, porque aqui não tem nada para ser corrigido.

Diante da impavidez de dom Apolinar Moscote, e sempre sem levantar a voz, fez um pormenorizado relato de como haviam fundado a aldeia, de como tinham repartido a terra, aberto os caminhos e introduzido as melhorias que haviam sido exigidas pela necessidade, sem ter incomodado governo algum e sem que ninguém os incomodasse. "Somos tão pacíficos que não morremos nem de morte natural", disse. "Dá para ver: não temos nem cemitério." Não se queixou de que o governo não os tivesse ajudado. Ao contrário, estava contente porque até aquele dia os deixaram crescer em paz, e esperava que continuassem deixando, porque eles não tinham fundado um povoado para que o primeiro que chegasse fosse logo dizendo o que deveriam fazer. Dom Apolinar Moscote havia vestido um paletó de linho, branco como suas calças, sem perder em nenhum momento a pureza de seus gestos.

— Então, se o senhor quiser permanecer aqui, como outro cidadão comum e corrente, pois será muito bem-vindo — concluiu José Arcádio Buendía. — Mas se veio para implantar a desordem obrigando as pessoas a pintar suas casas de azul, pode recolher seus trastes e voltar por onde veio. Porque a minha casa vai ser branca feito uma pomba.

Dom Apolinar Moscote ficou pálido. Deu um passo para trás e apertou as mandíbulas para dizer com certa aflição:

— Vou logo avisando: estou armado.

José Arcádio Buendía não percebeu em que momento subiu às suas mãos a força juvenil com que derrubava um cavalo. Agarrou Dom Apolinar Moscote pelo colarinho e levantou-o até a altura dos seus olhos.

— Estou fazendo isso — disse — porque prefiro carregá-lo vivo em vez de ter de carregar seu peso de morto pelo resto da minha vida.

E desse jeito levou-o pelo meio da rua, suspenso pelo colarinho, até botá-lo sobre seus dois pés no caminho do pantanal. Uma semana depois, ele voltou com seis soldados descalços e esfarrapados, armados com espingardas, e um carro de boi onde viajavam sua mulher e suas sete filhas. Mais tarde chegaram outros dois carros com os móveis, os baús e os utensílios domésticos. Instalou a família no Hotel do Jacob, enquanto procurava uma casa, e tornou a abrir o escritório, protegido pelos soldados. Os fundadores de Macondo, decididos a expulsar os invasores, foram, com seus filhos mais velhos, se colocar à disposição de José Arcádio Buendía. Mas ele recusou, conforme explicou, porque dom Apolinar Moscote havia regressado com a mulher e as filhas, e não era próprio de um homem vexar outro homem diante da família. Assim sendo, decidiu resolver a situação de maneira pacífica.

Aureliano foi junto. Naquela altura já havia começado a cultivar o bigode negro de pontas engomadas e tinha a voz meio de trovão que haveria de ser sua característica na guerra. Desarmados, e sem dar importância aos guardas, entraram no escritório do alcaide. Dom Apolinar Moscote não perdeu a serenidade. Apresentou os dois a duas de suas filhas que por acaso estavam ali: Amparo, de 16 anos, morena como a mãe, e Remédios, de apenas nove anos, uma menina linda com pele de lírio e olhos verdes. Eram graciosas e bem-educadas. Nem bem os dois entraram, e antes mesmo que fossem apresentados, elas buscaram cadeiras para que se sentassem. Mas eles ficaram de pé.

— Muito bem, amigo — disse José Arcádio Buendía —, o senhor fica por aqui, mas não porque tem aí na porta esses bandoleiros de trabuco, e sim por consideração à senhora sua esposa e às suas filhas.

Dom Apolinar Moscote ficou desconcertado, mas José Arcádio Buendía não lhe deu tempo para replicar. "Só temos duas condições", acrescentou. "A primeira: que cada um pinte sua casa da cor que bem entender. A segunda: os soldados vão embora de imediato. Nós garantimos a ordem." O alcaide levantou a mão direita com todos os dedos estendidos.

— Palavra de honra?

— Palavra de inimigo — disse José Arcádio Buendía. E acrescentou num tom amargo: — Porque uma coisa quero deixar claro: o senhor e eu continuamos sendo inimigos.

Naquela mesma tarde os soldados foram embora. Poucos dias depois José Arcádio Buendía conseguiu uma casa para a família do alcaide. Todo mundo ficou em paz, menos Aureliano. A imagem de Remédios, a filha mais nova do alcaide, que pela idade poderia ser sua filha, continuou doendo em alguma parte de seu corpo. Era uma sensação física que o incomodava um pouco ao caminhar, como uma pedrinha no sapato.

A casa nova, branca feito uma pomba, foi inaugurada com um baile. Úrsula havia concebido essa ideia na tarde em que viu Rebeca e Amaranta transformadas em adolescentes, e quase se pode dizer que o principal motivo da construção foi o desejo de procurar para as moçoilas um lugar digno de receber visitas. Para que nada tirasse o esplendor do seu propósito, trabalhou como um galeote enquanto as reformas eram executadas, e antes mesmo que as obras estivessem terminadas encomendou custosas peças para a decoração e o serviço de mesa, bem como a invenção maravilhosa que haveria de suscitar o assombro do povoado inteiro e o júbilo da juventude: a pianola. Foi levada aos pedaços, empacotada em vários caixotes que foram descarregados junto com os móveis vienenses, as taças de cristal da Boêmia, a louça da Companhia das Índias, as toalhas de mesa da Holanda e uma rica variedade de lustres e castiçais, e floreiros, paramentos e tapetes. A casa importadora enviou por sua conta um especialista italiano, Pietro Crespi, para que armasse e afinasse a pianola, instruísse os compradores em seu manejo e os ensinasse a dançar a música da moda impressa em seis rolos de papel.

Pietro Crespi era jovem e louro, o homem mais belo e mais bem-educado que Macondo jamais tinha visto, tão escrupuloso no vestir que, apesar do calor sufocante, trabalhava com o colete de brocado e o grosso paletó de veludo escuro. Empapado de suor, guardando uma distância reverente dos donos da casa, passou várias semanas trancado na sala, com uma devoção similar à de Aureliano em sua oficina de ourives. Certa manhã, sem abrir a porta, sem convocar nenhuma testemunha do milagre, colocou o primeiro rolo na pianola, e o martelar atormentador e o estrépito constante das ripas de madeira cessaram num silêncio de assombro diante da ordem e da limpeza da música. Todos se precipitaram para a sala. José Arcádio Buendía parecia fulminado não pela beleza da melodia, mas pelo teclar autônomo da pianola, e instalou na sala a câmara de Melquíades com a esperança de obter o daguerreótipo daquele pianista invisível. Naquele dia o italiano almoçou com eles. Rebeca e Amaranta, servindo a mesa, se intimidaram com a fluidez com que aquele homem angélico de mãos pálidas e sem anéis conduzia os talheres. Na sala de estar, contígua à de visitas, Pietro Crespi ensinou-as a dançar. Indicava os passos sem tocá-las, marcando o compasso com um metrônomo, debaixo da amável vigilância de Úrsula, que não abandonou a sala um só instante enquanto suas filhas recebiam as lições. Naqueles dias Pietro Crespi usava umas calças especiais, muito flexíveis e justas, e sapatilhas de dança. "Você não precisa se preocupar tanto", dizia José Arcádio Buendía a Úrsula. "Esse homem é marica." Mas ela não desistiu da vigilância enquanto não acabou o aprendizado e o italiano foi-se embora de Macondo. Começou então a organização da festa. Úrsula fez uma lista severa dos convidados, na qual os únicos escolhidos foram os descendentes dos fundadores, salvo a família de Pilar Ternera, que já havia tido outros dois filhos de pais desconhecidos. Na verdade, era uma seleção de classe, só que determinada por sentimentos de amizade, pois os favorecidos não apenas eram os mais antigos amigos da casa de José Arcádio Buendía desde antes de ele empreender o êxodo que culminou com a fundação de Macondo, como também seus filhos e netos eram os companheiros habituais de Aureliano e Arcádio desde a infância, e suas filhas eram as únicas que visitavam a casa para bordar com Rebeca e Amaranta. Dom Apolinar Moscote, o governante benévolo cuja atuação se reduzia a sustentar com seus escassos recursos os dois policiais armados com bastões de madeira, era uma autoridade ornamental. Para enfrentar os gastos domésticos, suas filhas abriram um ateliê de costura, onde faziam tanto flores de feltro como biscoitinhos de goiaba e escreviam cartas de amor sob encomenda. Mas, apesar de serem recatadas e serviçais, as mais belas do povoado e as mais hábeis nas novas danças, não conseguiram ser levadas em consideração na hora da festa.

Enquanto Úrsula e as meninas desencaixotavam móveis, poliam louças e dependuravam quadros de donzelas em barcos carregados de rosas, infundindo um sopro de vida nova aos espaços desnudos que os pedreiros construíram, José Arcádio Buendía renunciava à perseguição da imagem de Deus, convencido de sua inexistência, e estripava a pianola para decifrar sua magia secreta. Dois dias antes da festa, encalhado num arroio de cravelhas e marteletes sobrantes, chapinhando num cipoal de cordas que desenrolavam por um lado e tornavam a se enrolar por outro, conseguiu rearmar o instrumento, transformado numa geringonça estranha. Nunca houve tantos sobressaltos e tanto corre-corre como naqueles dias, mas as novas lamparinas de alcatrão foram acesas no dia e hora previstos. A casa se abriu, ainda cheirando a resina e cal úmida, e os filhos e netos dos fundadores conheceram a varanda de samambaias e begônias, os aposentos silenciosos, o jardim saturado pela fragrância das rosas e se reuniram na sala de visitas diante do invento desconhecido que tinha sido coberto por um lençol branco. Quem conhecia o pianoforte, popular em outros povoados do pantanal, sentiu-se um pouco desacorçoado, mas ainda mais amarga foi a desilusão de Úrsula quando colocou o primeiro rolo para que Amaranta e Rebeca abrissem o baile e o mecanismo não funcionou. Melquíades, já quase cego, desmilinguindo-se de decrepitude, recorreu às artes de sua antiquíssima sabedoria para tratar de consertá-lo. No fim, José Arcádio Buendía conseguiu mover por engano um dispositivo engastalhado, e a música saiu primeiro aos borbotões, e depois num manancial de notas arrevesadas. Golpeando contra as cordas colocadas sem ordem nem conserto e afinadas com temeridade, os marteletes perderam o rumo. Mas os obstinados descendentes dos vinte e um intrépidos que vararam a serra buscando o mar no ocidente souberam desviar dos obstáculos da barafunda melódica, e o baile se prolongou até o amanhecer.

Pietro Crespi voltou para montar a pianola. Rebeca e Amaranta o ajudaram a ordenar as cordas e o seguiam em suas risadas pelo arrevesado das valsas. Era tão afetuoso, e de índole tão honrada, que Úrsula renunciou à vigilância. Na véspera de sua partida foi improvisado, com a pianola restaurada, um baile de despedida, e ele fez com Rebeca uma demonstração virtuosa das danças modernas. Arcádio e Amaranta os igualaram em graça e destreza. Mas a exibição foi interrompida porque Pilar Ternera, que estava na porta com os curiosos, atracou-se, a mordidas e puxões de cabelos, com uma mulher que se atreveu a comentar que o jovem Arcádio tinha nádegas de mulher. Por volta da meia-noite Pietro Crespi despediu-se com um discursinho sentimental e prometeu voltar logo. Rebeca acompanhou-o até a porta, e depois de ter fechado a casa e apagado as lamparinas foi chorar no seu quarto. Foi um pranto inconsolável que se prolongou por vários dias, e cuja razão nem mesmo Amaranta ficou sabendo. Não era estranho o seu hermetismo. Embora parecesse expansiva e cordial, tinha um temperamento solitário e um coração impenetrável. Era uma adolescente esplêndida, de ossos longos e firmes, mas teimava em continuar usando a cadeirinha de balanço de madeira com que havia chegado na casa, muitas vezes reforçada e já sem os braços. Ninguém havia descoberto que até aquela idade ela ainda conservava o hábito de chupar o dedo. Por isso não perdia ocasião de se trancar no banheiro, e tinha adquirido o costume de dormir com o rosto virado para a parede. Nas tardes de chuva, bordando com um grupo de amigas na varanda das begônias, perdia o fio da conversa e uma lágrima de nostalgia salgava seu paladar quando via os veios de terra úmida e os montinhos de barro construídos pelas minhocas no jardim. Esses gostos secretos, derrotados em outro tempo pelas laranjas com ruibarbo, explodiram num desejo irreprimível quando começou a chorar. Voltou a comer terra. A primeira vez foi quase por curiosidade, certa de que aquele mau sabor seria o melhor remédio contra a tentação. E realmente não conseguiu suportar a terra na boca. Mas insistiu, vencida pela ânsia crescente, e pouco a pouco foi resgatando o apetite ancestral, o gosto pelos minerais primários, a satisfação sem limites com o alimento original. Colocava punhados de terra nos bolsos, que depois comia escondida, de grão em grão, com um confuso sentimento de felicidade e de raiva, enquanto adestrava suas amigas nos pontos mais difíceis e conversava sobre homens que não mereciam o sacrifício de, por causa deles, comer a cal das paredes. Os punhados de terra tornavam menos remoto e mais certo o único homem que merecia aquela degradação, como se o chão que ele pisava com suas finas botas de verniz em outro lugar do mundo transmitisse a ela o peso e a temperatura de seu sangue num sabor mineral que deixava um borralho áspero na boca e um sedimento de paz no coração. Numa tarde, sem nenhum motivo, Amparo Moscote pediu licença para conhecer a casa. Amaranta e Rebeca, desconcertadas pela visita imprevista, a receberam com um formalismo duro. Mostraram a mansão reformada, fizeram com que ouvisse os rolos da pianola e ofereceram laranjada e biscoitinhos. Amparo deu uma lição de dignidade, de encanto pessoal, de boas maneiras, e impressionou Úrsula nos breves instantes em que acompanhou a visita. Ao cabo de duas horas, quando a conversa começava a definhar, Amparo aproveitou um descuido de Amaranta e entregou uma carta a Rebeca. Ela conseguiu ver o nome da mui distinta senhorita dona Rebeca Buendía, escrito com a mesma letra metódica, a mesma tinta verde e a mesma disposição preciosista das palavras com que estavam escritas as instruções de uso da pianola, e dobrou a carta com a ponta dos dedos e escondeu-a no decote, olhando para Amparo Moscote com uma expressão de gratidão sem fim nem condições e uma calada promessa de cumplicidade até a morte.

A repentina amizade de Amparo Moscote e Rebeca Buendía despertou as esperanças de Aureliano. A lembrança da pequena Remédios não havia deixado de torturá-lo, mas não encontrava oportunidade para vê-la. Quando passeava pelo povoado com seus amigos mais próximos, Magnífico Visbal e Gerineldo Márquez — filhos dos fundadores de mesmo nome —, procurava-a com olhar ansioso no ateliê de costura, e só via as irmãs mais velhas. A presença de Amparo Moscote na casa foi como uma premonição. "Tem que vir com ela", se dizia Aureliano em voz baixa. "Tem que vir." Tantas vezes repetiu, e com tamanha convicção, que numa tarde em que armava na oficina um peixinho de ouro teve a certeza de que ela havia respondido ao seu chamado. Pouco depois, ouviu a vozinha infantil, e ao levantar os olhos com o coração gelado de pavor viu a menina na porta com um vestido de organdi cor-de-rosa e botinhas brancas.

— Aí você não entra, Remédios — disse Amparo Moscote no corredor. — Tem gente trabalhando.

Mas Aureliano não lhe deu tempo de obedecer. Levantou o peixinho dourado preso numa correntinha que saía de sua boca e disse:

— Pode entrar.

Remédios se aproximou e fez algumas perguntas sobre o peixinho, que Aureliano não conseguiu responder porque foi impedido por uma asma repentina. Queria ficar para sempre junto daquela cútis de lírio, junto daqueles olhos de esmeralda, muito perto daquela voz que a cada pergunta dizia a ele senhor com o mesmo respeito com que dizia a seu pai. Melquíades estava num canto, sentado à escrivaninha, rabiscando signos indecifráveis. Aureliano odiou-o. Não conseguiu fazer nada a não ser dizer a Remédios que ia dar o peixinho de presente para ela, mas a menina se assustou tanto com o oferecimento que saiu da oficina correndo. Naquela tarde Aureliano perdeu a recôndita paciência com que havia esperado a ocasião de vê-la. Descuidou do trabalho. Chamou-a muitas vezes, em desesperados esforços de concentração, mas Remédios não respondeu. Procurou-a no ateliê das irmãs, nas cortinas da sua casa, no escritório de seu pai, mas somente a encontrou na imagem que saturava a sua própria e terrível solidão. Passava horas inteiras com Rebeca na sala de visitas escutando as valsas da pianola. Ela as escutava porque eram a música com que Pietro Crespi a havia ensinado a dançar. Aureliano as escutava simplesmente porque tudo, até a música, fazia com que recordasse Remédios.

A casa se encheu de amor. Aureliano expressou isso em versos que não tinham começo nem fim. Escrevia nos ásperos pergaminhos que Melquíades dava a ele de presente, nas paredes do banheiro, na pele do braço, e em todos aparecia Remédios transfigurada: Remédios no ar soporífero das duas da tarde, Remédios na calada respiração das rosas, Remédios na clepsidra secreta das traças, Remédios no vapor do pão ao amanhecer, Remédios em todas as partes e Remédios para sempre. Rebeca esperava o amor às quatro da tarde bordando ao lado da janela. Sabia que a mula do correio só chegava a cada quinze dias, mas esperava sempre, convencida de que ia chegar num dia qualquer por engano. Aconteceu exatamente o contrário: uma vez a mula não chegou no dia previsto. Louca de desesperação, Rebeca se levantou à meia-noite e comeu punhados de terra no jardim, com uma avidez suicida, chorando de dor e de fúria, mastigando minhocas tenras e trincando os dentes nas carapaças dos caracóis. Vomitou até o amanhecer. Afundou num estado de prostração febril, perdeu a consciência, e seu coração abriu-se num delírio sem pudor. Úrsula, escandalizada, forçou a fechadura do baú e encontrou no fundo, atadas com fitas cor-de-rosa, as dezesseis cartas perfumadas e os esqueletos de folhas e pétalas conservados em livros antigos e as borboletas dissecadas que, ao serem tocadas, transformaram-se em pó.

Aureliano foi o único capaz de compreender tamanha desolação. Naquela tarde, enquanto Úrsula tratava de resgatar Rebeca do manguezal do delírio, ele foi com Magnífico Visbal e Gerineldo Márquez até a taberna de Catarino. O estabelecimento tinha sido ampliado com uma galeria de quartinhos de madeira onde moravam mulheres sozinhas cheirando a flores mortas. Um conjunto de sanfona e tambores executava as canções de Francisco, o Homem, que havia vários anos tinha desaparecido de Macondo. Os três amigos beberam garapa fermentada. Magnífico e Gerineldo, contemporâneos de Aureliano, porém mais experientes nas coisas do mundo, bebiam metodicamente com mulheres sentadas no colo. Uma delas, meio murcha e com a dentadura banhada a ouro, fez em

Aureliano uma carícia perturbadora. Ele a rechaçou. Tinha descoberto que quanto mais bebia mais recordava Remédios, embora suportasse melhor a tortura de sua lembrança. Não percebeu o momento em que começou a flutuar. Viu seus amigos e as mulheres navegando numa reverberação radiante, sem peso nem volume, dizendo palavras que não saíam de seus lábios e fazendo sinais misteriosos que não correspondiam a seus gestos. Catarino pôs a mão em seu ombro e disse: "São quase onze." Aureliano virou a cabeça, viu o enorme rosto desfigurado com uma flor de feltro na orelha, e então perdeu a memória, como nos tempos do esquecimento, e tornou a recobrá-la em uma madrugada alheia e em um quarto que lhe era completamente estranho, onde estava Pilar Ternera de combinação, descalça, desgrenhada, alumbrando-o com uma lamparina e pasma de incredulidade.

— Aureliano!

Aureliano firmou-se sobre os próprios pés e levantou a cabeça. Ignorava como havia chegado ali, mas sabia qual era o propósito, porque o carregava escondido desde a infância em um poço inviolável do coração.

— Vim dormir com a senhora — disse ele.

Estava com a roupa besuntada de lodo e de vômito. Pilar Ternera, que naquela época vivia com seus dois filhos menores, não fez nenhuma pergunta. Levou-o para a cama. Limpou seu rosto com um trapo úmido, tirou sua roupa, e depois despiu-se por completo e baixou o mosquiteiro para que seus filhos não a vissem, caso acordassem. Tinha cansado de esperar pelo homem que ficou, pelos homens que se foram, pelos incontáveis homens que erraram o caminho de sua casa confundidos pela incerteza das cartas do baralho. Na espera, sua pele tinha enrugado, seus seios tinham se esvaziado, havia se apagado o braseiro de seu coração. Procurou Aureliano na escuridão, pôs a mão em seu ventre e beijou seu pescoço com ternura maternal. "Meu pobre menininho", murmurou. Aureliano estremeceu. Com uma destreza serena, sem o menor tropeço, deixou para trás os despenhadeiros da dor e encontrou Remédios convertida num pântano sem horizontes, cheirando a animal cru e a roupa recém-passada. Quando voltou à superfície estava chorando. Primeiro foram uns soluços involuntários e entrecortados. Depois se esvaziou num manancial desatado, sentindo que alguma coisa intumescida e dolorosa tinha arrebentado dentro dele. Ela esperou, roçando sua cabeça com as pontas dos dedos, até que o corpo dele se desocupou da matéria escura que não o deixava viver. Então Pilar Ternera perguntou: "Quem é?" E Aureliano contou. Ela soltou a risada que em outros tempos espantava as pombas e que agora sequer acordava as crianças. "Você vai ter que acabar de criá-la", caçoou. Mas debaixo da caçoada Aureliano encontrou um remanso de compreensão. Quando abandonou o quarto, deixando ali não apenas a incerteza de sua virilidade mas também o peso amargo que durante tantos meses tinha suportado no coração, Pilar Ternera fez a ele uma promessa espontânea.

— Vou falar com a menina — disse ela — e vou servi-la a você numa bandeja.

Cumpriu. Mas em um mau momento, porque a casa havia perdido a paz de outros tempos. Ao descobrir a paixão de Rebeca, que não foi possível manter em segredo por causa de seus gritos, Amaranta sofreu um acesso de febre. É que ela também padecia o espinho de um amor solitário. Trancada no banheiro, se desafogava do tormento de uma paixão sem esperanças escrevendo cartas febris que se conformava em esconder no fundo do baú. Úrsula mal deu conta de atender às duas enfermas. Não conseguiu, em prolongados e insidiosos interrogatórios, averiguar as causas da prostração de Amaranta. Por fim, em outro instante de inspiração forçou a fechadura do baú da menina e encontrou as cartas atadas com fitas cor-de-rosa, inchadas de açucenas frescas e ainda úmidas de lágrimas, dirigidas e nunca enviadas a Pietro Crespi. Chorando de fúria maldisse a hora em que teve a ideia de comprar a pianola, proibiu as aulas de bordado e decretou uma espécie de luto sem morto que haveria de se prolongar até que as filhas desistissem de suas esperanças. Foi inútil a intervenção de José Arcádio Buendía, que tinha retificado sua primeira impressão sobre Pietro Crespi e admirava sua habilidade para o manejo de máquinas musicais. Assim, quando Pilar Ternera disse a Aureliano que Remédios estava decidida a se casar, ele compreendeu que a notícia acabaria de atordoar os seus pais. Mas enfrentou a situação. Convocados para a sala de visitas para uma conversa formal, José Arcádio Buendía e Úrsula escutaram impávidos a declaração do filho. Ao saber o nome da noiva, porém, José Arcádio Buendía ficou rubro de indignação. "O amor é uma peste", trovejou. "Com tantas moças bonitas e decentes, a única coisa que lhe passa pela cabeça é casar com a filha do inimigo." Mas Úrsula concordou com a escolha. Confessou seu afeto pelas sete irmãs Moscote, pela sua formosura, sua diligência, seu recato e sua boa educação, e celebrou o acerto do filho. Vencido pelo entusiasmo da mulher, José Arcádio Buendía impôs então uma condição: Rebeca, que era a correspondida, se casaria com Pietro Crespi. Úrsula levaria Amaranta para uma viagem à capital da província, quando tivesse tempo, para que o contato com gente diferente a aliviasse da desilusão. Rebeca recobrou a saúde assim que ficou sabendo do acordo, e escreveu ao noivo uma carta jubilosa que submeteu à aprovação dos pais e pôs no correio sem utilizar intermediários. Amaranta fingiu aceitar a decisão e pouco a pouco restabeleceu-se das febres, mas prometeu a si mesma que Rebeca só se casaria com Pietro Crespi passando por cima do seu cadáver.

No sábado seguinte, José Arcádio Buendía vestiu o terno de lã escura, o colarinho de celuloide e as botas de camurça que havia estreado na noite da festa, e foi pedir a mão de Remédios Moscote. O alcaide e sua esposa o receberam ao mesmo tempo enlevados e conturbados, porque ignoravam o propósito da visita imprevista, e depois acharam que ele tinha confundido o nome da pretendida. Para dissipar o erro, a mãe despertou Remédios e levou-a nos braços até a sala, ainda atarantada de sono. Perguntaram a ela se estava de verdade decidida a se casar, e ela respondeu choramingando que tudo que queria é que a deixassem dormir. José Arcádio Buendía, compreendendo o desconcerto dos Moscote, foi esclarecer as coisas com Aureliano. Quando regressou, o casal Moscote estava vestido com roupas formais, havia mudado a posição dos móveis e posto flores novas nos floreiros, e o esperava na companhia de suas filhas maiores. Agoniado pela situação ingrata e pelo incômodo do colarinho duro, José Arcádio Buendía confirmou que era verdade, que a eleita era mesmo Remédios. "Isto não faz sentido", disse consternado dom Apolinar Moscote. "Temos seis outras filhas, todas solteiras e em idade de merecer, e que estariam encantadas de ser esposas digníssimas de cavalheiros sérios e trabalhadores como seu filho, e Aurelito põe os olhos justamente na única que ainda urina na cama." Sua esposa, uma mulher bem conservada, de pálpebras e gestos aflitos, recriminou sua incorreção. Quando terminaram de tomar batida de frutas, tinham aceitado com satisfação a decisão de Aureliano. Mas a senhora Moscote suplicava falar a sós com Úrsula. Intrigada, protestando porque a enredavam em assuntos de homens, mas na realidade intimidada pela emoção, Úrsula foi visitá-la no dia seguinte. Meia hora depois voltou com a notícia de que Remédios era impúbere. Aureliano achou que esse não era um obstáculo grave. Havia esperado tanto, que podia esperar o que fosse necessário, até que a noiva estivesse em idade de conceber.

A harmonia recobrada só foi interrompida pela morte de Melquíades. Embora fosse um acontecimento previsível, as circunstâncias não foram. Poucos meses depois de seu regresso, tinha ocorrido nele um processo de envelhecimento tão apressado e crítico, que de repente passou a ser tratado como um desses bisavôs inúteis que perambulam feito sombras pelos dormitórios, arrastando os pés, recordando os bons tempos em voz alta, e de quem ninguém cuida nem se lembra até o dia em que amanhecem mortos na cama. No começo, José Arcádio Buendía o seguia em suas tarefas, entusiasmado com a novidade da daguerreotipia e das previsões de Nostradamus. Mas pouco a pouco foi abandonando-o à sua solidão, porque cada vez se tornava mais difícil se comunicarem. Estava perdendo a vista e o ouvido, parecia confundir os interlocutores com pessoas que conheceu em épocas remotas da humanidade, e respondia às perguntas com um intrincado maremoto de idiomas. Caminhava tateando o ar, embora se movesse entre as coisas com uma fluidez inexplicável, como se fosse dotado de um instinto de orientação baseado em pressentimentos imediatos. Um dia se esqueceu de pôr a dentadura postiça, que deixava de noite num copo com água ao lado da cama, e não tornou a usá-la. Quando Úrsula decidiu a ampliação da casa, fez para ele um quarto especial, colado à oficina de Aureliano, longe dos ruídos e da agitação doméstica, com uma janela inundada de luz e uma estante onde ela mesma arrumou os livros quase desfeitos pelo pó e pelas traças, os quebradiços papéis cobertos por signos indecifráveis e o copo com a dentadura postiça onde haviam se grudado umas plantinhas aquáticas de minúsculas flores amarelas. O novo lugar pareceu agradar a Melquíades, porque ele não voltou a ser visto nem mesmo na sala de jantar. Só ia até a oficina de Aureliano, onde passava horas e horas rabiscando sua literatura enigmática nos pergaminhos que levou com ele e que pareciam fabricados com uma matéria árida que se esfarelava feito pastel de vento. Ali comia os alimentos que Visitación levava duas vezes por dia, embora nos últimos tempos tivesse perdido o apetite e só se alimentasse de legumes. Num instante adquiriu o aspecto de desamparo típico dos vegetarianos. A pele cobriu-se de um musgo tenro, semelhante ao que prosperava no colete anacrônico que não tirou jamais, e sua respiração exalava um hálito de animal adormecido. Aureliano acabou se esquecendo dele, absorto na redação de seus versos, mas em certa ocasião achou que estava entendendo alguma coisa do que dizia em seus monólogos de ladainha e prestou atenção. Na verdade, a única coisa que conseguiu isolar na rajada de frases pedregosas foi o insistente martelar da palavra equinócio equinócio equinócio, e o nome de Alexander von Humboldt. Arcádio se aproximou um pouco mais dele quando começou a ajudar Aureliano na ourivesaria. Melquíades correspondeu ao seu esforço de comunicação soltando às vezes frases em castelhano que tinham muito pouco a ver com a realidade. Numa tarde, porém, pareceu iluminado por uma emoção repentina. Anos depois, diante do pelotão de fuzilamento, Arcádio haveria de se lembrar do tremor com que Melquíades o fez ouvir várias páginas de sua escrita impenetrável, que é claro que não entendeu, mas que ao serem lidas em voz alta pareciam encíclicas cantadas. Depois sorriu pela primeira vez em muito tempo e disse em castelhano: "Quando eu morrer, queimem mercúrio no meu quarto durante três dias." Arcádio contou isso a José Arcádio Buendía, que tentou obter uma informação mais explícita, mas só conseguiu uma resposta: "Atingi a imortalidade." Quando a respiração de Melquíades começou a ter cheiro, Arcádio passou a levá-lo para tomar banho no rio, nas manhãs das quintas-feiras. Pareceu melhorar. Melquíades se despia e entrava na água junto com os garotos, e seu misterioso sentido de orientação permitia que evitasse os lugares fundos e perigosos. "Somos da água", disse em certa ocasião. E assim passou muito tempo sem que ninguém o visse na casa, a não ser na noite em que fez um comovedor esforço para consertar a pianola, ou quando ia ao rio com Arcádio levando debaixo do braço a cuia de cabaça e uma bola de sabão de coco enroladas numa toalha. Numa quinta-feira, antes de que o chamassem para ir ao rio, Aureliano ouviu-o dizer: "Morri de febre nas dunas de Cingapura." Naquele dia, entrou na água por um caminho equivocado e só foi encontrado na manhã seguinte, vários quilômetros rio abaixo, encalhado num remanso luminoso e com um urubu solitário de pé sobre o seu ventre. Contra os escandalizados protestos de Úrsula, que chorou de dor por ele mais do que havia chorado pelo próprio pai, José Arcádio Buendía se opôs a que o enterrassem. "É imortal — disse — e ele mesmo revelou a fórmula da ressurreição." Reviveu a esquecida tubulação de cerâmica e pôs para ferver uma caldeirinha de mercúrio ao lado do cadáver, que pouco a pouco ia se enchendo de borbulhas azuis. Dom Apolinar Moscote se atreveu a recordar-lhe que um afogado insepulto era um perigo para a saúde pública. "Nada disso, pois ele está vivo", foi a réplica de José Arcádio Buendía, que completou as setenta e duas horas de incensos de mercúrio quando o cadáver já começava a arrebentar numa floração lívida, cujos assovios tênues impregnaram a casa de um vapor pestilento. Só então permitiu que o enterrassem, mas não de um jeito qualquer, e sim com as honras reservadas ao maior benfeitor de Macondo. Foi o primeiro enterro e o mais concorrido que jamais se viu no povoado, superado somente um século depois pelo carnaval funerário da Mamãe Grande. Foi sepultado numa tumba erguida no centro do terreno destinado ao cemitério, com uma lápide onde ficou escrita a única coisa que se sabia dele: MELQUÍADES. Fizeram as nove noites de velório. No tumulto que se reunia no pátio para tomar café, contar piadas e jogar baralho, Amaranta encontrou ocasião para confessar seu amor a Pietro Crespi, que poucas semanas antes havia formalizado seu compromisso com Rebeca e estava instalando uma loja de instrumentos musicais e brinquedos de corda no mesmo setor onde vegetavam os árabes que em outros tempos trocavam quinquilharias por araras, e que as pessoas chamavam de Rua dos Turcos. O italiano, cuja cabeça coberta de cachos brilhantes suscitava nas mulheres uma irreprimível necessidade de suspirar, tratou Amaranta como uma menininha caprichosa que não valia a pena levar muito a sério.

— Tenho um irmão menor — disse a ela. — Ele vai chegar para me ajudar na loja.

Amaranta sentiu-se humilhada e disse a Pietro Crespi, com um rancor virulento, que estava disposta a impedir o casamento da irmã mesmo que para isso tivesse que atravessar o seu próprio cadáver na porta. O italiano impressionou-se tanto com o dramatismo da ameaça, que não resistiu à tentação e comentou com Rebeca. Foi assim que a viagem de Amaranta, sempre adiada por causa dos compromissos de Úrsula, foi arranjada em menos de uma semana. Amaranta não opôs resistência, mas quando deu em Rebeca o beijo de despedida, sussurrou ao seu ouvido:

— Não se iluda. Podem me levar até o fim do mundo, que vou dar um jeito de impedir seu casamento, nem que precise matar você.

Com a ausência de Úrsula, com a presença invisível de Melquíades que continuava seu perambular sigiloso pelos quartos, a casa pareceu enorme e vazia. Rebeca havia ficado encarregada da organização doméstica, enquanto a índia cuidava da padaria. Ao anoitecer, quando Pietro Crespi chegava precedido por um fresco hálito de alfazema e trazendo sempre um brinquedo de presente, a noiva recebia sua visita na sala principal com portas e janelas abertas para estar a salvo de qualquer maledicência. Era uma precaução desnecessária, porque o italiano havia demonstrado ser tão respeitoso que nem ao menos tocava na mão da mulher que seria sua esposa em menos de um ano. Aquelas visitas foram enchendo a casa de brinquedos prodigiosos. As bailarinas de corda, as caixinhas de música, os macacos acrobatas, os cavalos trotadores, os palhaços tamborileiros, a rica e assombrosa fauna mecânica que Pietro Crespi levava, dissiparam a aflição de José Arcádio Buendía por causa da morte de Melquíades e o transportaram de novo aos seus antigos tempos de alquimista. Vivia então num paraíso de animais destripados, de mecanismos desmontados, tratando de aperfeiçoá-los com um sistema de movimento contínuo baseado nos princípios do pêndulo. Aureliano, por seu lado, tinha descuidado da oficina para ensinar a pequena Remédios a ler e escrever. No começo, a menina preferia suas bonecas ao homem que chegava todas as tardes, e que era o culpado por ela ter sido afastada de suas brincadeiras e ser banhada e vestida e sentada na sala para receber sua visita. Mas a paciência e a devoção de Aureliano acabaram por seduzi-la, a ponto de fazer com que passasse muitas horas com ele estudando o sentido das letras e desenhando num caderno com lápis de cor casinhas com vacas nos currais e sóis redondos com raios amarelos que se escondiam atrás das colinas.

Só Rebeca era infeliz por causa da ameaça de Amaranta. Conhecia o gênio da irmã, a altivez de seu espírito, e se assustava com a virulência de seu rancor. Passava horas inteiras chupando o dedo no banheiro, aferrando-se a um esforço de vontade esgotador para não comer terra. Na procura de um alívio para a sua angústia chamou Pilar Ternera para ler seu porvir. Depois de uma avalanche de imprecações convencionais, Pilar Ternera prognosticou:

— Você não será feliz enquanto seus pais não tiverem sepultura.

Rebeca estremeceu. Como na recordação de um sonho viu-se entrando na casa, muito menina, com o baú e a cadeirinha de balanço de madeira e um embornal cujo conteúdo jamais conheceu. Lembrou-se de um cavalheiro calvo, vestido de linho e com o colarinho da camisa fechado com um botão de ouro, que não tinha nada a ver com o rei de copas. Lembrou-se de uma mulher muito jovem e muito bela, de mãos cálidas e perfumadas que não tinham nada em comum com as mãos reumáticas da dama de ouros, e que de tarde punha flores em seus cabelos para levá-la para passear por uma aldeia de ruas verdes.

— Não entendo — disse ela.

Pilar Ternera pareceu desconcertada:

— Nem eu, mas é isso o que as cartas dizem.

Foi tanta a preocupação de Rebeca com aquele enigma, que o contou a José Arcádio Buendía, que a repreendeu por dar crédito a prognósticos de baralho, mas se deu à silenciosa tarefa de revistar armários e baús, remover móveis e revirar camas e estrados buscando o embornal com os ossos. Lembrava-se de não tê-lo visto desde os tempos da reforma da casa. Chamou em segredo os pedreiros e um deles revelou que haviam emparedado o embornal em algum dormitório porque estorvava seu trabalho. Depois de vários dias de auscultações, com a orelha grudada nas paredes, perceberam o choc choc profundo. Perfuraram a parede e lá estavam os ossos no embornal intacto. Naquele mesmo dia o embornal foi sepultado numa tumba sem lápide, improvisada ao lado da de Melquíades, e José Arcádio Buendía regressou para casa liberado de uma carga que por um momento pesou tanto em sua consciência como a lembrança de Prudêncio Aguilar. Ao passar pela cozinha deu um beijo na testa de Rebeca.

— Tire essas ideias tortas da cabeça — disse a ela. — Você vai ser feliz.

A amizade de Rebeca abriu para Pilar Ternera as portas da casa, fechadas por Úrsula desde o nascimento de Arcádio. Chegava a qualquer hora do dia, como um tropel de cabras, e descarregava sua energia febril nos ofícios mais pesados. Às vezes entrava na oficina e ajudava Arcádio a sensibilizar as lâminas do daguerreótipo com uma eficácia e uma ternura que acabaram por confundi-lo. Aquela mulher o atordoava. O mormaço da sua pele, seu cheiro de fumaça, a desordem da sua risada no quarto escuro perturbavam sua atenção e faziam com que tropeçasse nas coisas.

Em certa ocasião Aureliano estava lá, trabalhando na ourivesaria, e Pilar Ternera apoiou-se na mesa para admirar sua paciente laboriosidade. De repente, aconteceu. Aureliano comprovou que Arcádio estava no quarto escuro, antes mesmo de levantar a vista e encontrar os olhos de Pilar Ternera, cujo pensamento era perfeitamente visível, como se estivesse exposto à luz do meio-dia.

— Bem — falou Aureliano —, diga logo o que foi.

Pilar Ternera mordeu os lábios com um sorriso triste.

— É que você é bom para a guerra — disse ela. — Você, onde bota o olho, bota chumbo.

Aureliano sossegou com a comprovação do presságio. Tornou a se concentrar em seu trabalho, como se não tivesse acontecido nada, e sua voz adquiriu uma firmeza repousada.

— Vou assumir e reconhecê-lo — disse. — Levará o meu nome.

José Arcádio Buendía conseguiu enfim o que queria: conectou o mecanismo do relógio a uma bailarina de corda, e o brinquedo dançou sem interrupção ao compasso de sua própria música durante três dias. Aquela descoberta excitou-o mais do que qualquer um de seus empreendimentos descabelados. Não tornou a comer. Não tornou a dormir. Sem a vigilância e os cuidados de Úrsula se deixou arrastar pela imaginação até um estado de delírio perpétuo, do qual não tornaria a se recuperar. Passava as noites dando voltas pelo quarto, pensando em voz alta, buscando a maneira de aplicar os princípios do pêndulo às carretas de boi, às lâminas do arado, a tudo que fosse útil quando posto em movimento. Fatigou-se tanto com a febre da insônia, que certa madrugada não conseguiu reconhecer o ancião de cabeça branca e gestos incertos que entrou no seu quarto. Era Prudêncio Aguilar. Quando enfim o identificou, assombrado de que os mortos também envelhecessem, José Arcádio Buendía sentiu-se sacudido pela nostalgia. "Prudêncio — exclamou —, como veio parar tão longe!" Depois de tantos anos de morte, era tão intensa a saudade dos vivos, tão urgente a necessidade de companhia, tão aterradora a proximidade da outra morte que existia dentro da morte, que Prudêncio Aguilar havia terminado por gostar do pior de seus inimigos. Levava muito tempo procurando por ele. Perguntava aos mortos de Riohacha, aos mortos que chegavam do Vale de Upar, aos que chegavam do pantanal, e ninguém sabia dar com ele, porque Macondo era um povoado desconhecido para os mortos até que chegou Melquíades e apontou um pontinho negro nos coloridos mapas da morte. José Arcádio Buendía conversou com Prudêncio Aguilar até o amanhecer. Poucas horas depois, estragado pela vigília, entrou na oficina de Aureliano e perguntou: "Que dia é hoje?" Aureliano respondeu que era terça-feira. "Conforme eu pensava", disse José Arcádio Buendía. "Mas de repente percebi que continua sendo segunda-feira, como ontem. Olhe o céu, olhe as paredes, olhe as begônias. Hoje também é segunda-feira." Acostumado às suas manias, Aureliano não deu importância. No dia seguinte, quarta-feira, José Arcádio Buendía voltou à oficina. "Isso é um desastre — disse. — Olhe o ar, ouça o zumbido do sol, igual ao de ontem e ao de anteontem. Hoje também é segunda-feira." Naquela noite, Pietro Crespi encontrou-o na varanda, chorando o chorinho sem graça dos velhos, chorando por Prudêncio Aguilar, por Melquíades, pelos pais de Rebeca, por seu pai e por sua mãe, por todos os que conseguia recordar e que estavam sozinhos na morte. O italiano deu de presente para José Arcádio Buendía um urso de corda que caminhava erguido em duas patas por um arame, mas não conseguiu distraí-lo de sua obsessão. Perguntou a ele o que tinha acontecido com o projeto de construir uma máquina de pêndulo que servisse para o homem voar, e ele respondeu que era impossível porque o pêndulo podia levantar qualquer coisa no ar mas não conseguia levantar-se a si mesmo. Na quinta-feira voltou a aparecer na oficina com um doloroso aspecto de terra arrasada. "A máquina do tempo destrambelhou — quase soluçou — e Úrsula e Amaranta, tão longe!" Aureliano repreendeu-o como se ele fosse uma criança e ele assumiu um ar submisso. Passou seis horas examinando as coisas, tratando de encontrar uma diferença em relação ao aspecto que tinham no dia anterior, na esperança de descobrir nelas alguma mudança que revelasse o transcurso do tempo. Passou a noite inteira na cama com os olhos abertos, chamando Prudêncio Aguilar, chamando Melquíades, chamando todos os mortos, para que fossem compartilhar sua mágoa sem fim. Mas ninguém acudiu. Na sexta-feira, antes que alguém se levantasse, voltou a vigiar a aparência da natureza, até que não teve a menor dúvida de que continuava a ser segunda-feira. Então agarrou a tranca da porta e com a violência selvagem de sua força descomunal destroçou até fazer virar pó os aparelhos de alquimia, o gabinete de daguerreotipia, a oficina de ourivesaria, gritando feito um endemoniado num idioma altissonante e fluido mas completamente incompreensível. Estava a ponto de acabar com o resto da casa quando Aureliano pediu ajuda aos vizinhos. Foram necessários dez homens para derrubá-lo, catorze para amarrá-lo, vinte para arrastá-lo até a castanheira do quintal, onde o deixaram atado, ladrando em língua estrangeira e botando golfadas de espuma verde pela boca. Quando Úrsula e Amaranta chegaram, ele ainda estava amarrado pelas mãos e pelos pés ao tronco da castanheira, empapado de chuva e num estado de inocência total. Falaram com ele, e ele olhou para elas sem reconhecê-las, e disse algo incompreensível. Úrsula soltou suas mãos e seus tornozelos, ulcerados pela pressão das cordas, e deixou-o amarrado somente pela cintura. Mais tarde construíram um telhadinho de sapé para protegê-lo do sol e da chuva.

Aureliano Buendía e Remédios Moscote se casaram num domingo de março diante do altar que o padre Nicanor Reyna mandou construir na sala de visitas. Foi a culminação de quatro semanas de sobressaltos na casa dos Moscote, pois a pequena Remédios tinha chegado à puberdade antes de superar os hábitos da infância. Apesar de sua mãe ter dado todas as instruções sobre as mudanças da adolescência, numa tarde de fevereiro ela irrompeu aos gritos na sala onde suas irmãs conversavam com Aureliano e mostrou a elas a calcinha besuntada por uma pasta achocolatada. A boda foi marcada para dali a um mês. Mal houve tempo de ensiná-la a se lavar, a se vestir sozinha e a compreender os assuntos elementares de um lar. Foi posta para urinar em tijolos quentes para corrigir seu hábito de molhar a cama. Deu trabalho convencê-la da inviolabilidade do segredo conjugal, porque Remédios estava tão atarantada e ao mesmo tempo tão maravilhada com a revelação que queria comentar com todo mundo os pormenores da noite de núpcias. Foi um esforço exaustivo, mas na data prevista para a cerimônia a menina estava tão adestrada nas coisas do mundo como qualquer uma de suas irmãs. Dom Apolinar Moscote levou-a pelo braço na rua adornada com flores e guirlandas, entre o estampido de rojões e a música de várias bandas, e ela acenava com a mão e agradecia com um sorriso aos que lhe desejavam boa sorte das janelas. Aureliano, vestido de lã negra, com as mesmas botinas de verniz com fivelas metálicas que haveria de usar poucos anos depois diante do pelotão de fuzilamento, estava com uma palidez intensa e um bolo duro na garganta quando recebeu a noiva na porta de casa e levou-a até o altar. Ela se portou com tanta naturalidade, com tanta discrição, que não perdeu a compostura nem mesmo quando Aureliano deixou a aliança cair, ao tentar colocá-la em seu dedo. No meio do murmúrio e do princípio de confusão entre os convidados, ela manteve erguido o braço com a mitene de rendas e permaneceu com o anular estendido até seu noivo conseguir parar a aliança com a botina para que não continuasse rodando até a porta, e regressar ruborizado ao altar. Sua mãe e suas irmãs sofreram tanto com o temor de que a menina fizesse alguma arte durante a cerimônia, que no final foram elas que cometeram a imprudência de levantá-la nos braços para lhe dar um beijo. Desde aquele dia revelou-se o senso de responsabilidade, a graça natural, o repousado domínio que Remédios haveria de ter sempre diante das circunstâncias adversas. Foi ela quem, por iniciativa própria, separou a melhor porção que cortou do bolo de noiva e levou-a num prato com um garfo até José Arcádio Buendía. Amarrado ao tronco da castanheira, encolhido num banquinho de madeira debaixo do telhadinho de sapé, o enorme ancião desbotado pelo sol e pela chuva esboçou um vago sorriso de gratidão e comeu o bolo com os dedos, mastigando um salmo ininteligível. A única pessoa infeliz naquela celebração estrepitosa que se prolongou até o amanhecer da segunda-feira foi Rebeca Buendía. Era sua festa frustrada. De acordo com Úrsula, seu matrimônio devia ser celebrado naquele mesmo dia, mas Pietro Crespi recebera na sexta-feira uma carta com o anúncio da morte iminente de sua mãe. A boda foi adiada. Pietro Crespi foi para a capital da província uma hora depois de receber a carta, e no caminho cruzou com a mãe que chegou pontual na noite do sábado e cantou no casamento de Aureliano a ária triste que havia ensaiado para a boda do filho. Pietro Crespi regressou à meia-noite do domingo para varrer as cinzas da festa, depois de ter estourado cinco cavalos no caminho tratando de chegar a tempo para o seu próprio casamento. Nunca se averiguou quem escreveu a carta. Atormentada por Úrsula, Amaranta chorou de indignação e jurou inocência diante do altar que os carpinteiros não tinham acabado de desmontar.

O padre Nicanor Reyna — que Dom Apolinar Moscote havia levado do pantanal para oficiar a boda — era um ancião endurecido pela ingratidão de seu ministério. Tinha a pele triste, era quase puro osso, e o ventre pronunciado e redondo e uma expressão de anjo velho que era mais de inocência que de bondade. Chegou com o propósito de regressar à sua paróquia depois da boda, mas se espantou com a aridez dos habitantes de Macondo, que prosperavam em escândalos, sujeitos à lei natural, sem batizar os filhos nem santificar as festas. Pensando que a nenhuma outra terra fazia tanta falta a semente de Deus, decidiu ficar mais uma semana, para cristianizar circuncisos e gentios, legalizar concubinatos e sacramentar moribundos. Mas ninguém deu importância a ele. Respondiam que durante muitos anos haviam estado sem padre, cuidando dos assuntos da alma diretamente com Deus, e haviam perdido a malícia do pecado mortal. Cansado de pregar no deserto, o padre Nicanor resolveu empreender a construção de um templo, o maior do mundo, com santos em tamanho natural e vidros coloridos nas paredes, para que gente até de Roma fosse honrar a Deus naquele centro de impiedade. Andava por todos os lados pedindo esmola com um pratinho de cobre. Davam muito, mas ele queria mais, porque o templo deveria ter um sino cujo clamor trouxesse os afogados de volta à superfície. Suplicou tanto que perdeu a voz. Seus ossos começaram a se encher de ruídos. Certo sábado, não tendo recolhido nem mesmo o valor das portas, se deixou desnortear pelo desespero. Improvisou um altar na praça e no domingo percorreu o povoado com um sininho, como nos tempos da insônia, convocando para a missa campal. Muitos foram por curiosidade. Outros por nostalgia. Outros para que Deus não fosse tomar como agravo pessoal ou desprezo pelo seu intermediário. Assim, às oito da manhã meio mundo estava na praça, onde o padre Nicanor cantou os evangelhos com a voz lacerada pela súplica. No final, quando os assistentes começaram a debandar, levantou os braços pedindo atenção.

— Um momento — disse. — Agora vamos presenciar uma prova incontestável do infinito poder de Deus.

O garoto que havia ajudado na missa levou até ele uma xícara de chocolate espesso e fumegante que o padre tomou sem respirar. Em seguida limpou os lábios com um lenço que tirou da manga, estendeu os braços e fechou os olhos. E então o padre Nicanor elevou-se doze centímetros acima do nível do chão. Foi um recurso convincente. Andou vários dias pelas casas, de uma a outra, repetindo a prova da levitação pelo estímulo do chocolate, enquanto o coroinha reunia tanto dinheiro em um embornal que em menos de um mês começou a construção do templo. Ninguém pôs em dúvida a origem divina da demonstração, salvo José Arcádio Buendía, que acompanhava sem se alterar o tropel das pessoas que certa manhã se reuniram ao redor da castanheira para assistir uma vez mais à revelação. Apenas se esticou um pouco no banquinho e deu de ombros quando o padre Nicanor começou a se levantar do solo junto com a cadeira onde estava sentado.

— *Hoc est simplicissimum* — disse José Arcádio Buendía: — *homo iste statum quartum materiae invenit.*

O padre Nicanor levantou a mão, e os quatro pés da cadeira pousaram na terra ao mesmo tempo.

— *Nego* — disse. — *Factum hoc existentiam Dei probat sine dubio.*

Foi assim que todos ficaram sabendo que era latim a endiabrada língua falada por José Arcádio Buendía. O padre Nicanor aproveitou a circunstância de ser a única pessoa que tinha conseguido se comunicar com ele para tratar de infundir a fé em seu cérebro transtornado. Todas as tardes sentava-se ao lado da castanheira, predicando em latim, mas José Arcádio Buendía se obstinou em não admitir labirintos retóricos nem transmutações de chocolate, e exigiu como única prova o daguerreótipo de Deus. O padre Nicanor então levou para ele medalhas e santinhos e até uma reprodução do tecido de Verônica, mas José Arcádio Buendía rejeitou-os por serem objetos artesanais sem fundamento científico. Era tão cabeça dura que o padre Nicanor renunciou aos seus propósitos de evangelização e continuou visitando-o por sentimentos humanitários. Mas então foi José Arcádio Buendía quem tomou a iniciativa e tentou quebrantar a fé do padre com artimanhas racionalistas. Em certa ocasião em que o padre Nicanor levou até a castanheira um tabuleiro e uma caixa de pedras para convidá-lo a jogar damas, José Arcádio Buendía não aceitou, segundo disse, porque jamais conseguiu entender o sentido de contenda entre dois adversários que estavam de acordo nos princípios. O padre Nicanor, que jamais havia encarado dessa maneira o jogo de damas, nunca mais conseguiu jogar. Cada vez mais assombrado com a lucidez de José Arcádio Buendía, perguntou a ele como era possível que o tivessem amarrado a uma árvore.

— *Hoc est simplicissimum* — respondeu: — é porque fiquei louco.

A partir de então, preocupado com sua própria fé, o padre não tornou a visitá-lo, e se dedicou por inteiro a apressar a construção do templo. Rebeca sentiu renascer a esperança. Seu porvir estava condicionado ao término da obra desde o domingo em que o padre Nicanor tinha almoçado na casa e a família inteira sentada à mesa falou da solenidade e do esplendor que teriam os atos religiosos quando o templo fosse construído. "A mais afortunada será Rebeca", disse Amaranta. E como Rebeca não entendeu o que ela quis dizer, explicou com um sorriso inocente:

— Você vai inaugurar a igreja com seu casamento.

Rebeca tratou de se antecipar a qualquer comentário. No andamento em que ia a construção, o templo não ficaria pronto antes de dez anos. O padre Nicanor não concordou: a crescente generosidade dos fiéis permitia fazer cálculos mais otimistas. Diante da surda indignação de Rebeca, que não conseguiu terminar o almoço, Úrsula celebrou a ideia de Amaranta e contribuiu com uma quantia considerável para que os trabalhos se apressassem. O padre Nicanor considerou que com outro auxílio como aquele o templo ficaria pronto em três anos. A partir daquele instante Rebeca não tornou a dirigir a palavra a Amaranta, convencida de que sua iniciativa não havia tido a inocência que ela soube aparentar. "Era a coisa menos grave que eu podia fazer", replicou Amaranta na virulenta discussão que tiveram naquela noite. "Assim, não vou precisar matar você nos próximos três anos." Rebeca aceitou o desafio.

Quando Pietro Crespi ficou sabendo do novo adiamento, sofreu uma crise de desilusão, mas Rebeca deu a ele uma prova definitiva de lealdade. "Pois nós dois fugimos na hora que você decidir", disse ela. Ele carecia do temperamento impulsivo da noiva, e considerava o respeito à palavra empenhada um capital que não se podia dilapidar. Então Rebeca recorreu a métodos mais audazes. Um vento misterioso apagava as luzes da sala de visitas e Úrsula surpreendia os noivos se beijando na escuridão. Pietro Crespi dava explicações aparvalhadas sobre a má qualidade das modernas lamparinas de alcatrão e até ajudou a instalar na sala sistemas de iluminação a gás, mais seguros. Mas outra vez falhava o combustível ou as mechas entupiam, e Úrsula encontrava Rebeca sentada no colo do noivo. Acabou por não aceitar nenhuma explicação. Depositou na índia a responsabilidade da padaria e sentou-se na cadeira de balanço para vigiar a visita do noivo, disposta a não se deixar derrotar por manobras que já eram velhas em sua juventude. "Coitada da mamãe", dizia Rebeca com debochada indignação, vendo Úrsula bocejar na sonolência das visitas. "Quando morrer, vai sair penando nessa cadeira de balanço." Ao cabo de três meses de amores vigiados, aborrecido com a lentidão da construção que tinha passado a inspecionar todos os dias, Pietro Crespi resolveu dar ao padre Nicanor o dinheiro que faltava para terminar o templo. Amaranta não se impacientou. Enquanto conversava com as amigas que todas as tardes iam bordar ou tricotar na varanda das begônias, tratava de conceber novas artimanhas. Um erro de cálculo pôs a perder a que ela considerava a mais eficaz: tirar as bolinhas de naftalina que Rebeca havia posto em seu vestido de noiva antes de guardá-lo na cômoda do quarto. Fez isso quando faltavam menos de dois meses para o fim da construção do templo. Mas Rebeca estava tão impaciente com a aproximação do casamento, que quis preparar o vestido com mais antecedência do que Amaranta havia previsto. Ao abrir a cômoda e desembrulhar primeiro os papéis e depois o pano protetor, encontrou o cetim do vestido e a renda do véu e até a coroa de botões de flor de laranjeira pulverizados pelas traças. Embora tivesse a certeza de ter posto no pacote dois punhados de bolinhas de naftalina, o desastre parecia tão acidental que não se atreveu a culpar Amaranta. Faltava menos de um mês para o casamento, mas Amparo Moscote comprometeu-se a costurar um vestido novo em uma semana. Amaranta sentiu-se desfalecer no meio-dia chuvoso em que Amparo entrou na casa envolta numa espumarada de renda para fazer com Rebeca a última prova do vestido. Perdeu a voz e um fio de suor gelado desceu pela linha de sua espinha dorsal. Durante longos meses havia tremido de pavor esperando aquela hora, porque se não imaginasse o obstáculo definitivo para o casamento de Rebeca, estava certa de que no último instante, quando houvessem falhado todos os recursos da sua imaginação, teria coragem suficiente para envenená-la. Naquela tarde, enquanto Rebeca se afogava de calor dentro da couraça de cetim que Amparo Moscote ia armando em seu corpo com um milhar de alfinetes e uma paciência infinita, Amaranta errou várias vezes os pontos do crochê e espetou um dedo com a agulha, mas decidiu com espantosa frialdade que a data seria a última sexta-feira antes do casamento, e a forma seria um jorro de láudano no seu café.

Um obstáculo maior, tão insuperável como imprevisto, forçou-a a um novo e indefinido adiamento. Uma semana antes da data marcada para a boda, a pequena Remédios despertou à meia-noite empapada num caldo quente que explodiu em suas entranhas com uma espécie de arroto dilacerante, e morreu três dias depois envenenada pelo próprio sangue e com um par de gêmeos atravessado no ventre. Amaranta sofreu uma crise de consciência. Havia suplicado a Deus com tanto fervor para que acontecesse alguma coisa e ela não precisasse envenenar Rebeca, que se sentiu culpada pela morte de Remédios. Não era esse o obstáculo pelo qual tanto tinha suplicado. Remédios havia levado para a casa um sopro de alegria. Tinha se instalado com o marido numa alcova próxima à oficina, que decorou com as bonecas e os brinquedos de sua infância recente, e sua alegre vitalidade transbordava as quatro paredes da alcova e passava feito um vendaval de vida pela varanda das begônias. Cantava desde o amanhecer. Foi ela a única pessoa que se atreveu a intermediar as disputas entre Rebeca e Amaranta. Carregou nos próprios ombros a custosa tarefa de atender a José Arcádio Buendía. Levava para ele os alimentos, o assistia em suas necessidades cotidianas, o lavava com sabão e bucha, mantinha limpos de piolhos e lêndeas seus cabelos e sua barba, conservava em bom estado o telhadinho de sapé e o reforçava com lonas impermeáveis nos tempos de temporal. Nos últimos meses havia conseguido se comunicar com ele através de frases ditas em um latim rudimentar. Quando o filho de Aureliano e Pilar Ternera nasceu e foi levado até a casa e batizado em cerimônia íntima com o nome de Aureliano José, Remédios decidiu que ele seria considerado seu filho mais velho. Seu instinto maternal surpreendeu Úrsula. Aureliano, por seu lado, encontrou nela a justificativa que lhe fazia falta para viver. Trabalhava o dia inteiro na oficina e Remédios levava para ele, à meia--manhã, uma xícara de café sem açúcar. Os dois visitavam os Moscote todas as noites. Aureliano jogava com o sogro intermináveis partidas de dominó, enquanto Remédios conversava com as irmãs ou tratava com a mãe de assuntos de gente grande. O vínculo com os Buendía consolidou no povoado a autoridade de dom Apolinar Moscote. Em frequentes viagens à capital da província ele conseguiu que o governo construísse uma escola que seria cuidada por Arcádio, que herdou o entusiasmo didático do avô. Conseguiu, com muita persuasão, que a maioria das casas fosse pintada de azul para a festa da independência nacional. Atendendo a pedidos do padre Nicanor, ordenou a mudança da taberna de Catarino para uma rua afastada, e fechou vários lugares de escândalo que prosperavam no centro do povoado. Certa vez regressou com seis policiais armados de fuzis, a quem encomendou a manutenção da ordem, sem que ninguém se lembrasse do compromisso original de não ter gente armada na aldeia. Aureliano se comprazia com a eficiência do sogro. “Você vai acabar tão gordo como ele”, diziam seus amigos. Mas o sedentarismo que acentuou seus pômulos e concentrou o fulgor de seus olhos não aumentou seu peso nem alterou a parcimônia de seu temperamento e, pelo contrário, endureceu em seus lábios a linha reta da meditação solitária e da decisão implacável. Tão profundo era o carinho que ele e sua mulher haviam conseguido despertar na família dos dois, que quando Remédios anunciou que ia ter um filho até Rebeca e Amaranta fizeram uma trégua para tricotar com lã azul, se nascesse varão, ou com lã rosada, se nascesse mulher. Foi ela a última pessoa em quem Arcádio pensou, poucos anos depois, diante do pelotão de fuzilamento.

Úrsula impôs um luto de portas e janelas fechadas, sem entrada nem saída para ninguém a não ser para assuntos indispensáveis; proibiu falar em voz alta durante um ano, e pôs o daguerreótipo de Remédios no lugar em que o cadáver foi velado, cruzado com uma fita negra e com uma lamparina de óleo acesa para sempre. As gerações futuras, que nunca deixaram a lâmpada extinguir, haveriam de se desconcertar diante daquela menina de saia pregueada, botinhas brancas e laço de organdi na cabeça, que não conseguiam fazer coincidir com a imagem acadêmica de uma bisavó. Amaranta encarregou-se de cuidar de Aureliano José. Adotou-o como um filho que haveria de compartilhar sua solidão e aliviá-la do láudano involuntário que suas súplicas desatinadas puseram no café de Remédios. Pietro Crespi entrava ao anoitecer na ponta dos pés, com sua fita negra no chapéu, e fazia uma visita silenciosa a uma Rebeca que parecia dessangrar-se dentro do vestido negro com mangas até os pulsos. Até mesmo a simples ideia de pensar em uma nova data para o casamento teria sido tão irreverente, que o noivado se transformou em uma relação eterna, um amor de cansaço com o qual ninguém tornou a se preocupar, como se os namorados que em outros dias desarmavam as lamparinas para se beijar tivessem sido abandonados aos caprichos da morte. Perdido o rumo, completamente desmoralizada, Rebeca tornou a comer terra.

De repente — quando o luto existia há tanto tempo que até as sessões de ponto de cruz tinham sido retomadas — alguém empurrou a porta da rua às duas da tarde, no silêncio mortal do calor, e as pilastras de madeira estremeceram com tanta força nos alicerces que Amaranta e suas amigas bordando na varanda, Rebeca chupando o dedo no dormitório, Úrsula na cozinha, Aureliano na oficina e até José Arcádio Buendía debaixo da castanheira solitária tiveram a impressão de que um tremor de terra estava destrambelhando a casa. Chegava um homem descomunal. Suas costas quadradas mal cabiam pelas portas. Tinha uma medalhinha da Virgem dos Remédios pendurada no pescoço de bisonte, os braços e o peito completamente bordados de tatuagens misteriosas, e no pulso direito a apertada pulseira de cobre dos *niños-en-cruz*. Era a lenda incorporada nele: a de que os homens de força insuperável e corpo invulnerável abriam um talho no pulso, enterravam ali uma pequena cruz de metal, e fechavam a cicatriz com a pulseira. Tinha o couro curtido pelo sal da intempérie, o cabelo curto e arrepiado como as crinas de um mulo, as mandíbulas férreas e o olhar triste. Usava um cinturão duas vezes mais grosso que a cilha de um cavalo, botas com polainas e esporas e com os saltos reforçados com ferro, e sua presença dava a impressão trepidatória de um abalo sísmico. Atravessou a sala de visitas e a sala de estar levando na mão uns alforjes meio esfarrapados, e apareceu como um trovão na varanda das begônias, onde Amaranta e suas amigas estavam paralisadas, com as agulhas no ar. "Boa tarde", disse a elas com a voz cansada, e jogou os alforjes na mesa de trabalho e passou ao largo rumo aos fundos da casa. "Boa tarde", disse ele à assustada Rebeca que o viu passar pela porta de seu dormitório. "Boa tarde", disse ele a Aureliano, que estava com os cinco sentidos alertas na mesona da ourivesaria. Não parou para conversar com ninguém. Foi direto até a cozinha, e ali parou pela primeira vez no final de uma viagem que havia começado do outro lado do mundo. "Tarde", disse. Úrsula ficou uma fração de segundo com a boca aberta, olhou os seus olhos, soltou um grito e pulou em seu pescoço gritando e chorando de alegria. Era José Arcádio. Regressava tão pobre como havia partido, ao extremo de Úrsula precisar dar a ele dois pesos para pagar o aluguel do cavalo. Falava um espanhol cruzado com o linguajar dos marinheiros.

Perguntaram a ele onde havia estado, e respondeu: "Por aí." Pendurou a rede no quarto que deram a ele e dormiu três dias. Quando despertou, e depois de tomar dezesseis ovos crus, saiu diretamente para a taberna de Catarino, onde sua corpulência monumental provocou um pânico de curiosidade entre as mulheres. Ordenou música e aguardente para todos por sua conta. Fez apostas de queda de braço com cinco homens ao mesmo tempo. "É impossível", diziam, ao se convencerem de que não conseguiam mover seu braço. "Tem a pulseira dos *niños-en-cruz*." Catarino, que não acreditava em artifícios de força, apostou doze pesos que ele não movia o balcão. José Arcádio arrancou-o do lugar, levantou-o no ar sobre a cabeça e o depositou na rua. Foram precisos onze homens para levá-lo de volta para dentro. No calor da festa exibiu sobre o balcão sua masculinidade inverossímil, inteiramente tatuada com um emaranhado azul e vermelho de frases em vários idiomas. Para as mulheres que o assediavam com sua cobiça, perguntou quem pagava mais. A que tinha mais ofereceu vinte pesos. Então ele propôs se rifar entre todas, a dez pesos cada número. Era um preço desorbitado, porque a mulher mais solicitada ganhava oito pesos numa noite, mas todas aceitaram. Escreveram seus nomes em catorze papeletas que puseram num chapéu, e cada mulher tirou uma. Quando só faltavam duas papeletas para serem tiradas, ficou claro a quem correspondiam.

— Mais cinco pesos cada uma — propôs José Arcádio — e me divido entre as duas.

Disso vivia. Tinha dado sessenta e cinco vezes a volta ao mundo, alistado numa tripulação de marujos apátridas. As mulheres que foram para a cama com ele naquela noite na taberna de Catarino o levaram nu até o salão de baile para que vissem que não tinha um milímetro do corpo sem tatuar, de frente e de costas, e do pescoço aos dedos dos pés. Não conseguia se integrar na família. Dormia o dia inteiro e passava a noite no bairro de tolerância fazendo exibições de força. Nas escassas ocasiões em que Úrsula conseguiu sentá-lo à mesa, deu mostras de uma simpatia radiante, sobretudo quando contava suas aventuras em países remotos. Havia naufragado e permanecido duas semanas à deriva no mar do Japão, alimentando-se do corpo de um companheiro que havia sucumbido à insolação, cuja carne salgada e tornada a salgar e cozida ao sol tinha um sabor granuloso e doce. Num meio-dia radiante do golfo de Bengala seu barco havia vencido um dragão do mar em cujo ventre encontraram o elmo, as fivelas e as armas de um cruzado. Havia visto no Caribe o fantasma de uma nau corsária de Victor Hugues, com o velame desgarrado pelos ventos da morte, os mastros carcomidos por baratas do mar, e perdido para sempre no rumo da Guadalupe. Úrsula chorava na mesa como se estivesse lendo as cartas que nunca chegaram, nas quais José Arcádio relatava suas façanhas e desventuras. "E com tanta casa aqui, meu filho!", soluçava. "E tanta comida jogada aos porcos!" Mas no fundo não podia imaginar que o rapaz que os ciganos levaram embora fosse o mesmo troglodita que comia meio leitão no almoço e cujas ventosidades faziam murchar as flores. Algo parecido acontecia com o resto da família. Amaranta não conseguia dissimular a repugnância que seus arrotos bestiais na mesa produziam nela. Arcádio, que jamais conheceu o segredo de sua filiação, mal respondia às perguntas que ele fazia com o propósito evidente de conquistar seus afetos. Aureliano tentou reviver os tempos em que dormiam no mesmo quarto, procurou restaurar a cumplicidade da infância, mas José Arcádio havia se esquecido de tudo porque a vida do mar saturou sua memória com demasiadas coisas para recordar. Apenas Rebeca sucumbiu ao primeiro impacto. Na tarde em que o viu passar diante de seu dormitório pensou que Pietro Crespi era um janotinha melindroso perto daquele protomacho cuja respiração vulcânica era percebida na casa inteira. Buscava sua proximidade com qualquer pretexto. Em certa ocasião José Arcádio olhou para o seu corpo com uma atenção descarada, e disse a ela: "Você é mulher demais, irmãzinha." Rebeca perdeu o domínio de si mesma. Voltou a comer terra e cal das paredes com a avidez de outros dias, e chupou o dedo com tanta ansiedade que formou um calo no polegar. Vomitou um líquido verde com sanguessugas mortas. Passou noites em vela tiritando de febre, lutando contra o delírio, esperando até que a casa trepidasse com o regresso de José Arcádio ao amanhecer. Uma tarde, quando todos faziam a sesta, não resistiu mais e foi até o quarto dele. Encontrou-o de cuecas, acordado, estendido na rede que havia pendurado nas vigas do teto com cabos de amarrar barcos. Impressionou-se tanto com sua nudez coberta de traços e rabiscos que sentiu o impulso de retroceder. "Perdão", desculpou-se. "Não sabia que você estava aqui." Mas apagou a voz para não acordar ninguém. "Vem aqui", disse ele. Rebeca obedeceu. Parou ao lado da rede, suando gelo, sentindo que se formavam nós em suas tripas, enquanto José Arcádio acariciava seus tornozelos com a ponta dos dedos, e depois as panturrilhas e em seguida as coxas, murmurando: "Ai, maninha; ai, maninha." Ela teve de fazer um esforço sobrenatural para não morrer quando uma potência ciclônica assombrosamente calibrada levantou-a pela cintura e a despojou de sua intimidade com três movimentos de mão, e esquartejou-a feito um passarinho. Conseguiu dar graças a Deus por ter nascido antes de perder a consciência por causa do prazer inconcebível daquela dor insuportável, chapinhando no pântano fumegante da rede que absorveu como um mata-borrão a explosão de seu sangue.

Três dias depois se casaram na missa das cinco. José Arcádio havia ido, no dia anterior, até a loja de Pietro Crespi. Encontrou-o dando uma aula de cítara e falou com ele ali mesmo, em vez de chamá-lo para um particular. "Vou me casar com Rebeca", disse. Pietro Crespi ficou pálido, entregou a cítara a um dos discípulos e deu a aula por finda. Quando ficaram sozinhos no salão abarrotado de instrumentos musicais e brinquedos de corda, Pietro Crespi disse:

— Ela é sua irmã.

— Não importa — replicou José Arcádio.

Pietro Crespi enxugou a fronte com o lenço impregnado de alfazema.

— É contranatura — explicou — e, além do mais, a lei proíbe.

José Arcádio se impacientou não tanto com a argumentação, mas com a palidez de Pietro Crespi.

— Estou cagando e recagando para essa tal de natura — disse. — E se estou vindo contar é para que você não se dê ao trabalho de ir perguntar coisa alguma a Rebeca.

Mas seu comportamento brutal se quebrantou ao ver os olhos de Pietro Crespi se umedecendo.

— Agora — disse a ele em outro tom —, se você gosta é da família, tem lá a Amaranta.

O padre Nicanor revelou no sermão do domingo que José Arcádio e Rebeca não eram irmãos. Úrsula não perdoou nunca o que considerou uma inconcebível falta de respeito, e quando regressaram da igreja proibiu os dois recém-casados de tornar a pisar na casa. Para ela era como se tivessem morrido. Assim, os dois alugaram uma casinha em frente ao cemitério e se instalaram nela sem outro móvel além da rede de José Arcádio. Na noite de núpcias um escorpião que tinha se metido na pantufa de Rebeca mordeu o seu pé. Ela ficou com a língua dormente, mas isso não impediu que passassem uma lua de mel escandalosa. Os vizinhos se assustavam com os gritos que acordavam o bairro inteiro até oito vezes numa noite, e até três vezes durante a sesta, e rogavam que uma paixão tão desaforada não fosse perturbar a paz dos mortos.

Aureliano foi o único que se preocupou com eles. Comprou alguns móveis e deu algum dinheiro aos dois, até que José Arcádio recuperou o sentido da realidade e começou a trabalhar as terras de ninguém que faziam fronteira com o quintal da casa. Amaranta, por sua vez, não conseguiu superar jamais o seu rancor contra Rebeca, embora a vida tenha lhe oferecido uma satisfação com a qual não havia sonhado: por iniciativa de Úrsula, que não sabia como reparar a vergonha, Pietro Crespi continuou almoçando na casa às terças-feiras, recuperado do fracasso com uma serena dignidade. Conservou a fita negra no chapéu como mostra de apreço pela família, e se comprazia em demonstrar seu afeto por Úrsula levando presentes exóticos: sardinhas portuguesas, geleia de rosas turcas e, em certa ocasião, um primoroso xale de Manila. Amaranta o recebia com carinhosa diligência. Adivinhava seus gostos, arrancava os fios descosturados dos punhos das suas camisas, e bordou uma dúzia de lenços com suas iniciais para o dia do seu aniversário. Às terças-feiras, depois do almoço, enquanto ela bordava na varanda, ele lhe fazia alegre companhia. Para Pietro Crespi, aquela mulher que sempre considerou e tratou como uma menina foi uma revelação. Embora seu tipo carecesse de graça, tinha uma rara sensibilidade para apreciar as coisas do mundo e uma ternura secreta. Numa terça-feira, quando ninguém duvidava que cedo ou tarde isso teria de acontecer, Pietro Crespi pediu a ela que se casasse com ele. Ela não interrompeu seu trabalho. Esperou que passasse o caloroso rubor de suas orelhas e imprimiu à voz uma serena ênfase de maturidade.

— Claro que sim, Crespi — disse —, mas quando a gente se conhecer melhor. Nunca é bom precipitar as coisas.

Úrsula ficou um tanto confusa. Apesar do apreço que sentia por Pietro Crespi, não conseguia concluir se sua decisão era boa ou má do ponto de vista moral, depois do prolongado e ruidoso noivado com Rebeca. Mas acabou por aceitar como um fato sem classificação, porque ninguém compartilhou suas dúvidas. Aureliano, que era o homem da casa, confundiu-a mais ainda com sua enigmática e categórica opinião:

— Não é hora de andar pensando em casamento.

Aquela opinião, que Úrsula só compreendeu alguns meses depois, era a única sincera que Aureliano podia expressar naquele momento, não apenas em relação ao casamento, mas a qualquer assunto que não fosse a guerra. Ele mesmo, diante do pelotão de fuzilamento, não haveria de entender muito bem como é que foi se encadeando a série de sutis mas irrevogáveis casualidades que o levaram até aquele ponto. A morte de Remédios não produziu nele a comoção que temia. Foi acima de tudo um surdo sentimento de raiva que paulatinamente se dissolveu numa frustração solitária e passiva, semelhante à que sentiu nos tempos em que estava resignado a viver sem mulher. Tornou a mergulhar no trabalho, mas conservou o costume de jogar dominó com seu sogro. Numa casa amordaçada pelo luto, as conversas noturnas consolidaram a amizade dos dois homens. "Torne a se casar, Aurelito", dizia o sogro. "Tenho seis filhas para você escolher." Em certa ocasião, nas vésperas das eleições, dom Apolinar Moscote regressou de uma de suas frequentes viagens preocupado com a situação do país. Os liberais estavam decididos a lançar-se à guerra. Como Aureliano tinha naquela época noções muito confusas sobre as diferenças entre conservadores e liberais, seu sogro lhe dava lições esquemáticas. Os liberais, dizia, eram maçons; gente de má índole, partidária de enforcar padres, de implantar o matrimônio civil e o divórcio, de reconhecer direitos iguais aos filhos naturais e aos legítimos, e de despedaçar o país num sistema federal que despojava de poderes a autoridade suprema. Os conservadores, em contrapartida, que haviam recebido o poder diretamente de Deus, defendiam a estabilidade da ordem pública e da moral familiar; eram os defensores da fé em Cristo, do princípio de autoridade, e não estavam dispostos a permitir que o país fosse esquartejado em entidades autônomas. Por sentimentos humanitários, Aureliano simpatizava com a atitude liberal em relação aos direitos dos filhos naturais, mas fosse como fosse não entendia como se chegava ao extremo de fazer uma guerra por coisas que não podiam ser tocadas com as mãos. Pareceu-lhe um exagero que seu sogro mandasse trazer para as eleições seis soldados armados com fuzis, comandados por um sargento, numa aldeia onde não existiam paixões políticas. Não só chegaram, como foram de casa em casa apreendendo armas de caça, facões e até facas de cozinha, antes de repartir entre os homens maiores de vinte e um anos as cédulas azuis com os nomes dos candidatos conservadores, e as cédulas vermelhas com os nomes dos candidatos liberais. Na véspera da eleição o próprio dom Apolinar Moscote leu um decreto que proibia, a partir da meia-noite do sábado e durante quarenta e oito horas, a venda de bebidas alcoólicas e a reunião de mais de três pessoas que não fossem da mesma família. A eleição transcorreu sem incidentes. Às oito da manhã do domingo instalou-se na praça a urna de madeira custodiada pelos seis soldados. Votou-se com inteira liberdade, como pôde comprovar o próprio Aureliano, que passou quase o dia inteiro com seu sogro vigiando para que ninguém votasse mais de uma vez. Às quatro da tarde, um rufar das caixas de guerra da banda do povoado soou na praça, anunciando o fim da jornada, e dom Apolinar Moscote selou a urna com uma etiqueta atravessada com sua assinatura. Naquela noite, enquanto jogava dominó com Aureliano, ele mandou o sargento rasgar a etiqueta para contar os votos. Havia quase tantas cédulas vermelhas quanto azuis, mas o sargento deixou apenas dez vermelhas e completou a diferença com azuis. Depois tornaram a selar a urna com uma etiqueta nova e no dia seguinte, à primeira hora, a levaram para a capital da província. "Os liberais vão à guerra", disse Aureliano. Dom Apolinar Moscote não se distraiu de suas fichas de dominó. "Se você está dizendo isso por causa da mudança de cédulas, não vão não", disse. "A gente sempre deixa algumas vermelhas para que não apareça nenhuma reclamação." Aureliano compreendeu as desvantagens da oposição. "Se eu fosse liberal — disse —, iria à guerra por causa das cédulas." O sogro olhou para ele por cima da armação dos óculos.

— Ah!, Aurelito — disse —, mas se você fosse liberal, mesmo sendo meu genro, não teria visto a mudança das papeletas.

O que na verdade causou indignação no povoado não foi o resultado da eleição, mas o fato de que os soldados não tivessem devolvido as armas. Um grupo de mulheres falou com Aureliano para que conseguisse com seu sogro a restituição das facas de cozinha. Dom Apolinar Moscote explicou a ele, na mais estrita reserva, que os soldados tinham levado as armas apreendidas como prova de que os liberais estavam se preparando para a guerra. Aureliano alarmou-se com o cinismo da declaração. Não fez nenhum comentário, mas certa noite em que Gerineldo Márquez e Magnífico Visbal conversavam com outros amigos sobre o incidente das facas perguntaram a ele se era liberal ou conservador. Aureliano não vacilou:

— Se tivesse de ser alguma coisa, seria liberal — disse —, porque os conservadores são uns safados.

No dia seguinte, atendendo às pressões dos amigos, foi visitar o doutor Alirio Noguera para que ele cuidasse de uma suposta dor no fígado. Nem mesmo sabia qual era o sentido da patranha. O doutor Alirio Noguera havia chegado a Macondo poucos anos antes com uma maletinha cheia de bolinhas sem sabor e uma máxima médica que não convenceu ninguém: *Não há mal que o bem não cure.* Na realidade, era um farsante. Atrás de sua inocente fachada de médico sem prestígio se escondia um terrorista que tapava com meias que iam até quase o joelho as cicatrizes que cinco anos de grilhões deixaram em seus tornozelos. Capturado na primeira aventura federalista, conseguiu escapar para Curaçao disfarçado com o traje que mais detestava neste mundo: uma batina. Ao cabo de um prolongado desterro, iludido pelas exaltadas notícias que levavam a Curaçao os exilados do Caribe inteiro, embarcou numa escuna de contrabandistas e apareceu em Riohacha com os vidrinhos de comprimidos, que não eram outra coisa além de bolinhas de açúcar refinado, e um diploma da Universidade de Leipzig falsificado por ele mesmo. Chorou de desencanto. O fervor federalista, que os exilados definiam como um paiol a ponto de explodir, havia se dissolvido em uma vaga ilusão eleitoral. Amargado pelo fracasso, ansioso por um lugar seguro onde esperar pela velhice, o falso homeopata tinha se refugiado em Macondo. No estreito quartinho entulhado de frascos vazios que alugou ao lado da praça, durante vários anos viveu dos enfermos sem esperanças que, depois de ter tentado de tudo, se consolavam com comprimidos de açúcar. Seus instintos de agitador permaneceram em repouso enquanto dom Apolinar Moscote foi uma autoridade decorativa. Seu tempo era gasto entre recordações e a luta contra a asma. A proximidade das eleições foi o fio que lhe permitiu encontrar de novo o novelo da subversão. Estabeleceu contato com os jovens do povoado, que careciam de formação política, e se empenhou numa sigilosa campanha de instigação. As numerosas cédulas vermelhas que apareceram nas urnas, e que foram atribuídas por dom Apolinar Moscote à novidade própria da juventude, eram parte de seu plano: obrigou seus discípulos a votar para convencê-los de que as eleições eram uma farsa. "A única coisa eficaz — dizia — é a violência." A maioria dos amigos de Aureliano andava entusiasmada com a ideia de liquidar a ordem conservadora, mas ninguém tinha se atrevido a incluí-lo em seus planos, não apenas por causa dos seus vínculos com o alcaide, mas também por causa de seu temperamento solitário e evasivo. Sabia-se, além do mais, que havia votado azul por indicação do sogro. Por isso, foi uma simples casualidade que revelasse os seus sentimentos políticos, e foi um mero ataque de curiosidade o que fez com que desse na veneta de visitar o médico para tratar uma dor que não sentia. No tugúrio cheirando a teia de aranha alcanforada uma espécie de iguana empoeirada cujos pulmões assoviavam ao respirar esperava por ele. Antes de lhe fazer qualquer pergunta o doutor levou-o até a janela e examinou por dentro sua pálpebra inferior. "Não é aí", disse Aureliano, seguindo o que lhe haviam indicado. Apertou o fígado com a ponta dos dedos, e acrescentou: "É aqui onde tenho a dor que não me deixa dormir." Então o doutor Noguera fechou a janela com o pretexto de que havia muito sol, e explicou a ele em termos simples por que era um dever patriótico assassinar os conservadores. Durante vários dias Aureliano carregou um frasquinho no bolso da camisa. A cada duas horas pegava o frasquinho, punha três bolinhas na palma da mão e as atirava na boca de um golpe só, para dissolvê-las lentamente na língua. Dom Apolinar Moscote zombou de sua fé na homeopatia, mas quem estava no complô reconheceu nele mais um dos seus. Quase todos os filhos dos fundadores estavam implicados, embora nenhum deles soubesse concretamente em que consistia a ação que eles próprios tramavam. No entanto, no dia em que o médico revelou o segredo da conspiração, Aureliano tirou o corpo fora. Embora naquela altura estivesse convencido da urgência de liquidar o regime conservador, o plano o horrorizou. O doutor Noguera era um místico do atentado pessoal. Seu sistema se reduzia a coordenar uma série de ações individuais que, num golpe de mestre de alcance nacional, liquidasse os funcionários do regime com suas respectivas famílias, sobretudo as crianças, para exterminar o conservadorismo na semente. Dom Apolinar Moscote, sua esposa e suas seis filhas estavam, é claro, na lista.

— O senhor não é liberal nem é nada — disse Aureliano sem se alterar. — O senhor não passa de um carniceiro.

— Se é assim — replicou o doutor com calma semelhante —, me devolve o frasquinho. Não precisa mais dele.

Só seis meses mais tarde Aureliano ficou sabendo que o doutor o havia desenganado como homem de ação, por ser um sentimental sem porvir, com um temperamento passivo e uma bem definida vocação solitária. Trataram de cercá-lo temendo que denunciasse a conspiração. Aureliano os tranquilizou: não diria uma palavra, mas na noite em que fossem assassinar a família Moscote o encontrariam defendendo a porta. Mostrou uma decisão tão convincente, que o plano foi adiado para uma data indefinida. Foi por aqueles dias que Úrsula quis saber sua opinião sobre o casamento de Pietro Crespi e Amaranta, e ele respondeu que os tempos não estavam para se pensar naquilo. Fazia uma semana que levava debaixo da camisa uma garrucha arcaica. Vigiava seus amigos. De tarde ia tomar café com José Arcádio e Rebeca, que começavam a arrumar a casa, e a partir das sete jogava dominó com o sogro. Na hora do almoço conversava com Arcádio, que já era um adolescente monumental, e o encontrava cada vez mais exaltado com a iminência da guerra. Na escola, onde Arcádio tinha alunos mais velhos que ele misturados com meninos que mal começavam a falar, a febre liberal havia pegado fogo. Falava-se em fuzilar o padre Nicanor, em transformar o templo em escola, em implantar o amor livre. Aureliano procurou serenar seus ímpetos. Recomendou-lhe discrição e prudência. Surdo ao seu raciocinar sereno, ao seu senso de realidade, Arcádio recriminou em público a debilidade do seu caráter. Aureliano esperou. Enfim, no começo de dezembro, Úrsula irrompeu transtornada na oficina.

— Começou a guerra!

Na verdade, tinha começado três meses antes. A lei marcial imperava em todo o país. O único que ficou sabendo a tempo foi dom Apolinar

Moscote, mas não deu a notícia nem à própria mulher, enquanto esperava o pelotão do exército que haveria de ocupar o povoado de surpresa. Entraram sem ruído antes do amanhecer, com duas peças de artilharia ligeira puxada por mulas, e estabeleceram o quartel na escola. Foi imposto o toque de recolher às seis da tarde. Foi feita uma varredura mais drástica que a anterior, casa por casa, e desta vez levaram até as ferramentas de lavoura. Arrancaram arrastado de casa o doutor Noguera, que foi amarrado a uma árvore da praça e fuzilado sem julgamento algum. O padre Nicanor tratou de impressionar as autoridades militares com o milagre da levitação, e um soldado o desconjuntou com uma coronhada. A exaltação liberal apagou-se num terror silencioso. Aureliano, pálido, hermético, continuou jogando dominó com o sogro. Compreendeu que, apesar de seu título atual de chefe civil e militar do lugar, dom Apolinar Moscote era outra vez uma autoridade decorativa. As decisões eram tomadas por um capitão do exército que todas as manhãs arrecadava de casa em casa um tributo extraordinário para a defesa da ordem pública. Quatro soldados sob seu comando arrebataram da família uma mulher que tinha sido mordida por um cão raivoso e a mataram a coronhadas no meio da rua. Num domingo, duas semanas depois da ocupação, Aureliano entrou na casa de Gerineldo Márquez e com sua parcimônia habitual pediu uma caneca de café sem açúcar. Quando os dois ficaram sozinhos na cozinha, Aureliano imprimiu à sua própria voz uma autoridade que ninguém jamais havia conhecido. "Prepare os rapazes", disse. "Vamos para a guerra." Gerineldo Márquez não quis acreditar.

— Com que armas? — perguntou.

— Com as deles — respondeu Aureliano.

Na terça-feira à meia-noite, numa operação descabelada, vinte e um homens menores de trinta anos comandados por Aureliano Buendía, armados com facas de mesa e ferros afiados, tomaram de surpresa a guarnição, se apoderaram das armas e fuzilaram no pátio o capitão e os quatro soldados que tinham assassinado a mulher.

Naquela mesma noite, enquanto se ouviam os estampidos do pelotão de fuzilamento, Arcádio foi nomeado chefe civil e militar da praça. Os rebeldes casados mal tiveram tempo de se despedir de suas esposas, que ficaram abandonadas à própria sorte. Foram embora ao amanhecer, aclamados pela população liberada do terror, para unir-se às forças do general revolucionário Victorio Medina, que de acordo com as últimas notícias andava lá pelos rumos de Manaure. Antes de ir embora, Aureliano tirou dom Apolinar Moscote de um armário. "O senhor fique tranquilo, sogro", disse a ele. "O novo governo garante, com palavra de honra, sua segurança pessoal e a da sua família." Dom Apolinar Moscote teve dificuldade para identificar aquele conspirador de botas altas e fuzil cruzado nas costas com quem tinha jogado dominó até as nove da noite.

— Isso é um disparate, Aurelito — exclamou.

— Disparate coisa nenhuma — disse Aureliano. — Isso é a guerra. E não me chame de Aurelito de novo, agora eu sou o coronel Aureliano Buendía.

O coronel Aureliano Buendía promoveu trinta e duas rebeliões armadas e perdeu todas. Teve dezessete filhos varões de dezessete mulheres diferentes, que foram exterminados um atrás do outro numa mesma noite, antes que o mais velho fizesse trinta e cinco anos. Escapou de catorze atentados, setenta e três emboscadas e de um pelotão de fuzilamento. Sobreviveu a uma dose de estricnina no café que teria sido suficiente para matar um cavalo. Recusou a Ordem do Mérito outorgada pelo presidente da república. Chegou a ser comandante geral das forças revolucionárias, com jurisdição e mando de uma fronteira a outra, e o homem mais temido pelo governo, mas jamais permitiu que fizessem uma fotografia sua. Declinou da pensão vitalícia que lhe ofereceram depois da guerra e até a velhice viveu dos peixinhos de ouro que fabricava em sua oficina de Macondo. Embora tenha lutado sempre à frente de seus homens, o único ferimento que sofreu foi feito por ele mesmo depois de assinar a capitulação de Neerlândia, que pôs fim a quase vinte anos de guerras civis. Disparou um tiro de pistola no próprio peito e o projétil saiu pelas costas sem atingir nenhum órgão vital. A única coisa que ficou disso tudo foi uma rua com o seu nome em Macondo. E ainda assim, de acordo com o que declarou poucos anos antes de morrer de velho, não esperava nem isso na madrugada em que foi se unir, com seus vinte e um homens, às forças do general Victorio Medina.

— Deixamos Macondo em suas mãos — foi tudo que disse a Arcádio antes de ir embora. — E a deixamos bem, então trate de fazer que a encontremos ainda melhor quando voltarmos.

Arcádio deu uma interpretação muito pessoal à recomendação. Inventou para si mesmo um uniforme com galões e dragonas de marechal, inspirado nas gravuras de um livro de Melquíades, e dependurou no cinto o sabre com borlas douradas do capitão fuzilado. Instalou as duas peças de artilharia na entrada do povoado, uniformizou seus antigos alunos, exacerbados por seus discursos incendiários, e deixou-os vagar armados pelas ruas para dar aos forasteiros uma impressão de invulnerabilidade. Foi um truque de dois gumes, porque o governo não se atreveu a atacar o povoado durante dez meses, mas quando atacou foi com uma força tão desproporcional que liquidou a resistência em meia hora. Desde seu primeiro dia de mandato Arcádio revelou sua vocação para os decretos. Leu até quatro por dia, para ordenar e dispor tudo o que lhe passava pela cabeça. Implantou o serviço militar obrigatório a partir dos dezoito anos, declarou de utilidade pública os animais que transitavam pela rua depois das seis da tarde e impôs aos homens maiores de idade a obrigação de usar uma braçadeira vermelha. Enclausurou o padre Nicanor na casa paroquial, sob ameaça de fuzilamento, e proibiu-o de rezar missa e tocar os sinos a não ser para celebrar as vitórias dos liberais. Para que ninguém pusesse em dúvida a severidade de seus propósitos, mandou que um pelotão de fuzilamento treinasse na praça pública disparando contra uns espantalhos. No começo ninguém o levou a sério. Eram, afinal de contas, os garotos da escola brincando de gente grande. Mas certa noite, quando Arcádio entrou na taberna de Catarino, o trompetista da banda saudou-o com um toque de fanfarra que provocou o riso da clientela, e Arcádio mandou fuzilá-lo por desrespeito à autoridade. Os que reclamaram, mandou botar a pão e água com os tornozelos num cepo que instalou numa sala da escola. "Você é um assassino!", Úrsula gritava cada vez que ficava sabendo de alguma arbitrariedade. "Quando Aureliano souber vai fuzilar você, e eu serei a primeira a me alegrar." Mas foi tudo inútil. Arcádio continuou apertando os torniquetes de um rigor desnecessário, até se transformar no mais cruel dos governantes que Macondo jamais tinha conhecido. "Agora sofram com a diferença", disse em certa ocasião dom Apolinar Moscote. "Esse é o paraíso liberal." Arcádio ficou sabendo. À frente de uma patrulha invadiu a casa, destroçou os móveis, espancou as filhas e levou dom Apolinar Moscote arrastado. Quando Úrsula irrompeu no pátio do quartel, depois de ter atravessado o povoado inteiro clamando de vergonha e brandindo de raiva um rebenque coberto de alcatrão, o próprio Arcádio se dispunha a dar a ordem de fogo ao pelotão de fuzilamento.

— Se atreve, bastardo! — gritou Úrsula.

Antes que Arcádio tivesse tempo de reagir, ela soltou a primeira chibatada. "Se atreve só, assassino!", gritava. "E me mate também, filho da mãe. Porque aí não terei olhos para chorar a vergonha de ter criado um fenômeno." Açoitando Arcádio sem misericórdia, perseguiu-o até o fundo do pátio, onde ele se enrolou feito um caracol. Dom Apolinar Moscote estava inconsciente, amarrado no poste onde antes estava o espantalho despedaçado pelos tiros do treinamento. Os rapazes do pelotão se dispersaram, com medo de que Úrsula acabasse se desafogando neles. Mas ela nem os olhou. Deixou Arcádio com o uniforme em frangalhos, bramindo de dor e de raiva, e desamarrou dom Apolinar Moscote para levá-lo à sua casa. Antes de abandonar o quartel, soltou os presos dos grilhões.

A partir daquele momento, foi ela quem mandou no povoado. Restabeleceu a missa dominical, suspendeu o uso das braçadeiras vermelhas e desqualificou os decretos iracundos. Mas, apesar de sua fortaleza imensa, continuou chorando a desdita de seu destino. Sentiu-se tão sozinha que buscou a inútil companhia do marido esquecido debaixo da castanheira. "Olha só aonde viemos parar", dizia a ele, enquanto as chuvas de junho ameaçavam derrubar o telhadinho de sapé. "Olha só a casa vazia, nossos filhos esparramados pelo mundo, e nós dois sozinhos outra vez, como no começo." José Arcádio Buendía, mergulhado num abismo de inconsciência, era surdo aos seus lamentos. No começo de sua loucura anunciava com seu latim arrevesado e angustiante suas urgências cotidianas. Nas fugazes calmarias de lucidez, quando Amaranta levava comida para ele, comunicava a ela seus pesares mais incômodos e se prestava com docilidade às suas ventosas e cataplasmas. Mas na época em que Úrsula foi se lamentar ao seu lado havia perdido todo contato com a realidade. Ela o banhava parte a parte sentado no banquinho, enquanto dava notícias da família. "Aureliano foi para a guerra, já faz mais de quatro meses, e não tornamos a saber dele", dizia ela, esfregando suas costas com uma bucha ensaboada. "José Arcádio voltou, transformado num homenzarrão mais alto que você e todo bordado em ponto de cruz, mas só veio para trazer vergonha para a nossa casa." Achou, porém, que seu marido se entristecia com as más notícias. Então escolheu mentir. "Não acredite no que estou dizendo", dizia, enquanto jogava cinzas sobre seus excrementos para depois recolhê-los com uma pá. "Deus quis que José Arcádio e Rebeca se casassem, e agora estão muito felizes." Chegou a ser tão sincera no engano que ela mesma acabou se consolando com suas próprias mentiras. "Arcádio já é um homem sério — dizia —, e muito valente, e muito bonito com seu uniforme e seu sabre." Era como falar com um morto, porque José Arcádio Buendía já estava fora do alcance de qualquer preocupação. Mas ela insistiu. Achou-o tão manso, tão indiferente a tudo, que decidiu soltá-lo. Ele nem se mexeu do banquinho. Continuou exposto ao sol e à chuva, como se as cordas fossem desnecessárias, porque um domínio superior a qualquer amarra visível o mantinha atado ao tronco da castanheira. Lá pelo mês de agosto, quando o inverno começava a se eternizar, Úrsula conseguiu enfim dar a ele uma notícia que parecia verdade.

— Veja só como a boa sorte continua a nos perseguir — disse a ele. — Amaranta e o italiano da pianola vão se casar.

Amaranta e Pietro Crespi realmente tinham aprofundado a amizade, amparados pela confiança de Úrsula, que desta vez não achou necessário vigiar as visitas. Era um noivado crepuscular. O italiano chegava ao entardecer, com uma gardênia na lapela, e traduzia para Amaranta sonetos de Petrarca. Permaneciam na varanda abafada pelo orégano e pelas rosas, ele lendo e ela fazendo renda de bilros, indiferentes aos sobressaltos e às más notícias da guerra, até que os mosquitos os obrigavam a se refugiar na sala. A sensibilidade de Amaranta, sua discreta mas envolvente ternura, foi tecendo ao redor do noivo uma invisível teia de aranha, que ele tinha que afastar materialmente com seus dedos pálidos e sem anéis para abandonar a casa às oito da noite. Haviam feito um precioso álbum com os cartões-postais que Pietro Crespi recebia da Itália. Eram imagens de namorados em parques solitários, com vinhetas de corações flechados e fitas douradas suspensas por pombinhas brancas. "Eu conheço este parque de Florença", dizia Pietro Crespi repassando os postais. "A gente estende a mão e os pássaros descem para comer." Às vezes, diante de uma aquarela de Veneza, a nostalgia transformava em aromas de flores o cheiro de lodo e mariscos podres dos canais. Amaranta suspirava, ria, sonhava com uma segunda pátria de homens e mulheres formosos que falavam uma língua de criança, com cidades antigas de cuja grandeza de antes só restavam os gatos entre os escombros. Depois de atravessar o oceano à sua procura, depois de haver confundido com paixão as mãos veementes de Rebeca, Pietro Crespi havia encontrado o amor. A dita trouxe consigo a prosperidade. Sua loja ocupava naquela época quase um quarteirão, e era uma estufa de fantasia, com reproduções do campanário de Florença que davam as horas num concerto de carrilhões, e caixas de música de Sorrento, e de pó de arroz da China que cantavam toadas de cinco notas ao serem destampadas, e todos os instrumentos musicais que se podia imaginar e todos os artifícios de corda que se podia conceber. Bruno Crespi, seu irmão menor, estava à frente da loja, porque ele não conseguia sequer atender a escola de música. Graças a ele, a Rua dos Turcos, com sua deslumbrante exposição de quinquilharias, transformou-se num remanso melódico para esquecer as arbitrariedades de Arcádio e o pesadelo remoto da guerra. Quando Úrsula determinou a retomada da missa dominical, Pietro Crespi deu de presente ao templo um harmônio alemão, organizou um coro infantil e preparou um repertório gregoriano que pôs uma nota esplêndida no ritual taciturno do padre Nicanor. Ninguém punha em dúvida que ele faria de Amaranta uma esposa feliz. Sem apressar os sentimentos, deixando-se arrastar pela fluidez natural do coração, chegaram a um ponto em que só faltava marcar a data da boda. Não encontrariam obstáculos. Úrsula se acusava intimamente de haver torcido com adiamentos reiterados o destino de Rebeca, e não estava disposta a acumular remorsos. O rigor do luto pela morte de Remédios havia sido relegado a um lugar secundário por causa da mortificação da guerra, da ausência de Aureliano, da brutalidade de Arcádio e da expulsão de José Arcádio e Rebeca. Diante da iminência da boda, o próprio Pietro Crespi havia insinuado que Aureliano José, por quem fomentou um carinho quase paternal, fosse considerado seu filho mais velho. Tudo fazia pensar que Amaranta rumava para uma felicidade sem tropeços. Mas ao contrário de Rebeca, ela não revelava a menor ansiedade. Com a mesma paciência com que coloria toalhas de mesa e pintava primores de passamanaria e bordava pavões em pontos de cruz, esperou que Pietro Crespi não aguentasse mais as urgências de seu coração. Sua hora chegou com as chuvas aziagas de outubro. Pietro Crespi tirou de seu regaço a cestinha de bordar e apertou sua mão entre as dele. "Não suporto mais esta espera", disse a ela. "Vamos casar no mês que vem." Amaranta não tremeu ao contato com suas mãos de gelo. Retirou a sua, como um animalzinho escorregadio, e voltou ao seu trabalho.

— Não seja ingênuo, Crespi — sorriu —, não caso com você nem morta.

Pietro Crespi perdeu o domínio de si mesmo. Chorou sem pudor, quase arrebentando os próprios dedos de desesperação, mas não conseguiu demovê-la. "Não perca seu tempo", foi tudo que Amaranta disse. "Se de verdade você gosta tanto de mim, não torne a pisar nesta casa." Úrsula achou que ia enlouquecer de vergonha. Pietro Crespi esgotou todos os recursos da súplica. Chegou a extremos incríveis de humilhação. Chorou uma tarde inteira no colo de Úrsula, que teria vendido a alma para consolá-lo. Em noites de chuva foi visto dando voltas ao redor da casa com um guarda-chuva de seda, tentando surpreender uma luz no dormitório de Amaranta. Nunca andou mais bem-vestido do que naquela época. Sua augusta cabeça de imperador atormentado adquiriu um estranho ar de grandeza. Importunou as amigas de Amaranta, que iam bordar na varanda das begônias, para que tratassem de persuadi-la. Descuidou dos negócios. Passava o dia nos fundos da loja, escrevendo desatinadas cartas de amor, que fazia chegar a Amaranta com membranas de pétalas e borboletas dissecadas, e que ela devolvia sem abrir. Trancava-se horas e horas para tocar cítara. Certa noite, cantou. Macondo despertou numa espécie de estupor, angelizado por uma cítara que não merecia ser deste mundo e uma voz que não era possível conceber que houvesse outra na Terra com tanto amor. Pietro Crespi viu então luz em todas as janelas do povoado, menos na de Amaranta. No dia dois de novembro, dia dos mortos, seu irmão abriu a loja e encontrou todas as lâmpadas acesas e todas as caixinhas de música abertas e tocando e todos os relógios travados numa hora interminável, e no meio daquele concerto disparatado encontrou Pietro Crespi na escrivaninha que ficava nos fundos, com os pulsos cortados a navalha e as duas mãos metidas numa bacia de benjoim.

Úrsula decidiu que seria velado na casa. O padre Nicanor se opunha a ofícios religiosos e sepultura em terra sagrada. Úrsula enfrentou-o. "De um certo modo que nem o senhor nem eu conseguimos entender, esse homem era um santo", disse. "Portanto, vou enterrá-lo, contra a sua vontade, ao lado da tumba de Melquíades." Foi o que fez, com o apoio de todo mundo, em funerais magníficos. Amaranta não saiu do quarto. De sua cama ouviu o pranto de Úrsula, os passos e murmúrios da multidão que invadiu a casa, os uivos das carpideiras, e depois um profundo silêncio com perfume de flores pisoteadas. Durante muito tempo continuou sentindo o hálito de lavanda de Pietro Crespi no entardecer, mas teve forças para não sucumbir ao delírio. Úrsula abandonou-a. Nem mesmo levantou os olhos para apiedar-se dela na tarde em que Amaranta entrou na cozinha e pôs a mão nas brasas do fogão, até doer tanto que não sentiu mais dor e sim a pestilência de sua própria carne chamuscada. Foi uma dose de cavalo contra o remorso. Durante vários dias andou pela casa com a mão metida num pote cheio de claras de ovos, e quando as queimaduras sararam foi como se as claras de ovo também tivessem cicatrizado as úlceras de seu coração. A única marca externa que a tragédia lhe deixou foi a venda de gaze negra que pôs na mão queimada, e que haveria de usar até a morte.

Arcádio deu uma rara mostra de generosidade, ao proclamar mediante decreto luto oficial pela morte de Pietro Crespi. Úrsula interpretou o gesto como a volta do cordeiro extraviado. Mas se enganou. Havia perdido Arcádio não a partir do momento em que ele vestiu o uniforme militar, mas desde sempre. Acreditava tê-lo criado como a um filho, como criara Rebeca, sem privilégios nem discriminações. No entanto, Arcádio tinha sido uma criança solitária e assustada durante a peste da insônia, no meio da febre utilitária de Úrsula, dos delírios de José Arcádio Buendía, do hermetismo de Aureliano, da rivalidade mortal entre Amaranta e Rebeca. Aureliano ensinara-o a ler e escrever, pensando em outra coisa, como um estranho teria feito. Dava sua roupa, que Visitación fazia encolher, quando já estava para ser jogada fora. Arcádio padecia com seus sapatos demasiado grandes, com suas calças remendadas, com suas nádegas de mulher. Jamais conseguiu se comunicar com ninguém melhor do que com Visitación e Cataure em sua língua. Na verdade, Melquíades foi o único que cuidou dele de verdade, que o fazia escutar seus textos incompreensíveis e lhe dava instruções sobre a arte da daguerreotipia. Ninguém imaginava o quanto ele tinha chorado em segredo a morte de Melquíades, e com que desespero tratou de revivê-lo no estudo inútil de seus papéis. A escola, onde prestavam atenção nele e onde era respeitado, e depois o poder, com seus decretos peremptórios e seu uniforme de glória, o libertaram do peso de uma antiga amargura. Certa noite, na taberna de Catarino, alguém se atreveu a dizer a ele: "Você não merece o sobrenome que carrega." Ao contrário do que todos esperavam, Arcádio não mandou fuzilá-lo.

— Com muita honra — disse —, não sou um Buendía.

Quem conhecia o segredo de sua filiação pensou por aquela réplica que ele também estava sabendo, mas na realidade não soube nunca. Pilar Ternera, sua mãe, que tinha feito seu sangue ferver no quarto de daguerreotipia, foi para ele uma obsessão tão irresistível como foi primeiro para José Arcádio e depois para Aureliano. Apesar de ela haver perdido seus encantos e o esplendor de seu riso, ele procurava essa obsessão e a encontrava no rastro de seu cheiro de fumaça. Pouco antes da guerra, no meio-dia em que ela foi mais tarde do que de costume buscar o filho menor na escola, Arcádio estava esperando-a no quarto onde costumava fazer a sesta, e onde depois instalou o cepo. Enquanto o menino brincava no pátio, ele esperou na rede, tremendo de ansiedade, sabendo que Pilar Ternera teria de passar por ali. Chegou. Arcádio agarrou-a pelo pulso e tratou de metê-la na rede. "Não posso, não posso", disse Pilar Ternera aterrorizada. "Você não imagina quanto eu gostaria de satisfazer você, mas Deus é testemunha de que não posso." Arcádio agarrou-a pela cintura com sua tremenda força hereditária, e sentiu que o mundo se apagava ao contato com a sua pele. "Não se faça de santa", dizia. "Afinal de contas, todo mundo sabe que você é uma puta." Pilar se refez do asco que seu miserável destino provocava nela.

— Os meninos vão perceber — murmurou. — É melhor você deixar a porta sem tranca esta noite.

Naquela noite, Arcádio esperou por ela na rede, tiritando de febre. Esperou sem dormir, ouvindo os grilos alvoroçados da madrugada sem fim e o horário implacável das garças, cada vez mais convencido de que tinha sido enganado. De repente, quando a ansiedade havia se descomposto em raiva, a porta se abriu. Poucos meses depois, diante do pelotão de fuzilamento, Arcádio haveria de reviver os passos perdidos na sala de aula, os tropeços contra as carteiras, e por último a densidade de um corpo nas trevas do quarto e o latejar do ar bombeado por um coração que não era o dele. Estendeu a mão e encontrou outra mão com dois anéis num mesmo dedo e que estava a ponto de naufragar na escuridão. Sentiu a linha de suas veias, o pulso do seu infortúnio, e sentiu a palma úmida com a linha da vida truncada na base do polegar pelo bote da morte. Compreendeu então que aquela não era a mulher que esperava, porque não cheirava a fumaça e sim a brilhantina de florzinhas, e tinha os seios inflados e cegos com mamilos de homem, e o sexo pétreo e redondo feito uma noz, e a ternura caótica da inexperiência exaltada. Era virgem e tinha o nome inverossímil de Santa Sofía de la Piedad. Pilar Ternera havia pago a ela cinquenta pesos, a metade de suas economias da vida inteira, para que fizesse o que estava fazendo. Arcádio tinha visto a menina muitas vezes trabalhando no armazém dos pais, e nunca havia prestado atenção nela, porque tinha a rara virtude de não existir por completo a não ser no momento oportuno. Mas desde aquele dia se enroscou feito um gato no calor da sua axila. Ela ia à escola na hora da sesta, com o consentimento dos pais, a quem Pilar Ternera havia pago a outra metade de suas economias. Mais tarde, quando as tropas do governo os desalojaram do lugar, se amavam entre as latas de banha e os sacos de milho que ficavam no depósito dos fundos. Na época em que Arcádio foi nomeado chefe civil e militar, tiveram uma filha.

Os únicos parentes que ficaram sabendo foram José Arcádio e Rebeca, com quem Arcádio mantinha naquele tempo relações íntimas, baseadas não tanto no parentesco quanto na cumplicidade. José Arcádio havia se curvado sob o jugo conjugal. O temperamento firme de Rebeca, a voracidade de seu ventre, sua ambição tenaz absorveram a energia descomunal do marido, que de folgazão e mulherengo se converteu num enorme animal de trabalho. Tinham uma casa limpa e bem arrumada. Rebeca a abria de par em par ao amanhecer, e o vento das tumbas entrava pelas janelas e saía pelas portas do quintal, e deixava as paredes caiadas e os móveis curtidos pelo salitre dos mortos. A fome de terra, o choc choc dos ossos de seus pais, a impaciência de seu sangue diante da passividade de Pietro Crespi, tudo estava relegado aos desvãos da memória. Todos os dias bordava junto da janela, alheia à angústia da guerra, até que os potes de cerâmica começavam a vibrar no aparador e ela se levantava para esquentar a comida, muito antes de que aparecessem os esquálidos cães rastreadores e depois o colosso de polainas e esporas e com a carabina de dois canos, que às vezes carregava um veado no ombro e quase sempre uma fieira de coelhos ou de patos selvagens. Uma tarde, no princípio de seu governo, Arcádio foi visitá-los de um modo intempestivo. Não o viam desde que abandonaram a casa, mas se mostrou tão carinhoso e familiar que o convidaram para compartilhar o guisado.

Só quando tomavam café Arcádio revelou o motivo de sua visita: tinha recebido uma denúncia contra José Arcádio. Dizia-se por aí que ele começou arando seu quintal e havia continuado direto pelas terras vizinhas, derrubando cercas e arrasando ranchos com seus bois, até se apoderar à força dos melhores campos das redondezas. Aos camponeses que não havia despojado, porque suas terras não lhe interessavam, havia imposto um tributo que cobrava a cada sábado com os cães ferozes e a carabina de dois canos. Não negou nada. Baseava seu direito no fato de que as terras usurpadas haviam sido distribuídas por José Arcádio Buendía nos tempos da fundação, e acreditava ser possível demonstrar que seu pai já estava louco naquela época, pois distribuíra um patrimônio que na realidade pertencia à família. Era um argumento desnecessário, já que Arcádio não tinha ido até lá para fazer justiça. Ofereceu simplesmente criar um escritório de registro de propriedade, para que José Arcádio legalizasse os títulos da terra usurpada, com a condição de que delegasse ao governo local o direito de cobrar tributos. Os dois se puseram de acordo. Anos depois, quando o coronel Aureliano Buendía examinou os títulos de propriedade, encontrou registradas em nome de seu irmão todas as terras que se avistavam da colina de seu pátio até o horizonte, inclusive o cemitério, e que nos onze meses de seu mandato Arcádio havia carregado não apenas o dinheiro dos tributos mas também o que cobrava do povo pelo direito de enterrar seus mortos nas terras de José Arcádio.

Úrsula levou vários meses para saber o que já era de domínio público, porque as pessoas escondiam dela para não aumentar seu sofrimento. Começou suspeitando. "Arcádio está construindo uma casa", confiou com fingido orgulho ao marido, enquanto tratava de meter em sua boca uma colherada de xarope de cabaceira. No entanto, suspirou involuntariamente: "Não sei por que, mas tudo isso me cheira mal." Mais tarde, quando ficou sabendo que Arcádio não apenas tinha terminado a casa como havia encomendado mobiliário vienense, confirmou a suspeita de que estava usando fundos públicos. "Você é a vergonha do nosso sobrenome", gritou para ele num domingo depois da missa, quando o viu na casa nova jogando baralho com seus oficiais. Arcádio não deu atenção. Só então Úrsula ficou sabendo que ele tinha uma filha de seis meses, e que Santa Sofía de la Piedad, com quem vivia sem ter-se casado, estava grávida outra vez. Resolveu escrever ao coronel Aureliano Buendía, onde quer que se encontrasse, para colocá-lo a par da situação. Mas os acontecimentos que se precipitaram naqueles dias não apenas impediram seus propósitos como a fizeram se arrepender de tê-los concebido. A guerra, que até então não tinha sido mais do que uma palavra para designar uma circunstância vaga e remota, se concretizou numa realidade dramática. No final de fevereiro chegou a Macondo uma anciã de aspecto cinzento, montada num burro carregado de vassouras. Parecia tão inofensiva que as patrulhas de vigilância a deixaram passar sem perguntas, como mais um dos vendedores que amiúde chegavam dos povoados do pantanal. Foi diretamente para o quartel. Arcádio recebeu-a no local onde antes havia sido sala de aula, e que então estava transformado numa espécie de acampamento de retaguarda, com redes enroladas e penduradas em argolas e esteiras amontoadas pelos cantos, e fuzis e carabinas e até espingardas de caça espalhados pelo chão. A anciã se enquadrou numa saudação militar antes de se identificar:

— Sou o coronel Gregório Stevenson.

Trazia más notícias. Os últimos focos de resistência liberal, segundo disse, estavam sendo exterminados. O coronel Aureliano Buendía, que ele havia deixado batendo em retirada pelos lados de Riohacha, encarregara-o da missão de falar com Arcádio. Deveria entregar o povoado sem resistência, impondo como condição que se respeitassem sob palavra de honra a vida e as propriedades dos liberais. Arcádio examinou com um olhar de comiseração aquele estranho mensageiro que poderia ser confundido com uma avó fugitiva.

— O senhor, é claro, traz algum papel escrito — disse.

— É claro — respondeu o emissário — que não. É fácil compreender que nas atuais circunstâncias não se ande com nada comprometedor.

Enquanto falava, tirou do sutiã e pôs na mesa um peixinho de ouro. "Acho que isso será suficiente", disse. Arcádio comprovou que era mesmo um dos peixinhos feitos pelo coronel Aureliano Buendía. Mas alguém podia ter comprado aquele peixinho antes da guerra, ou roubado, e portanto não tinha nenhum mérito como salvo-conduto. O mensageiro chegou ao extremo de violar um segredo de guerra para comprovar sua identidade. Revelou que ia em missão a Curaçao, onde esperava recrutar exilados de todo o Caribe e adquirir armas e apetrechos suficientes para tentar um desembarque no fim do ano. Confiando nesse plano, o coronel Aureliano Buendía não era partidário de que naquele momento fossem feitos sacrifícios inúteis. Mas Arcádio foi inflexível. Mandou encarcerar o mensageiro, enquanto comprovava sua identidade, e resolveu defender a guarnição até a morte.

Não precisou esperar muito tempo. As notícias do fracasso liberal eram cada vez mais concretas. No final de março, em certa madrugada de chuvas prematuras, a calma tensa das semanas anteriores se dissolveu abruptamente com um desesperado toque de clarim, seguido por um canhonaço que destruiu a torre do templo. Na realidade, a gana de resistência de Arcádio era uma loucura. Não dispunha de mais do que cinquenta homens mal armados, com uma dotação máxima de vinte cartuchos cada um. Mas todos eles, seus antigos alunos, excitados por proclamas altissonantes, estavam decididos a sacrificar a própria pele por uma causa perdida. Em meio ao tropel de botas, de ordens contraditórias, de canhonaços que faziam a terra tremer, de disparos a torto e a direito e de toques de clarim sem sentido, o suposto coronel Stevenson conseguiu falar com Arcádio. "Poupe-me da indignidade de morrer no cepo com roupa de mulher", disse a ele. "Se hei de morrer, que seja lutando." Conseguiu convencê-lo. Arcádio ordenou que lhe entregassem uma arma com vinte cartuchos e o deixaram com cinco homens defendendo o quartel, enquanto ele ia com seu estado-maior se pôr à frente da resistência. Não conseguiu nem chegar no caminho do pantanal. As barricadas haviam sido despedaçadas e os defensores se batiam a descoberto pelas ruas, primeiro até onde lhes alcançava a munição dos fuzis, e depois com pistolas contra fuzis e finalmente corpo a corpo. Diante da iminência da derrota, algumas mulheres saíram às ruas armadas com pedaços de pau e facas de cozinha. Naquela confusão, Arcádio encontrou Amaranta, que andava procurando por ele feito louca, de camisola de dormir, com duas velhas pistolas de José Arcádio Buendía. Ele deu seu fuzil a um oficial que havia sido desarmado na refrega, e fugiu com Amaranta por uma rua vizinha para levá-la para casa. Úrsula estava na porta, esperando, indiferente aos tiros que haviam aberto um rombo na fachada da casa vizinha. A chuva cedia mas as ruas estavam resvaladiças e pastosas feito sabão derretido, e era preciso adivinhar as distâncias na escuridão. Arcádio deixou Amaranta com Úrsula e tratou de enfrentar dois soldados que soltaram uma rajada cega da esquina. As velhas pistolas guardadas durante muitos anos num guarda-roupas não funcionaram. Protegendo Arcádio com o próprio corpo, Úrsula tentou arrastá-lo para dentro de casa.

— Venha, por Deus! — gritava para ele. — Basta de loucuras!

Os soldados apontaram para eles.

— Solte já esse homem, senhora — gritou um deles —, ou não nos responsabilizamos!

Arcádio empurrou Úrsula para dentro da casa e se entregou. Pouco depois terminaram os disparos e começaram a repicar os sinos. A resistência havia sido aniquilada em menos de meia hora. Nenhum dos homens de Arcádio sobreviveu ao ataque, mas antes de morrer levaram com eles trezentos soldados. O último baluarte foi o quartel. Antes de ser atacado, o suposto coronel Gregório Stevenson pôs os presos em liberdade e ordenou aos seus homens que saíssem às ruas para lutar. A extraordinária mobilidade e a pontaria certeira com que disparou seus vinte cartuchos por diferentes janelas deram a impressão de que o quartel estava bem resguardado, e os atacantes o despedaçaram a tiros de canhão. O capitão que dirigiu a operação assombrou-se ao encontrar os escombros desertos, e um só homem de cuecas, morto, com o fuzil descarregado, ainda agarrado por um braço que havia sido arrancado do ombro. Tinha uma frondosa cabeleira de mulher enrolada na nuca com um prendedor de cabelos, e no pescoço um escapulário com um peixinho de ouro. Ao virar seu corpo com a ponta da bota para alumbrar seu rosto, o capitão ficou perplexo. "Merda", exclamou. Outros oficiais se aproximaram.

— Olhem só onde esse homem veio aparecer — disse o capitão. — É Gregório Stevenson.

Ao amanhecer, depois de um conselho de guerra sumário, Arcádio foi fuzilado contra o muro do cemitério. Nas duas últimas horas de sua vida não conseguiu entender por que havia desaparecido o medo que o atormentava desde a infância. Impassível, sem se preocupar nem mesmo por demonstrar sua recente coragem, escutou os intermináveis argumentos da acusação. Pensava em Úrsula, que naquela hora devia estar debaixo da castanheira tomando café com José Arcádio Buendía. Pensava em sua filha de oito meses, que ainda não tinha nome, e no que ia nascer em agosto. Pensava em Santa Sofía de la Piedad, que na noite anterior ele tinha deixado salgando um veado para o almoço do sábado, e sentiu falta do seu cabelo cascateando sobre os ombros e das pestanas que pareciam artificiais. Pensava em sua gente sem sentimentalismo, num severo acerto de contas com a vida, começando a compreender o quanto na verdade amava as pessoas que mais havia odiado. O presidente do conselho de guerra iniciou seu discurso final antes que Arcádio se desse conta de que tinham se passado duas horas. "Mesmo que as acusações comprovadas não tivessem demasiados méritos — dizia o presidente —, a temeridade irresponsável e criminosa com que o acusado empurrou seus subordinados para uma morte inútil já bastaria para que merecesse a pena capital." Na escola destruída onde experimentou pela primeira vez a segurança do poder, a poucos metros de onde conheceu a incerteza do amor, Arcádio achou ridículo o formalismo da morte. Na verdade não se importava com a morte mas com a vida, e por isso a sensação que sentiu quando pronunciaram a sentença não foi uma sensação de medo e sim de nostalgia. Não falou nada até que perguntaram qual era o seu último desejo.

— Digam à minha mulher — respondeu com voz bem timbrada — que ponha na menina o nome de Úrsula. — Fez uma pausa e confirmou: — Úrsula, como a avó. E digam também que, se o que vai nascer nasce homem, que chamem de José Arcádio, mas não por causa do tio, e sim do avô.

Antes que o levassem ao paredão, o padre Nicanor tratou de dar-lhe assistência. "Não tenho nada do que me arrepender", disse Arcádio, e se colocou às ordens do pelotão depois de tomar uma xícara de café preto. O chefe do pelotão, especialista em execuções sumárias, tinha um nome que era muito mais do que uma casualidade: capitão Roque Carnicero. A caminho do cemitério, debaixo de uma chuvinha persistente, Arcádio observou que no horizonte despontava uma radiante quarta-feira. A nostalgia se desvanecia com a neblina e deixava em seu lugar uma imensa curiosidade. Só quando mandaram que se pusesse de costas para o muro Arcádio viu Rebeca com os cabelos molhados e um vestido de flores rosadas, abrindo a casa de par em par. Fez um esforço para que o reconhecesse. E assim foi: Rebeca olhou por acaso para o muro e ficou paralisada de estupor, e mal conseguiu reagir para fazer um gesto de adeus com a mão. Arcádio respondeu da mesma forma. Nesse instante apontaram para ele as bocas fumegantes dos fuzis, e ouviu letra por letra as encíclicas cantadas por Melquíades, e sentiu os passos perdidos de Santa Sofía de la Piedad, virgem, na sala de aula, e experimentou no nariz a mesma dureza de gelo que havia chamado sua atenção nas narinas do cadáver de Remédios. "Ai, caralho! — chegou a pensar. —

Esqueci de dizer que se nascer mulher ponham o nome de Remédios." Então, concentrado num talho dilacerante, tornou a sentir o terror que o atormentou a vida inteira. O capitão deu a ordem de fogo. Arcádio mal teve tempo de inchar o peito e levantar a cabeça, sem compreender de onde fluía o líquido ardente que queimava suas coxas.

— Filhos da puta! — gritou. — Viva o partido liberal!

Em maio a guerra terminou. Duas semanas antes que o governo fizesse o anúncio oficial, num decreto altissonante que prometia impiedoso castigo para os promotores da rebelião, o coronel Aureliano Buendía caiu prisioneiro quando estava a ponto de alcançar a fronteira ocidental disfarçado de feiticeiro indígena. Dos vinte e um homens que o seguiram na guerra, catorze morreram em combate, seis estavam feridos, e só um o acompanhava no momento da derrota final: o coronel Gerineldo Márquez. A notícia da captura foi dada em Macondo num boletim extraordinário: "Está vivo", informou Úrsula ao marido. "Roguemos a Deus para que seus inimigos tenham clemência." Depois de três dias de pranto, na tarde em que batia um doce de leite na cozinha, ouviu claramente a voz do filho muito perto de seu ouvido. "Era Aureliano", gritou, correndo até a castanheira para dar a notícia ao marido. "Não sei como foi o milagre, mas está vivo e nós vamos vê-lo daqui a pouco." Considerou que era fato consumado. Mandou lavar o chão da casa e mudar a posição dos móveis. Uma semana depois, um rumor sem origem e que não seria acompanhado de nenhum boletim oficial confirmou dramaticamente o presságio. O coronel Aureliano Buendía tinha sido condenado à morte, e a sentença seria executada em Macondo, como castigo para a população. Numa segunda-feira, às dez e vinte da manhã, Amaranta estava vestindo Aureliano José quando percebeu um tropel remoto e um toque de clarim, um segundo antes que Úrsula invadisse o quarto gritando: "Estão trazendo ele!" A tropa lutava para controlar a coronhadas uma multidão tresloucada. Úrsula e Amaranta correram até a esquina, abrindo caminho aos empurrões, e então o viram. Parecia um mendigo. Estava com a roupa esfarrapada, os cabelos e a barba desgrenhados, e estava descalço. Caminhava sem sentir a poeira em brasa, com as mãos amarradas às costas por uma corda que um oficial a cavalo segurava na cabeça de sua montaria. Junto a ele, também desgraçado e derrotado, levavam o coronel Gerineldo Márquez. Não estavam tristes. Pareciam, isso sim, atordoados pela multidão que gritava para a tropa tudo que é tipo de impropérios.

— Meu filho! — gritou Úrsula no meio do tumulto, e deu um tabefe no soldado que tentou detê-la. O cavalo do oficial se encabritou. Então o coronel Aureliano Buendía se deteve, trêmulo, evitou os braços de sua mãe e cravou em seus olhos um olhar duro.

— Vá para casa, mamãe — disse ele. — Peça licença às autoridades, e venha me ver na cadeia.

Olhou para Amaranta, que permanecia indecisa dois passos atrás de Úrsula, e sorriu para ela ao perguntar: "O que aconteceu na sua mão?" Amaranta levantou a mão com a venda negra. "Uma queimadura", disse, e afastou Úrsula para que não fosse atropelada pelos cavalos. A tropa disparou. Uma guarda especial cercou os prisioneiros e os levou rápido até o quartel.

Ao entardecer, Úrsula visitou o coronel Aureliano Buendía no cárcere. Havia tratado de conseguir a licença através de dom Apolinar Moscote, mas ele tinha perdido toda a autoridade diante da onipotência dos militares. O padre Nicanor estava prostrado por causa de uma febre hepática. Os pais do coronel Gerineldo Márquez, que não estava condenado à morte, haviam tratado de vê-lo e foram impedidos a coronhadas. Diante da impossibilidade de conseguir intermediários, convencida de que seu filho seria fuzilado ao amanhecer, Úrsula fez um embrulho com as coisas que queria levar para ele e foi sozinha até o quartel.

— Sou a mãe do coronel Aureliano Buendía — se anunciou.

Os sentinelas impediram sua passagem. "De um jeito ou de outro, eu vou entrar", advertiu Úrsula. "Então, se vocês receberam ordens para atirar, comecem de uma vez." Afastou um deles com um empurrão, e entrou na antiga sala de aula, onde um grupo de soldados nus lubrificavam suas armas. Um oficial em uniforme de campanha, avermelhado, com óculos de lentes muito grossas e gestos cerimoniosos, fez um sinal para que os sentinelas se retirassem.

— Eu sou a mãe do coronel Aureliano Buendía — repetiu Úrsula.

— A senhora quer dizer — corrigiu o oficial com um sorriso amável — que é a mãe do *senhor* Aureliano Buendía.

Úrsula reconheceu em sua maneira rebuscada de falar a cadência lânguida do altiplano, dos *cachacos*.

— Como o senhor quiser — admitiu —, desde que me permita ver meu filho.

Havia ordens superiores de não permitir visitas aos condenados à morte, mas o oficial assumiu a responsabilidade de conceder-lhe um encontro de quinze minutos. Úrsula mostrou a ele o que trazia no embrulho: uma muda de roupa limpa, as botinas que seu filho havia usado no casamento, e o doce de leite que guardava para ele desde o dia em que pressentiu seu regresso. Encontrou o coronel Aureliano Buendía no quarto do cepo, estendido no catre e com os braços abertos, porque estava com as axilas empedradas de furúnculos. Tinham permitido que fizesse a barba. O bigode denso e de pontas retorcidas acentuava a angulosidade de seus pômulos. Úrsula achou que estava mais pálido do que quando partira, um pouco mais alto e mais solitário que nunca. Estava a par dos pormenores da casa: o suicídio de Pietro Crespi, as arbitrariedades e o fuzilamento de Arcádio, a impavidez de José Arcádio Buendía debaixo da castanheira. Sabia que Amaranta havia consagrado sua viuvez de virgem à criação de Aureliano José, e que ele começava a dar mostras de muito bom senso e lia e escrevia ao mesmo tempo que aprendia a falar. Desde o instante em que entrou no quarto, Úrsula sentiu-se coibida pela maturidade de seu filho, por sua aura de domínio, pelo resplendor de

autoridade que sua pele irradiava. Surpreendeu-se de que estivesse tão bem informado. "A senhora bem que sabe que sou adivinho", brincou Aureliano. E acrescentou, sério: "Esta manhã, quando me trouxeram, tive a impressão de que já havia passado por tudo isso." Na verdade, enquanto a multidão trovejava ao seu passo, ele estava concentrado em seus pensamentos, assombrado pela forma como todo mundo havia envelhecido em um ano. As amendoeiras tinham as folhas avermelhadas. As casas pintadas de azul, pintadas depois de vermelho e depois pintadas de azul outra vez, tinham adquirido uma coloração indefinível.

— E o que você esperava? — suspirou Úrsula. — O tempo passa.

— Pois é — admitiu Aureliano —, mas não tanto.

Assim, a visita tanto tempo esperada, para a qual os dois haviam preparado as perguntas e inclusive previsto as respostas, foi outra vez a conversa cotidiana de sempre. Quando o sentinela anunciou o fim do encontro, Aureliano tirou de baixo da esteira do catre um rolo de papéis suados. Eram seus versos. Os inspirados por Remédios, que havia levado com ele quando foi embora, e os escritos depois, nas inesperadas pausas da guerra. "Prometa que ninguém vai ler", disse. "Hoje mesmo acenda o forno com eles." Úrsula prometeu e ergueu-se para dar-lhe um beijo de despedida.

— Eu trouxe um revólver para você — murmurou ela.

O coronel Aureliano Buendía comprovou que o sentinela não estava à vista. "Para mim, não serve de nada", respondeu em voz baixa. "Mas me dá aqui, caso decidam revistar a senhora na saída..." Úrsula tirou o revólver do sutiã e colocou-o debaixo da esteira do catre. "E agora, não se despeça", concluiu com uma ênfase acalmada. "Não suplique a ninguém, nem se rebaixe diante de ninguém. Finja que me fuzilaram faz muito tempo." Úrsula mordeu os lábios para não chorar.

— Ponha umas pedras quentes nos furúnculos — disse ela.

Deu meia-volta e saiu do quarto. O coronel Aureliano Buendía permaneceu de pé, pensativo, até que a porta se fechou. Então, tornou a se deitar com os braços abertos. Desde o princípio da adolescência, quando começou a ter consciência de seus presságios, pensou que a morte haveria de se anunciar com um sinal definido, inequívoco, inevitável, mas faltavam poucas horas para que morresse e o sinal não chegava. Em certa ocasião uma mulher muito bela entrou em seu acampamento de Tucurinca e pediu aos sentinelas para vê-lo. Deixaram que ela entrasse, porque conheciam o fanatismo de certas mães que enviavam as filhas aos dormitórios dos guerreiros mais notáveis para, conforme elas mesmas diziam, aprimorar a raça. Naquela noite o coronel Aureliano Buendía estava terminando o poema do homem que havia se extraviado na chuva, quando a moça entrou no quarto. Ele deu-lhe as costas para trancar a folha na gaveta fechada com chave, onde guardava seus versos. E então sentiu. Agarrou a pistola na gaveta sem virar o rosto.

— Não dispare, por favor — disse.

Quando se virou com a pistola engatilhada, a moça havia baixado a sua, e não sabia o que fazer. Assim ele havia conseguido evitar quatro de onze emboscadas. Em compensação, alguém que nunca foi capturado entrou certa noite no quartel revolucionário de Manaure e assassinou a punhaladas seu íntimo amigo, o coronel Magnífico Visbal, a quem ele havia cedido o catre para que suasse um febrão. A poucos metros, dormindo numa rede no mesmo quarto, ele não havia percebido nada. Eram inúteis seus esforços para sistematizar os presságios. Apresentavam-se de repente, numa rajada de lucidez sobrenatural, como uma convicção absoluta e momentânea, mas intangível. Em certas ocasiões eram tão naturais que não os identificava como presságios a não ser quando se cumprissem. Outras vezes eram categóricos, e não se cumpriam. Com frequência não eram outra coisa além de golpes vulgares de superstição. Mas quando o condenaram à morte e pediram que expressasse seu último desejo, não teve a menor dificuldade para identificar o presságio que inspirou sua resposta:

— Peço que a sentença seja cumprida em Macondo — disse.

O presidente do tribunal se desgostou.

— Não banque o vivo, Buendía — disse ele. — É um estratagema para ganhar tempo.

— Se não atender, é problema seu — disse o coronel —, mas esse é meu último desejo.

A partir daquele momento os presságios o abandonaram. No dia em que Úrsula foi visitá-lo no cárcere, depois de muito pensar chegou à conclusão de que talvez a morte não se anunciasse daquela vez, porque não dependia do acaso, mas da vontade de seus verdugos. Passou a noite em vela, atormentado pela dor de seus furúnculos. Pouco antes da alvorada ouviu passos no corredor. "Lá vêm eles", disse a si mesmo, e pensou sem motivo em José Arcádio Buendía, que naquele momento estava pensando nele, debaixo da madrugada lúgubre da castanheira. Não sentiu medo, nem nostalgia, mas uma raiva intestinal diante da ideia de que aquela morte artificiosa não lhe permitia conhecer o final de tantas coisas que deixava sem terminar. A porta se abriu, e o sentinela entrou com a caneca de café. No dia seguinte à mesma hora ainda estava do mesmo jeito, furibundo com a dor nas axilas, e aconteceu exatamente a mesma coisa. Na quinta-feira dividiu o doce de leite com os sentinelas e vestiu a roupa limpa, que ficou apertada, e as botinas de verniz. Na sexta-feira ainda não tinha sido fuzilado.

Na verdade, não se atreviam a executar a sentença. A rebeldia do povo fez os militares pensarem que o fuzilamento do coronel Aureliano Buendía teria graves consequências políticas não apenas em Macondo, mas em toda a região do pantanal, e decidiram consultar as autoridades da capital provincial. Na noite do sábado, enquanto esperavam pela resposta, o capitão Roque Carnicero foi com outros oficiais até a taberna de Catarino. Uma única mulher, quase pressionada pelas ameaças, atreveu-se a levá-lo para o quarto. "Elas não querem ir para a cama com um homem que sabem que vai morrer", confessou ela. "Ninguém sabe como vai ser, mas todo mundo anda dizendo que o oficial que fuzilar o coronel Aureliano Buendía, e todos os soldados do pelotão, um por um, serão assassinados sem remédio, mais cedo ou mais tarde, nem que se escondam no fim do mundo." O capitão Roque Carnicero comentou essa história com os outros oficiais, que comentaram com seus superiores.

No domingo, embora ninguém houvesse revelado com franqueza, embora nenhum ato militar tivesse turvado a calma tensa daqueles dias, o povoado inteiro sabia que os oficiais estavam dispostos a evitar com tudo que é tipo de pretexto a responsabilidade da execução. No correio da segunda-feira chegou a ordem oficial: a execução teria de ser cumprida num prazo de vinte e quatro horas. Naquela noite os oficiais puseram num quepe sete papeizinhos com seus nomes, e o inclemente destino do capitão Roque Carnicero apontou-o com o papel premiado. "O meu azar não perde ocasião", disse ele com profunda amargura. "Nasci filho da puta e filho da puta morro." Às cinco da manhã escolheu o pelotão por sorteio, formou-o no pátio, e despertou o condenado com a frase premonitória:

— Vamos lá, Buendía — disse a ele. — Chegou a nossa hora.

— Quer dizer, então, que era isso — respondeu o coronel. — Eu estava sonhando que os furúnculos tinham arrebentado.

Rebeca Buendía se levantava às três da madrugada desde que ficara sabendo que Aureliano seria fuzilado. Ficava no quarto escuro, vigiando pela janela entreaberta o muro do cemitério, enquanto a cama onde estava sentada se estremecia com os roncos de José Arcádio. Esperou a semana inteira com a mesma obstinação recôndita com que em outra época esperava as cartas de Pietro Crespi. "Não vão fuzilá-lo aqui", dizia José Arcádio a ela. "Vão fuzilá-lo à meia-noite no quartel mesmo, para que ninguém saiba quem formou o pelotão, e lá mesmo ele será enterrado." Rebeca continuou esperando. "São tão burros que vão fuzilá-lo aqui", dizia ela. Estava tão segura que havia previsto a forma com que abriria a porta para dizer-lhe adeus com a mão. "Não vão trazê-lo pela rua — insistia José Arcádio — só com seis soldados assustados, sabendo que as pessoas estão dispostas a qualquer coisa." Indiferente à lógica do marido, Rebeca continuava na janela.

— Você vai ver só como eles são burros — dizia.

Na terça-feira, às cinco da manhã, José Arcádio já tinha tomado café e soltado os cachorros, quando Rebeca fechou a janela e se agarrou na cabeceira da cama para não cair. "Estão trazendo ele", suspirou. "Como está bonito." José Arcádio foi até a janela e o viu, trêmulo na claridade do alvorecer, com umas calças que tinham sido dele na juventude. Já estava de costas para o muro e tinha as mãos apoiadas na cintura porque os nós ardentes das axilas o impediam de baixar os braços. "Tanto se foder", murmurava o coronel Aureliano Buendía. "Tanto se foder para acabar morto por seis maricas, e sem poder fazer nada." Repetia isso com tamanha raiva que quase parecia fervor, e o capitão Roque Carnicero se comoveu porque achou que ele estava rezando. Quando o pelotão apontou, a raiva tinha se materializado numa substância viscosa e amarga que adormeceu sua língua e obrigou-o a fechar os olhos. Então desapareceu o resplendor de alumínio do amanhecer, e tornou a ver-se a si mesmo, muito menino, com calças curtas e um laço no pescoço, e viu seu pai numa tarde esplêndida levando-o até o interior da tenda, e viu o gelo. Quando ouviu o grito achou que era a ordem final ao pelotão. Abriu os olhos com uma curiosidade de calafrio, esperando enfrentar a trajetória incandescente das balas, mas só encontrou o capitão Roque Carnicero com os braços para o alto, e José Arcádio atravessando a rua com sua carabina pavorosa pronta para disparar.

— Não atire — disse o capitão a José Arcádio. — O senhor vem mandado pela Providência Divina.

Ali começou outra guerra. O capitão Roque Carnicero e seus seis homens foram com o coronel Aureliano Buendía libertar o general revolucionário Victorio Medina, condenado à morte em Riohacha. Acharam que ganhariam tempo atravessando a serra pelo caminho que José Arcádio Buendía fez para fundar Macondo, mas antes de uma semana se convenceram de que era uma tarefa impossível. Portanto, tiveram de fazer a perigosa rota dos desfiladeiros, sem outra munição além da do pelotão de fuzilamento. Acampavam perto dos povoados, e um deles, com um peixinho de ouro na mão, entrava disfarçado à plena luz do dia e fazia contato com os liberais em repouso, que na manhã seguinte saíam para caçar e não regressavam mais. Quando avistaram Riohacha de uma curva da serra, o general Victorio Medina já tinha sido fuzilado. Os homens do coronel Aureliano Buendía o proclamaram chefe das forças revolucionárias do litoral do Caribe, com a patente de general. Ele assumiu o cargo, mas rejeitou a promoção, e impôs a si mesmo a condição de não aceitá-la até que derrubassem o regime conservador. Em três meses conseguiram armar mais de mil homens, mas foram exterminados. Os sobreviventes chegaram até a fronteira oriental. Na próxima vez que se soube deles haviam desembarcado em Cabo de la Vela, procedentes do arquipélago das Antilhas, e um relatório do governo divulgado por telégrafo e publicado em boletins jubilosos por todo o país anunciou a morte do coronel Aureliano Buendía. Mas dois dias depois um telegrama contrário, que acabou repercutindo o anterior, anunciava outra rebelião nas planícies do sul. Assim começou a lenda da ubiquidade do coronel Aureliano Buendía. Informações simultâneas e contraditórias o declaravam vitorioso em Villanueva, derrotado em Guacamayal, devorado pelos índios Motilones, morto numa aldeia do pantanal e outra vez sublevado em Urumita. Os dirigentes liberais, que naquele momento estavam negociando uma participação no parlamento, diziam que ele não passava de um aventureiro sem partido. O governo nacional o incluiu na categoria de bandoleiro e pôs um prêmio de cinco mil pesos pela sua cabeça. Após dezesseis derrotas, o coronel Aureliano Buendía saiu de La Guajira com dois mil indígenas bem armados, e a guarnição surpreendida durante o sono abandonou Riohacha. Ali ele estabeleceu o seu quartel-general, e proclamou guerra total contra o regime. A primeira notificação que recebeu do governo foi a ameaça de fuzilar o general Gerineldo Márquez no prazo de quarenta e oito horas, se ele não recuasse com suas forças até a fronteira oriental. O coronel Roque Carnicero, que era o chefe de seu estado-maior, entregou-lhe o telegrama com um gesto de consternação, mas ele o leu com imprevisível alegria.

— Que bom! — exclamou. — Já temos telégrafo em Macondo.

Sua resposta foi terminante. Em três meses pretendia estabelecer seu quartel-general em Macondo. Se não encontrasse o coronel Gerineldo Márquez vivo, fuzilaria sem julgamento algum toda a oficialidade que estivesse presa naquele momento, começando pelos generais, e daria ordens aos seus subordinados para que procedessem da mesma forma até o final da guerra. Três meses depois, quando entrou vitorioso em Macondo, o primeiro abraço que recebeu, ainda no caminho do pantanal, foi o do coronel Gerineldo Márquez.

A casa estava cheia de crianças. Úrsula havia recolhido Santa Sofía de la Piedad, com a filha mais velha e um par de gêmeos que nasceram cinco meses depois do fuzilamento de Arcádio. Contra a última vontade do fuzilado, batizou a menina com o nome de Remédios. "Tenho certeza de que foi isso o que Arcádio quis dizer", alegou. "Não vamos pôr Úrsula, porque se sofre demais com esse nome." Os gêmeos foram chamados de José Arcádio Segundo e Aureliano Segundo. Amaranta se encarregou de tomar conta de todos. Colocou cadeirinhas de madeira na sala, e abriu uma creche com outras crianças de famílias vizinhas. Quando o coronel Aureliano Buendía regressou, entre estampidos de rojões e repiques do campanário, um coro infantil deu-lhe as boas-vindas na casa. Aureliano José, comprido feito o avô, vestido de oficial revolucionário, rendeu-lhe honras militares.

Nem todas as notícias eram boas. Um ano depois da fuga do coronel Aureliano Buendía, José Arcádio e Rebeca foram morar na casa construída por Arcádio. Ninguém ficou sabendo de sua intervenção para impedir o fuzilamento. Na casa nova, situada no melhor canto da praça, à sombra de uma amendoeira privilegiada com três ninhos de tiês-sangue, com uma porta grande para as visitas e quatro janelas para a luz, estabeleceram um lar hospitaleiro. As antigas amigas de Rebeca, entre elas quatro irmãs Moscote que continuavam solteiras, retomaram as sessões de bordado interrompidas anos antes na varanda das begônias. José Arcádio continuou desfrutando as terras usurpadas, cujos títulos foram reconhecidos pelo governo conservador. Todas as tardes era visto ao regressar a cavalo, com seus cães ferozes e sua carabina de dois canos, e uma fieira de coelhos pendurados na sela da montaria. Numa tarde de setembro, diante da ameaça de uma tormenta, voltou para casa mais cedo que de costume. Cumprimentou Rebeca na sala de jantar, amarrou os cachorros no quintal, dependurou os coelhos na cozinha para salgá-los mais tarde e foi para o quarto trocar de roupa. Rebeca declarou depois que quando seu marido entrou no quarto ela se trancou no banheiro e não percebeu nada. Era uma versão difícil de acreditar, mas não havia outra mais verossímil, e ninguém conseguiu imaginar um motivo para que Rebeca assassinasse o homem que a havia feito feliz. Esse foi talvez o único mistério jamais esclarecido em Macondo. Assim que José Arcádio fechou a porta do quarto, o estampido de um tiro de pistola retumbou pela casa. Um fio de sangue escorreu por debaixo da porta, atravessou a sala, saiu à rua, continuou seu curso direto pelas calçadas desiguais, desceu escadarias e subiu parapeitos, passou ao largo da Rua dos Turcos, dobrou uma esquina à direita e outra à esquerda, girou em ângulo reto na frente da casa dos Buendía, passou por debaixo da porta fechada, atravessou a sala de visitas grudado no rodapé das paredes para não manchar as tapeçarias, continuou pela outra sala, driblou numa ampla curva a mesa da sala de jantar, avançou pela varanda das begônias e passou sem ser visto por baixo da cadeira de Amaranta, que dava uma aula de aritmética para Aureliano José, e se meteu pela despensa e apareceu na cozinha onde Úrsula se preparava para quebrar trinta e seis ovos para o pão.

— Ave Maria Puríssima! — gritou Úrsula.

Seguiu o fio de sangue em sentido contrário, e à procura de sua origem atravessou a despensa, passou pelo varanda das begônias onde Aureliano José cantava que três e três são seis e seis e três são nove, e atravessou a sala de jantar e a sala de visitas e continuou em linha reta pela rua, e depois dobrou à direita e em seguida à esquerda até a Rua dos Turcos, sem nem lembrar que usava o avental de cozinha e as pantufas caseiras, e saiu para a praça e entrou pela porta de uma casa onde não havia estado nunca, e empurrou a porta do quarto e quase se afogou no cheiro de pólvora queimada, e encontrou José Arcádio esticado de boca para baixo no chão sobre as polainas que acabava de tirar, e viu a fonte do fio de sangue que já havia deixado de fluir do seu ouvido direito. Não encontraram nenhum ferimento em seu corpo nem conseguiram localizar a arma. Também não foi possível tirar do cadáver o penetrante cheiro de pólvora. Primeiro lavaram o corpo três vezes com sabão e bucha, e depois o esfregaram com sal e vinagre, e em seguida com cinza e limão, e por último o meteram num tonel de barrela e o deixaram repousar por seis horas. Tanto o esfregaram que os arabescos da tatuagem começaram a desbotar. Quando inventaram o recurso desesperado de temperá-lo com pimentas e cominho e folhas de louro e fervê-lo um dia inteiro em fogo brando, já havia começado a se decompor e precisaram enterrá-lo às pressas. Foi trancado hermeticamente num ataúde especial de dois metros e trinta centímetros de comprimento e um metro e dez centímetros de largura, reforçado por dentro com chapas de ferro e aparafusado com arruelas de aço, e ainda assim dava para notar o cheiro pelas ruas por onde passou o enterro. O padre Nicanor, com o fígado inchado e tenso como um tambor, benzeu-o da cama. Apesar de terem, nos meses seguintes, reforçado a tumba com muros superpostos e jogado entre eles cinza amassada, serragem e cal viva, o cemitério continuou cheirando a pólvora até muitos anos depois, quando os engenheiros da companhia bananeira recobriram a sepultura com uma couraça de concreto armado. Assim que o cadáver foi tirado da casa, Rebeca fechou as portas e se enterrou em vida, coberta por uma grossa crosta de desdém que nenhuma tentação terrena conseguiu romper jamais. Saiu à rua uma única vez, já muito velha, com uns sapatos cor de prata antiga e um chapéu de flores minúsculas, na época em que o Judeu Errante passou pelo povoado e provocou um calor tão intenso que os pássaros atravessavam as telas das janelas para morrer nos dormitórios. A última vez que alguém a viu com vida foi quando matou com um tiro certeiro o ladrão que tentou forçar a porta da sua casa. A não ser Argênida, sua criada e confidente, ninguém voltou a ter contato com ela. Durante um tempo, soube-se que escrevia cartas ao bispo, que ela considerava como seu primo-irmão, mas nunca se soube que tivesse recebido resposta alguma. A aldeia se esqueceu dela.

Apesar de seu regresso triunfal, o coronel Aureliano Buendía não se entusiasmava com as aparências. As tropas do governo abandonavam as guarnições sem resistência, e isso suscitava na população liberal a ilusão de uma vitória que não convinha desmentir, mas os revolucionários conheciam a verdade, e o coronel Aureliano Buendía mais que ninguém. Embora naquele momento mantivesse mais de cinco mil homens sob seu comando e dominasse dois estados do litoral, tinha consciência de estar encurralado contra o mar e metido numa situação política tão confusa que, quando ordenou restaurar a torre da igreja destroçada por um canhonaço do exército, o padre Nicanor comentou em seu leito de enfermo: "Isso é um disparate: os defensores da fé em Cristo destroem o templo e os maçons mandam consertar." Buscando uma válvula de escape, passava horas e horas no escritório do telégrafo, conferenciando com os chefes de outras guarnições, e cada vez saía com a impressão mais definida de que a guerra estava empacada. Quando chegavam notícias de novos triunfos liberais, comemorava-se com mensagens de júbilo, mas ele media nos mapas seu verdadeiro alcance, e compreendia que suas hostes estavam penetrando na selva, defendendo-se da malária e dos mosquitos, avançando no sentido contrário ao da realidade. "Estamos perdendo tempo", queixava-se aos oficiais. "E estaremos perdendo tempo enquanto os sacanas do partido estiverem mendigando um assento no congresso." Em noites de vigília, estendido de costas na rede dependurada no mesmo quarto em que esteve condenado à morte, evocava a imagem dos advogados vestidos de negro que abandonavam o palácio presidencial no gelo da madrugada com as golas dos sobretudos levantadas até as orelhas, esfregando as mãos, cochichando, refugiando-se nos botequins lúgubres do amanhecer, para especular sobre o que o presidente quis dizer quando disse que sim, ou o que quis dizer quando disse que não, e para supor inclusive o que o presidente estava pensando quando disse uma coisa inteiramente diferente, enquanto ele espantava mosquitos a trinta e cinco graus de temperatura, sentindo se aproximar a alvorada terrível em que teria que dar aos seus homens a ordem de se atirarem ao mar.

Numa noite de incertezas em que Pilar Ternera cantava no pátio com a tropa, ele pediu a ela que lesse o seu porvir nas cartas do baralho. "Cuidado com a boca", foi tudo que ela conseguiu ler depois de estender e embaralhar as cartas três vezes. "Não sei bem o que isso quer dizer, mas o sinal é muito claro: cuidado com a boca." Dois dias depois alguém deu a um ordenança uma caneca de café sem açúcar, que o ordenança passou a outro, e este a outro, até que de mão em mão chegou ao gabinete do coronel Aureliano Buendía. Ele não tinha pedido café, mas já que estava ali, tomou. Tinha uma dose de noz vômica suficiente para matar um cavalo. Quando o levaram para casa estava teso e arqueado e tinha a língua partida entre os dentes. Úrsula disputou-o com a morte. Depois de limpar seu estômago com vomitórios, envolveu-o em cobertores quentes e deu a ele claras de ovos durante dois dias, até que o corpo estragado recobrou a temperatura normal. No quarto dia estava fora de perigo. Contra a sua vontade, pressionado por Úrsula e por seus oficiais, continuou de cama durante mais uma semana. Só então ficou sabendo que não haviam queimado seus versos. "Não quis me precipitar", explicou Úrsula. "Naquela noite, quando ia acender o forno, disse a mim mesma que era melhor esperar que trouxessem o cadáver." Na neblina da convalescença, rodeado pelas bonecas empoeiradas de Remédios, o coronel Aureliano Buendía evocou na leitura de seus versos os instantes decisivos de sua existência. Voltou a escrever. Durante muitas horas, à margem dos sobressaltos de uma guerra sem futuro, traduziu em versos rimados suas experiências à beira da morte. Então seus pensamentos se fizeram tão claros, que pôde examiná-los pelo direito e pelo avesso. Certa noite perguntou ao coronel Gerineldo Márquez:

— Diga uma coisa, compadre: por que você está nessa luta?

— Por que haveria de ser, compadre? — respondeu o coronel Gerineldo Márquez. — Pelo grande partido liberal.

— Feliz de você que sabe — respondeu o coronel Aureliano Buendía. — Eu, cá do meu lado, só agora percebo que estou lutando por orgulho.

— Isso é mau — disse o coronel Gerineldo Márquez.

O coronel Aureliano Buendía achou graça nessa preocupação. "Naturalmente", disse. "Mas seja como for, é melhor isso do que não saber por que se luta." Olhou-o nos olhos, e acrescentou sorrindo:

— Ou lutar, como você, por uma coisa que não significa nada para ninguém.

Seu orgulho havia impedido que entrasse em contato com os grupos armados do interior do país enquanto os dirigentes do partido não desmentissem em público a declaração de que ele era um bandoleiro. Sabia, porém, que assim que pusesse de lado aqueles escrúpulos romperia o círculo vicioso da guerra. A convalescença permitiu que ele refletisse. Então conseguiu que Úrsula lhe desse o resto da herança enterrada e suas volumosas economias; nomeou o coronel Gerineldo Márquez chefe civil e militar de Macondo, e foi estabelecer contato com os grupos rebeldes do interior.

O coronel Gerineldo Márquez não apenas era o homem de maior confiança do coronel Aureliano Buendía como também era recebido por Úrsula como um membro da família. Frágil, tímido, de uma boa educação natural, estava no entanto melhor constituído para a guerra que para o governo. Seus assessores políticos o enredavam com facilidade em labirintos teóricos. Mas conseguiu impor em Macondo o ambiente de paz rural com o qual sonhava o coronel Aureliano Buendía para morrer de velho fabricando peixinhos de ouro. Embora vivesse na casa dos pais, almoçava na de Úrsula duas ou três vezes por semana. Iniciou Aureliano José no manejo das armas de fogo, deu-lhe uma instrução militar prematura e durante vários meses levou-o para morar no quartel, com o consentimento de Úrsula, para que fosse se fazendo homem. Muitos anos antes, ainda quase um menino, Gerineldo Márquez havia declarado seu amor a Amaranta. Ela estava na época tão iludida com sua paixão solitária por Pietro Crespi, que riu dele. Gerineldo Márquez esperou. Em certa ocasião enviou da cadeia um bilhete para Amaranta, pedindo a ela o favor de bordar uma dúzia de lenços de cambraia com as iniciais de seu pai. Mandou-lhe o dinheiro. Uma semana mais tarde,

Amaranta levou até o cárcere a dúzia de lenços bordados, junto com o dinheiro, e ficaram várias horas falando do passado. "Quando eu sair daqui me caso com você", disse Gerineldo Márquez ao se despedirem. Amaranta riu, mas continuou pensando nele enquanto ensinava os meninos a ler, e desejou reviver para ele sua paixão juvenil por Pietro Crespi. Aos sábados, dia de visita aos presos, passava pela casa dos pais de Gerineldo Márquez e os acompanhava até a cadeia. Num daqueles sábados, Úrsula surpreendeu-se ao vê-la na cozinha, esperando que os biscoitos saíssem do forno para escolher os melhores e envolvê-los num guardanapo que havia bordado para a ocasião.

— Case com ele — disse Úrsula. — Dificilmente você vai encontrar outro homem como esse.

Amaranta fingiu uma reação de desgosto.

— Eu não preciso andar caçando homens — replicou. — Levo esses biscoitos para Gerineldo porque me dá pena saber que mais cedo ou mais tarde vão fuzilá-lo.

Falou sem pensar, mas foi por aquela época que o governo tornou pública a ameaça de fuzilar o coronel Gerineldo Márquez se as forças rebeldes não entregassem Riohacha. As visitas foram suspensas. Amaranta trancou-se para chorar, acabrunhada por um sentimento de culpa semelhante ao que a atormentou quando Remédios morreu, como se outra vez tivessem sido suas palavras impensadas as responsáveis por uma morte. Sua mãe a consolou. Assegurou que o coronel Aureliano Buendía faria alguma coisa para impedir o fuzilamento, e prometeu que ela mesma se encarregaria de atrair Gerineldo Márquez, quando a guerra acabasse. Cumpriu a promessa antes do prazo previsto. Quando Gerineldo Márquez voltou para casa investido de sua nova dignidade de chefe civil e militar, recebeu-o como se fosse um filho, concebeu os mimos mais refinados para retê-lo, e rogou com toda a força de seu coração que ele recordasse seu propósito de se casar com Amaranta. Suas súplicas pareciam certeiras. Nos dias em que ia almoçar na casa, o coronel Gerineldo Márquez passava a tarde na varanda das begônias jogando xadrez chinês com Amaranta. Úrsula levava café com leite e biscoitos para ele, e tomava conta das crianças para que não estorvassem. Amaranta, na verdade, se esforçava para acender em seu coração as cinzas esquecidas de sua paixão juvenil. Com uma ansiedade que chegou a ser insuportável esperava os dias dos almoços, as tardes do xadrez chinês, e o tempo voava na companhia daquele guerreiro de nome nostálgico cujos dedos tremiam imperceptivelmente ao mover os pinos. Mas no dia em que o coronel Gerineldo Márquez reiterou sua vontade de se casar, ela recusou.

— Eu não me casarei com ninguém — disse —, e muito menos com você. É que você gosta tanto do Aureliano que vai se casar comigo porque não pode se casar com ele.

O coronel Gerineldo Márquez era um homem paciente. "Tornarei a insistir", disse. "Cedo ou tarde vou conseguir convencer você." Continuou visitando a casa. Trancada no quarto, remoendo um pranto secreto, Amaranta enfiava os dedos nos ouvidos para não escutar a voz do pretendente que contava para Úrsula as últimas notícias da guerra, e apesar de morrer de vontade de vê-lo, tinha forças para não sair ao seu encontro.

Naquela altura, o coronel Aureliano Buendía dispunha de tempo para enviar a cada duas semanas um relatório pormenorizado a Macondo. Mas só uma vez, quase oito meses depois de ter ido embora, escreveu para Úrsula. Um emissário especial levou até a casa um envelope lacrado, dentro do qual havia um papel escrito com a caligrafia preciosista do coronel: *Cuidem muito de papai porque ele vai morrer.* Úrsula se alarmou. "Se Aureliano diz, Aureliano sabe", disse. E pediu ajuda para levar José Arcádio Buendía para o seu quarto. Não apenas estava pesado como sempre, como em sua prolongada estadia debaixo da castanheira havia desenvolvido a capacidade de aumentar de peso voluntariamente, ao ponto de sete homens não poderem com ele e precisarem levá-lo arrastado até a cama. Uma lufada de cogumelos tenros, de orelha de pau, de antiga e reconcentrada intempérie impregnou o ar do dormitório no momento em que começou a ser respirado pelo velho colossal macerado pelo sol e pela chuva. No dia seguinte, não amanheceu na cama. Depois de procurá-lo por todos os quartos, Úrsula encontrou-o outra vez debaixo da castanheira. Então, amarraram-no na cama. Apesar de sua força intacta, José Arcádio Buendía não estava em condições de lutar. Para ele, tudo dava no mesmo. Se voltou à castanheira não foi por vontade própria, mas por um costume do corpo. Úrsula cuidava dele, dava de comer, levava notícias de Aureliano. Mas, na verdade, a única pessoa naquele tempo com quem ele conseguia manter contato era Prudêncio Aguilar. Já quase pulverizado pela profunda decrepitude da morte, Prudêncio Aguilar ia duas vezes por dia conversar com ele. Falavam de galos de briga. Prometiam um ao outro montar uma criação de animais magníficos, não tanto para desfrutar de vitórias que já não lhes fariam falta, mas para terem alguma coisa com que se distrair nos tediosos domingos da morte. Era Prudêncio Aguilar quem o limpava, lhe dava de comer e levava notícias esplêndidas de um desconhecido que se chamava Aureliano e era coronel na guerra. Quando estava sozinho, José Arcádio Buendía se consolava com o sonho dos quartos infinitos. Sonhava que se levantava da cama, abria a porta e passava para outro quarto igual, com a mesma cama de cabeceira de ferro batido, a mesma poltrona de vime e o mesmo quadrinho da Virgem dos Remédios na parede dos fundos. Desse quarto passava a outro exatamente igual, cuja porta abria para passar a outro exatamente igual, e depois a outro exatamente igual, até o infinito. Gostava de ir de quarto em quarto, como numa varanda de espelhos paralelos, até que Prudêncio Aguilar tocava seu ombro. Então regressava de quarto em quarto, despertando para trás, percorrendo o caminho inverso, e encontrava Prudêncio Aguilar no quarto da realidade. Mas certa noite, duas semanas depois de ter sido levado para a cama, Prudêncio Aguilar tocou em seu ombro num quarto intermediário, e ali ele ficou para sempre, achando que era o quarto real. Na manhã seguinte Úrsula levava o café da manhã para ele quando viu um homem se aproximar pelo corredor. Era pequeno e maciço, com um terno negro de lã e um chapéu também negro, enorme, enterrado até os olhos taciturnos. "Meu Deus", pensou Úrsula. "Podia ter jurado que era Melquíades." Era Cataure, o irmão de Visitación, que havia abandonado a casa fugindo da peste da insônia, e de quem nunca mais se tornara a ter notícia. Visitación perguntou a ele por que havia regressado, e ele respondeu em sua língua solene:

— Vim para o funeral do rei.

Então entraram no quarto de José Arcádio Buendía, o sacudiram com todas as forças, gritaram em seu ouvido, puseram um espelho diante de suas narinas, mas não conseguiram despertá-lo. Pouco depois, quando o carpinteiro tomava as medidas para o ataúde, viram através da janela que estava caindo uma garoa de minúsculas flores amarelas. Caíram a noite inteira sobre o povoado numa tempestade silenciosa, e cobriram os telhados e tamparam as portas e sufocaram os animais que dormiam na intempérie. Tantas flores caíram do céu, que as ruas amanheceram atapetadas por uma colcha compacta, e foi preciso abri-las de novo com pás e ancinhos para que o cortejo pudesse passar.

Sentada na cadeira de balanço de vime, com o trabalho interrompido descansando no regaço, Amaranta contemplava Aureliano José com o queixo coberto de espuma, afiando a navalha na correia de amolar para fazer a barba pela primeira vez. Sangrou as espinhas, cortou o lábio superior tratando de modelar um bigode de penugem alourada, e quando tudo acabou estava do mesmo jeito que antes, mas o laborioso processo deixou em Amaranta a impressão de que naquele instante havia começado a envelhecer.

— Você está idêntico ao Aureliano quando ele tinha a sua idade — disse. — Já é um homem.

Era mesmo, e fazia tempo, desde o longínquo dia em que Amaranta achou que ele ainda era um menino e continuou se despindo no banheiro na sua frente, como tinha feito sempre, como se acostumou a fazer desde que Pilar Ternera o entregara para que acabasse de criá-lo. Na primeira vez que a viu, a única coisa que chamou a atenção do menino foi a profunda depressão entre os seus seios. Era tão inocente naquele tempo que perguntou o que havia acontecido, e Amaranta fingiu escavar o peito com a ponta dos dedos e respondeu: "Tiraram fatias e fatias e fatias de mim." Tempos depois, quando ela se restabeleceu do suicídio de Pietro Crespi e tornou a tomar banho com Aureliano José, ele já não se fixou na depressão, mas sentiu um estremecimento desconhecido diante da visão dos seios esplêndidos de mamilos de amora. Continuou examinando-a, descobrindo palmo a palmo o milagre da sua intimidade, e sentiu que sua pele se eriçava na contemplação, da mesma forma que a pele dela se eriçava ao contato com a água. Desde pequeno tinha o costume de abandonar a rede para amanhecer na cama com Amaranta, cujo contato tinha a virtude de dissipar o medo da escuridão. Mas desde o dia em que teve consciência de sua nudez, não era o medo da escuridão que o impulsionava a se meter debaixo do mosquiteiro, mas a ânsia de sentir a respiração morna de Amaranta ao amanhecer. Certa madrugada, pela época em que ela recusou o coronel Gerineldo Márquez, Aureliano José despertou com a sensação de que o ar lhe faltava. Sentiu os dedos de Amaranta como umas minhoquinhas quentes e ansiosas que buscavam seu ventre. Fingindo que dormia, mudou de posição para eliminar qualquer dificuldade, e então sentiu a mão sem a venda negra mergulhando feito um molusco cego entre as algas da sua ansiedade. Embora aparentassem ignorar o que os dois sabiam, e o que cada um sabia que o outro sabia, a partir daquela noite ficaram mancomunados por uma cumplicidade inviolável. Aureliano José não conseguia conciliar o sono enquanto não escutava a valsa das doze no relógio da sala, e a madura donzela cuja pele começava a entristecer não tinha um instante de sossego enquanto não sentia deslizar pelo mosquiteiro aquele sonâmbulo que ela havia criado, sem pensar que seria um paliativo para a sua solidão. Então não só dormiram juntos, nus, trocando carícias esgotadoras, como se perseguiam pelos rincões da casa e se trancavam nos dormitórios a qualquer hora, num permanente estado de exaltação sem alívio. Estiveram a ponto de serem surpreendidos por Úrsula, na tarde em que ela entrou na despensa quando eles começavam a se beijar. "Você gosta muito da sua tia?", perguntou ela, inocente, a Aureliano José. Ele respondeu que sim. "Pois faz bem", concluiu Úrsula, e acabou de medir a farinha para o pão e regressou à cozinha. Aquele episódio arrancou Amaranta do delírio. Entendeu que havia ido longe demais, que já não estava brincando de beijinhos com um menino, mas chapinhando numa paixão outonal, perigosa e sem porvir, e cortou-a de um golpe só. Aureliano José, que então terminava seu adestramento militar, acabou por admitir a realidade e foi dormir no quartel. Aos sábados, ia com os soldados até a taberna de Catarino. Consolava-se da sua abrupta solidão, da sua adolescência prematura, com mulheres que cheiravam a flores mortas e que ele idealizava nas trevas e as convertia em Amaranta através de ansiosos esforços de imaginação.

Pouco depois começaram a chegar notícias contraditórias da guerra. Enquanto o próprio governo admitia os progressos da rebelião, os oficiais de Macondo recebiam informações confidenciais da iminência de uma paz negociada. No começo de abril, um emissário especial identificou-se perante o coronel Gerineldo Márquez. Confirmou a ele que, realmente, os dirigentes do partido haviam estabelecido contato com os chefes rebeldes do interior, e estavam às vésperas de chegar a um armistício em troca de três ministérios para os liberais, uma representação minoritária no parlamento e a anistia geral para os rebeldes que depusessem as armas. O emissário levava uma ordem altamente confidencial do coronel Aureliano Buendía, que estava em desacordo com os termos gerais do armistício. O coronel Gerineldo Márquez devia selecionar cinco de seus melhores homens e se preparar para abandonar com eles o país. A ordem se cumpriu dentro da mais estrita reserva. Uma semana antes que o acordo fosse anunciado, e no meio de uma tormenta de rumores contraditórios, o coronel Aureliano Buendía e dez oficiais de confiança, entre eles o coronel Roque Carnicero, chegaram sigilosamente a Macondo depois da meia-noite, dispersaram a guarnição, enterraram as armas e destruíram os arquivos. Ao amanhecer, haviam abandonado o povoado com o coronel Gerineldo Márquez e seus cinco oficiais. Foi uma operação tão rápida e confidencial que Úrsula não ficou sabendo dela a não ser na última hora, quando alguém deu umas batidinhas na janela de seu quarto e murmurou: "Se quiser ver o coronel Aureliano Buendía, vá até a porta agora mesmo." Úrsula saltou da cama e saiu na porta em roupas de dormir, e mal conseguiu perceber o galope da cavalhada que abandonava o povoado no meio de uma calada nuvem de poeira. Só no dia seguinte soube que Aureliano José tinha ido embora com o pai.

Dez dias depois que um comunicado conjunto do governo e da oposição anunciou o fim da guerra, tiveram notícia do primeiro levante armado do coronel Aureliano Buendía na fronteira ocidental. Suas forças escassas e mal armadas foram dispersadas em menos de uma semana. Mas, no curso daquele ano, enquanto liberais e conservadores tratavam de que o país acreditasse na reconciliação, ele realizou outros sete levantes. Certa noite, disparou de uma escuna tiros de canhão sobre Riohacha, e a guarnição local arrancou da cama e fuzilou como represália os catorze liberais mais conhecidos da população. Ocupou por mais de quinze dias uma alfândega fronteiriça, e de lá dirigiu à nação um chamado à guerra geral. Outra de suas expedições se perdeu na selva durante três meses, numa disparatada tentativa de atravessar mais de mil e quinhentos quilômetros de territórios virgens para proclamar a guerra nos subúrbios da capital. Em certa ocasião esteve a menos de vinte quilômetros de Macondo, e foi obrigado pelas patrulhas do governo a se embrenhar nas montanhas muito perto da região encantada onde seu pai tinha encontrado muitos anos antes o fóssil de um galeão espanhol.

Foi nessa época que Visitación morreu. Deu-se o gosto de morrer de morte natural, depois de haver renunciado a um trono por temor à insônia, e sua última vontade foi que desenterrassem de debaixo da sua cama o salário economizado em mais de vinte anos e o mandassem ao coronel Aureliano Buendía para que continuasse a guerra. Mas Úrsula não se deu o trabalho de tirar o dinheiro, porque naqueles dias corria o rumor de que o coronel Aureliano Buendía tinha sido morto num desembarque perto da capital da província. O anúncio oficial — o quarto em menos de dois anos — foi considerado verdade durante quase seis meses, pois não se tornou a saber nada dele. De repente, quando Úrsula e Amaranta já haviam sobreposto um novo luto aos anteriores, chegou uma notícia insólita. O coronel Aureliano Buendía estava vivo, mas aparentemente havia desistido de fustigar o governo de seu país, e tinha se somado ao federalismo triunfante em outras repúblicas do Caribe. Aparecia com nomes diferentes cada vez mais longe de sua terra. Depois ficariam sabendo que a ideia que então o animava era a unificação das forças federalistas da América Central, para varrer com os regimes conservadores do Alasca à Patagônia. A primeira notícia direta que Úrsula teve dele, vários anos depois de ter partido, foi uma carta enrugada e meio apagada, que de mão em mão chegou até ela, vinda de Santiago de Cuba.

— Nós o perdemos para sempre — exclamou Úrsula ao ler a carta. — Desse jeito, vai passar o Natal no fim do mundo.

A pessoa a quem ela disse isso, e que foi a primeira a quem mostrou a carta, era o general conservador José Raquel Moncada, prefeito de Macondo desde que a guerra terminara. "Este Aureliano — comentou o general Moncada —, é uma pena que não seja conservador." Admirava-o de verdade. Como muitos civis conservadores, José Raquel Moncada tinha feito a guerra em defesa de seu partido e havia alcançado o título de general no campo de batalha, embora carecesse de vocação militar. Ao contrário: também como muitos de seus companheiros de partido, era antimilitarista. Considerava o pessoal de armas uns folgazões sem princípios, intrigantes e ambiciosos, especialistas em pôr civis contra civis para crescerem na desordem. Inteligente, simpático, sanguíneo, homem de bem comer e fanático pelas brigas de galo, havia sido em certo momento o adversário mais temível do coronel Aureliano Buendía. Conseguiu impor sua autoridade sobre os militares de carreira num amplo setor do litoral. Certa vez em que se viu forçado por conveniências estratégicas a abandonar uma guarnição para as forças do coronel Aureliano Buendía, deixou-lhe duas cartas. Numa delas, muito extensa, o convidava para levar adiante uma campanha conjunta para humanizar a guerra. A outra carta era para sua esposa, que vivia em território liberal, e deixou-a com a súplica de fazê-la chegar a seu destino. Desde então, e mesmo nos períodos mais ferozes da guerra, os dois comandantes combinaram tréguas para trocar prisioneiros. Eram pausas com um certo ambiente festivo que o general Moncada aproveitava para ensinar o coronel Aureliano Buendía a jogar xadrez. Tornaram-se grandes amigos. Chegaram inclusive a pensar na possibilidade de coordenar as figuras populares de seus partidos para liquidar a influência dos militares e dos políticos profissionais, e instaurar um regime humanitário que aproveitasse o melhor de cada doutrina. Quando a guerra acabou, enquanto o coronel Aureliano Buendía escapulia pelos desfiladeiros da subversão permanente, o general Moncada foi nomeado alcaide de Macondo. Vestiu seu traje civil, substituiu os militares por agentes desarmados da polícia, fez respeitar as leis de anistia e auxiliou algumas famílias de liberais mortos em campanha. Conseguiu que Macondo fosse elevado à condição de município, e foi portanto seu primeiro prefeito, e criou um ambiente de confiança que fez pensar na guerra como um absurdo pesadelo do passado. O padre Nicanor, consumido pelas febres hepáticas, foi substituído pelo padre Coronel, que era chamado de *Filhote*, veterano da primeira guerra federalista. Bruno Crespi, casado com Amparo Moscote, e cuja loja de brinquedos e instrumentos musicais não cansava de prosperar, construiu um teatro que as companhias espanholas incluíram em seus itinerários. Era um vasto salão ao ar livre, com arquibancadas de madeira, uma cortina de veludo com máscaras gregas, três bilheterias em forma de cabeça de leão por cujas bocas abertas eram vendidos os ingressos. Foi também nessa época que se restaurou o edifício da escola. Quem ficou encarregado dela foi dom Melchor Escalona, um mestre-escola mandado da região do pantanal que fazia caminhar de joelhos pelo pátio de cascalho moído os alunos desatentos, e obrigava quem falava palavrão a comer pimenta picante, com a complacência dos pais. Aureliano Segundo e José Arcádio Segundo, os voluntariosos gêmeos de Santa Sofía de la Piedad, foram os primeiros que se sentaram no salão de aula com suas lousas e giz e suas canequinhas de alumínio com seus nomes gravados. Remédios, a herdeira da beleza pura da mãe, começava a ser conhecida como Remédios, a Bela. Apesar do tempo, dos lutos sobrepostos e das aflições acumuladas, Úrsula resistia a envelhecer. Ajudada por Santa Sofía de la Piedad, havia dado um novo impulso à sua indústria de doces e caramelos, e não apenas recuperou em poucos anos a fortuna que seu filho havia gasto na guerra como tornou a entulhar de ouro puro as cabaças enterradas no quarto. “Enquanto Deus me der vida — costumava dizer — não faltará dinheiro nesta casa de loucos.” Assim estavam as coisas quando Aureliano José desertou das tropas federalistas da Nicarágua, se alistou na tripulação de um barco alemão, e apareceu na cozinha da casa, maciço feito um cavalo, moreno e cabeludo como um índio, e com a secreta determinação de se casar com Amaranta.

Quando Amaranta o viu entrar, sem que Aureliano José tivesse dito nada, soube de imediato por que havia voltado. Na mesa, sequer se atreviam a olhar o rosto um do outro. Mas duas semanas depois do regresso, quando Úrsula estava presente, ele fixou seus olhos nos dela e disse: “Eu sempre pensava muito em você.” Amaranta fugia dele. Prevenia-se contra os encontros casuais. Procurava não se separar de Remédios, a Bela. Indignou-se com o rubor que dourou suas faces no dia em que o sobrinho perguntou até quando pretendia usar a venda negra na mão, porque interpretou a pergunta como uma alusão à sua virgindade. Quando ele chegou, ela passou a aldraba na porta do quarto, mas durante tantas noites notou seus roncos pacíficos no dormitório ao lado que acabou descuidando dessa precaução. Certa madrugada, quase dois meses depois do regresso, sentiu que ele entrava em seu dormitório. Então, em vez de fugir, em vez de gritar como tinha previsto, deixou-se saturar por uma suave sensação de descanso. Sentiu-o deslizar para dentro do mosquiteiro, como fazia quando era menino, como fazia desde sempre, e não conseguiu reprimir o suor gelado e o castanholar de seus dentes quando percebeu que ele estava completamente nu. “Vá embora”, murmurou, sufocando de curiosidade. “Vá embora ou começo a gritar.” Mas Aureliano José já sabia o que tinha de fazer, porque não era mais um menino assustado pela escuridão e sim um animal de acampamento. Desde aquela noite se reiniciaram as surdas batalhas sem consequências que se prolongavam até o amanhecer. “Sou sua tia”, murmurava Amaranta, esgotada. “É quase como se fosse sua mãe, não só pela idade, mas porque a única coisa que me faltou fazer foi dar de mamar a você.” Aureliano escapava ao amanhecer e regressava na madrugada seguinte, cada vez mais excitado pela comprovação de que ela já não passava mais a aldraba. Não havia deixado de desejá-la um só instante. Encontrava-a nos escuros dormitórios dos povoados vencidos, sobretudo nos mais abjetos, e a materializava no bafo do sangue seco nas vendas dos feridos, no pavor instantâneo do perigo de morte, a toda hora e em todas as partes. Havia fugido dela tratando de aniquilar sua lembrança não apenas com a distância, mas com uma ferocidade desenfreada que seus companheiros de armas chamavam de temeridade, mas quanto mais espojava sua imagem na estrumeira da guerra, mais a guerra se parecia com Amaranta. Assim padeceu o exílio, buscando a maneira de matá-la com sua própria morte, até que ouviu alguém contar a velha história do homem que se casou com uma tia que além do mais era sua prima, e cujo filho acabou sendo avô de si mesmo.

— Então a gente pode casar com uma tia? — perguntou ele, assombrado.

— Não só pode — respondeu um soldado — como estamos fazendo esta guerra contra os padres, para que a gente possa casar até com a própria mãe.

Quinze dias depois, desertou. Encontrou uma Amaranta mais maltratada pelo tempo que a da memória, mais melancólica e pudorosa, e já dobrando na verdade o último cabo da maturidade, porém mais febril do que nunca nas trevas do dormitório e mais desafiante que nunca na agressividade de sua resistência. "Você é um bruto", dizia Amaranta a ele, acossada por seus cães de caça. "Não é certo fazer isso com uma pobre tia, a não ser com licença especial do papa." Aureliano José prometia ir a Roma, prometia percorrer a Europa de joelhos, e beijar as sandálias do Sumo Pontífice, só para que ela baixasse suas pontes levadiças.

— Não é só isso — rebatia Amaranta. — É que os filhos nascem com rabo de porco.

Aureliano era surdo a qualquer argumento.

— Pois que nasçam tatus — suplicava.

Certa madrugada, vencido pela dor insuportável da virilidade reprimida, foi até a taberna de Catarino. Encontrou uma mulher de seios flácidos, carinhosa e barata, que apaziguou seu ventre por algum tempo. Tentou aplicar a Amaranta o tratamento do desprezo. Via Amaranta na varanda das begônias, costurando na máquina de manivela que tinha aprendido a manejar com habilidade admirável, e sequer lhe dirigia a palavra. Amaranta sentiu-se libertada de um lastro, e ela mesma compreendeu por que tornou então a pensar no coronel Gerineldo Márquez, por que evocava com tanta nostalgia as tardes de xadrez chinês, e por que chegou inclusive a desejá-lo como homem de quarto. Aureliano José não imaginava quanto terreno havia perdido na noite em que não conseguiu mais resistir à farsa da indiferença, e voltou ao quarto de Amaranta. Ela rejeitou-o com uma determinação inflexível, e passou para sempre a aldraba na porta do quarto.

Poucos meses depois do regresso de Aureliano José apareceu na casa uma mulher exuberante, perfumada de jasmins, com um menino de uns cinco anos. Afirmou que ele era filho do coronel Aureliano Buendía e que o levava para que Úrsula o batizasse. Ninguém pôs em dúvida a origem daquele menino sem nome: era igual ao coronel dos tempos em que foi levado para conhecer o gelo. A mulher contou que havia nascido com os olhos abertos olhando as pessoas com jeito de gente grande, e que ela se assustava com a maneira do menino fixar o olhar nas coisas sem pestanejar. "É idêntico", disse Úrsula. "A única coisa que falta é que faça as cadeiras rodarem só de olhar para elas." Foi batizado com o nome de Aureliano, e com o sobrenome da mãe, porque a lei não permitia que usasse o sobrenome do pai enquanto não fosse reconhecido por ele. O general Moncada serviu de padrinho. Embora Amaranta insistisse em que o deixassem com ela para acabar de criá-lo, a mãe se opôs.

Úrsula não conhecia, naquele então, o costume de mandar donzelas aos dormitórios dos guerreiros como se fossem galinhas despachadas para galos finos, mas ao longo daquele ano ficou sabendo: outros nove filhos do coronel Aureliano Buendía foram levados até a casa para serem batizados. O mais velho, um estranho moreno de olhos verdes que não tinha nada a ver com a família paterna, havia passado dos dez anos. Levaram meninos de todas as idades, de todas as cores, mas todos varões, e todos com um ar de solidão que não permitia pôr em dúvida o parentesco. Só dois se distinguiram do montão. Um, demasiado grande para a sua idade e que destroçou os floreiros e várias peças do aparelho de louça, porque suas mãos pareciam ter a propriedade de despedaçar tudo que tocavam. O outro era um louro com os mesmos olhos garços da mãe, e cujos cabelos tinham deixado crescer com seus cachos, como os de uma mulher. Entrou na casa com muita familiaridade, como se tivesse sido criado ali, e foi diretamente até a arca do quarto de Úrsula e exigiu: "Quero a bailarina de corda." Úrsula se assustou. Abriu a arca, remexeu os antiquados e empoeirados objetos dos tempos de Melquíades e encontrou, embrulhada num par de meias, a bailarina que certa vez Pietro Crespi havia levado, e da qual ninguém tinha tornado a se lembrar. Em menos de doze anos batizaram com o nome de Aureliano, e com o sobrenome da mãe, todos os filhos que o coronel disseminou ao longo e ao largo de seus territórios de guerra: dezessete. No começo, Úrsula enchia os bolsos dos meninos de dinheiro e Amaranta tentava ficar com eles. Mas acabaram se limitando a dar algum presente aos meninos e a servir de madrinhas. "Cumprimos a missão de batizá-los", dizia Úrsula, anotando num caderninho o nome e o endereço das mães e o lugar e a data de nascimento dos meninos. "Aureliano deve ter suas contas, por isso será ele quem tomará as decisões quando regressar." Durante um almoço, comentando com o general Moncada aquela desconcertante proliferação, expressou o desejo de que o coronel Aureliano Buendía voltasse algum dia, para reunir todos os seus filhos na casa.

— Não se preocupe, comadre — disse enigmaticamente o general Moncada. — Ele virá antes do que a senhora imagina.

O que o general Moncada sabia, e não quis revelar no almoço, era que o coronel Aureliano Buendía já estava a caminho para se pôr à frente da rebelião mais prolongada, radical e sangrenta de todas que haviam sido tentadas até aquele momento.

A situação voltou a ser tão tensa como nos meses que precederam a primeira guerra. As brigas de galo, animadas pelo próprio prefeito, foram suspensas. O capitão Aquiles Ricardo, comandante da guarnição, assumiu na prática o poder municipal. Os liberais o apontaram como sendo um provocador. "Alguma coisa tremenda vai acontecer", dizia Úrsula a Aureliano José. "Não saia de casa depois das seis da tarde." Eram súplicas inúteis. Aureliano José, do mesmo jeito que Arcádio em outra época, havia deixado de pertencer a ela. Era como se o regresso à casa, a possibilidade de existir sem se incomodar pelas urgências cotidianas, tivessem despertado nele a vocação concupiscente e indolente de seu tio José Arcádio. Sua paixão por Amaranta se extinguiu sem deixar cicatrizes. Andava um pouco à deriva, jogando bilhar, aliviando sua solidão com mulheres ocasionais, saqueando resquícios de onde Úrsula guardava dinheiro escondido. Acabou não voltando para casa a não ser para mudar de roupa. "São todos iguais", se lamentava Úrsula. "No começo são muito bem-criados, obedientes e responsáveis e parecem incapazes de matar uma mosca, mas assim que aparece a barba se lançam à perdição." Ao contrário de Arcádio, que jamais conheceu sua verdadeira origem, Aureliano José ficou sabendo que era filho de Pilar Ternera, que havia pendurado uma rede para que fizesse a sesta em sua casa. Eram, mais que mãe e filho, cúmplices na solidão. Pilar Ternera tinha perdido o rastro de qualquer esperança. Seu riso havia adquirido tonalidades de órgão, seus seios haviam sucumbido ao tédio das carícias eventuais, seu ventre e suas coxas tinham sido vítimas de seu irrevogável destino de mulher repartida, mas seu coração envelhecia sem amargura. Gorda, falastrona, dando-se ares de matrona em desgraça, renunciou à ilusão estéril das cartas do baralho e encontrou um remanso de consolação nos amores alheios. Na casa onde Aureliano José dormia a sesta, as moças das vizinhanças recebiam seus amantes casuais. "Pilar, me empresta o quarto?", diziam simplesmente, quando já estavam lá dentro. "Claro", dizia Pilar. E se alguém estivesse presente, explicava:

— Fico feliz sabendo que as pessoas são felizes na cama.

Nunca cobrava pelo serviço. Nunca negava o favor, como não negou aos incontáveis homens que a procuraram até no crepúsculo de sua madurez, sem proporcionar-lhe dinheiro ou amor, e só algumas vezes prazer. Suas cinco filhas, herdeiras de uma semente ardente, perderam-se pelos despenhadeiros da vida desde a adolescência. Dos dois filhos homens que conseguiu criar, um morreu lutando nas hostes do coronel Aureliano Buendía e outro foi ferido e capturado aos catorze anos, quando tentava roubar um engradado de galinhas num povoado do pantanal. De certa maneira, Aureliano José foi o homem alto e moreno que durante meio século o rei de copas anunciou, e que como todos os enviados pelas cartas chegou ao seu coração quando já estava marcado pelo signo da morte. Ela viu isso no baralho.

— Não vá embora esta noite — disse a ele. — Fique para dormir, que a Carmelita Montiel cansou de me rogar que a deixe entrar no seu quarto.

Aureliano José não captou o profundo sentido de súplica daquela oferta.

— Diga a ela que me espere à meia-noite — disse.

Foi ao teatro, onde uma companhia espanhola anunciava *O punhal do Zorro*, que na verdade era a obra do espanhol José Zorrilla com o nome mudado de *Godo* para *Zorro* por ordem do capitão Aquiles Ricardo, porque os liberais chamavam de godos todos os conservadores. Só no momento de entregar a entrada na porta Aureliano José percebeu que o capitão Aquiles Ricardo, com dois soldados armados de fuzis, estava revistando os presentes. "Cuidado, capitão", advertiu Aureliano José. "Ainda não nasceu homem para pôr as mãos em mim." O capitão tentou revistá-lo à força, e Aureliano José, que andava desarmado, desandou a correr. Os soldados desobedeceram a ordem de disparar. "É um Buendía", explicou um deles. Cego de fúria, o capitão arrebatou-lhe então o fuzil, foi até o meio da rua, e apontou.

— Filhos da puta! — chegou a gritar. — Bem que eu queria que fosse o coronel Aureliano Buendía.

Carmelita Montiel, uma virgem de vinte anos, acabava de se banhar com água de flores de laranjeira e estava regando folhas de alecrim na cama de Pilar Ternera, quando soou o disparo. Aureliano José estava destinado a conhecer com ela a felicidade que Amaranta lhe negara, a ter sete filhos e a morrer de velhice em seus braços, mas a bala de fuzil que entrou pelas suas costas e despedaçou seu peito estava dirigida por uma equivocada interpretação das cartas. O capitão Aquiles Ricardo, que na verdade era quem estava destinado a morrer naquela noite, morreu quatro horas antes de Aureliano José. Assim que soou o disparo foi derrubado por dois tiros simultâneos, cuja origem jamais foi esclarecida, e um grito multitudinário estremeceu a noite.

— Viva o partido liberal! Viva o coronel Aureliano Buendía!

À meia-noite, quando Aureliano José acabou de se esvair em sangue, Carmelita Montiel encontrou em branco as cartas do seu porvir, mais de quatrocentos homens haviam desfilado diante do teatro e descarregado seus revólveres contra o cadáver abandonado do capitão Aquiles Ricardo. Foi necessária uma patrulha para pôr numa carreta de mão o corpo carregado de chumbo, que se desfazia feito pão ensopado.

Contrariado por causa das impertinências do exército regular, o general José Raquel Moncada mobilizou suas influências políticas, tornou a vestir o uniforme e assumiu a chefatura civil e militar de Macondo. Não esperava, porém, que sua atitude conciliatória pudesse impedir o inevitável. As notícias de setembro foram contraditórias. Enquanto o governo anunciava que mantinha o controle em todo o país, os liberais recebiam relatórios secretos contando de levantes armados no interior. O regime não admitiu o estado de guerra enquanto não se proclamou, num decreto, que tinha sido convocado um conselho de guerra na ausência do coronel Aureliano Buendía, e que ele havia sido condenado à morte. A sentença deveria ser cumprida pela primeira guarnição que o capturasse. "Isso quer dizer que ele voltou", alegrou-se Úrsula na frente do general Moncada. Mas ele mesmo não sabia ao certo.

Na verdade, o coronel Aureliano Buendía estava no país fazia mais de um mês. Precedido por rumores contraditórios, suposto ao mesmo tempo nos lugares mais distantes, o próprio general Moncada não acreditou em seu regresso até que se anunciou oficialmente que havia se apoderado de dois estados no litoral. "Meus cumprimentos, comadre", disse ele a Úrsula, mostrando o telegrama. "Daqui a pouco ele estará aqui." Então, Úrsula se preocupou pela primeira vez. "E o que o senhor fará, compadre?", perguntou. O general Moncada tinha feito essa mesma pergunta a si mesmo, muitas vezes.

— A mesma coisa que ele faria, comadre — respondeu: — cumprir o meu dever.

No dia primeiro de outubro, ao amanhecer, o coronel Aureliano Buendía, com mil homens bem armados, atacou Macondo, e a guarnição recebeu a ordem de resistir até o fim. Ao meio-dia, enquanto o general Moncada almoçava com Úrsula, um canhonaço rebelde que retumbou pelo povoado inteiro pulverizou a fachada da tesouraria municipal. "Estão tão bem armados como a gente — suspirou o general Moncada —, e além disso lutam com mais garra." Às duas da tarde, enquanto a terra tremia com os canhonaços dos dois lados, ele despediu-se de Úrsula com a certeza de que estava lutando uma batalha perdida.

— Rogo a Deus que esta noite Aureliano ainda não esteja aqui em casa — disse ele. — Mas se estiver, dê a ele um abraço por mim, porque eu não espero vê-lo nunca mais.

Naquela mesma noite ele foi capturado quando tratava de fugir de Macondo, depois de escrever uma extensa carta ao coronel Aureliano Buendía, na qual lhe recordava os propósitos comuns de humanizar a guerra e desejava-lhe uma vitória definitiva contra a corrupção dos militares e as ambições dos políticos dos dois partidos. No dia seguinte o coronel Aureliano Buendía almoçou com ele na casa de Úrsula, onde o general ficou recluso até que um conselho de guerra revolucionário decidisse o seu destino. Foi uma reunião familiar. Mas enquanto os dois adversários se esqueciam da guerra para evocar lembranças do passado,

Úrsula teve a sombria impressão de que seu filho era um intruso. Havia tido essa impressão desde que o vira entrar protegido por um ruidoso aparato militar que revirou os dormitórios pelo avesso até se convencer de que não havia nenhum perigo. O coronel Aureliano Buendía não apenas aceitou a situação como disparou ordens de uma severidade terminante, e não permitiu que ninguém chegasse a menos de três metros dele, nem mesmo Úrsula, enquanto os membros de sua escolta não terminassem de montar guarda ao redor da casa. Vestia um uniforme de brim ordinário, sem insígnias de nenhum tipo, e umas botas de cano alto com esporas cobertas de barro e sangue seco. Levava no cinto uma pistola com o coldre desabotoado, e a mão sempre apoiada na culatra revelava a mesma tensão vigilante e decidida de seu olhar. Sua cabeça, agora com entradas profundas, parecia assada em fogo brando. Seu rosto curtido pelo sal do Caribe havia adquirido uma dureza metálica. Estava preservado contra a velhice iminente por uma vitalidade que tinha algo a ver com a frieza de suas entranhas. Era mais alto do que quando foi embora, mais pálido e ossudo, e manifestava os primeiros sintomas de resistência à nostalgia. "Meu Deus", disse Úrsula, alarmada. "Agora parece um homem capaz de qualquer coisa." E era. A manta asteca que levou de presente para Amaranta, as evocações que fez no almoço, as histórias divertidas que contou eram meros rescaldos do seu humor de outras épocas. Nem bem se cumpriu a ordem de enterrar os mortos em vala comum, determinou ao coronel Roque Carnicero a missão de apressar os julgamentos de guerra, e ele se empenhou na exaustiva tarefa de impor as reformas radicais que não deixassem pedra sobre pedra na estrutura restabelecida pelo regime conservador. "Temos de nos antecipar aos políticos do partido", dizia ele aos seus assessores. "Quando eles abrirem os olhos para a realidade, verão fatos consumados." Foi então que decidiu revisar os títulos de propriedade das terras, até cem anos atrás, e descobriu as tropelias legalizadas de seu irmão José Arcádio. Anulou os registros de uma penada só. Num último gesto de cortesia, descuidou de seus assuntos por uma hora e visitou Rebeca para informá-la de sua decisão.

Na penumbra da casa, a viúva solitária que tempos atrás tinha sido a confidente de seus amores reprimidos, e cuja obstinação salvou a sua vida, era um espectro do passado. Coberta de negro até os punhos, com o coração convertido em cinzas, mal e mal tinha notícias da guerra. O coronel Aureliano Buendía teve a impressão de que a fosforescência de seus ossos atravessava sua pele, e que ela se movia através de uma atmosfera de fogos-fátuos, num ar estancado onde ainda se notava um recôndito odor a pólvora. Começou por aconselhá-la a moderar o rigor de seu luto, que arejasse a casa, que perdoasse o mundo pela morte de José Arcádio. Mas Rebeca já estava a salvo de qualquer vaidade. Depois de buscá-la inutilmente no sabor da terra, nas cartas perfumadas de Pietro Crespi, na cama tempestuosa do marido, havia encontrado a paz naquela casa onde as recordações se materializavam pela força de uma evocação implacável, e passeavam feito seres humanos pelos quartos trancados. Espigada em sua cadeira de balanço de vime, olhando o coronel Aureliano Buendía como se fosse ele quem parecesse um espectro do passado, Rebeca nem sequer se comoveu com a notícia de que as terras usurpadas por José Arcádio seriam restituídas a seus donos legítimos.

— Será como você quiser, Aureliano — suspirou. — Sempre achei, e agora confirmo, que você é um mal-agradecido.

A revisão dos títulos de propriedade se consumou ao mesmo tempo que os julgamentos sumários, presididos pelo coronel Gerineldo Márquez, e que concluíram com o fuzilamento de toda a oficialidade do exército regular prisioneira dos revolucionários. O último conselho de guerra foi o do general José Raquel Moncada. Úrsula interveio. "É o melhor governante que tivemos em Macondo", disse ela ao coronel Aureliano Buendía. "E nem preciso dizer nada de seu bom coração, do afeto que tem por nós, porque você o conhece melhor do que ninguém." O coronel Aureliano Buendía fixou nela um olhar de reprovação.

— Não posso me arrogar a faculdade de administrar justiça — replicou. — Se a senhora tem alguma coisa a dizer, diga diante do conselho de guerra.

Úrsula fez isso, e mais: levou todas as mães dos oficiais revolucionários que viviam em Macondo para prestar depoimento. Uma a uma, as velhas fundadoras do povoado, várias das quais haviam participado na temerária travessia da serra, exaltaram as virtudes do general Moncada. Úrsula foi a última do desfile. Sua dignidade melancólica, o peso do seu nome, a convincente veemência de sua declaração fizeram vacilar, por um momento, o equilíbrio da justiça. "Os senhores levaram muito a sério este jogo espantoso, e fizeram bem, porque estão cumprindo com seu dever", disse aos membros do tribunal. "Mas não se esqueçam de que, enquanto Deus nos der vida, nós continuaremos sendo mães, e por mais revolucionários que os senhores sejam, temos o direito de baixar suas calças e dar-lhes uma sova na primeira falta de respeito." O júri se retirou para deliberar quando ainda ressoavam essas palavras no interior da escola convertida em quartel. À meia-noite, o general José Raquel Moncada foi sentenciado à morte. O coronel Aureliano Buendía, apesar das violentas recriminações de Úrsula, negou-se a comutar a pena. Pouco antes do amanhecer, visitou o sentenciado no quarto do cepo.

— Lembre-se, compadre — disse ele —, que você não será fuzilado por mim, mas pela revolução.

O general Moncada nem sequer se levantou do catre ao vê-lo entrar.

— Vá à merda, compadre — replicou.

Até aquele momento, desde seu regresso, o coronel Aureliano Buendía não tinha dado a si mesmo a oportunidade de vê-lo com o coração. Assombrou-se com o quanto ele havia envelhecido, com o tremor de suas mãos, com o conformismo um pouco rotineiro com que esperava a morte, e então sentiu um profundo desprezo por si próprio, que confundiu com um princípio de misericórdia.

— Você sabe melhor do que eu — disse — que todo conselho de guerra é uma farsa, e que na verdade você tem que pagar pelos crimes dos outros, porque desta vez vamos ganhar a guerra a qualquer preço. Você, no meu lugar, não teria feito a mesma coisa?

O general Moncada levantou-se para limpar os grossos óculos de armação de tartaruga nas fraldas da camisa. "Provavelmente", disse. "Mas o que me preocupa não é que você me fuzile, porque, afinal de contas, para gente como a gente isto é morte natural." Pôs os óculos na cama e tirou o relógio de corrente. "O que me preocupa — continuou — é que de tanto odiar os militares, de tanto pensar neles, você acabou sendo igual a eles. E não existe um só ideal na vida que mereça tanta abjeção." Tirou a aliança e a medalha da Virgem dos Remédios e as colocou ao lado dos óculos e do relógio.

— Do jeito que a coisa anda — concluiu — você não apenas será o ditador mais despótico e sanguinário da nossa história, como vai acabar fuzilando minha comadre Úrsula, tratando de apaziguar a própria consciência.

O coronel Aureliano Buendía permaneceu impassível. O general Moncada entregou-lhe então os óculos, a medalha, o relógio e a aliança, e mudou de tom.

— Mas não fiz você vir até aqui só para recriminá-lo — disse. — Queria suplicar que mandasse essas coisas para a minha mulher.

O coronel Aureliano Buendía guardou tudo no bolso.

— Ela continua em Manaure?

— Continua em Manaure — confirmou o general Moncada —, na mesma casa atrás da igreja para onde você mandou aquela carta.

— Pois farei isso com muito prazer, José Raquel — disse o coronel Aureliano Buendía.

Quando saiu para o ar azul da neblina, o rosto dele se umedeceu como em outro amanhecer do passado, e só então compreendeu por que havia determinado que a sentença fosse cumprida no pátio, e não no muro do cemitério. O pelotão, formado na frente da porta, rendeu-lhe honras de chefe de estado.

— Já podem trazê-lo — ordenou.

O coronel Gerineldo Márquez foi o primeiro a perceber o vazio da guerra. Na sua condição de chefe civil e militar de Macondo mantinha duas vezes por semana conversas telegráficas com o coronel Aureliano Buendía. No começo, aquelas entrevistas determinavam o curso de uma guerra de carne e osso cujos contornos perfeitamente definidos permitiam estabelecer a qualquer momento o ponto exato em que se encontrava, e a prever seus rumos futuros. Embora nunca se deixasse arrastar para o terreno das confidências, nem mesmo pelos amigos mais próximos, o coronel Aureliano Buendía conservava o tom familiar que permitia identificá-lo do outro lado da linha. Muitas vezes prolongou as conversas muito além do tempo previsto e deixou-as derivar rumo a comentários de caráter doméstico. Pouco a pouco, porém, e à medida que a guerra ia se intensificando e estendendo, sua imagem foi se apagando num universo de irrealidade. Os pontos e traços de sua voz eram cada vez mais remotos e incertos, e se uniam e combinavam para formar palavras que paulatinamente foram perdendo todo e qualquer sentido. O coronel Gerineldo Márquez se limitava então a escutar, angustiado pela impressão de estar em contato telegráfico com um desconhecido de outro mundo.

— Compreendido, Aureliano — concluía na tecla do telégrafo. — Viva o partido liberal!

Acabou por perder todo contato com a guerra. O que em outros tempos foi uma atividade real, uma paixão irresistível da sua juventude, tornou-se para ele uma referência remota: um vazio. Seu único refúgio era o quarto de costura de Amaranta. Visitava-a todas as tardes. Gostava de contemplar suas mãos enquanto criava ondas de espuma de renda na máquina de manivela que Remédios, a Bela, fazia girar. Passavam muitas horas sem falar, conformados com a companhia recíproca, mas enquanto Amaranta se alegrava intimamente por manter vivo o fogo de sua devoção, ele ignorava quais eram os secretos desígnios daquele coração indecifrável. Quando correu a notícia de seu regresso, Amaranta havia se afogado de ansiedade. Mas quando o viu entrar na casa confundido com a ruidosa escolta do coronel Aureliano Buendía, e o viu maltratado pelo rigor do desterro, envelhecido pela idade e pelo esquecimento, sujo de suor e de pó, cheirando a rebanho, feio, com o braço esquerdo na tipoia, sentiu-se desfalecer de desilusão. "Santo Deus — pensou: — Não era esse que eu esperava." No dia seguinte, no entanto, ele voltou para a casa barbeado e limpo, com o bigode perfumado com água de açucena e sem a tipoia ensanguentada. Levava para ela um breviário com capa de nácar.

— Que estranhos são os homens — disse ela, porque não encontrou outra coisa para dizer. — Passam a vida lutando contra os padres e dão livros de orações de presente.

Desde então, e mesmo nos dias mais críticos da guerra, visitou-a todas as tardes. Muitas vezes, quando Remédios, a Bela, não estava presente, era ele quem fazia a roda da máquina de costura girar. Amaranta sentia-se perturbada pela perseverança, pela lealdade, pela submissão daquele homem investido de tanta autoridade, que ainda assim se despojava de suas armas na sala para entrar indefeso no quarto de costura. Mas durante quatro anos ele reiterou a ela o seu amor, e ela encontrou sempre a forma de rejeitá-lo sem feri-lo, porque embora não conseguisse amá-lo já não conseguia viver sem ele. Remédios, a Bela, que parecia indiferente a tudo, e de quem se pensava fosse retardada mental, não foi insensível a tanta devoção e interveio a favor do coronel Gerineldo Márquez. Amaranta descobriu de repente que aquela menina que ela havia criado, que mal despontava para a adolescência, já era a criatura mais bela que Macondo jamais havia visto. Sentiu renascer em seu coração o rancor que em outros tempos sentiu contra Rebeca, e rogando a Deus que ele não a arrastasse até o extremo de desejar-lhe a morte, desterrou-a do quarto de costura. Foi nessa época que o coronel Gerineldo Márquez começou a sentir o tédio da guerra. Apelou para suas reservas de persuasão, sua imensa e reprimida ternura, disposto a renunciar, por Amaranta, a uma glória que tinha lhe custado o sacrifício de seus melhores anos. Mas não conseguiu convencê-la. Numa tarde de agosto, acabrunhada pelo peso insuportável de sua própria obstinação, Amaranta se trancou no dormitório para chorar sua solidão até a morte, depois de dar a resposta definitiva a seu pretendente tenaz:

— Vamos esquecer isso para sempre — disse a ele —, já somos velhos demais para essas coisas.

O coronel Gerineldo Márquez acudiu naquela tarde a um chamado telegráfico do coronel Aureliano Buendía. Foi uma conversa rotineira que não haveria de abrir nenhuma brecha na guerra estancada. Ao terminar, o coronel Gerineldo Márquez contemplou as ruas desoladas, a água cristalizada nas amendoeiras, e se viu perdido na solidão.

— Aureliano — disse tristemente no telégrafo —, está chovendo em Macondo.

Houve um longo silêncio na linha. De repente, os aparelhos saltaram com os sinais impiedosos do coronel Aureliano Buendía.

— Não seja paspalho, Gerineldo — disseram os sinais. — É natural que chova em agosto.

Fazia tanto tempo que não se viam, que o coronel Gerineldo Márquez desconcertou-se com a agressividade daquela reação. No entanto, dois meses depois, quando o coronel Aureliano Buendía voltou para Macondo, o desconcerto se transformou em estupor. Até Úrsula se surpreendeu com o quanto ele havia mudado. Chegou sem ruído, sem escolta, envolto em uma manta apesar do calor, e com três amantes que instalou na mesma casa onde passava a maior parte do tempo esticado numa rede. Mal lia os despachos telegráficos que informavam operações rotineiras.

Em certa ocasião o coronel Gerineldo Márquez pediu instruções para a evacuação de uma localidade fronteiriça que ameaçava converter-se num conflito internacional.

— Não me aborreça com miudezas — ordenou ele. — Consulte a Divina Providência.

Era talvez o momento mais crítico da guerra. Os latifundiários liberais, que no começo apoiavam a revolução, haviam firmado alianças secretas com os latifundiários conservadores para impedir a revisão dos títulos de propriedade. Os políticos que do exílio capitalizavam a guerra haviam repudiado publicamente as determinações drásticas do coronel Aureliano Buendía, mas nem essa desautorização parecia preocupá-lo. Não havia tornado a ler seus versos, que ocupavam mais de cinco volumes, e que permaneciam esquecidos no fundo do baú. De noite, ou na hora da sesta, chamava para a rede uma de suas mulheres e obtinha uma satisfação rudimentar, e depois dormia um sono de pedra que não era perturbado pelo mais ligeiro indício de preocupação. Só ele sabia então que seu coração atônito estava condenado para sempre à incerteza. No começo, embriagado pela glória do regresso, pelas vitórias inverossímeis, havia chegado muito perto do abismo da grandeza. Ficava satisfeito por manter como estrela-guia o duque de Marlborough, seu grande mestre nas artes da guerra, cuja vestimenta de peles e unhas de tigre suscitavam o respeito dos adultos e o assombro das crianças. Foi então que decidiu que nenhum ser humano, nem mesmo Úrsula, se aproximaria dele a menos de três metros. No centro do círculo de giz que seus ordenanças traçavam onde quer que ele chegasse, e no qual só ele podia entrar, decidia com ordens breves e inapeláveis o destino do mundo. A primeira vez que esteve em Manaure depois do fuzilamento do general Moncada se apressou para cumprir a última vontade de sua vítima, e a viúva recebeu os óculos, a medalha, o relógio e a aliança, mas não permitiu que ele passasse da porta.

— Não entre, coronel — disse ela. — Na sua guerra manda o senhor, mas na minha casa mando eu.

O coronel Aureliano Buendía não deu nenhuma mostra de rancor, mas seu espírito só encontrou sossego quando sua guarda pessoal saqueou e reduziu a cinzas a casa da viúva. "Cuide do seu coração, Aureliano", dizia então a ele o coronel Gerineldo Márquez. "Você está apodrecendo vivo." Foi naquela época que ele convocou uma segunda assembleia dos principais comandantes rebeldes. Encontrou de tudo: idealistas, ambiciosos, aventureiros, ressentidos sociais e até delinquentes comuns. Havia, inclusive, um antigo funcionário conservador refugiado na revolta para escapar de um julgamento por malversação de fundos. Muitos não sabiam nem mesmo por que lutavam. No meio daquela multidão desigual a não mais poder, cujas diferenças de critério quase provocavam uma explosão interna, destacava-se uma autoridade tenebrosa: o general Teófilo Vargas. Era um índio puro, bruto, analfabeto, dotado de uma malícia taciturna e uma vocação messiânica que suscitava em seus homens um fanatismo demente. O coronel Aureliano Buendía promovera a reunião com o propósito de unificar o mando rebelde contra as manobras dos políticos. O general Teófilo Vargas se antecipou às suas intenções: "É uma fera perigosa", disse o coronel Aureliano Buendía aos seus oficiais. "Para nós, esse homem é mais perigoso que o Ministro da Guerra." Então um capitão muito jovem que sempre havia se distinguido pela sua timidez levantou um dedo cauteloso.

— É muito simples, coronel — propôs: — precisamos matá-lo.

O coronel Aureliano Buendía não se alarmou com a frieza da proposta, mas com a forma como ela se antecipou uma fração de segundo ao seu próprio pensamento.

— Não esperem que eu dê essa ordem — disse ele.

E realmente não deu. Mas quinze dias depois o general Teófilo Vargas foi despedaçado a golpes de facão numa emboscada, e o coronel Aureliano Buendía assumiu o poder central. Na mesma noite em que sua autoridade foi reconhecida por todos os comandos rebeldes, despertou sobressaltado, pedindo aos gritos uma manta. Um frio interior que trincava seus ossos e o mortificava inclusive debaixo do sol a pino impediu-o de dormir bem durante vários meses, até que se converteu em costume. A embriaguez do poder começou a se decompor em rajadas de indiferença. Buscando um remédio contra o frio mandou fuzilar o jovem oficial que propusera o assassinato do general Teófilo Vargas. Suas ordens eram cumpridas antes de serem dadas, antes até de que ele as concebesse, e sempre chegavam muito mais longe do que ele teria se atrevido a fazê-las chegar. Extraviado na solidão de seu imenso poder, começou a perder o rumo. Ficava incomodado com as pessoas que o aplaudiam nas cidades derrotadas, e que lhe pareciam as mesmas que aclamavam o inimigo. Por todos os lados encontrava adolescentes que o olhavam com seus próprios olhos, que falavam com sua própria voz, que o cumprimentavam com a mesma desconfiança com que ele os cumprimentava, e que diziam ser seus filhos. Sentiu-se disperso, repetido, e mais solitário que nunca. Teve a convicção de que seus próprios oficiais mentiam para ele. Desentendeu-se com o duque de Marlborough. "O melhor amigo — costumava dizer naquele tempo — é aquele que acaba de morrer." Cansou-se da incerteza, do círculo vicioso daquela guerra eterna que sempre o encontrava no mesmo lugar, só que cada vez mais velho, mais acabado, mais sem saber por que, nem como, nem até quando. Sempre havia alguém fora do círculo de giz. Alguém com falta de dinheiro, que tinha um filho com tosse comprida ou que queria ir dormir para sempre porque já não podia suportar na boca o gosto de merda da guerra e que, ainda assim, batia continência com suas últimas reservas de energia para informar: "Tudo normal, meu coronel." E a normalidade era precisamente o mais espantoso daquela guerra infinita: não acontecia nada nunca. Solitário, abandonado pelos presságios, fugindo do frio que haveria de acompanhá-lo até a morte, buscou um último refúgio em Macondo, ao calor de suas recordações mais antigas. Era tão grave seu abandono que quando anunciaram a chegada de uma comissão de seu partido autorizada a discutir a encruzilhada da guerra, ele se virou na rede sem acabar de despertar.

— Leve todos às putas — disse.

Eram seis advogados de fraque e cartola que suportavam com duro estoicismo o bravo sol de novembro. Úrsula hospedou-os em sua casa. Passavam a maior parte do dia trancados no dormitório, em conciliábulos herméticos, e ao anoitecer pediam uma escolta e um conjunto de acordeons e ocupavam, por sua conta, a taberna de Catarino. "Não os incomodem", ordenava o coronel Aureliano Buendía. "Afinal, eu sei o que eles querem." No começo de dezembro, o encontro longamente esperado, que muitos tinham previsto como uma discussão interminável, foi resolvido em menos de uma hora.

Na calorenta sala de visitas, junto ao espectro da pianola amortalhada por um lençol branco, o coronel Aureliano Buendía desta vez não se sentou dentro do círculo de giz traçado por seus ordenanças. Ocupou uma cadeira entre seus assessores políticos, e envolto na manta de lã escutou em silêncio as breves propostas dos emissários. Pediam, em primeiro lugar, que ele renunciasse à revisão dos títulos de propriedade da terra para recuperar o apoio dos latifundiários liberais. Pediam, em segundo lugar, que renunciasse à luta contra a influência clerical para obter o apoio do povo católico. Pediam, por último, que renunciasse às aspirações de igualdade de direitos entre os filhos naturais e os legítimos, para preservar a integridade dos lares.

— Quer dizer — sorriu o coronel Aureliano Buendía quando terminou a leitura — que só estamos lutando pelo poder.

— São reformas táticas — replicou um dos delegados. — Por enquanto, o essencial é ampliar a base popular da guerra. Depois, veremos.

Um dos assessores políticos do coronel Aureliano Buendía se apressou em intervir.

— É um contrassenso — disse. — Se essas reformas são boas, quer dizer que bom é o regime conservador. Se com elas conseguiremos ampliar a base popular da guerra, como dizem os senhores, quer dizer que o regime conservador tem uma ampla base popular. Quer dizer, em síntese, que durante quase vinte anos estivemos lutando contra os sentimentos da nação.

Ia continuar, mas o coronel Aureliano Buendía interrompeu-o com um sinal. "Não perca tempo, doutor", disse. "O importante é que a partir deste momento estamos lutando só pelo poder." Sem deixar de sorrir, tomou os papéis que os delegados entregaram a ele e se dispôs a assinar.

— E já que é assim — concluiu —, não temos nenhum inconveniente em assinar.

Seus homens se olharam consternados.

— Perdão, coronel — disse suavemente o coronel Gerineldo Márquez —, mas isto é uma traição.

O coronel Aureliano Buendía deteve no ar a pena que havia mergulhado na tinta, e descarregou sobre ele todo o peso de sua autoridade.

— Entregue-me suas armas — ordenou.

O coronel Gerineldo Márquez levantou-se e pôs as armas na mesa.

— Apresente-se no quartel — ordenou o coronel Aureliano Buendía. — O senhor passa à disposição dos tribunais revolucionários.

Em seguida assinou a declaração e entregou os papéis aos emissários, dizendo a eles:

— Senhores, aí estão os seus papéis. Bom proveito.

Dois dias depois, o coronel Gerineldo Márquez, acusado de alta traição, foi condenado à morte. Derrubado em sua rede, o coronel Aureliano Buendía foi insensível às súplicas de clemência. Na véspera da execução, desobedecendo às ordens de não incomodá-lo, Úrsula visitou-o em seu dormitório. Fechada de negro, investida de uma solenidade estranha, permaneceu de pé durante os três minutos da conversa. "Sei que você vai fuzilar o Gerineldo — disse ela serenamente —, e não posso fazer nada para impedir isso. Mas quero advertir você de uma coisa: assim que eu olhar o cadáver, juro pelos ossos de meu pai e de minha mãe, juro pela memória de José Arcádio Buendía, juro perante Deus, que vou arrancar você de onde você se meter, e vou matá-lo com minhas próprias mãos." Antes de abandonar o quarto, sem esperar resposta, concluiu:

— É a mesma coisa que eu teria feito se você tivesse nascido com rabo de porco.

Naquela noite interminável, enquanto o coronel Gerineldo Márquez evocava suas tardes mortas no quarto de costura de Amaranta, o coronel Aureliano Buendía raspou durante muitas horas, tratando de rompê-la, a dura casca de sua solidão. Seus únicos instantes felizes, desde a tarde remota em que seu pai o levou para conhecer o gelo, haviam transcorrido na oficina de ourivesaria, onde o tempo se esvaía enquanto ele armava peixinhos de ouro. Tinha precisado promover 32 guerras, e havia precisado violar todos os seus pactos com a morte e se revirar feito porco na pocilga da glória, para descobrir com quase quarenta anos de atraso os privilégios da simplicidade.

Ao amanhecer, estragado pela tormentosa vigília, apareceu no quarto do cepo uma hora antes da execução. "Acabou-se a farsa, compadre", disse ele ao coronel Gerineldo Márquez. "Vamos embora daqui, antes que os mosquitos acabem de fuzilar você." O coronel Gerineldo Márquez não conseguiu reprimir o desprezo que aquela atitude provocava nele.

— Não, Aureliano — replicou. — É melhor estar morto do que ver você convertido numa adaga sanguinária.

— Pois não vai ver — disse o coronel Aureliano Buendía. — Ponha os sapatos e me ajude a acabar com esta guerra de merda.

Ao dizer isso, não imaginava que era mais fácil começar uma guerra do que terminá-la. Precisou de quase um ano de rigor sanguinário para forçar o governo a propor condições de paz favoráveis aos rebeldes, e outro ano para persuadir seus partidários da conveniência de aceitá-las. Chegou a extremos inconcebíveis de crueldade para sufocar as rebeliões de seus próprios oficiais, que resistiam a barganhar a vitória, e acabou se apoiando em forças inimigas para acabar de submetê-los.

Nunca foi melhor guerreiro do que naqueles momentos. A certeza de que enfim lutava pela sua própria libertação, e não por ideais abstratos, por lemas que os políticos podiam virar do direito e do avesso de acordo com as circunstâncias, infundiu nele um entusiasmo ensandecido. O coronel Gerineldo Márquez, que lutou pelo fracasso com tanta convicção e tanta lealdade como antes havia lutado pelo triunfo, reprovava sua temeridade inútil. "Não se preocupe", sorria o coronel Aureliano Buendía. "Morrer é muito mais difícil do que a gente acha." No seu caso, era verdade. A certeza de que seu dia estava determinado investiu-o de uma imunidade misteriosa, uma imortalidade com prazo fixo que o tornou invulnerável aos riscos da guerra, e permitiu a ele finalmente conquistar uma derrota que era muito mais difícil, muito mais sangrenta e muito mais custosa que a vitória.

Em quase vinte anos de guerra, o coronel Aureliano Buendía havia estado muitas vezes na casa, mas o estado de urgência com que sempre chegava, o aparato militar que o acompanhava por todos os lados, a aura de lenda que dourava sua presença e à qual nem a própria Úrsula conseguiu ficar insensível acabaram por transformá-lo num estranho. Na última vez em que esteve em Macondo, e tomou uma casa para suas três concubinas, não foi visto na casa de Úrsula a não ser duas ou três vezes, quando teve tempo para aceitar os convites para comer. Remédios, a Bela, e os gêmeos, nascidos em plena guerra, mal o conheciam. Amaranta não conseguiu conciliar a imagem do irmão que passou a adolescência fabricando peixinhos de ouro com a do guerreiro mítico que havia posto entre ele e o resto da humanidade uma distância de três metros. Mas quando se soube da proximidade do armistício e se pensou que ele regressaria outra vez convertido em ser humano, enfim resgatado para o coração dos seus, os afetos familiares adormecidos por tanto tempo renasceram com mais força que nunca.

— Finalmente — disse Úrsula — vamos ter um homem em casa outra vez.

Amaranta foi a primeira a suspeitar que o haviam perdido para sempre. Uma semana antes do armistício, quando ele entrou na casa sem escolta, precedido por dois ordenanças descalços que depositaram no corredor a sela e os arreios da mula e o baú dos versos, único saldo de sua antiga bagagem imperial, ela o viu passar diante do quarto de costura e o chamou. O coronel Aureliano Buendía pareceu ter dificuldade em reconhecê-la.

— Sou Amaranta — disse ela de bom humor, feliz com o seu regresso, e mostrou-lhe a mão com a venda negra. — Veja.

O coronel Aureliano Buendía deu o mesmo sorriso da primeira vez que a viu com a venda, na remota manhã em que voltou para Macondo sentenciado à morte.

— Que horror! — disse ele. — Como o tempo voa!

O exército regular teve que proteger a casa. O coronel chegou vexado, cuspido, acusado de ter feito a guerra recrudescer só para vendê-la mais cara. Tremia de febre e de frio e tinha outra vez as axilas empedradas de furúnculos. Seis meses antes, quando ouviu falar do armistício, Úrsula havia aberto e varrido a alcova nupcial, e havia queimado mirra nos cantos, pensando que ele regressaria disposto a envelhecer devagar entre as emboloradas bonecas de Remédios. Mas na verdade, nos últimos dois anos ele havia pago suas cotas finais à vida, inclusive a do envelhecimento. Ao passar na frente da oficina de ourivesaria, que Úrsula havia preparado com especial diligência, nem percebeu que as chaves estavam postas no cadeado. Não percebeu os minúsculos e dilacerantes estragos que o tempo tinha feito na casa, e que depois de uma ausência tão prolongada teriam parecido um desastre para qualquer homem que conservasse vivas suas recordações. Não doeram nele as escalavraduras na cal das paredes, nem os sujos algodões das teias de aranha nos cantos, nem o pó nas begônias, nem as trilhas de cupim nas vigas, nem o musgo das dobradiças, e nenhuma das armadilhas insidiosas feitas pela nostalgia. Sentou-se na varanda, envolto na manta e sem tirar as botas, como esperando apenas que estiasse, e ficou a tarde inteira vendo chover sobre as begônias. Úrsula compreendeu então que não o teria em casa por muito tempo. "Se não é a guerra — pensou — só pode ser a morte." Foi uma suposição tão nítida, tão convincente, que a identificou como um presságio.

Naquela noite, no jantar, o suposto Aureliano Segundo despedaçou o pão com a mão direita e tomou a sopa com a esquerda. Seu irmão gêmeo, o suposto José Arcádio Segundo, despedaçou o pão com a mão esquerda e tomou a sopa com a direita. Era tão precisa a coordenação de seus movimentos que não pareciam dois irmãos sentados um na frente do outro, mas um artifício de espelhos. O espetáculo que os gêmeos haviam concebido desde que tiveram consciência de serem iguais foi repetido em homenagem ao recém-chegado. Mas o coronel Aureliano Buendía não percebeu nada. Parecia tão alheio a tudo que nem mesmo reparou em Remédios, a Bela, que passou nua para o dormitório. Úrsula foi a única que se atreveu a perturbar sua abstração.

— Se é para ir embora outra vez — disse a ele no meio do jantar —, pelo menos trate de recordar como éramos esta noite.

Então o coronel Aureliano Buendía percebeu, e não sem assombro, que Úrsula era o único ser humano que havia conseguido desentranhar sua miséria, e pela primeira vez em muitos anos se atreveu a olhar seu rosto. Tinha a pele curtida, os dentes carcomidos, os cabelos murchos e sem cor, e o olhar atônito. Comparou-a com a lembrança mais antiga que tinha dela, na tarde em que ele teve o presságio de que uma caçarola de caldo fervendo ia cair da mesa, e a encontrou despedaçada. Num instante descobriu os arranhões, os vergões, as chagas, as úlceras e cicatrizes que mais de meio século de vida cotidiana havia deixado nela, e comprovou que esses estragos não suscitavam nele nem mesmo um sentimento de piedade. Fez então um último esforço para buscar em seu coração o lugar onde os afetos tinham apodrecido, e não conseguiu encontrá-lo. Em outro tempo, pelo menos sentia um confuso sentimento de vergonha quando surpreendia em sua própria pele o cheiro de Úrsula, e em mais de uma ocasião sentiu seus pensamentos interferidos pelo pensamento dela. Mas tudo isso havia sido arrasado pela guerra. A própria Remédios, sua esposa, era naquele momento a imagem enevoada de alguém que podia ter sido sua filha. As incontáveis mulheres que conheceu no deserto do amor, e que dispersaram sua semente por todo o litoral, não haviam deixado rastro algum em seus sentimentos. A maioria delas entrava no quarto no escuro e ia embora antes do alvorecer, e no dia seguinte eram apenas um pouco de tédio na memória corporal. O único afeto que prevalecia contra o tempo e a guerra foi o que ele sentiu por seu irmão José Arcádio, quando os dois eram crianças, e não estava baseado no amor, e sim na cumplicidade.

— Perdão — desculpou-se diante do pedido de Úrsula. — É que a guerra acabou com tudo.

Nos dias seguintes dedicou-se a destruir qualquer rastro de sua passagem pelo mundo. Limpou a oficina de ourivesaria até deixar somente os objetos impessoais, deu de presente suas roupas aos ordenanças e enterrou suas armas no quintal com o mesmo sentido de penitência com que seu pai enterrou a lança que matou Prudêncio Aguilar. Conservou apenas uma pistola, e com uma única bala. Úrsula não interveio. A única vez que o dissuadiu foi quando ele estava a ponto de destruir o daguerreótipo de Remédios que ela conservava na sala, alumbrado por uma lâmpada eterna. "Esse retrato deixou de pertencer a você faz muito tempo", disse ela. "É uma relíquia de família." Na véspera do armistício, quando já não sobrava na casa nem um único objeto que permitisse recordá-lo, levou até a padaria o baú com os versos no momento em que Santa Sofía de la Piedad se preparava para acender o forno.

— Acenda com isto — disse ele, entregando a ela o primeiro rolo de papéis amarelados. — Arde melhor, porque são coisas velhas.

Santa Sofía de la Piedad, silenciosa, a condescendente, a que nunca contrariou nem os próprios filhos, teve a impressão de que aquele era um ato proibido.

— São papéis importantes — disse ela.

— Nada disso — disse o coronel. — São coisas que a gente escreve para a gente mesmo.

— Então — disse ela — o senhor mesmo que queime, coronel.

Não só fez isso como também despedaçou o baú com uma machadinha e jogou as lascas no fogo. Horas antes, Pilar Ternera tinha ido visitá-lo. Depois de tantos anos sem vê-la, o coronel Aureliano Buendía assombrou-se com o quanto ela havia envelhecido e engordado, e de quanto seu riso havia perdido o esplendor, mas se assombrou também com a profundidade que havia conseguido na leitura das cartas. "Cuidado com a boca", disse ela, e ele se perguntou se na outra vez que ela disse a mesma coisa, no apogeu de sua glória, não havia sido uma versão surpreendentemente antecipada de seu destino. Pouco depois, quando seu médico particular acabou de extirpar seus furúnculos, ele perguntou-lhe sem demonstrar nenhum interesse especial qual era o lugar exato do coração. O médico auscultou e depois pintou um círculo em seu peito com um algodão sujo de iodo.

A terça-feira do armistício amanheceu morna e chuvosa. O coronel Aureliano Buendía apareceu na cozinha antes das cinco e tomou seu habitual café sem açúcar. "Num dia como o de hoje você veio ao mundo", disse Úrsula. "Todos se assustaram com seus olhos abertos." Ele não prestou atenção, porque estava atento aos preparativos da tropa, aos toques de clarim e às vozes de mando que estropiavam o amanhecer. Embora depois de tantos anos de guerra aquilo tudo devesse lhe parecer familiar, daquela vez sentiu o mesmo desalento nos joelhos e o mesmo eriçar da pele que havia sentido em sua juventude na presença de uma mulher nua. Pensou confusamente, preso enfim numa armadilha da nostalgia, que se talvez tivesse casado com ela teria sido um homem sem guerra nem glória, um artesão sem nome, um animal feliz. Esse estremecimento tardio, que não aparecia em suas previsões, amargou seu café da manhã. Às sete em ponto, quando o coronel Gerineldo Márquez foi buscá-lo na companhia de um grupo de oficiais rebeldes, encontrou-o mais taciturno que nunca, mais pensativo e solitário. Úrsula tratou de jogar sobre seus ombros uma nova manta. "O que o governo vai pensar?", disse a ele. "Vão imaginar que você se rendeu porque já não tinha nem com o que comprar uma manta." Mas ele não quis. Já na porta, vendo que a chuva continuava, deixou que ela pusesse nele um velho chapéu de feltro de José Arcádio Buendía.

— Aureliano — disse então Úrsula —, prometa que, se você der de cara por aí com a má hora, vai pensar na sua mãe.

Ele deu um sorriso distante, levantou a mão com todos os dedos estendidos, e sem dizer uma palavra abandonou a casa e enfrentou os gritos, vitupérios e blasfêmias que haveriam de persegui-lo até a saída do povoado. Úrsula passou a tranca na porta, decidida a não tirá-la pelo resto da vida. "Vamos apodrecer aqui dentro", pensou. "Vamos virar cinza nesta casa sem homens, mas não daremos a este povoado miserável o prazer de nos ver chorar." Ficou a manhã inteira buscando uma recordação de seu filho nos rincões mais secretos, mas não conseguiu encontrar nada.

O ato foi celebrado a vinte léguas de Macondo, à sombra de uma paineira gigantesca ao redor da qual haveria de ser fundado mais tarde o povoado de Neerlândia. Os delegados do governo e dos partidos, e a comissão rebelde que entregou as armas, foram atendidos por um alvoroçado grupo de noviças de hábitos brancos, que pareciam um revoar de pombas assustadas pela chuva. O coronel Aureliano Buendía chegou numa mula enlameada. Estava sem se barbear, mais atormentado pela dor dos furúnculos do que pelo imenso fracasso de seus sonhos, pois havia chegado ao fim de toda esperança, muito além da glória e da nostalgia da glória. De acordo com o que ele mesmo determinou, não houve música, nem rojões, nem campanadas de júbilo, nem vivas, nem qualquer manifestação que pudesse alterar o caráter lutuoso do armistício. Um fotógrafo ambulante que tomou o único retrato seu que poderia ter sido conservado foi obrigado a destruir as placas sem revelá-las.

O ato durou apenas o tempo indispensável para que as assinaturas fossem estampadas. Ao redor da mesa rústica que tinha sido posta no centro de uma lona remendada de circo, onde os delegados se sentaram, estavam os últimos oficiais que permaneceram fiéis ao coronel Aureliano Buendía. Antes de recolher as assinaturas, o delegado pessoal do presidente da república tratou de ler em voz alta a ata de rendição, mas o coronel Aureliano Buendía se opôs. "Não vamos perder tempo com formalismos", disse, e se dispôs a assinar os papéis sem lê-los. Um de seus oficiais então rompeu o silêncio soporífero da tenda de circo.

— Coronel — disse ele —, faça-nos o favor de não ser o primeiro a assinar.

O coronel Aureliano Buendía concordou. Quando o documento deu a volta completa na mesa, em meio a um silêncio tão nítido que as assinaturas poderiam ter sido decifradas pelo rabiscar da pena no papel, o primeiro lugar ainda estava em branco. O coronel Aureliano Buendía se dispôs a ocupá-lo.

— Coronel — disse então outro de seus oficiais —, ainda dá tempo de o senhor ficar bem.

Sem se alterar, o coronel Aureliano Buendía assinou a primeira cópia. Não havia acabado de assinar a última quando apareceu na porta da lona um coronel rebelde levando pelo cabresto uma mula carregada com dois baús. Apesar de sua extrema juventude, tinha um aspecto árido e uma expressão paciente. Era o tesoureiro da revolução na circunscrição de Macondo. Havia feito uma penosa viagem de seis dias, arrastando a mula morta de fome, para chegar a tempo ao armistício. Com uma parcimônia exasperante descarregou os baús, abriu-os, e foi pondo na mesa, um por um, setenta e dois tijolos de ouro. Ninguém se lembrava da existência daquela fortuna. Na desordem do ano anterior, quando o poder central saltou aos pedaços e a revolução degenerou numa sangrenta rivalidade entre caudilhos, era impossível determinar qualquer responsabilidade. O ouro da rebelião, fundido em blocos que depois foram recobertos de barro cozido, tinha ficado fora de todo e qualquer controle. O coronel Aureliano Buendía fez com que os setenta e dois tijolos de ouro fossem incluídos no inventário da rendição, e encerrou o ato sem permitir discursos. O esquálido adolescente permaneceu na frente dele, olhando-o nos olhos com seus serenos olhos cor de caramelo.

— Algo mais? — perguntou-lhe o coronel Aureliano Buendía. O jovem coronel apertou os dentes.

— O recibo — disse.

O coronel Aureliano Buendía escreveu-o de punho e letra. Depois tomou um copo de limonada e comeu um pedaço de bolo servido pelas noviças, e se retirou para uma tenda de campanha que tinha sido preparada para o caso de ele querer descansar. Lá ele tirou a camisa, sentou-se na beira do catre, e às três e quinze da tarde disparou um tiro de pistola no círculo de iodo que seu médico pessoal havia pintado em seu peito. Naquela hora, em Macondo, Úrsula destapou a panela de leite no fogão, estranhando que demorasse tanto a ferver, e descobriu que estava cheia de vermes.

— Mataram Aureliano! — exclamou.

Olhou para o pátio, obedecendo a um costume da sua solidão, e então viu José Arcádio Buendía, empapado, triste de chuva e muito mais velho do que quando morrera. "Mataram Aureliano à traição — especificou Úrsula — e ninguém fez a caridade de fechar os olhos dele." Ao anoitecer viu através das lágrimas os impetuosos e luminosos discos alaranjados que cruzaram o céu como uma exalação, e pensou que eram um sinal da morte. Ainda estava debaixo da castanheira, soluçando nos joelhos do marido, quando levaram o coronel Aureliano Buendía enrolado na manta endurecida de sangue seco e com os olhos abertos de raiva.

Estava fora de perigo. A bala tinha seguido uma trajetória tão limpa que o médico enfiou um cordão empapado de iodo em seu peito e tirou-o pelas costas. "Esta é minha obra-prima", disse a ele satisfeito. "Era o único ponto pelo qual uma bala podia passar sem atingir nenhum centro vital." O coronel Aureliano Buendía se viu rodeado de noviças misericordiosas que entoavam salmos desesperados pelo eterno descanso de sua alma, e então se arrependeu de não ter dado o tiro no céu da boca, tal como tinha previsto, só para zombar do prognóstico de Pilar Ternera.

— Se eu ainda tivesse alguma autoridade — disse ao médico —, mandaria fuzilá-lo sem julgamento algum. Não por me salvar a vida, mas por ter-me feito cair em ridículo.

O fracasso da morte lhe devolveu em poucas horas o prestígio perdido. Os mesmos que inventaram a patranha de que ele havia vendido a guerra por um aposento cujas paredes tinham sido erguidas com tijolos de ouro definiram a tentativa de suicídio como um ato de honra, e o proclamaram mártir. Depois, quando recusou a Ordem do Mérito que o presidente da república outorgou a ele, até seus mais iracundos rivais desfilaram pelo seu quarto pedindo que ignorasse os termos do armistício e promovesse uma nova guerra. A casa se encheu de presentes de desagravo. Tardiamente impressionado pelo apoio massivo de seus antigos companheiros de armas, o coronel Aureliano Buendía não descartou a possibilidade de satisfazê-los. Pelo contrário: em certo momento pareceu tão entusiasmado com a ideia de uma nova guerra, que o coronel Gerineldo Márquez pensou que ele só esperava um pretexto para proclamá-la. E o pretexto efetivamente foi oferecido, quando o presidente da república se negou a conceder as pensões de guerra aos antigos combatentes, liberais ou conservadores, enquanto cada expediente não fosse revisado por uma comissão especial, e a lei de concessões não fosse aprovada pelo congresso. "Isso é um atropelo", trovejou o coronel Aureliano Buendía. "Vão morrer de velho esperando pelo correio." Abandonou pela primeira vez a cadeira de balanço que Úrsula comprou para sua convalescença, e dando voltas pela alcova ditou uma mensagem terminante para o presidente da república. Nesse telegrama, que jamais foi publicado, denunciava a primeira violação do tratado de Neerlândia e ameaçava proclamar uma guerra de morte se a concessão das pensões não fosse resolvida no prazo de quinze dias. Era tão justa a sua atitude, que permitia esperar, inclusive, a adesão dos antigos combatentes conservadores. Mas a única resposta do governo foi o reforço da guarda militar que havia se instalado na porta da casa, com o pretexto de protegê-la, e a proibição de qualquer tipo de visita. Medidas similares foram adotadas por todo o país com os caudilhos com os quais se devia ter cuidado. Foi uma operação tão oportuna, drástica e eficaz, que dois meses depois do armistício, quando o coronel Aureliano Buendía recebeu alta, seus instigadores mais decididos estavam mortos ou expatriados, ou tinham sido assimilados para sempre pela administração pública.

O coronel Aureliano Buendía abandonou o quarto em dezembro, e bastou dar uma olhada na varanda das begônias para não tornar a pensar na guerra. Com uma vitalidade que parecia impossível em sua idade, Úrsula tinha voltado a rejuvenescer a casa. "Agora vocês vão ver quem sou eu", disse quando ficou sabendo que seu filho viveria. "Não haverá casa melhor, nem mais aberta a todo mundo, do que esta casa de loucos." Fez com que fosse lavada e pintada, mudou os móveis, restaurou o jardim e plantou flores novas, e abriu portas e janelas para que a deslumbrante claridade do verão entrasse até os dormitórios. Determinou o fim dos numerosos lutos superpostos, e ela mesma trocou as velhas roupas rigorosas por outras, juvenis. A música da pianola voltou a alegrar a casa. Ao ouvi-la, Amaranta se lembrou de Pietro Crespi, de sua gardênia crepuscular e seu cheiro de lavanda, e no fundo do seu coração murcho floresceu um rancor limpo, purificado pelo tempo. Na tarde em que tratava de pôr a sala em ordem, Úrsula pediu ajuda aos soldados que custodiavam a casa. O jovem comandante da guarda autorizou. Pouco a pouco, Úrsula foi dando a eles novas tarefas. Convidava para comer, dava roupas e sapatos de presente, ensinou-os a ler e escrever. Quando o governo suspendeu a vigilância, um deles ficou morando na casa, e ali prestou serviços durante muitos anos. No dia do Ano-Novo, enlouquecido pelos desprezos de Remédios, a Bela, o jovem comandante da guarda amanheceu morto de amor debaixo da sua janela.

Anos depois, em seu leito de agonia, Aureliano Segundo haveria de recordar a chuvosa tarde de junho em que entrou no quarto para conhecer seu primeiro filho. Embora fosse lânguido e chorão, sem nenhum traço dos Buendía, não precisou pensar duas vezes antes de escolher o nome que daria a ele.

— Vai se chamar José Arcádio — disse.

Fernanda del Carpio, a formosa mulher com quem havia se casado no ano anterior, concordou. Já Úrsula não conseguiu ocultar um vago sentimento de aflição. Na longa história da família, a tenaz repetição dos nomes tinha permitido que ela chegasse a conclusões que lhe pareciam definitivas. Enquanto os Aurelianos eram retraídos, mas de mentalidade lúcida, os Josés Arcádios eram impulsivos e empreendedores, mas estavam marcados por um destino trágico. Os únicos casos de classificação impossível eram José Arcádio Segundo e Aureliano Segundo. Foram tão parecidos e travessos durante a infância que nem a própria Santa Sofía de la Piedad era capaz de distingui-los. No dia do batismo, Amaranta pôs pulseirinhas com os respectivos nomes nos dois e vestiu-os com roupas de cores diferentes marcadas com as iniciais de cada um, mas quando começaram a ir à escola optaram por trocar a roupa e as pulseiras e se chamarem eles mesmos com os nomes trocados. O professor Melchor Escalona, acostumado a conhecer José Arcádio Segundo pela camisa verde, perdeu as estribeiras quando descobriu que ele usava a pulseira de Aureliano Segundo, e que o outro se dizia chamar, no entanto, Aureliano Segundo, apesar de usar a camisa branca e a pulseira marcada com o nome de José Arcádio Segundo. Desde então já não se sabia com certeza quem era quem. Mesmo quando cresceram e a vida os fez diferentes, Úrsula continuava perguntando a si mesma se eles em algum momento não teriam cometido um erro qualquer em seu intrincado jogo de confusões e ficado trocados para sempre. Até o princípio da adolescência foram dois mecanismos sincrônicos. Despertavam ao mesmo tempo, sentiam vontade de ir ao banheiro na mesma hora, sofriam os mesmos transtornos de saúde e até sonhavam as mesmas coisas. Na casa, onde todos achavam que coordenavam seus atos pelo simples desejo de confundir, ninguém se deu conta da realidade até o dia em que Santa Sofía de la Piedad ofereceu a um deles um copo de limonada, e ele demorou mais tempo para provar a limonada do que o outro em dizer que faltava açúcar. Santa Sofía de la Piedad, que tinha mesmo esquecido de pôr açúcar, contou para Úrsula o que havia acontecido. "Todos eles são assim", disse ela, sem surpresa. "Loucos de nascença." O tempo acabou de complicar as coisas. Aquele que na brincadeira das confusões acabou com o nome de Aureliano Segundo ficou monumental como o avô, e o que ficou com o nome de José Arcádio Segundo tornou-se ósseo como o coronel, e a única coisa que conservaram em comum foi o ar solitário da família. Talvez fosse esse entrelaçado de estaturas, nomes e gênios que fez Úrsula suspeitar que estavam desbaratados desde a infância.

A diferença decisiva se revelou em plena guerra quando José Arcádio Segundo pediu ao coronel Gerineldo Márquez que o levasse para ver os fuzilamentos. Contra o parecer de Úrsula, seus desejos foram satisfeitos. Aureliano Segundo, por seu lado, estremeceu diante da simples ideia de presenciar uma execução. Preferia a casa. Aos doze anos perguntou a Úrsula o que havia no quarto trancado. "Papéis", respondeu ela. "São os livros de Melquíades e as coisas esquisitas que escrevia em seus derradeiros anos." A resposta, em vez de tranquilizá-lo, aumentou sua curiosidade. Insistiu tanto, prometeu com tanto afinco não maltratar as coisas, que Úrsula deu as chaves para ele. Ninguém havia tornado a entrar no quarto desde que tiraram o cadáver de Melquíades e puseram na porta o cadeado cujas peças se soldaram com a ferrugem. Mas quando Aureliano Segundo abriu as janelas entrou uma luz familiar que parecia acostumada a iluminar o quarto todos os dias, e não havia o menor rastro de poeira ou de teias de aranhas, e tudo estava varrido e limpo, mais bem varrido e mais limpo que no dia do enterro, e a tinta não havia secado no tinteiro nem o azinhavre havia alterado o brilho dos metais, nem tinha se extinguido o rescaldo do alambique onde José Arcádio Buendía vaporizou o mercúrio. Nas prateleiras estavam os livros encadernados com uma matéria acartonada e pálida como pele humana curtida, e estavam intactos os manuscritos. Apesar de trancado por anos, o ar parecia mais puro que no resto da casa. Tudo era tão recente que várias semanas depois, quando Úrsula entrou no quarto com um balde de água e uma vassoura para lavar o chão, não teve nada para fazer. Aureliano Segundo estava abstraído na leitura de um livro. Embora carecesse de capa e o título não aparecesse em nenhuma parte, o menino se deliciava com a história da mulher que se sentava à mesa e só comia grãos de arroz que pegava com um alfinete, e com a história do pescador que pediu emprestado a um vizinho uma chumbada para a sua rede e o peixe com que retribuiu o favor tinha um diamante no estômago, e com a lâmpada que satisfazia os desejos e os tapetes que voavam. Assombrado, ele perguntou a Úrsula se tudo aquilo era verdade, e ela respondeu que sim, que muitos anos antes os ciganos levavam para Macondo lâmpadas maravilhosas e esteiras voadoras.

— O que acontece — suspirou ela — é que o mundo vai se acabando pouco a pouco, e essas coisas não vêm mais.

Quando terminou o livro, que tinha muitos de seus contos sem final porque faltavam páginas, Aureliano Segundo se deu à tarefa de decifrar os manuscritos. Foi impossível. As letras pareciam roupa posta para secar num arame, e se assemelhavam mais à escrita musical que à literária. Num meio-dia ardente, enquanto esquadrinhava os manuscritos, sentiu que não estava sozinho no quarto. Contra a reverberação da janela, sentado com as mãos nos joelhos, estava Melquíades. Não tinha mais do que quarenta anos. Usava o mesmo colete anacrônico e o chapéu de asas de corvo, e por suas têmporas pálidas escorria a gordura dos cabelos derretida pelo calor, como Aureliano e José Arcádio haviam visto quando eram meninos. Aureliano Segundo o reconheceu de imediato, porque aquela recordação hereditária tinha sido transmitida de geração em geração, e havia chegado a ele vinda lá da memória do avô.

— Salve — disse Aureliano Segundo.

— Salve — disse Melquíades.

Desde então, e durante vários anos, os dois se viram quase todas as tardes. Melquíades falava do mundo, tratava de infundir nele sua velha sabedoria, mas se negou a traduzir os manuscritos. "Ninguém deve conhecer o seu sentido antes que eles tenham cem anos", explicou. Aureliano Segundo guardou para sempre o segredo daqueles encontros. Em uma ocasião sentiu que seu mundo privado desmoronava, porque Úrsula entrou no momento em que Melquíades estava no quarto. Mas ela não o viu.

— Com quem você está falando? — perguntou ela.

— Com ninguém — disse Aureliano Segundo.

— Seu bisavô também era assim — disse Úrsula. — Ele também falava sozinho.

José Arcádio Segundo, enquanto isso, tinha satisfeito seu desejo de ver um fuzilamento. Pelo resto da vida recordaria o clarão lívido dos seis disparos simultâneos, o eco do estampido que se despedaçou pelos montes, e o sorriso triste e os olhos perplexos do fuzilado, que permaneceu erguido enquanto a camisa se empapava de sangue, e continuava sorrindo quando foi desatado do poste e metido num caixão cheio de cal. "Está vivo", ele pensou. "Vão enterrá-lo vivo." Ficou tão impressionado, que a partir de então detestou as práticas militares e a guerra, não pelas execuções, mas pelo espantoso costume de enterrar vivos os fuzilados. Ninguém ficou sabendo em que momento começou a tocar os sinos do campanário da torre e a ajudar o padre Antônio Isabel, sucessor do *Filhote*, na missa, e a cuidar dos galos de briga no quintal da casa paroquial. Quando o coronel Gerineldo Márquez soube, repreendeu-o duramente por estar aprendendo ofícios repudiados pelos liberais. "A questão — respondeu ele — é que eu acho que saí conservador." Acreditava nisso como se fosse uma determinação da fatalidade. O coronel Gerineldo Márquez, escandalizado, contou para Úrsula.

— Melhor assim — ela aprovou. — Tomara que vire padre, para que Deus enfim entre nesta casa.

Num minuto ficaram sabendo que o padre Antônio Isabel estava preparando José Arcádio Segundo para a primeira comunhão. Ensinava o catecismo a ele enquanto pelava o pescoço dos galos a navalha. Explicava com exemplos simples, enquanto punham em seus ninhos as galinhas chocas, como Deus teve a ideia no segundo dia da criação de que os frangos se formassem dentro dos ovos. Desde aquela época o pároco manifestava os primeiros sintomas do delírio senil que o levou a dizer, anos mais tarde, que o diabo provavelmente havia ganhado a rebelião contra Deus, e era quem estava sentado no trono celestial, sem revelar sua verdadeira identidade para pegar os incautos. Estimulado pela intrepidez de seu preceptor, José Arcádio Segundo chegou em poucos meses a ser tão sábio nas artimanhas teológicas a ponto de ser capaz de confundir o demônio, e ao mesmo tempo se fez perito nos truques da rinha de galos. Amaranta costurou para ele uma roupa de linho com colarinho e gravata, comprou-lhe um par de sapatos brancos e gravou seu nome com letras douradas no laço do círio. Duas noites antes da primeira comunhão, o padre Antônio Isabel trancou-se com ele na sacristia para ouvir sua confissão, com a ajuda de um dicionário de pecados. Foi uma lista tão longa que o pároco ancião, acostumado a ir dormir às seis da tarde, acabou dormindo na poltrona antes de terminar. O interrogatório, para José Arcádio Segundo, foi uma revelação. Não se surpreendeu quando o padre perguntou se havia feito coisas feias com mulher, e respondeu honradamente que não, mas se desconcertou com a pergunta se havia feito com animais. Na primeira sexta-feira de maio, comungou torturado pela curiosidade. Mais tarde fez a mesma pergunta para Petrônio, o sacristão enfermo que vivia na torre e que diziam que se alimentava de morcegos, e Petrônio respondeu: "É que existem cristãos corrompidos que fazem coisas com as burras." José Arcádio Segundo continuou demonstrando tanta curiosidade, pediu tantas explicações, que Petrônio perdeu a paciência.

— Eu vou nas noites de terça-feira — confessou. — Se prometer não contar para ninguém, na terça que vem posso levar você comigo.

E na terça seguinte, Petrônio desceu da torre com um banquinho de madeira que até então ninguém sabia para que servia, e levou José Arcádio Segundo a um pomar próximo. O garoto gostou tanto daquelas incursões noturnas que levou muito tempo para aparecer na taberna de Catarino. Fez-se criador de galos de briga. "É melhor você levar esses animais daqui", ordenou Úrsula na primeira vez em que o viu entrar com seus finos animais de briga. "Os galos já trouxeram demasiadas amarguras a esta casa, para que agora venha você trazendo outras." José Arcádio Segundo levou os galos sem discutir, mas continuou criando-os na casa de Pilar Ternera, sua avó, que pôs à sua disposição tudo que fazia falta, em troca de tê-lo em casa. Logo demonstrou na rinha a sabedoria que foi infundida nele pelo padre Antônio Isabel, e conseguiu dinheiro suficiente não apenas para enriquecer suas criações como para procurar satisfações de homem. Úrsula comparava-o naquele tempo ao seu irmão, e não conseguia entender como os dois gêmeos que pareciam uma só pessoa na infância tivessem acabado sendo tão diferentes. A perplexidade não durou muito, porque logo Aureliano Segundo começou a dar mostras de vadiagem e dissipação. Enquanto andou trancado no quarto de Melquíades foi um homem ensimesmado, da mesma forma que o coronel Aureliano Buendía tinha sido na juventude. Mas pouco antes do tratado de Neerlândia uma casualidade arrancou-o de seu ensimesmamento e o colocou cara a cara com a realidade do mundo. Uma mulher jovem, que andava vendendo números para a rifa de uma sanfona, cumprimentou-o com muita familiaridade. Aureliano Segundo não se surpreendeu, porque acontecia com frequência de o confundirem com o irmão. Mas não esclareceu o equívoco, nem mesmo quando a moça tratou de amolecer seu coração com choramingos, e acabou levando-o para o quarto. Tanto caiu de carinhos por ele desde aquele primeiro encontro, que acabou fazendo trapaças na rifa para que Aureliano Segundo ganhasse a sanfona. Passadas duas semanas, Aureliano Segundo percebeu que a mulher tinha andado se deitando alternadamente com ele e com o irmão, achando que eram o mesmo homem, e em vez de esclarecer a situação, deu um jeito para que ela se prolongasse. Não voltou ao quarto de Melquíades. Passava as tardes no quintal, aprendendo a tocar sanfona de ouvido, contra os protestos de Úrsula, que naquele tempo havia proibido música na casa por causa dos lutos, e que além do mais menosprezava a sanfona como se fosse um instrumento próprio dos vagabundos herdeiros de Francisco, o Homem. No entanto, Aureliano Segundo chegou a ser um virtuose da sanfona, e continuou sendo depois que se casou e teve filhos e foi um dos homens mais respeitados de Macondo.

Durante quase dois meses compartilhou a mulher com o irmão. Vigiava-o, estropiava seus planos, e quando tinha certeza de que naquela noite José Arcádio Segundo não visitaria a amante em comum, ia dormir com ela. Certa manhã, descobriu que estava doente. Dois dias depois encontrou o irmão agarrado numa viga do banheiro, empapado de suor e chorando aos borbotões, e então compreendeu. O irmão confessou que a mulher o havia repudiado por contaminá-la com o que chamava de doença de mulher da vida. Contou também como Pilar Ternera tratou de curá-lo. Aureliano Segundo submeteu-se, às escondidas, às ardentes lavagens de permanganato e às águas diuréticas, e os dois se curaram, cada um por um lado, depois de três meses de sofrimentos secretos. José Arcádio Segundo não tornou a ver a mulher. Aureliano Segundo conseguiu seu perdão, e ficou com ela até a morte.

Chamava-se Petra Cotes. Tinha chegado a Macondo em plena guerra, com um marido ocasional que vivia das rifas, e quando o homem morreu ela continuou com o negócio. Era uma mulata limpa e jovem, com uns olhos amarelos e amendoados que davam ao seu rosto a ferocidade de uma pantera, mas tinha um coração generoso e uma magnífica vocação para o amor. Quando Úrsula percebeu que José Arcádio Segundo criava galos de briga e que Aureliano Segundo tocava sanfona nas festas ruidosas de sua concubina, achou que ia enlouquecer. Era como se ambos tivessem concentrado todos os defeitos da família, e nenhuma de suas virtudes. Então decidiu que ninguém tornaria a se chamar Aureliano e José Arcádio. Mas quando Aureliano Segundo teve seu primeiro filho, não se atreveu a contrariá-lo.

— De acordo — disse Úrsula —, mas com uma condição: eu me encarrego de criá-lo.

Embora já fosse centenária e estivesse a ponto de ficar cega por causa da catarata, conservava intactos o dinamismo físico, a integridade de caráter e o equilíbrio mental. Ninguém melhor do que ela para formar o homem virtuoso que haveria de restaurar o prestígio da família, um homem que nunca houvesse ouvido falar da guerra, dos galos de briga, das mulheres de vida fácil e dos empreendimentos delirantes, quatro calamidades que, pensava Úrsula, haviam determinado a decadência de sua estirpe. "Esse aí vai ser padre", prometeu solenemente. "E, se Deus me der vida, haverá de chegar a papa." Todos riram ao ouvi-la, não só no dormitório, mas na casa inteira, onde estavam reunidos os ruidosos comparsas de Aureliano Segundo. A guerra, relegada ao desvão das recordações ruins, foi momentaneamente evocada com os estrondos do champanha.

— À saúde do papa — brindou Aureliano Segundo.

Os convidados brindaram em coro. Depois o dono da casa tocou sanfona, os rojões explodiram e mandaram tocar tambores de júbilo para o povo. Na madrugada, os convidados ensopados em champanha sacrificaram seis vacas e as puseram na rua à disposição da multidão. Ninguém se escandalizou. Desde que Aureliano Segundo tomou conta da casa, aqueles festejos eram coisa comum e corrente, mesmo que não existisse um motivo tão justo como o nascimento de um papa. Em poucos anos, sem esforço, na base da pura sorte, havia acumulado uma das maiores fortunas do pantanal, graças à proliferação sobrenatural de seus animais. Suas éguas pariam trigêmeos, as galinhas punham duas vezes por dia, e os porcos engordavam com tal desenfreio que ninguém conseguia explicar tamanha fecundidade desnorteada, a não ser por artes de magia. "Economize agora", dizia Úrsula ao bisneto imprudente. "Essa sorte não vai durar a vida inteira." Mas Aureliano Segundo não prestava atenção. Quanto mais destampava champanha para ensopar os amigos, mais enlouquecidamente pariam seus animais e mais ele se convencia de que sua boa estrela não tinha nada a ver com sua conduta, mas com a influência de Petra Cotes, sua concubina, cujo amor tinha a virtude de exasperar a natureza. Estava tão convencido de ser esta a origem de sua fortuna que jamais deixou Petra Cotes ficar longe de sua criação, e mesmo quando se casou e teve filhos continuou vivendo com ela, com o consentimento de Fernanda. Sólido, monumental como seus avós, mas com um gozo vital e uma simpatia irresistível que eles não tiveram, Aureliano Segundo mal tinha tempo de vigiar seus rebanhos. Bastava levar Petra Cotes aos estábulos e passear com ela a cavalo pelas suas terras, para que qualquer animal marcado com seu ferro sucumbisse à peste irremediável da proliferação.

Como todas as coisas boas que aconteceram com eles em sua longa vida, aquela fortuna desvairada teve origem no acaso. Até o final das guerras, Petra Cotes continuava se sustentando com o produto das rifas, e Aureliano Segundo se arranjava para saquear de vez em quando as economias secretas de Úrsula. Formavam um casal frívolo, sem outra preocupação além de irem para a cama todas as noites, mesmo nos dias de guarda, e se enroscarem nos lençóis até o amanhecer. "Essa mulher foi a sua perdição", gritava Úrsula para o bisneto quando o via entrar em casa feito um sonâmbulo. "Deixou você tão abobado que qualquer dia vou ver você retorcendo de cólicas, com um sapo metido na barriga." José Arcádio Segundo, que levou muito tempo para descobrir que tinha sido passado para trás, não conseguia entender a paixão do irmão. Lembrava de Petra Cotes como uma mulher convencional, mais para preguiçosa na cama, e completamente desprovida de recursos para o amor. Surdo ao clamor de Úrsula e aos deboches do irmão, Aureliano Segundo só pensava em encontrar um ofício que permitisse manter uma casa para Petra Cotes e morrer com ela, em cima dela e embaixo dela, numa noite de escândalo febril. Quando o coronel Aureliano Buendía tornou a abrir a oficina, seduzido enfim pelos encantos pacíficos da velhice, Aureliano Segundo achou que seria um bom negócio dedicar-se à fabricação de peixinhos de ouro. Passou muitas horas no quartinho calorento vendo como as duras lâminas de metal, trabalhadas pelo coronel com a paciência inconcebível do desengano, iam pouco a pouco se transformando em escamas douradas. O ofício lhe pareceu tão complicado, e era tão persistente e sufocante a lembrança de Petra Cotes, que três semanas depois ele desapareceu da oficina. Foi naquela época que Petra Cotes deu para rifar coelhos. Eles se reproduziam e se faziam adultos com tamanha rapidez, que mal dava tempo de vender os números da rifa. No começo, Aureliano Segundo não se deu conta das alarmantes proporções da proliferação. Mas certa noite, quando ninguém mais no povoado queria ouvir falar das rifas de coelhos, sentiu um estrondo no muro do pátio. "Não se assuste", disse Petra Cotes. "São os coelhos." Não conseguiram mais dormir, atormentados pelo tráfego dos animais. Ao amanhecer, Aureliano Segundo abriu a porta e viu o pátio atopetado de coelhos azuis no resplendor do alvorecer. Petra Cotes, morta de rir, não resistiu à tentação de fazer uma piada.

— Esses são os que nasceram ontem à noite — disse.

— Que horror! — disse ele. — Por que você não tenta com vacas?

Poucos dias depois, tratando de desafogar o quintal, Petra Cotes trocou os coelhos por uma vaca, que dois meses depois pariu trigêmeos. As coisas começaram desse jeito. Da noite para o dia, Aureliano Segundo se tornou dono de terras e rebanhos, e mal tinha tempo de aumentar as cavalariças e as pocilgas que transbordavam. Era uma prosperidade de delírio que fazia com que ele mesmo desse risada, e não conseguia outra coisa além de assumir atitudes extravagantes para descarregar seu bom humor. “Saiam da frente, vacas, que a vida é curta”, gritava. Úrsula se perguntava em que confusões ele havia se metido, se não estaria roubando, se não tinha virado ladrão de gado, e cada vez que o via destampando champanha pelo puro prazer de derramar espuma na própria cabeça recriminava aos gritos seu desperdício. Aborreceu-o tanto, que no dia em que amanheceu com exagerado bom humor Aureliano Segundo apareceu com uma caixa de dinheiro, uma lata de cola e uma brocha e, cantando aos berros velhas canções de Francisco, o Homem, empapelou as paredes da casa por dentro e por fora, e de alto a baixo, com notas de um peso. A antiga mansão, pintada de branco desde os tempos em que a pianola foi levada para lá, adquiriu o aspecto nebuloso de uma mesquita. Em meio ao alvoroço da família, do escândalo de Úrsula, do júbilo do povo que lotou a rua para presenciar a glorificação do desperdício, Aureliano Segundo acabou empapelando a casa inteira, da fachada à cozinha, inclusive os banheiros e dormitórios, e jogou as notas que sobraram no quintal.

— Espero que agora — disse ele finalmente — ninguém mais nesta casa venha me falar de dinheiro.

E assim foi. Úrsula mandou tirar as notas grudadas nos grandes bolos de cal e tornou a pintar a casa de branco. “Meu Deus”, suplicava, “faça com que a gente torne a ser tão pobre como éramos quando fundamos este povoado, não vá nos cobrar na outra vida esta dilapidação.” Suas súplicas foram ouvidas ao contrário. Tanto assim que um dos trabalhadores que desgrudavam as notas tropeçou por descuido num enorme São José de gesso que alguém havia deixado na casa nos últimos anos da guerra, e a imagem oca se despedaçou no chão. Estava recheada de moedas de ouro. Ninguém lembrava quem havia levado aquele santo de tamanho natural. “Foi trazido por três homens”, explicou Amaranta. “Eles me pediram que guardasse o santo enquanto a chuva não passasse, e eu disse que pusessem aí, no canto, onde ninguém tropeçasse nele, e eles o puseram aí com o maior cuidado, e aí ele ficou até hoje, porque nunca voltaram para buscá-lo.” Nos últimos tempos, Úrsula havia posto

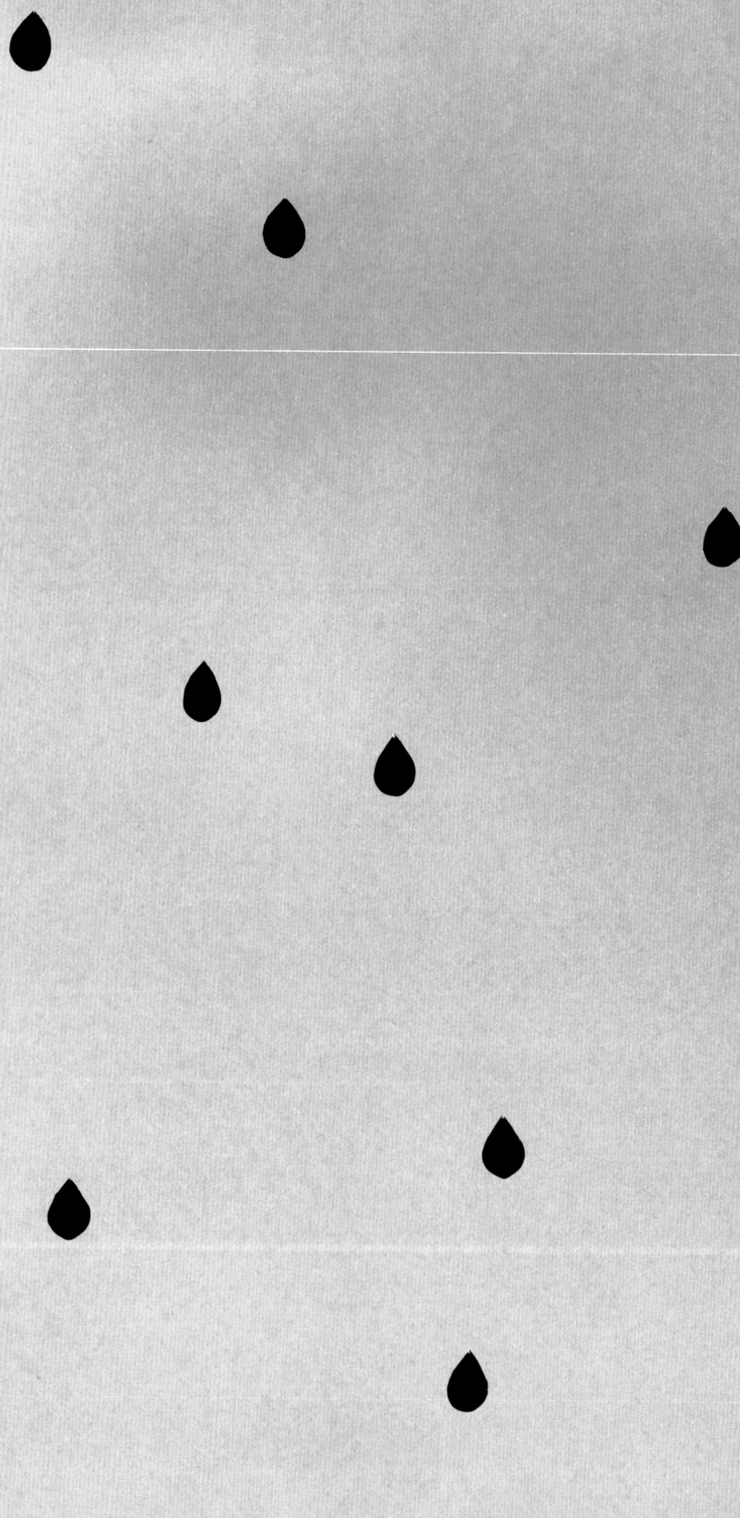

velas para o santo, sem suspeitar que em vez de santo estava era adorando duzentos quilos de ouro. A tardia comprovação de seu involuntário paganismo agravou seu desconsolo. Cuspiu no espetacular montão de moedas, meteu-o em três sacos de lona e enterrou tudo num lugar secreto, à espera de que cedo ou tarde os três desconhecidos voltassem para reclamar o ouro. Muito tempo depois, nos anos difíceis de sua decrepitude, Úrsula costumava intervir nas conversas de numerosos viajantes que então passavam pela casa e perguntava se durante a guerra não haviam deixado ali um São José de gesso para que fosse guardado enquanto a chuva não passasse.

Estas coisas, que tanto consternavam Úrsula, eram comuns e correntes naquele tempo. Macondo naufragava numa prosperidade milagrosa. As casas de pau a pique dos fundadores tinham sido substituídas por construções de tijolos, com persianas de madeira e chãos de cimento, que tornavam mais suportável o calor sufocante das duas da tarde. Da antiga aldeia de José Arcádio Buendía só restavam então as amendoeiras empoeiradas, destinadas a resistir às circunstâncias mais árduas, e o rio de águas diáfanas cujas pedras pré-históricas foram pulverizadas pelas enlouquecidas marretas de José Arcádio Segundo, quando se empenhou em livrar o seu leito para estabelecer um serviço de navegação. Foi um sonho delirante, comparável apenas aos de seu bisavô, porque o leito pedregoso e os numerosos obstáculos da correnteza impediam o trânsito de Macondo até o mar. Mas José Arcádio Segundo, em um imprevisto ataque de temeridade, se obstinou com o projeto. Até então ele não havia dado nenhuma mostra de imaginação. A não ser pela sua precária aventura com Petra Cotes, nunca se soube de mulher alguma em sua vida. Úrsula o considerava o exemplar mais apagado que a família havia gerado em toda a sua história, incapaz de se destacar nem mesmo como animador de brigas de galo, quando o coronel Aureliano Buendía contou a ele a história do galeão espanhol encalhado a doze quilômetros do mar cujo esqueleto carbonizado ele mesmo tinha visto durante a guerra. O relato, que tanta gente durante tanto tempo achou que era fantástico, foi uma revelação para José Arcádio Segundo. Arrematou seus galos pela melhor oferta, recrutou homens e comprou ferramentas, e se empenhou na descomunal tarefa de romper pedras, escavar canais, desfazer obstáculos e até aplainar cataratas. “Isso aí eu sei de cor”, gritava Úrsula. “É como se o tempo desse voltas redondas e tivéssemos voltado ao princípio.” Quando calculou que o rio tinha ficado navegável, José Arcádio Segundo fez uma exposição pormenorizada de seus planos ao irmão, que deu a ele o dinheiro que faltava para a aventura. Desapareceu durante muito tempo. Dizia-se por aí que seu projeto de comprar um barco não era nada além de um engodo para tomar dinheiro do irmão, quando se divulgou a notícia de que uma estranha nave se aproximava do povoado. Os habitantes de Macondo, que já não se lembravam das ideias colossais de José Arcádio Buendía, se precipitaram para a ribeira e viram com olhos pasmos de incredulidade a chegada do primeiro e último barco que atracou no povoado. Não passava de uma balsa de troncos, arrastada por grossos cabos por vinte homens que caminhavam pela beira do rio. Na proa, com um brilho de satisfação no olhar, José Arcádio Segundo dirigia a dispendiosa manobra. Junto com ele chegava um grupo de matronas esplêndidas que se protegiam do sol abrasador com vistosas sombrinhas e tinham nos ombros preciosas echarpes de seda, e unguentos coloridos no rosto, e flores naturais nos cabelos, e serpentes de ouro nos braços e diamantes nos dentes. A balsa de troncos foi o único veículo que José Arcádio Buendía conseguiu remontar rio acima até Macondo, e uma vez só, mas jamais reconheceria o fracasso de sua aventura e não fez mais do que proclamar sua façanha como uma vitória da força de vontade. Prestou contas escrupulosas ao irmão, e logo tornou a se afundar na rotina dos galos de briga. A única coisa que restou daquela desventurada iniciativa foi o sopro de renovação que as matronas da França levaram, cujas artes magníficas mudaram os métodos tradicionais do amor e cujo sentido do bem-estar social arrasou com a antiquada taberna de Catarino e transformou a rua num bazar de lanterninhas japonesas e realejos nostálgicos. Foram elas as promotoras do carnaval sangrento que durante três dias afundou Macondo no delírio, e cuja única consequência perdurável foi haver dado a Aureliano Segundo a oportunidade de conhecer Fernanda del Carpio.

Remédios, a Bela, foi proclamada rainha. Úrsula, que estremecia diante da beleza inquietante da bisneta, não conseguiu impedir a eleição. Até então havia conseguido que ela não saísse à rua, a não ser para ir à missa com Amaranta, mas a obrigava a cobrir o rosto com uma mantilha negra. Os homens menos piedosos, os que se disfarçavam de padre para rezar missas sacrílegas na taberna de Catarino, iam à igreja com o único propósito de ver, nem que fosse por um instante, o rosto de Remédios, a Bela, de cuja formosura lendária se falava com um contido fervor em todo o pantanal. Passou-se muito tempo antes que eles conseguissem, e melhor seria que a ocasião jamais tivesse chegado, porque a maioria deles não conseguiu recuperar nunca a placidez do sono. O homem que tornou isso possível, um forasteiro, perdeu a serenidade para sempre, se enredou nos lodaçais da abjeção e da miséria, e anos depois acabou despedaçado por um trem noturno enquanto dormia sobre os trilhos. Desde o instante em que foi visto na igreja com uma roupa de veludo verde e um colete bordado, ninguém pôs em dúvida que vinha de muito longe, talvez de alguma remota cidade do exterior, atraído pela fascinação mágica de Remédios, a Bela. Era tão belo, tão galhardo e sereno, de uma prestança tão bem levada, que Pietro Crespi, comparado com ele, teria parecido um arremedo de gente, e muitas mulheres murmuravam entre sorrisos de despeito que era ele quem, na verdade, merecia usar mantilha. Não conversou com ninguém em Macondo. Aparecia ao amanhecer do domingo como um príncipe de contos de fada, num cavalo com estribo de prata e gualdrapas de veludo, e abandonava o povoado depois da missa.

Era tamanho o poder de sua presença que desde a primeira vez que foi visto na igreja todo mundo deu por certo que entre ele e Remédios, a Bela, havia se estabelecido um duelo calado e tenso, um pacto secreto, um desafio irrevogável cuja culminação não podia ser somente o amor, mas também a morte. No sexto domingo o cavalheiro apareceu com uma rosa amarela na mão. Ouviu a missa de pé, como sempre, e no final interrompeu o passo de Remédios, a Bela, e ofereceu-lhe a rosa solitária. Ela recebeu-a com um gesto natural, como se estivesse preparada para aquela homenagem, e então descobriu o rosto por um instante e agradeceu com um sorriso. Foi tudo que ela fez. Não apenas para o cavalheiro, mas para todos os homens que tiveram o desditado privilégio de viver aquele instante, foi um momento eterno.

O cavalheiro passou, a partir de então, a montar uma banda de música ao lado da janela de Remédios, a Bela, e às vezes, até o amanhecer. Aureliano Segundo foi o único que sentiu por ele uma compaixão cordial, e tratou de minar sua perseverança. "Não perca mais tempo", disse a ele uma noite. "As mulheres desta casa são piores que mulas." Ofereceu-lhe sua amizade, convidou-o para tomar banho de champanha, tratou de fazer com que ele entendesse que as fêmeas da sua família tinham entranhas de pedernal, mas não conseguiu vulnerar sua obstinação. Exasperado pelas intermináveis noites de música, o coronel Aureliano Buendía ameaçou curar sua aflição a pistolaços. Nada o fez desistir, a não ser seu próprio e lamentável estado de desmoralização. De galhardo e impecável, se fez vil e esfarrapado. Corria o rumor de que havia abandonado poder e fortuna em sua longínqua nação, embora na verdade nunca se soube sua verdadeira origem. Tornou-se brigão, arruaceiro de botequim, e amanheceu revirado em suas próprias excrescências na taberna de Catarino. O mais triste de seu drama é que Remédios, a Bela, não prestava atenção nele nem mesmo quando se apresentava na igreja vestido de príncipe. Recebeu a rosa amarela sem a menor malícia, mais divertida pela extravagância do gesto que qualquer outra coisa, e ergueu a mantilha para ver melhor a cara dele, e não para mostrar a sua.

Na verdade, Remédios, a Bela, não era um ser deste mundo. Até mesmo na puberdade avançada Santa Sofía de la Piedad precisou banhá-la e vesti-la, e mesmo quando conseguiu se valer por si própria era preciso vigiá-la para que não pintasse animaizinhos nas paredes com uma varinha lambuzada com sua própria caca. Chegou aos vinte anos sem aprender a ler e escrever, sem saber usar os talheres na mesa, passeando nua pela casa, porque sua natureza resistia a qualquer tipo de convencionalismo. Quando o jovem comandante da guarda declarou seu amor, rejeitou-o simplesmente porque se espantou com sua frivolidade. "Veja só como é simples", disse a Amaranta. "Diz que está morrendo por minha causa, como se eu fosse uma cólica miserere." Quando o encontraram morto ao lado de sua janela, e morto de verdade, Remédios, a Bela, confirmou sua impressão inicial.

— Vejam só — comentou. — Era completamente abestalhado.

Parecia que uma lucidez penetrante permitia que ela visse a realidade das coisas muito além de qualquer formalismo. Esse era, pelo menos, o ponto de vista do coronel Aureliano Buendía, para quem Remédios, a Bela, não era de maneira alguma uma retardada mental, como se pensava, muito pelo contrário. "É como se voltasse de vinte anos de guerra", costumava dizer. Úrsula, por sua vez, dava graças a Deus que tivesse premiado a família com uma criatura de uma pureza excepcional, mas ao mesmo tempo sua beleza a perturbava, porque parecia uma virtude contraditória, uma armadilha diabólica no centro da sua candura. Foi por isso que decidiu afastá-la do mundo, preservá-la de qualquer tentação terrena, sem saber que Remédios, a Bela, desde o ventre da mãe já estava a salvo de qualquer contágio. Nunca lhe passou pela cabeça a ideia de que a elegessem rainha da beleza no pandemônio de um carnaval. Mas Aureliano Segundo, enfeitiçado pela extravagância de se fantasiar de tigre, levou o padre Antônio Isabel até a casa, para que convencesse Úrsula de que o carnaval não era uma festa pagã, como ela dizia, e sim uma tradição católica. Finalmente convencida, embora a contragosto, ela deu seu consentimento para a coroação.

A notícia de que Remédios Buendía ia ser a soberana do festival ultrapassou em poucas horas os limites do pantanal, chegou até os territórios onde se ignorava o imenso prestígio de sua beleza e suscitou a inquietação dos que ainda consideravam seu sobrenome um símbolo da subversão. Era uma inquietação sem nenhum fundamento. Se havia alguém inofensivo naquele tempo, esse alguém era o envelhecido e desencantado coronel Aureliano Buendía, que pouco a pouco ia perdendo o contato com a realidade da nação. Trancado na oficina, sua única relação com o resto do mundo era o comércio de peixinhos de ouro. Um dos antigos soldados que vigiaram a casa nos primeiros dias de paz ia vendê-los nos povoados do pantanal, e voltava carregado de moedas e notícias. Que o governo conservador, dizia, com o apoio dos liberais, estava reformando o calendário para que cada presidente ficasse cem anos no poder. Que finalmente tinha sido firmada a concordata com a Santa Sé, e que um cardeal tinha vindo de Roma com uma coroa de diamantes e um trono de ouro maciço, e que os ministros liberais tinham sido fotografados de joelhos no ato de beijar seu anel. Que a corista principal de uma companhia espanhola, ao passar pela capital, havia sido sequestrada por um grupo de mascarados e no domingo seguinte tinha dançado nua na casa de veraneio do presidente da república. "Nem me fale de política", dizia o coronel. "Nosso negócio é vender peixinhos." O rumor público de que ele não queria saber mais nada da situação do país porque estava ficando rico graças à sua oficina provocou risos em Úrsula quando chegou a seus ouvidos. Com seu terrível senso prático, ela não conseguia entender o negócio do coronel, que trocava os peixinhos por moedas de ouro, e em seguida transformava as moedas de ouro em peixinhos, e assim sucessivamente, de tal forma que quanto mais vendia mais precisava trabalhar para satisfazer um círculo vicioso exasperante. Na verdade, o que interessava a ele era o trabalho e não o negócio. Era preciso tanta concentração para engastar escamas, incrustar minúsculos rubis nos olhos, laminar guelras e montar barbatanas e nadadeiras, que não sobrava um único vazio para ser preenchido com a desilusão da guerra. Tão absorvente era a atenção exigida pelo preciosismo de seu artesanato, que em pouco tempo envelheceu mais do que em todos os anos da guerra, e a posição torceu sua espinha dorsal e trabalhar com milímetros desgastou-lhe a vista, mas a concentração implacável o premiou com a paz de espírito. A última vez que alguém viu o coronel cuidar de algum assunto relacionado com a guerra foi quando um grupo de veteranos de ambos os partidos solicitou seu apoio para a aprovação das pensões vitalícias, sempre prometidas e sempre no ponto de partida. "Esqueçam isso", disse a eles. "Vocês viram que eu rejeitei minha pensão para me livrar da tortura de esperar por ela até morrer." No começo, o coronel Gerineldo Márquez o visitava ao entardecer, e os dois se sentavam na porta da rua para evocar o passado. Mas Amaranta não conseguiu suportar as recordações que aquele homem cansado, cuja calvície o precipitava num abismo de ancião prematuro, despertava nela, e atormentou-o com menosprezos injustos, até que ele não voltou a não ser em ocasiões especiais, e finalmente desapareceu, anulado pela paralisia. Taciturno, silencioso, insensível ao novo sopro de vitalidade que estremeceu a casa, o coronel Aureliano Buendía quase conseguiu compreender que o segredo de uma boa velhice não é mais que um pacto honrado com a solidão. Levantava-se às cinco da manhã depois de um sono superficial, tomava na cozinha sua eterna caneca de café amargo, trancava-se o dia inteiro na oficina, e às quatro da tarde passava pela varanda das begônias arrastando um banquinho, sem reparar nem mesmo na explosão incandescente do roseiral, nem no brilho da hora, nem na impavidez de Amaranta, cuja melancolia fazia um ruído de panela ao fogo perfeitamente perceptível ao entardecer, e sentava-se na porta da rua enquanto os mosquitos permitissem. Alguém se atreveu, certa vez, a perturbar sua solidão.

— Como vai, coronel? — perguntou ao passar.

— Aqui — respondeu ele. — Esperando meu enterro passar.

Portanto, a inquietação causada pela reaparição pública do seu sobrenome a propósito do reinado de Remédios, a Bela, carecia de qualquer fundamento. Muitos, porém, não pensaram assim. Inocente da tragédia que o ameaçava, o povo transbordou a praça pública, em uma ruidosa explosão de alegria. O carnaval havia atingido seu nível mais alto de loucura, Aureliano Segundo tinha satisfeito enfim seu sonho de se fantasiar de tigre e andava feliz no meio da multidão exacerbada, rouco de tanto roncar, quando apareceu no caminho do pantanal um corso multitudinário levando num andor dourado a mulher mais fascinante que a imaginação poderia conceber. Durante um instante, os pacíficos habitantes de Macondo tiraram suas máscaras para ver melhor a deslumbrante criatura com coroa de esmeraldas e capa de arminho, que parecia investida de uma autoridade legítima, e não simplesmente de uma soberania de lantejoulas e papel crepom. Não faltou quem tivesse suficiente clarividência para desconfiar que se tratava de uma provocação. Mas Aureliano Segundo imediatamente superou a perplexidade, declarou que os recém-chegados eram hóspedes de honra, e salomonicamente sentou Remédios, a Bela, no mesmo pedestal que a rainha intrusa. Até a meia-noite, os forasteiros fantasiados de beduínos participaram do delírio e inclusive o enriqueceram, com uma pirotecnia suntuosa e umas virtudes acrobáticas que levaram as pessoas a pensar na arte dos ciganos. De repente, no paroxismo da festa, alguém rompeu o delicado equilíbrio.

— Viva o partido liberal! — gritou. — Viva o coronel Aureliano Buendía!

Os tiros de fuzil afogaram o esplendor dos fogos de artifício, e os gritos de terror anularam a música, e o júbilo foi aniquilado pelo pânico. Muitos anos depois, continuava-se a afirmar que a guarda real da soberana intrusa era um esquadrão do exército regular, que debaixo de suas ricas fantasias de mouro escondia fuzis regulamentares. O governo rejeitou a acusação num boletim extraordinário e prometeu uma investigação radical do sangrento episódio. Mas nunca se soube a verdade, e prevaleceu para sempre a versão de que a guarda real, sem provocação de espécie alguma, tomou posição de combate obedecendo a um sinal do comandante e disparou sem piedade contra a multidão. Quando se restabeleceu a calma não restava no povoado um único falso beduíno, e ficaram estendidos na praça, entre mortos e feridos, nove palhaços, quatro colombinas, dezessete reis de copas, um diabo, três músicos, dois Pares da França e três imperatrizes japonesas. Na confusão do pânico,

José Arcádio Segundo conseguiu pôr Remédios, a Bela, a salvo, e Aureliano Segundo levou nos braços para casa a soberana intrusa, com a roupa esfrangalhada e a capa de arminho encharcada de sangue. Ela se chamava Fernanda del Carpio. Tinha sido escolhida como a mais bela entre as cinco mil mulheres mais belas do país, e havia sido levada a Macondo com a promessa de ser nomeada rainha de Madagascar. Úrsula cuidou dela como se fosse sua filha. O povoado inteiro, em vez de pôr em dúvida sua inocência, se comoveu com a sua candura. Seis meses depois do massacre, quando os feridos se restabeleceram e murcharam as últimas flores da vala comum, Aureliano Segundo foi procurar por ela na distante cidade onde morava com o pai, e com ela se casou em Macondo, numa fragorosa festança que durou vinte dias.

O casamento esteve a ponto de desmoronar dois meses depois, porque Aureliano Segundo, tratando de sossegar Petra Cotes, fez com que ela fosse fotografada vestida de rainha de Madagascar. Quando Fernanda ficou sabendo, tornou a fazer seus baús de recém-casada e foi-se embora de Macondo sem se despedir. Aureliano Segundo alcançou-a no caminho do pantanal. Após muitas súplicas e promessas de se emendar, conseguiu levá-la de volta para casa, e abandonou a concubina.

Petra Cotes, consciente de sua força, não deu mostras de preocupação. Ela o havia transformado em homem. Quando ele ainda era um menino, tirou-o do quarto de Melquíades, com a cabeça cheia de ideias fantásticas e sem nenhum contato com a realidade, e deu a ele um lugar no mundo. A natureza o tinha feito reservado e esquivo, com tendências à meditação solitária, e ela havia moldado seu temperamento oposto, vital, expansivo, desabrochado, e havia infundido nele o júbilo de viver e o prazer da farra e do esbanjamento, até convertê-lo, por dentro e por fora, no homem com que havia sonhado desde a adolescência. Tinha se casado, enfim, da mesma forma que mais cedo ou mais tarde os filhos se casam. Ele não se atreveu a antecipar-lhe a notícia. Assumiu uma atitude tão infantil diante da situação que fingia falsos rancores e ressentimentos imaginários, buscando um jeito de que Petra Cotes provocasse a ruptura. Um dia em que Aureliano Segundo repreendeu-a de maneira injusta, ela driblou a armadilha e pôs as coisas em seu devido lugar.

— O que acontece — disse — é que você anda querendo se casar com a rainha.

Aureliano Segundo, envergonhado, fingiu um colapso de cólera, declarou-se incompreendido e ultrajado, e não tornou a visitá-la. Petra Cotes, sem perder nem por um instante seu magnífico domínio de fera em repouso, ouviu a música e os rojões do casamento, a algazarra enlouquecida da esbórnia pública, como se tudo aquilo não passasse de uma nova travessura de Aureliano Segundo. A quem se compadeceu de seu destino tranquilizou com um sorriso. "Não se preocupem", disse a eles. "As rainhas fazem o que eu mando." A uma vizinha que levou-lhe velas preparadas para que iluminasse com elas o retrato do amante perdido disse com uma serenidade enigmática:

— A única vela que fará com que ele volte está sempre acesa.

E, tal como ela havia previsto, Aureliano Segundo voltou à sua casa assim que acabou a lua de mel. Levou seus parceiros de sempre, um fotógrafo ambulante e a roupa e a capa de arminho suja de sangue que Fernanda havia usado no carnaval. No calor da farra que pegou fogo naquela tarde, fez com que Petra Cotes se vestisse de rainha, coroou-a soberana vitalícia e permanente de Madagascar, e distribuiu cópias do retrato entre seus amigos. Ela não apenas se prestou à brincadeira como compadeceu-se intimamente dele, pensando que devia estar muito assustado para inventar aquele extravagante recurso de reconciliação. Às sete da noite, e ainda toda vestida de rainha, recebeu-o na cama. Tinha apenas dois meses de casado, mas ela logo se deu conta de que as coisas não andavam muito bem no leito nupcial, e sentiu o delicioso prazer da vingança consumada. Dois dias depois, porém, quando ele não se atreveu a voltar, e mandou um intermediário para que negociasse os termos da separação, ela compreendeu que ia precisar de mais paciência do que tinha previsto, porque ele parecia disposto a se sacrificar pelas aparências. Ainda assim, não se alterou. Tornou a facilitar as coisas com uma submissão que confirmou a crença generalizada de que era uma pobre coitada, e a única lembrança que conservou de Aureliano Segundo foi um par de botinas envernizadas que, conforme ele mesmo havia dito, eram as que gostaria de calçar no ataúde. Guardou-as envoltas em panos no fundo do baú, e preparou-se para velar uma espera sem desespero.

— Cedo ou tarde ele vai ter de aparecer — disse a si mesma —, nem que seja só para calçar essas botinas.

Não precisou esperar tanto como supôs. Na verdade, Aureliano Segundo compreendeu, desde a noite de núpcias, que voltaria para a casa de Petra Cotes muito antes que tivesse necessidade de calçar as botinas de verniz: Fernanda era uma mulher perdida para o mundo. Havia nascido e crescido a mil quilômetros do mar, numa cidade lúgubre por cujas ruelas de pedra ainda trepidavam, em noites de espanto, carruagens de vice-reis. Trinta e dois campanários soavam o toque de finados às seis da tarde. Na casa senhorial ladrilhada de lousas sepulcrais jamais se conheceu o sol. O ar tinha morrido nos ciprestes do pátio, nos pálidos cortinados dos dormitórios, nas arcadas umedecidas do jardim dos nardos. Fernanda não teve, até a puberdade, outra notícia do mundo além dos melancólicos exercícios de piano executados em alguma casa vizinha por alguém que durante anos e anos permitiu-se o capricho de não dormir a sesta. No quarto de sua mãe enferma, verde e amarela debaixo da empoeirada luz dos vitrais, escutava as escalas melódicas, tenazes, desalentadas, e pensava que aquela música estava no mundo enquanto ela se consumia tecendo fúnebres coroas de palmas. Sua mãe, suando a febre das cinco, falava do esplendor do passado. Ainda muito menina, em certa noite de lua Fernanda viu uma formosa mulher vestida de branco que atravessou o jardim rumo ao oratório. O que mais a inquietou naquela visão fugaz foi que a sentiu exatamente igual a ela, como se tivesse visto a si mesma com vinte anos de antecipação. "É a sua bisavó, a rainha", disse sua mãe nas tréguas da tosse. "Morreu por causa de um golpe de ar que sofreu ao cortar um ramo de nardos." Muitos anos depois, quando começou a se sentir igual à bisavó, Fernanda pôs em dúvida aquela visão da infância, mas a mãe recriminou sua incredulidade.

— Somos imensamente ricos e poderosos — disse ela. — Um dia você vai ser rainha.

E ela acreditou, embora só usassem a longa mesa com toalhas de linho e talheres de prata para tomar uma xícara de chocolate com água e um pão doce. Até o dia do casamento sonhou com um reinado de fábula, apesar de seu pai, dom Fernando, ter precisado hipotecar a casa para comprar seu enxoval. Não era ingenuidade nem delírio de grandeza. Tinha sido educada assim. Desde que teve uso da razão recordava haver feito suas necessidades num peniquinho de ouro com o brasão de armas da família. Saiu de casa pela primeira vez aos doze anos, num tílburi que só precisou percorrer duas quadras para levá-la ao convento. Suas companheiras de classe se surpreenderam que fosse mantida isolada, numa cadeira de espaldar muito alto, e que não se misturasse com elas nem mesmo durante o recreio. "Ela é diferente", explicavam as freiras. "Vai ser rainha." Suas companheiras acreditaram, porque naquela altura ela já era a donzela mais formosa, distinta e discreta que tinham visto na vida. Após oito anos, tendo aprendido a fazer versos em latim, a tocar clavicórdio, a conversar com os cavalheiros sobre a arte de caçar com falcões e de apologética com os bispos, a esclarecer questões de Estado com os governantes estrangeiros e assuntos de Deus com o papa, voltou para a casa dos pais para tecer coroas fúnebres feitas de palmas. Encontrou-a dilapidada. Restavam apenas os móveis indispensáveis, os candelabros e a baixela de prata, porque os utensílios domésticos tinham sido vendidos, um a um, para cobrir os gastos com a sua educação. Sua mãe havia sucumbido à febre das cinco. Seu pai, dom Fernando, vestido de negro, com o colarinho engomado e uma correntinha de ouro atravessada no peito, toda segunda-feira dava a ela uma moeda de prata para os gastos domésticos, e apanhava as coroas fúnebres terminadas na semana anterior. Passava a maior parte do dia trancado no escritório, e nas poucas ocasiões em que saía à rua regressava antes das seis, para acompanhá-la a rezar o rosário. Nunca teve amizade íntima com ninguém. Nunca ouviu falar das guerras que esvaíam o país. Nunca deixou de ouvir os exercícios de piano às três da tarde. Começava inclusive a perder a ilusão de ser rainha, quando soaram dois golpes peremptórios na aldraba do portão, que ela abriu para um militar altivo, de gestos cerimoniosos, que tinha uma cicatriz na face e uma medalha de ouro no peito. Ele trancou-se com o pai no escritório. Duas horas depois, o pai foi procurá-la no quarto de costura. "Prepare suas coisas", disse a ela. "Você precisa fazer uma longa viagem." E assim ela foi levada para Macondo. Num só dia, com um golpe brutal, a vida jogou em cima dela o peso inteiro de uma realidade que durante anos seus pais haviam ocultado. Quando voltou para casa trancou-se no quarto para chorar, indiferente às súplicas e explicações de dom Fernando, tratando de aplacar o ardor daquela farsa inaudita. Havia prometido a si mesma não abandonar o dormitório até a morte, quando Aureliano Segundo chegou para buscá-la. Foi um incrível golpe de sorte, porque no atordoamento da indignação, na fúria da vergonha, ela havia mentido para ele, para que jamais conhecesse sua verdadeira identidade. As únicas pistas reais que Aureliano Segundo dispunha quando saiu para buscá-la eram sua inconfundível dicção do altiplano e seu ofício de tecelã de coroas fúnebres. Procurou-a sem sossego nem dó. Com a mesma temeridade atroz com que José Arcádio Buendía atravessou a serra para fundar Macondo, com o mesmo orgulho cego com que o coronel Aureliano Buendía promoveu suas guerras inúteis, com a mesma tenacidade insensata com que Úrsula assegurou a sobrevivência da estirpe, assim Aureliano Segundo procurou Fernanda, sem um único instante de desalento. Quando perguntou onde vendiam coroas fúnebres, foi levado de casa em casa para escolher as melhores. Quando perguntou onde estava a mulher mais bela que havia aparecido sobre a Terra, todas as mães apareceram com as filhas. Extraviou-se por desfiladeiros de neblina, por tempos reservados ao esquecimento, por labirintos de desilusão. Atravessou um páramo amarelo onde o eco repetia os pensamentos e a ansiedade provocava miragens premonitórias. Após semanas estéreis, chegou a uma cidade desconhecida onde todos os sinos tocavam pelos finados. Embora nunca os tivesse visto, nem ninguém os houvesse descrito, reconheceu de imediato os muros carcomidos pelo sal dos ossos, os decrépitos varandões suspensos de madeira carcomida pelos fungos, e cravado no portão e quase apagado pela chuva o cartãozinho mais triste do mundo: *Vendem-se coroas fúnebres.* A partir daquele momento e até a manhã gelada em que Fernanda abandonou a casa aos cuidados da Madre Superiora mal houve tempo para que as freiras costurassem o enxoval, e pusessem em seis baús os candelabros, a baixela de prata e o peniquinho de ouro, e os incontáveis e inservíveis destroços de uma catástrofe familiar que havia levado dois séculos até se consumar. Dom Fernando declinou do convite para acompanhá-los. Prometeu ir mais tarde, quando acabasse de liquidar seus compromissos, e desde o momento em que deu a bênção à filha tornou a se trancar em seu escritório para escrever missivas com vinhetas de luto e o brasão de armas da família, que haveriam de ser o primeiro contato humano que Fernanda e o pai tiveram em toda a vida. Para ela, essa foi a data real de seu nascimento. Para Aureliano Segundo, foi quase ao mesmo tempo o princípio e o fim da felicidade.

Fernanda trazia um precioso calendário com chavinhas douradas onde seu diretor espiritual havia marcado com tinta lilás os dias de abstinência venérea. Descontando a Semana Santa, os domingos, as festas de guarda, as primeiras sextas-feiras, os retiros, os sacrifícios e os impedimentos cíclicos, seu anuário útil ficava reduzido a 42 dias espalhados num emaranhado de cruzes lilases. Aureliano Segundo, convencido de que o tempo acabaria derrubando aquela muralha hostil, prolongou a festa de casamento muito além do tempo previsto. Cansada de tanto mandar para a lixeira garrafas vazias de brandy e champanha, para que não congestionassem a casa, e ao mesmo tempo intrigada porque os recém-casados dormiam em horas diferentes e em quartos separados enquanto continuavam os rojões e a música e o sacrifício de reses, Úrsula recordou sua própria experiência e se perguntou se Fernanda também não teria um cinto de castidade que mais cedo ou mais tarde provocaria o deboche do povo e daria origem a uma tragédia. Mas Fernanda confessou a ela que simplesmente estava deixando passar duas semanas antes de permitir o primeiro contato com seu esposo. Transcorrido o prazo, realmente ela abriu a porta de seu dormitório com a resignação ao sacrifício que teria uma vítima expiatória, e Aureliano Segundo viu a mulher mais bela da Terra, com seus gloriosos olhos de animal assustado e os longos cabelos cor de cobre estendidos no travesseiro. Tão fascinado estava com a visão que levou um instante até se dar conta de que Fernanda havia posto uma camisola branca, longa até os tornozelos e com mangas até os pulsos, e com uma fenda grande e redonda primorosamente arrematada na altura do ventre. Aureliano Segundo não conseguiu reprimir uma explosão de riso.

— Esta é a coisa mais obscena que vi na vida — gritou, com uma gargalhada que ecoou pela casa inteira. — Eu me casei com uma irmã de caridade, uma freirinha!

Um mês depois, e sem ter conseguido que a esposa tirasse a camisola, foi fazer o retrato de Petra Cotes vestida de rainha. Mais tarde, quando conseguiu que Fernanda voltasse para casa, ela cedeu aos seus anseios na febre da reconciliação, mas não conseguiu proporcionar-lhe o repouso com que ele sonhava quando foi buscá-la na cidade dos trinta e dois campanários. Aureliano Segundo encontrou nela apenas um profundo sentimento de desolação. Certa noite, pouco antes que nascesse o primeiro filho, Fernanda se deu conta de que seu marido tinha voltado em segredo para o leito de Petra Cotes.

— Pois é — ele admitiu. E explicou num tom de prostrada resignação: — tive que fazer isso, para que os animais continuassem parindo.

Precisou de um pouco de tempo para convencê-la de tão descabelado expediente, mas quando enfim conseguiu, através de provas que pareciam irrefutáveis, a única promessa que Fernanda exigiu foi a de não se deixar surpreender pela morte na cama da concubina. E assim continuaram vivendo os três, sem se estorvar, Aureliano Segundo pontual e carinhoso com as duas, Pedra Cotes pavoneando-se por causa da reconciliação, e Fernanda fingindo que ignorava a verdade.

O pacto não foi capaz, porém, de fazer com que Fernanda se incorporasse à família. Úrsula insistiu em vão para que ela jogasse fora a gola de lã que mais parecia um rufo medieval com a qual se levantava quando tinha feito amor, e que provocava os comentários sussurrados dos vizinhos. Não conseguiu convencê-la a usar o banheiro, ou a latrina noturna, nem a vender o peniquinho de ouro ao coronel Aureliano Buendía para que o transformasse em peixinhos. Amaranta sentiu-se tão incômoda com sua dicção afetada, e com seu hábito de usar um eufemismo para designar cada coisa, que na frente dela só falava na língua do pê.

— *Espestapá épé daspas quepe têmpem nopojopo dapa propriapa merperdapa* — dizia ela.

Um dia, irritada com o deboche, Fernanda quis saber o que Amaranta estava dizendo, e ela não usou nenhum eufemismo para responder.

— O que estou dizendo — disse — é que você é das que confundem o cu com as têmporas.

A partir daquele dia não tornaram a se falar. Quando eram obrigadas pelas circunstâncias, mandavam recados uma à outra, ou se diziam as coisas indiretamente. Apesar da visível hostilidade da família, Fernanda não renunciou à vontade de impor o hábito de seus antepassados. Acabou com o costume de comer na cozinha, e quando cada um tivesse fome, e impôs a obrigação de fazer as refeições com hora certa na mesa grande da sala de jantar arrumada com toalhas de linho, e com os candelabros e a baixela de prata. A solenidade de um ato que Úrsula sempre havia considerado como o mais simples da vida cotidiana criou um ambiente de arrogância contra o qual o primeiro a se rebelar foi o calado José Arcádio Segundo. Mas o costume foi imposto, bem como o de rezar o rosário antes do jantar, e chamou tanto a atenção dos vizinhos que muito rapidamente circulou o rumor de que os Buendía não se sentavam à mesa como os outros mortais, mas tinham convertido o ato de comer numa missa maior. Até as superstições de Úrsula, na verdade surgidas mais da inspiração momentânea que da tradição, entraram em conflito com as que Fernanda tinha herdado dos pais, e que estavam perfeitamente definidas e catalogadas para cada ocasião. Enquanto Úrsula desfrutou do pleno domínio de suas faculdades, subsistiram alguns dos antigos hábitos e a vida da família conservou uma certa influência de suas intuições, mas quando perdeu a vista e o peso dos anos relegou-a a um canto qualquer, o círculo de rigidez iniciado por Fernanda desde o momento em que tinha chegado acabou se fechando completamente, e ninguém mais, além dela, determinou o destino da família. O negócio de doces e dos animaizinhos de caramelo, que Santa Sofía de la Piedad mantinha graças à vontade de Úrsula, era considerado por Fernanda uma atividade indigna, e não tardou em liquidá-lo. As portas da casa, abertas de par em par desde o amanhecer até a hora de ir dormir, foram fechadas durante a sesta, com o pretexto de que o sol esquentava demais os dormitórios, e finalmente se fecharam para sempre. O ramo de babosa e o pão que estavam dependurados no alto do marco da porta desde os tempos da fundação foram substituídos por um nicho do Coração de Jesus. O coronel Aureliano Buendía reparou naquelas mudanças e previu suas consequências. "Estamos virando gente fina", protestava. "Nesse passo, vamos acabar lutando outra vez contra o regime conservador, mas desta vez para pôr um rei no seu lugar." Fernanda, com muito tato, tratou de não tropeçar com ele. Ela se incomodava intimamente com seu espírito independente, com sua resistência a qualquer forma de rigidez social. Ficava exasperada com suas canecas de café às cinco da manhã, com a desordem de sua oficina, sua manta esfarrapada e seu costume de sentar-se na porta da rua ao entardecer. Mas teve que admitir aquela peça solta no mecanismo familiar, porque tinha certeza de que o velho coronel era um animal apaziguado pelos anos e pela desilusão, mas que num arranque de rebeldia senil podia arrancar os alicerces da casa. Quando seu esposo decidiu pôr no primeiro filho o nome do bisavô, ela não se atreveu a se opor, porque fazia apenas um ano de sua chegada. Mas quando nasceu a primeira filha expressou sem reservas sua determinação de que se chamasse Renata, como sua mãe. Úrsula tinha decidido que se chamaria Remédios. Após uma tensa controvérsia, na qual Aureliano

Segundo atuou como um mediador divertido, foi batizada com o nome de Renata Remédios, mas Fernanda continuou chamando-a de Renata e ponto, enquanto a família do marido e o povoado inteiro continuaram chamando-a de Meme, diminutivo de Remédios.

No começo, Fernanda não falava de sua família, mas com o tempo começou a idealizar o pai. Falava dele na mesa como de um ser excepcional que havia renunciado a toda e qualquer forma de vaidade, e que estava se transformando em santo. Aureliano Segundo, assombrado com a intempestiva magnificação do sogro, não resistia à tentação de fazer pequenos deboches pelas costas da mulher. O resto da família seguiu o exemplo. A própria Úrsula, que era extremamente zelosa da harmonia familiar, permitiu-se dizer certa vez que o pequeno tataraneto tinha seu futuro pontificial garantido, porque era "neto de santo e filho de rainha e de ladrão de gado". Apesar dessa sorridente conspiração, os meninos se acostumaram a pensar no avô como um ser lendário, que transcrevia versos piedosos nas cartas para eles e mandava, a cada Natal, uma caixa de presentes que mal passava pela porta da rua. Eram, na verdade, as últimas sobras do patrimônio senhorial. Com esses presentes foi erguido, no quarto das crianças, um altar com santos de tamanho natural, cujos olhos de vidro lhes davam uma inquietante aparência de vida e cujas roupas de veludo artisticamente bordadas eram melhores que as que qualquer habitante de Macondo jamais usou. Pouco a pouco, o esplendor funerário da antiga e gelada mansão foi sendo transportado para a luminosa casa dos Buendía. "Já nos mandaram o cemitério familiar inteiro", comentou Aureliano Segundo em certa ocasião. "Agora só faltam os salgueiros-chorões e as lousas sepulcrais." Embora nas caixas nunca tenha chegado nada que servisse para as crianças brincarem, elas passavam o ano esperando dezembro, porque afinal de contas os antiquados e sempre imprevisíveis presentes eram uma novidade na casa. No décimo Natal, quando o pequeno José Arcádio já se preparava para viajar para o seminário, chegou, com mais antecipação que nos anos anteriores, a enorme caixa do avô, muito bem pregada e impermeabilizada com breu, e endereçada com o habitual letreiro de tipos góticos à mui distinta e ilustre senhora dona Fernanda del Carpio de Buendía. Enquanto ela se dedicava a ler a carta no dormitório, os meninos se apressaram a abrir a caixa. Ajudados, como de costume, por Aureliano Segundo, rasparam os lacres de breu, despregaram a tampa, tiraram o serralho protetor, e encontraram dentro um longo cofre de chumbo trancado com parafusos de cobre. Aureliano Segundo tirou os oito parafusos, diante da impaciência das crianças, e mal teve tempo de soltar um grito e empurrar os meninos para o lado quando levantou a tampa de chumbo e viu dom Fernando vestido de negro e com um crucifixo no peito, com a pele arrebentada em bolhas pestilentas e cozinhando-se em fogo brando num espumoso e borbulhante caldo de pérolas vivas.

Pouco depois do nascimento da menina, anunciou-se o inesperado jubileu do coronel Aureliano Buendía, ordenado pelo governo para celebrar um novo aniversário do tratado de Neerlândia. Foi uma determinação tão inconsequente com a política oficial que o coronel se pronunciou violentamente contra ela e recusou a homenagem. "É a primeira vez que ouço a palavra jubileu", dizia ele. "Mas seja lá o que ela quer dizer, não pode ser outra coisa além de um deboche." A estreita oficina de ourivesaria se encheu de emissários. Voltaram, muito mais velhos e muito mais solenes, os advogados de ternos escuros que em outros tempos revoavam feito corvos ao redor do coronel. Quando ele os viu aparecer, como nos tempos em que chegavam para emperrar a guerra, não conseguiu suportar o cinismo de seus panegíricos. Ordenou a todos que o deixassem em paz, insistiu em afirmar que não era nenhum prócer da nação, conforme eles diziam, mas um artesão sem memórias, cujo único sonho era morrer de cansaço no esquecimento e na miséria de seus peixinhos de ouro. O que mais o deixou indignado foi a notícia de que o próprio presidente da república pensava em assistir aos atos em Macondo para colocar no peito do coronel a Ordem do Mérito. O coronel Aureliano Buendía mandou dizer a ele, palavra por palavra, que esperava com verdadeira ansiedade aquela tardia mas merecida ocasião de pregar-lhe um tiro, não para cobrar as arbitrariedades e anacronismos de seu regime, mas pela falta de respeito a um velho que não fazia mal a ninguém. Foi tamanha a veemência com que pronunciou a ameaça que o presidente da república cancelou a viagem na última hora, e mandou a condecoração através de um representante pessoal. O coronel Gerineldo Márquez, assediado por pressões de todo tipo, abandonou seu leito de paralítico para persuadir o antigo companheiro de armas. Quando ele viu aparecer a cadeira de balanço carregada por quatro homens e viu sentado, entre grandes almofadas, o amigo que compartilhara suas vitórias e infortúnios desde a juventude, não duvidou um só instante de que todo aquele esforço era para prestar-lhe solidariedade. Mas quando ficou sabendo o verdadeiro propósito da visita, fez com que fosse retirado da oficina.

— Demasiado tarde me convenço — disse a ele — de que teria feito um grande favor a você, se tivesse deixado que fosse fuzilado.

Assim, aquele jubileu foi celebrado sem a presença de nenhum dos membros da família. Foi uma casualidade que coincidisse com a semana do carnaval, mas ninguém conseguiu tirar da cabeça do coronel Aureliano Buendía a obstinada ideia de que também aquela coincidência tinha sido prevista pelo governo para realçar a crueldade do deboche. Da oficina solitária ouviu as músicas marciais, a artilharia de festim, as badaladas do Te Deum e algumas frases dos discursos pronunciados na frente da casa quando a rua foi batizada com seu nome. Seus olhos se umedeceram de indignação, de raivosa impotência, e pela primeira vez desde a derrota doeu nele não ter mais os arroubos da juventude para promover uma guerra sangrenta que apagasse o regime conservador até os últimos vestígios. Os ecos da homenagem não tinham se extinguido quando Úrsula chamou-o na porta da oficina.

— Não me aborreçam — disse ele. — Estou ocupado.

— Abre — insistiu Úrsula com voz cotidiana. — Isto não tem nada a ver com a festa.

Então o coronel Aureliano Buendía tirou a tranca, e viu na porta dezessete homens dos mais variados aspectos, de todos os tipos e cores, mas todos com um ar solitário que seria suficiente para identificá-los em qualquer canto da Terra. Eram seus filhos. Sem ter combinado nada, sem se conhecerem entre si, tinham chegado dos mais afastados rincões do litoral, cativados pelo ruído do jubileu. Todos carregavam com orgulho o nome Aureliano e o sobrenome das mães. Durante os três dias que permaneceram na casa, para satisfação de Úrsula e escândalo de Fernanda, provocaram transtornos de guerra. Amaranta procurou entre antigos papéis a caderneta de contas onde Úrsula havia anotado os nomes e as datas de nascimento e batismo de todos, e acrescentou na frente do espaço correspondente a cada um o domicílio atual. Aquela lista teria permitido fazer uma recapitulação de vinte anos de guerra. Teria sido possível reconstruir, com ela, os itinerários noturnos do coronel, da madrugada em que saiu de Macondo à frente de vinte e um homens rumo a uma rebelião quimérica, até quando regressou pela última vez, envolto na manta endurecida de sangue. Aureliano Segundo não desperdiçou a ocasião de festejar os primos com uma estrondosa farra de champanha e sanfona, que foi interpretada como um atrasado acerto de contas com o carnaval, malogrado pelo jubileu. Transformaram em cacos metade da louça, destroçaram os roseirais perseguindo um touro para retalhar, mataram galinhas a tiro, obrigaram Amaranta a dançar as valsas tristes de Pietro Crespi, conseguiram que Remédios, a Bela, vestisse calças de homem para subir num pau de sebo e soltaram na sala de jantar um porco besuntado de banha que jogou Fernanda no chão, mas ninguém lamentou os percalços porque a casa tremeu com um terremoto de boa saúde. O coronel Aureliano Buendía, que os recebeu com desconfiança e até pôs em dúvida a filiação de alguns, divertiu-se com suas loucuras, e antes que fossem embora deu um peixinho de ouro de presente a cada um. Até o esquivo José Arcádio Segundo ofereceu-lhes uma tarde de briga de galos, que esteve a ponto de terminar em tragédia porque vários dos Aurelianos eram tão sabidos nas artimanhas das rinhas que descobriram ao primeiro golpe de vista as trapaças do padre Antônio Isabel. Aureliano Segundo, que viu as ilimitadas perspectivas de esbórnia que aquela desaforada parentada oferecia, decidiu que todos ficariam para trabalhar com ele. O único que aceitou foi Aureliano Triste, um mulato grande com o ímpeto e o espírito explorador do avô, que já tinha tentado a sorte em meio mundo: para ele, dava no mesmo ficar onde quer que fosse. Os outros, apesar de serem solteiros, achavam que tinham resolvido seu destino. Eram todos artesãos hábeis, homens de casa, gente de paz. Na quarta-feira de cinzas, antes que tornassem a se dispersar pelo litoral, Amaranta conseguiu que vestissem roupas de domingo e a acompanhassem até a igreja. Mais divertidos que piedosos, se deixaram conduzir até o comungatório, onde o padre Antônio Isabel pôs uma cruz de cinza na testa de cada um. De volta para casa, quando o mais jovem quis limpar a testa, descobriu que a mancha era indelével, da mesma forma que as dos irmãos. Tentaram com água e sabão, com terra e bucha, e por último com pedra-pomes e barrela, e não conseguiram apagar a cruz. Já Amaranta e os outros que foram à missa tiraram as suas sem dificuldade. "Assim voltam melhor do que vieram", despediu-se deles Úrsula. "Daqui para a frente, ninguém poderá confundi-los." Foram em tropel, precedidos pela banda de músicos e estourando rojões, e deixaram no povoado a impressão de que a estirpe dos Buendía tinha sementes para muitos séculos. Aureliano Triste, com sua cruz de cinza na testa, instalou nos arrabaldes do povoado a fábrica de gelo com que José Arcádio Buendía tinha sonhado em seus delírios de inventor.

Meses depois da sua chegada, quando já era conhecido e apreciado, Aureliano Triste andava procurando uma casa para trazer a mãe e uma irmã solteira (que não era filha do coronel) e se interessou por um casarão decrépito que parecia abandonado numa esquina da praça. Perguntou pelo dono. Alguém disse que era casa de ninguém, onde em outros tempos morava uma viúva solitária que se alimentava de terra e da cal das paredes, e que em seus últimos anos só tinha se deixado ver na rua duas vezes, com um chapéu de minúsculas flores artificiais e sapatos cor de prata antiga, quando atravessou a praça até o correio para mandar cartas ao bispo. Disseram a ele que sua única companheira tinha sido uma empregada desalmada que matava cães e gatos e qualquer tipo de animal que entrasse na casa, e jogava os cadáveres no meio da rua para aporrinhar todo mundo com a fedentina da putrefação. Havia passado tanto tempo desde que o sol mumificara a carcaça vazia do último animal, que todo mundo tinha certeza de que a dona da casa e a empregada haviam morrido muito antes que terminassem as guerras, e que se a casa ainda estava de pé era porque não havia tido em anos recentes nenhum inverno rigoroso ou um vento demolidor. As dobradiças carcomidas pela ferrugem, as portas sustentadas por cúmulos de teias de aranha, as janelas soldadas pela umidade e o chão arrebentado por capim e flores silvestres, em cujas fendas faziam ninho os lagartos e tudo que era tipo de verme imundo, pareciam confirmar a versão de que por ali não havia estado nenhum ser humano em pelo menos meio século. Ao impulsivo Aureliano Triste não eram necessárias tantas provas para agir. Empurrou com o ombro a porta principal, e a carcomida armação de madeira desmoronou sem estrépito, num calado cataclismo de pó e terra de ninhos de cupim. Aureliano Triste permaneceu no umbral, esperando que se desvanecesse a neblina, e então viu no centro da sala a esquálida mulher ainda vestida com roupas do século anterior, com umas poucas mechas amarelas no crânio careca, e com uns olhos grandes, ainda belos, nos quais haviam se apagado as últimas estrelas da esperança, e com a pele do rosto sulcada pela aridez da solidão. Estremecido por aquela aparição do outro mundo, Aureliano Triste quase não se deu conta de que a mulher estava apontando para ele uma antiquada garrucha militar.

— Perdão — murmurou.

Ela permaneceu imóvel no centro da sala atopetada de bugigangas, examinando palmo a palmo o gigante de costas quadradas com uma tatuagem de cinza na testa, e através da neblina da poeira viu-o na neblina de outro tempo, com uma carabina de dois canos cruzada nas costas e uma fieira de coelhos na mão.

— Pelo amor de Deus — exclamou em voz baixa —, não é justo que me venham agora com essa lembrança!

— Quero alugar a casa — disse Aureliano Triste.

A mulher então levantou a garrucha, apontando com pulso firme para a cruz de cinza, e armou o gatilho com uma determinação inapelável.

— Vá embora — mandou.

Naquela noite, durante o jantar, Aureliano Triste contou o episódio para a família e Úrsula chorou de consternação. "Santo Deus", exclamou apertando a cabeça entre as mãos. "Ainda está viva!" O tempo, as guerras, os incontáveis desastres cotidianos tinham feito com que ela se esquecesse de Rebeca. A única que não tinha perdido nem por um instante a consciência de que ela estava viva, apodrecendo em sua sopa de larvas, era a implacável e envelhecida Amaranta. Pensava nela ao amanhecer, quando o gelo de seu coração a despertava na cama solitária, e pensava nela quando ensaboava os seios murchos e o ventre macilento, e quando vestia as brancas anáguas e os sutiãs de cambraia da velhice, e quando mudava a venda negra da terrível expiação que cobria sua mão. Sempre, a toda hora, adormecida e desperta, nos instantes mais sublimes e nos mais abjetos, Amaranta pensava em Rebeca, porque a solidão tinha selecionado suas lembranças, e havia incinerado os entorpecentes montes de lixo nostálgico que a vida havia acumulado em seu coração, e tinha purificado, magnificado e eternizado os outros, os mais amargos. Era através dela que Remédios, a Bela, sabia da existência de Rebeca. Toda vez que passavam pela casa decrépita Amaranta contava a ela um incidente ingrato, uma fábula de opróbrio, tratando assim de fazer com que seu extenuante rancor fosse compartilhado pela sobrinha, e desta forma se prolongasse para além da sua morte, mas não conseguiu alcançar seus propósitos porque Remédios era imune a qualquer tipo de sentimento apaixonado, e muito mais aos alheios. Úrsula, porém, que havia sofrido um processo contrário ao de Amaranta, evocou Rebeca com uma recordação limpa de impurezas, pois a imagem da pobre criatura que dava pena e que havia sido levada para a casa com um embornal com os ossos dos pais prevaleceu sobre a ofensa que a tornou indigna de continuar vinculada ao tronco familiar. Aureliano Segundo resolveu que era preciso levá-la para casa e protegê-la, mas seus bons propósitos foram frustrados pela inquebrantável intransigência de Rebeca, que tinha precisado de muitos anos de sofrimento e miséria para conquistar os privilégios da solidão e não estava disposta a renunciar a eles em troca de uma velhice perturbada pelos falsos encantos da misericórdia.

Em fevereiro, quando os dezesseis filhos do coronel Aureliano Buendía voltaram, ainda marcados com a cruz de cinza, Aureliano Triste falou de Rebeca para eles no fragor da festança que corria solta, e em meio dia restauraram a aparência da casa, mudaram portas e janelas, pintaram a fachada de cores alegres, escoraram as paredes e puseram cimento novo no chão, mas não conseguiram autorização para continuar a reforma lá dentro. Rebeca nem apareceu na porta. Deixou que terminassem a estabanada reforma, e em seguida fez um cálculo dos custos e mandou através de Argénida, a velha mucama que continuava acompanhando-a, um punhado de moedas retiradas de circulação desde a última guerra, e que Rebeca ainda acreditava que fossem úteis. Foi então que todos ficaram sabendo até que ponto inconcebível havia chegado sua desvinculação com o mundo, e compreenderam que seria impossível resgatá-la de sua clausura obstinada enquanto tivesse um suspiro de vida.

Na segunda visita que os filhos do coronel Aureliano Buendía fizeram a Macondo, um outro, Aureliano Centeno, ficou trabalhando com Aureliano Triste. Era um dos primeiros que haviam chegado na casa para serem batizados, e Úrsula e Amaranta se lembravam muito bem dele porque em poucas horas tinha destroçado tudo que era objeto quebradiço que passou por suas mãos. O tempo havia moderado seu impulso primitivo de crescimento e era um homem de estatura mediana marcado pelas cicatrizes da varíola, mas seu assombroso poder de destruição manual continuava intacto. Tantos pratos arrebentou, inclusive sem tocá-los, que Fernanda optou por comprar para ele um aparelho de ágata, antes que liquidasse com as últimas peças de sua louça valiosa, e mesmo os resistentes pratos metálicos em pouco tempo ficaram desbeiçados e tortos. Mas para compensar aquele poder irremediável, exasperador inclusive para ele mesmo, tinha uma cordialidade que despertava confiança imediata, e uma estupenda capacidade de trabalho. Em pouco tempo incrementou de tal maneira a produção de gelo que transbordou o mercado local, e Aureliano Triste precisou pensar na possibilidade de estender seu negócio a outros povoados do pantanal. Foi quando concebeu o passo decisivo não apenas para a modernização de sua indústria, mas para vincular a população com o resto do mundo.

— Precisamos de uma estrada de ferro — disse ele.

Foi a primeira vez que se ouviu falar disso em Macondo. Diante do desenho que Aureliano Triste traçou na mesa, e que era um descendente direto dos esquemas com que José Arcádio Buendía ilustrou o projeto da guerra solar, Úrsula confirmou sua impressão de que o tempo estava dando voltas redondas. Mas ao contrário de seu avô, Aureliano Triste não perdia o sono nem o apetite, nem atormentava ninguém com crises de mau humor: concebia os projetos mais desatinados como se fossem possibilidades imediatas, elaborava cálculos racionais sobre custos e prazos, e os levava a cabo sem intervalos de exasperação. Aureliano Segundo, que se tinha alguma coisa do bisavô e não do coronel Aureliano Buendía era uma absoluta impermeabilidade para tirar lições da experiência, soltou o dinheiro para trazer o trem com a mesma frivolidade com que havia soltado para a absurda companhia de navegação do irmão. Aureliano Triste consultou o calendário e na quarta-feira seguinte foi viajar para estar de volta quando tivessem passado as chuvas. Não se teve mais notícias dele. Aureliano Centeno, enterrado pelas abundâncias da fábrica, já tinha começado a experimentar a elaboração de gelo usando sucos de frutas em vez de água, e sem saber nem se propor a isso concebeu os fundamentos essenciais da invenção do sorvete, pensando dessa forma diversificar a produção de uma empresa que supunha dele, porque o irmão não dava sinais de regresso depois que se passaram as chuvas e transcorreu um verão inteiro sem notícias. No começo do outro inverno, porém, uma mulher que lavava roupa no rio na hora de mais calor atravessou a rua principal dando gritos em um alarmante estado de comoção.

— Vem vindo aí — conseguiu explicar — uma coisa espantosa, feito um fogão arrastando uma cidade.

Naquele momento a população estremeceu com um uivo de ressonâncias pavorosas e uma descomunal respiração ofegante. Nas semanas precedentes tinham sido vistos bandos de homens que estendiam dormentes e trilhos, mas ninguém prestou atenção porque se pensou que era um novo artifício dos ciganos que voltavam com sua centenária e desprestigiada ladainha de apitos e chocalhos apregoando as excelências de sabe-se lá que maldito xarope dos gênios esfarrapados de Jerusalém. Mas quando todos se restabeleceram do desconcerto dos apitos uivantes e dos gigantescos suspiros ofegantes, os habitantes saíram às ruas e viram Aureliano Triste na locomotiva, acenando com a mão, e viram, enfeitiçados, o trem adornado de flores que chegava com oito meses de atraso. O inocente trem amarelo que tantas incertezas e evidências, e tantas alegrias e desventuras, tantas mudanças, calamidades e nostalgias haveria de levar a Macondo.

Deslumbradas com tantas e tão maravilhosas invenções, as pessoas de Macondo não sabiam por onde começar a se assombrar. Varavam as noites contemplando as lâmpadas elétricas alimentadas pela geradora que Aureliano Triste levara na segunda viagem do trem, e a cujo tum-tum obsessivo custou tempo e trabalho se acostumarem. Indignaram-se com as imagens vivas que o próspero comerciante dom Bruno Crespi projetava no teatro com as bilheterias de boca de leão, porque um personagem morto e sepultado num filme, e por cuja desgraça foram vertidas lágrimas de aflição, reapareceu vivo e transformado em árabe no filme seguinte. O público que pagava dois centavos para compartilhar as vicissitudes dos personagens não conseguiu aguentar aquela trapaça inaudita e arrebentou as poltronas. O prefeito, pressionado por dom Bruno Crespi, explicou através de um decreto que o cinema era uma máquina de ilusão que não merecia as explosões passionais do público. Diante da desalentadora explicação, muitos concluíram que tinham sido vítimas de um novo e aparatoso negócio de cigano, e decidiram não regressar ao cinema, considerando que já tinham o suficiente com suas próprias penas para chorar por fingidas desventuras de seres imaginários. Algo semelhante ocorreu com os gramofones de cilindros que as alegres matronas da França levaram para substituir os antiquados realejos, e que tão profundamente afetaram durante um tempo os interesses da banda de músicos. No começo, a curiosidade multiplicou a clientela da rua proibida, e inclusive se soube de senhoras respeitáveis que se disfarçaram de rufiões para observar de perto a novidade do gramofone, mas tanto e de tão perto observaram, que num minuto chegaram à conclusão de que não era um moinho de sortilégio, como todos achavam e as matronas diziam, mas um truque mecânico que não podia ser comparado a algo tão comovedor, tão humano e tão cheio de verdade cotidiana como uma banda de músicos. Foi uma desilusão tão profunda que quando os gramofones se popularizaram a ponto de haver um em cada casa, continuaram sem ser considerados objetos de entretenimento de adultos, mas uma coisa boa para ser revirada do avesso pelas crianças. Em compensação, quando alguém do povoado teve a oportunidade de comprovar a crua realidade do telefone instalado na estação do trem, que por causa da manivela era considerado uma versão rudimentar do gramofone, até os mais incrédulos se desconcertaram. Era como se Deus tivesse resolvido pôr à prova toda a sua capacidade de assombro, e mantivesse os habitantes de Macondo num permanente vaivém entre o alvoroço e o desencanto, a dúvida e a revelação, até o extremo de ninguém conseguir saber ao certo onde estavam os limites da realidade. Era um intrincado redemoinho de verdades e miragens que convulsionava de impaciência o fantasma de José Arcádio Buendía debaixo da castanheira e obrigou-o a caminhar pela casa inteira mesmo sendo pleno dia. Desde que o trem de ferro foi inaugurado oficialmente e começou a chegar com regularidade nas quartas-feiras às onze em ponto, e foi construída a primitiva estação de madeira com um escritório, o telefone e uma janelinha para vender as passagens, começaram a ser vistos pelas ruas de Macondo homens e mulheres que fingiam atitudes comuns e correntes, mas que na realidade pareciam gente de circo. Num povoado escaldado pela lembrança da experiência com os ciganos, não havia um bom porvir para aqueles equilibristas do comércio ambulante, que com a mesma ligeireza ofereciam uma panela assoviadora e uma receita de vida para a salvação da alma no sétimo dia — mas entre os que se deixavam convencer por cansaço e os incautos de sempre, obtinham lucros estupendos. Em meio a essas criaturas de circo, com calças culote e polainas, chapéu de cortiça, óculos com armação de aço, olhos de topázio e pele de galo fino, numa das tantas quartas-feiras chegou a Macondo e almoçou na casa o rechonchudo e sorridente Mr. Herbert.

Ninguém reparou nele até que comesse o primeiro cacho de bananas. Aureliano Segundo o havia encontrado por acaso, protestando num espanhol trabalhoso porque não havia um quarto livre no Hotel do Jacob, e como fazia com frequência com muitos forasteiros, levou-o para a casa. Tinha um negócio de balões cativos que se elevavam aos céus presos ao solo por uma corda grossa, e que havia levado por meio mundo com excelentes resultados, mas não havia conseguido elevar ninguém em Macondo porque consideravam aquele invento um retrocesso, depois de terem visto e experimentado as esteiras voadoras dos ciganos. Então, iria embora no próximo trem. Quando levaram para a mesa o cacho malhado de bananas que costumavam pendurar na sala de jantar durante o almoço, arrancou a primeira fruta sem muito entusiasmo. Mas continuou comendo enquanto falava, saboreando, mastigando, mais com distração de sábio que com deleite de bom comedor, e ao terminar o primeiro cacho suplicou que trouxessem outro. Então, tirou da caixa de ferramentas que sempre levava consigo um pequeno estojo de aparelhos óticos. Com a incrédula atenção de um comprador de diamantes examinou meticulosamente uma banana seccionando suas partes com um estilete especial, pesando cada uma numa minúscula balança de farmacêutico e calculando sua envergadura com um calibrador de armeiro. Depois tirou da caixa uma série de instrumentos e mediu a temperatura, o grau de umidade da atmosfera e a intensidade da luz. Foi uma cerimônia tão intrigante que ninguém comeu tranquilo, esperando que Mr. Herbert emitisse finalmente uma opinião reveladora, mas ele não disse nada que permitisse vislumbrar suas intenções.

Nos dias seguintes foi visto com um puçá e um cestinho caçando borboletas nos arredores do povoado. Na quarta-feira chegou um grupo de engenheiros, agrônomos, hidrólogos, topógrafos e agrimensores que durante várias semanas exploraram os mesmos lugares por onde Mr.

Herbert caçava borboletas. Mais tarde chegou o senhor Jack Brown num vagão suplementar que engancharam na cauda do trem amarelo, e que era todo laminado de prata, com poltronas de veludo episcopal e teto de vidros azuis. No vagão especial chegaram também, revoando ao redor do senhor Brown, os solenes advogados vestidos de negro que em outra época seguiram o coronel Aureliano Buendía por todos os lados, e isso fez as pessoas pensarem que os agrônomos, hidrólogos, topógrafos e agrimensores, bem como Mr. Herbert e seus balões cativos e suas borboletas coloridas, e o senhor Brown com seu mausoléu rodante e seus ferozes pastores alemães, tinham alguma coisa a ver com a guerra. Não houve, porém, muito tempo para pensar no assunto, porque os desconfiados habitantes de Macondo mal começavam a se perguntar que diabos estava acontecendo, quando o povoado já havia se transformado num acampamento de casas de madeira com tetos de zinco, atopetado de forasteiros que chegavam no trem de ferro, vindos de meio mundo, e não apenas nos assentos e estribos, mas até mesmo nos tetos dos vagões. Os gringos, que depois levaram suas mulheres lânguidas com roupas de musselina e grandes chapéus de gaze, construíram um povoado à parte, do outro lado da linha do trem, com ruas ladeadas de palmeiras, casas com janelas de tela metálica, mesinhas brancas nas varandas e ventiladores de pás dependurados nos tetos, e extensos prados azuis com pavões e codornas. O setor estava cercado por uma malha metálica, como um gigantesco galinheiro eletrificado que nos frescos meses de verão amanhecia negro de andorinhas estorricadas. Ninguém ainda sabia o que é que procuravam, ou se na verdade não passavam de filantropos, e já haviam ocasionado um transtorno colossal, muito mais perturbador que o dos antigos ciganos, mas menos transitório e compreensível. Dotados de recursos que em outros tempos estavam reservados à Providência Divina, modificaram o regime das chuvas, apressaram o ciclo das colheitas, e tiraram o rio de onde sempre esteve e o puseram com suas pedras brancas e suas correntes geladas no outro extremo do povoado, atrás do cemitério. Foi nessa ocasião que construíram uma fortaleza de concreto

armado sobre a desbotada tumba de José Arcádio, para que o cheiro de pólvora do cadáver não contaminasse as águas. Para os forasteiros que chegavam sem amor, converteram a rua das carinhosas matronas da França num povoado mais extenso que o outro, e numa quarta-feira de glória levaram um trem carregado de putas inverossímeis, fêmeas babilônicas adestradas em recursos imemoriais, e providas de todo tipo de unguentos e dispositivos para estimular os inermes, avivar os tímidos, saciar os vorazes, exaltar os modestos, enquadrar os múltiplos e corrigir os solitários. A Rua dos Turcos, enriquecida com luminosos armazéns de produtos ultramarinos que substituíram os velhos bazares com gaiolas de pintassilgo na porta, vibrava nas noites de sábado com as multidões de aventureiros que se atropelavam entre as mesas de sorte e azar, os balcões de tiro ao alvo, o beco onde se adivinhava o porvir e se interpretavam os sonhos, e as mesinhas de frituras e bebidas que amanheciam domingo esparramadas pelo chão, entre corpos que às vezes eram de bêbados felizes e quase sempre de curiosos abatidos pelos tiros, murros, navalhadas e garrafadas da pancadaria. Foi uma invasão tão tumultuada e intempestiva, que nos primeiros tempos foi impossível caminhar pela rua por causa do estorvo dos móveis e dos baús, e da agitação da carpintaria dos que erguiam suas casas em qualquer terreno baldio sem autorização de quem quer que fosse, e o escândalo dos casais que dependuravam suas redes entre as amendoeiras e faziam amor debaixo dos toldos em pleno dia e à vista de todo mundo. O único rincão de serenidade foi estabelecido pelos pacíficos negros antilhanos que construíram uma rua marginal, com casas de madeira sobre palafitas, em cujos pórticos se sentavam ao entardecer cantando hinos melancólicos em seu idioma destrambelhado. Tantas mudanças ocorreram e em tão pouco tempo, que oito meses depois da visita de Mr. Herbert os antigos habitantes de Macondo se levantavam cedo para conhecer a própria aldeia.

— Vejam só a confusão em que a gente foi se meter — costumava dizer o coronel Aureliano Buendía —, só porque convidamos um gringo para comer banana.

Aureliano Segundo, por sua vez, não cabia em si de tão contente com aquela avalanche de forasteiros. A casa de repente se encheu de hóspedes desconhecidos, de invencíveis farristas mundiais, e foi preciso acrescentar dormitórios no quintal, aumentar a sala de jantar e trocar a antiga mesa por uma de dezesseis lugares, com um novo aparelho de louça e novos talheres, e ainda assim tiveram de estabelecer turnos para almoçar. Fernanda teve que engolir os próprios escrúpulos e atender como reis os convidados da mais indigna condição, que enlameavam a varanda com suas botas, urinavam no jardim, estendiam suas esteiras em qualquer lugar para fazer a sesta, e falavam sem reparar na suscetibilidade das damas nem na afetação dos cavalheiros. Amaranta se escandalizou tanto com a invasão da plebe que tornou a comer na cozinha como nos velhos tempos. O coronel Aureliano Buendía, convencido de que a maioria dos que entravam para cumprimentá-lo na oficina não estavam ali por simpatia ou estima, mas pela curiosidade de conhecer uma relíquia histórica, um fóssil de museu, optou por se trancar, e não tornou a ser visto a não ser em escassas ocasiões, sentado na porta da rua. Úrsula, em compensação, mesmo arrastando os pés e caminhando tateando as paredes, sentia um alvoroço pueril quando se aproximava a chegada do trem. "Temos de fazer carne e peixe", dizia às quatro cozinheiras, que se esfalfavam para estar dentro do horário sob a imperturbável direção de Santa Sofía de la Piedad. "É preciso fazer de tudo — insistia — porque nunca se sabe o que vão querer comer os que estão chegando." O trem chegava na hora do maior calor. No almoço a casa trepidava com um alvoroço de mercado, e os suarentos comensais, que não tinham ideia de quem eram seus anfitriões, irrompiam em tropelia para ocupar os melhores lugares na mesa, enquanto as cozinheiras tropeçavam entre si com os enormes caldeirões de sopa, as tinas de arroz, e distribuíam com conchas inesgotáveis os tonéis de limonada. Era tamanha a desordem que Fernanda se exasperava com a ideia de que muitos comiam duas vezes, e em mais de uma ocasião quis desabafar em impropérios de feirante porque algum comensal mais distraído pedia a conta. Havia passado mais de um ano desde a visita de Mr. Herbert, e a única coisa que se sabia era que os gringos pensavam em plantar bananas na região encantada que José Arcádio Buendía e seus homens haviam atravessado em busca da rota dos grandes inventos. Outros dois filhos do coronel Aureliano Buendía, com sua cruz de cinza na testa, chegaram arrastados por aquele arroto vulcânico, e justificaram sua determinação com uma frase que talvez explicasse as razões de todos.

— Nós viemos — disseram — porque todo mundo vem.

Remédios, a Bela, foi a única que permaneceu imune à peste da banana. Empacou numa adolescência magnífica, cada vez mais impermeável aos formalismos, mais indiferente à malícia e à suspicácia, feliz num mundo próprio de realidades singelas. Não entendia por que as mulheres complicavam a vida com espartilhos e anáguas de balão, e então costurou para si mesma uma batina de estopa que simplesmente metia pela cabeça e resolvia sem mais delongas o problema de se vestir, sem abandonar a impressão de estar nua, o que, de acordo com o que ela entendia das coisas, era a única forma decente de ficar em casa. Tanto a aborreceram para que cortasse os cabelos de chuva que já escorriam até os tornozelos, e para que fizesse coques com presilhas e tranças com fitas coloridas, que simplesmente raspou a cabeça e fez perucas para os santos. O assombroso de seu instinto simplificador era que quanto mais se livrava da moda procurando comodidade, e quanto mais passava por cima dos convencionalismos obedecendo à espontaneidade, mais perturbadora se tornava sua beleza incrível, e mais provocador seu comportamento com os homens. Quando os filhos do coronel Aureliano Buendía estiveram em Macondo pela primeira vez, Úrsula recordou que levavam nas veias o mesmo sangue de sua bisneta, e estremeceu com um espanto esquecido. "Abra bem os olhos", preveniu-a . "Com qualquer um deles, seus filhos sairão com rabo de porco." Ela fez tão pouco caso da advertência que se vestiu de homem e se revirou na areia para subir no pau de sebo, e esteve a ponto de ocasionar uma tragédia entre os dezessete primos transtornados pelo espetáculo insuportável. Era por isso que nenhum deles dormia na casa quando visitava o povoado, e os quatro que tinham ficado moravam, por determinação de Úrsula, em quartos alugados. No entanto, Remédios, a Bela, teria morrido de rir se tivesse ficado sabendo daquela precaução. Até o último instante em que esteve na terra ignorou que seu irreparável destino de fêmea perturbadora era um desastre cotidiano. Cada vez que aparecia na sala de jantar, contrariando as ordens de Úrsula, provocava um pânico de exasperação entre os forasteiros. Era demasiado evidente que estava completamente nua debaixo do camisolão grosseiro, e ninguém conseguia entender como seu crânio pelado e perfeito não fosse um desafio, e que não fosse uma provocação criminosa o descaramento com que descobria as coxas para aliviar o calor, e o prazer com que chupava os dedos depois de comer com as mãos. O que nenhum membro da família jamais soube foi que os forasteiros não demoraram a perceber que Remédios, a Bela, exalava um hálito de perturbação, uma rajada de tormento, que continuava sendo perceptível várias horas depois de ela ter passado. Homens calejados nos transtornos de amor, experientes no mundo inteiro, afirmavam não haver padecido jamais uma ansiedade semelhante à que produzia o perfume natural de Remédios, a Bela. Na varanda das begônias, na sala de visitas, em qualquer ponto da casa dava para apontar o lugar exato onde ela havia estado, e o tempo transcorrido desde que deixara de estar. Era um rastro definido, inconfundível, que ninguém da casa conseguia distinguir porque fazia muito tempo que estava incorporado aos cheiros cotidianos, mas os forasteiros o identificavam de imediato. Por isso eram eles os únicos que entendiam que o jovem comandante da guarda tivesse morrido de amor, e que um cavalheiro vindo de outras terras tivesse caído em desespero. Inconsciente da aura inquietante em que se movia, do insuportável estado de íntima calamidade que provocava ao passar, Remédios, a Bela, tratava os homens sem a menor malícia e acabava por transtorná-los com suas inocentes complacências. Quando Úrsula conseguiu impor a decisão de que comesse com Amaranta na cozinha, para não ser vista pelos forasteiros, ela se sentiu mais cômoda porque afinal de contas ficava livre de toda e qualquer disciplina. Na verdade, para ela dava no mesmo comer em qualquer lugar e em qualquer horário, de acordo apenas com as alternativas de seu apetite. Às vezes se levantava para almoçar às três da madrugada, dormia o dia inteiro, e passava vários meses com os horários revirados, até que algum incidente casual a punha em ordem de novo. Quando as coisas andavam melhores, levantava-se às onze da manhã, e se trancava duas horas completamente nua no banheiro, matando escorpiões enquanto se livrava do denso e prolongado sono. Depois, com uma cuia jogava em si mesma água da tina. Era um ato prolongado, tão meticuloso, tão rico de situações cerimoniais, que quem não a conhecesse bem que poderia pensar que estava entregue a uma merecida adoração do próprio corpo. Para ela, no entanto, aquele ritual solitário carecia de qualquer sensualidade, e era simplesmente uma forma de passar o tempo até que sentisse fome. Um dia, quando começava a se banhar, um forasteiro levantou uma telha do telhado e ficou sem fôlego diante do tremendo espetáculo de sua nudez. Ela viu os olhos desolados através das telhas quebradas e não teve nenhuma reação de vergonha, mas de alarme.

— Cuidado — exclamou. — Vai acabar caindo.

— Só quero ver você — murmurou o forasteiro.

— Ah, bom — disse ela. — Mas tome cuidado, porque essas telhas estão podres.

O rosto do forasteiro tinha uma dolorosa expressão de estupor, e parecia batalhar surdamente contra seus impulsos primários para não dissipar a miragem. Remédios, a Bela, pensou que ele estivesse sofrendo com medo de que as telhas arrebentassem, e se banhou mais depressa que de costume, para que o homem não continuasse em perigo. Enquanto jogava em si mesma a água da tina, disse a ele que era um problema que o teto estivesse daquele jeito, pois achava que a camada de folhas apodrecidas pela chuva era o que enchia o banheiro de escorpiões. O forasteiro confundiu aquela conversa com uma forma de dissimular a complacência, de maneira que quando ela começou a ensaboar as costas ele cedeu à tentação de dar um passo adiante.

— Deixa que eu ensaboo — murmurou.

— Agradeço sua boa intenção — disse ela —, mas pode deixar que com minhas duas mãos é suficiente.

— Nem que seja só as costas — suplicou o forasteiro.

— Seria perda de tempo — disse ela. — Nunca se viu ninguém ensaboar as costas de outro.

Depois, enquanto se enxugava, o forasteiro suplicou com os olhos cheios de lágrimas que ela se casasse com ele. Ela respondeu sinceramente que nunca se casaria com um homem tão simplório que perdia quase uma hora, e até ficava sem almoçar, só para ver uma mulher tomar banho. No fim, quando vestiu a batina, o homem não conseguiu suportar a comprovação de que ela efetivamente não usava nada por baixo, como todo mundo suspeitava, e sentiu-se marcado para sempre com o ferro em brasa daquele segredo. Então tirou mais duas telhas para se dependurar rumo ao interior do banheiro.

— É muito alto — ela avisou, assustada. — O senhor vai se matar!

As telhas podres se despedaçaram num estrépito de desastre, e o homem mal conseguiu lançar um grito de terror, e arrebentou o crânio e morreu sem agonia no chão de cimento. Os forasteiros que ouviram o barulho na sala de jantar e se apressaram para levar embora o cadáver perceberam em sua pele o sufocante cheiro de Remédios, a Bela. Estava tão entranhado em seu corpo, que as rachaduras do crânio não emanavam sangue mas um óleo ambarino impregnado daquele perfume secreto, e então compreenderam que o cheiro de Remédios, a Bela, continuava torturando os homens até depois da morte, até o pó de seus ossos. Mesmo assim, não relacionaram aquele acidente de horror com os outros de dois homens que tinham morrido por Remédios, a Bela. Ainda faltava uma vítima para que os forasteiros, e muitos dos antigos habitantes de Macondo, dessem crédito à lenda de que Remédios Buendía não exalava um hálito de amor, mas um sopro mortal. A ocasião de comprovar tudo isso que se dizia surgiu meses depois, na tarde em que Remédios, a Bela, foi com um grupo de amigas conhecer as novas plantações. Para as pessoas de Macondo era uma distração recente percorrer as úmidas e intermináveis alamedas de bananeiras, onde o silêncio parecia ter vindo de outro lugar, ainda sem uso, e por isso mesmo era tão complicado transmitir a voz. Às vezes não se entendia muito bem o que se dizia a meio metro de distância, e no entanto era perfeitamente compreensível na outra ponta da plantação. Para as moças de Macondo aquela brincadeira nova era motivo de risos e sobressaltos, de sustos e troças, e pelas noites falava-se do passeio como se fosse uma experiência de sonho. Era tamanho o prestígio daquele silêncio que Úrsula não teve coração para privar Remédios, a Bela, da diversão, e uma tarde permitiu que ela fosse, desde que pusesse um chapéu e vestisse roupa adequada. Assim que o grupo de amigas entrou na plantação o ar se impregnou de uma fragrância mortal. Os homens que trabalhavam nas valetas sentiram-se possuídos por uma estranha fascinação, ameaçados por um perigo invisível, e muitos sucumbiram aos terríveis desejos de chorar. Remédios, a Bela, e suas assustadas amigas conseguiram se refugiar numa casa próxima quando estavam a ponto de ser assaltadas por um tropel de machos ferozes. Pouco depois, foram resgatadas pelos quatro Aurelianos, cujas cruzes de cinza infundiam um respeito sagrado, como se fossem uma marca de casta, um selo de invulnerabilidade. Remédios, a Bela, não contou a ninguém que um dos homens, aproveitando o tumulto, chegou a agredir seu ventre com uma mão que mais parecia uma garra de águia agarrando-se na beira de um precipício. Ela enfrentou o agressor com uma espécie de deslumbramento instantâneo, e viu os olhos desconsolados que ficaram impressos em seu coração como uma brasa de lástima. Naquela noite, na Rua dos Turcos, o homem se vangloriou de sua audácia e alardeou seu destino, minutos antes que um coice de cavalo destroçasse seu peito e uma multidão de forasteiros o visse agonizar em plena rua, afogando-se em vômitos de sangue.

A suposição de que Remédios, a Bela, possuía poderes de morte estava, naquele tempo, sustentada por quatro fatos irrefutáveis. Embora alguns homens de palavra fácil se orgulhassem de dizer que valia muito bem sacrificar a vida por uma noite de amor com uma mulher tão perturbadora, a verdade é que ninguém fez o menor esforço para conseguir. Talvez não apenas para rendê-la, mas também para desfazer seus perigos, teria sido suficiente um sentimento tão primitivo e singelo como o amor, mas essa foi a única coisa que não ocorreu a ninguém. Úrsula não tornou a se preocupar com ela. Em outra época, quando ainda não tinha renunciado ao propósito de salvá-la para o mundo, procurou que se interessasse pelos assuntos elementares da casa. "Os homens são mais exigentes do que você acha", dizia enigmaticamente a ela. "Tem muito que cozinhar, muito que varrer, muito que sofrer com mesquinharias, muito mais do que você pensa." No fundo, enganava-se a si mesma tratando de adestrá-la para a felicidade doméstica, porque estava convencida de que uma vez satisfeita a paixão não haveria homem sobre a Terra capaz de suportar nem que fosse por um dia uma negligência que estava além de qualquer compreensão. O nascimento do último José Arcádio e sua inquebrantável vontade de educá-lo para papa terminaram fazendo com que desistisse de suas preocupações com a bisneta. Largou-a à própria sorte, confiando que cedo ou tarde ocorreria um milagre, e que neste mundo onde havia de tudo haveria também um homem com pachorra suficiente para aguentá-la. Já desde muito antes, Amaranta havia renunciado a qualquer tentativa de transformá-la em uma mulher útil. Desde as tardes esquecidas do quarto de costura, quando a sobrinha mal se interessava em fazer a manivela da máquina de costura dar voltas, tinha chegado à conclusão simples de que era retardada. "Vamos ter de rifar você", dizia a ela, perplexa diante de sua impermeabilidade à palavra dos homens. Mais tarde, quando Úrsula se empenhou para que Remédios, a Bela, fosse à missa com a cara coberta por uma mantilha de renda, Amaranta achou que aquele recurso misterioso acabaria sendo tão provocador que logo, logo haveria algum homem intrigado o suficiente para buscar com paciência o ponto débil de seu coração. Mas quando viu a forma insensata com que desprezou um pretendente que por muitos motivos era mais cobiçável que um príncipe, renunciou a qualquer esperança. Fernanda nem mesmo tentou compreendê-la. Quando viu Remédios, a Bela, vestida de rainha no carnaval sangrento, achou que era uma criatura extraordinária. Mas quando a viu comendo com as mãos, incapaz de dar uma resposta que não fosse um prodígio de simplicidade, a única coisa que lamentou foi que os bobos de nascença tivessem uma vida tão longa. Apesar de o coronel Aureliano Buendía continuar acreditando e repetindo que Remédios, a Bela, era na realidade o ser mais lúcido que jamais havia conhecido, e o que demonstrava isso a cada momento com sua assombrosa habilidade para zombar de todos, ela acabou abandonada ao deus-dará. Remédios, a Bela, ficou vagando pelo deserto da solidão, sem cruzes nas costas, amadurecendo em seus sonos sem pesadelos, em seus banhos intermináveis, em suas comidas sem horários, em seus profundos e prolongados silêncios sem memória, até a tarde de março em que Fernanda quis dobrar no jardim uns lençóis de linho e pediu ajuda às mulheres da casa. Mal tinham começado quando Amaranta percebeu que Remédios, a Bela, estava quase transparente, com uma palidez intensa.

— Você está se sentindo mal? — perguntou.

Remédios, a Bela, que tinha agarrado o lençol pela outra ponta, fez um sorriso de lástima.

— Ao contrário — disse —, nunca me senti melhor.

Acabou de falar e Fernanda sentiu um delicado vento de luz que arrancou os lençóis de suas mãos e os estendeu em toda sua amplitude. Amaranta sentiu um tremor misterioso nas rendas de suas anáguas e tratou de se agarrar no lençol para não cair, no mesmo instante em que Remédios, a Bela, começava a se elevar. Úrsula, já quase cega, foi a única que teve serenidade para identificar a natureza daquele vento irreparável, e deixou os lençóis à mercê da luz, vendo Remédios, a Bela, que dizia adeus com a mão, entre o deslumbrante bater de asas dos lençóis que subiam com ela, que abandonavam com ela o ar dos besouros e das dálias, e passavam com ela através do ar onde as quatro da tarde terminavam, e se perderam com ela para sempre nos altos ares onde não podiam alcançá-la nem os mais altos pássaros da memória.

Os forasteiros, claro, acharam que Remédios, a Bela, havia enfim sucumbido ao seu irrevogável destino de abelha-rainha e que sua família tratava de salvar a honra com o engodo da levitação. Fernanda, mordida pela inveja, acabou aceitando o prodígio, e durante muito tempo continuou rogando a Deus que lhe devolvesse os lençóis. A maioria acreditou no milagre, e até acendeu velas e rezou novenas. Talvez ninguém falasse de outra coisa durante muito tempo, se o bárbaro extermínio dos Aurelianos não tivesse substituído o assombro pelo espanto. Embora nunca tenha identificado como presságio, o coronel Aureliano Buendía havia previsto, de certo modo, o final trágico de seus filhos. Quando Aureliano Serrador e Aureliano Arcaya, os dois que chegaram no tumulto, manifestaram a vontade de ficar em Macondo, seu pai tratou de dissuadi-los. Não entendia o que iriam fazer numa aldeia que da noite para o dia havia se transformado num lugar de perigo. Mas Aureliano Centeno e Aureliano Triste, apoiados por Aureliano Segundo, deram a eles emprego em seus empreendimentos. O coronel Aureliano Buendía tinha motivos ainda pouco claros para não apoiar aquela decisão. Desde que tinha visto o senhor Brown no primeiro automóvel que chegara a Macondo — um conversível alaranjado com uma corneta que espantava os cachorros com seus latidos —, o velho guerreiro indignou-se com os servis salamaleques das pessoas e percebeu que alguma coisa havia mudado na índole dos homens desde os tempos em que abandonavam mulheres e filhos e botavam uma carabina no ombro para ir à guerra. As autoridades locais, depois do armistício de Neerlândia, eram alcaides sem iniciativa, juízes decorativos, escolhidos entre os pacíficos e cansados conservadores de Macondo. "Este é um regime de pobres coitados", comentava o coronel Aureliano Buendía quando via passar os policiais descalços armados de cassetetes de madeira. "Fizemos tantas guerras, e tudo para que não pintassem as nossas casas de azul." Quando chegou a companhia bananeira, porém, os funcionários locais foram substituídos por forasteiros autoritários que o senhor Brown levou para morar no galinheiro eletrificado, para que gozassem, conforme explicou, da dignidade que correspondia à sua importância, e não padecessem o calor e os mosquitos e os incontáveis desconfortos e privações do povoado. Os antigos policiais foram substituídos por sacripantas com facões no cinto. Trancado na oficina, o coronel Aureliano Buendía pensava nessas mudanças, e pela primeira vez nos seus calados anos de solidão foi atormentado pela certeza definitiva de que tinha sido um erro não continuar a guerra até as últimas consequências. Num daqueles dias, um irmão do esquecido coronel Magnífico Visbal levou seu neto de sete anos para tomar um refresco nos carrinhos da praça, e porque o menino tropeçou sem querer num cabo de polícia e derramou o refresco em sua farda, o bárbaro fez picadinho dele a golpes de facão, e decapitou de um golpe só o avô que tentou impedi-lo. A aldeia inteira viu o decapitado passar quando um grupo de homens o levava para casa, e a cabeça arrastada que uma mulher levava pelos cabelos, e o saco de estopa ensanguentada onde haviam enfiado os pedaços do menino.

Para o coronel Aureliano Buendía, aquilo foi o limite da expiação. De repente, sentiu padecer de novo a mesma indignação que sentiu na juventude, diante do cadáver da mulher que foi morta a pauladas porque tinha sido mordida por um cachorro louco. Olhou os grupos de curiosos que estavam na frente da casa e com sua antiga voz de trovão, restaurada por um profundo desprezo contra si mesmo, jogou em cima deles a carga de ódio que não conseguia mais aguentar no coração.

— Dia desses — gritou — vou armar meus rapazes para acabar com esses gringos de merda!

No transcorrer daquela semana, por diferentes lugares do litoral, seus dezessete filhos foram caçados feito coelhos por criminosos invisíveis que fizeram pontaria bem no centro de suas cruzes de cinza. Aureliano Triste saía da casa da mãe, às sete da noite, quando um disparo de fuzil surgido da escuridão perfurou sua testa. Aureliano Centeno foi encontrado na rede que costumava pendurar na fábrica com um furador de gelo cravado até o cabo entre as sobrancelhas. Aureliano Serrador tinha deixado a noiva na casa dos pais depois de levá-la ao cinema, e regressava pela iluminada Rua dos Turcos, quando alguém que jamais foi identificado disparou da multidão um tiro de revólver que o derrubou dentro de um caldeirão de banha fervendo. Poucos minutos depois, alguém bateu na porta do quarto onde Aureliano Arcaya estava trancado com uma mulher, e gritou: "Corre, que estão matando seus irmãos." A mulher que estava com ele contou depois que Aureliano Arcaya saltou da cama e abriu a porta, e deu de cara com uma descarga de mauser que esfacelou seu crânio. Naquela noite de morte, enquanto a casa se preparava para velar os quatro cadáveres, Fernanda percorreu o povoado feito louca procurando Aureliano Segundo, que Petra Cotes havia trancado num guarda-roupa achando que a sentença de extermínio incluía todo aquele que levasse o nome do coronel. Não deixou que ele saísse até o quarto dia, quando os telegramas recebidos de diferentes lugares do litoral permitiram compreender que a sanha do inimigo invisível estava dirigida somente contra os irmãos marcados com a cruz de cinza. Amaranta procurou a caderneta de contas onde havia anotado os dados dos sobrinhos, e conforme iam chegando os telegramas ia riscando os nomes, até que sobrou só o do mais velho. Lembravam-se bem dele por causa do contraste de sua pele escura com seus grandes olhos verdes. Chamava-se Aureliano Amador, era carpinteiro, e vivia numa aldeia perdida nas encostas da serra. Depois de esperar duas semanas pelo telegrama de sua morte, Aureliano Segundo mandou um emissário para preveni-lo, pensando que ignorava a ameaça que pairava sobre ele. O emissário regressou com a notícia de que Aureliano Amador estava a salvo. Na noite do extermínio dois homens tinham ido até sua casa procurá-lo, e haviam descarregado seus revólveres contra ele, mas não tinham acertado a cruz de cinza. Aureliano Amador conseguiu pular o muro do quintal, e se perdeu nos labirintos da serra que conhecia palmo a palmo graças à amizade dos índios com quem comerciava madeiras. Não se tornou a saber dele.

Foram dias negros para o coronel Aureliano Buendía. O presidente da república dirigiu-lhe um telegrama de pêsames, no qual prometia uma investigação exaustiva, e rendia homenagem aos mortos. Por ordem sua, o alcaide apresentou-se no enterro com quatro coroas fúnebres que pretendeu colocar sobre os ataúdes, mas o coronel botou-o no olho da rua. Depois do enterro, redigiu e levou pessoalmente um telegrama violento para o presidente da república, que o telegrafista se negou a despachar. Então enriqueceu-o com termos de singular agressividade, meteu-o num envelope e despachou-o pelo correio. Como havia acontecido com ele na morte da esposa, como tantas vezes ocorreu durante a guerra com a morte de seus melhores amigos, não enfrentava um sentimento de pesar, mas uma raiva cega e sem direção, uma extenuante impotência. Chegou a denunciar a cumplicidade do padre Antônio Isabel, por ter marcado seus filhos com cinza indelével para que fossem identificados por seus inimigos. O decrépito sacerdote, que já não alinhavava muito bem as ideias e começava a espantar os fiéis com as interpretações disparatadas que lançava do púlpito, apareceu certa tarde na casa com a caneca onde preparava as cinzas da quarta-feira, e tratou de ungir a família inteira com ela, para demonstrar que saíam com água. Mas o espanto da desgraça havia calado tão fundo que nem mesmo Fernanda prestou-se à experiência, e nunca mais se viu um Buendía ajoelhado no comungatório na quarta-feira de cinzas.

Durante muito tempo o coronel Aureliano Buendía não conseguiu recobrar a serenidade. Abandonou a fabricação dos peixinhos, comia a duras penas, e andava feito um sonâmbulo pela casa inteira, arrastando a manta e mastigando uma cólera surda. Passados três meses tinha os cabelos cinzentos, o antigo bigode de pontas engomadas jorrando sobre os lábios sem cor, mas em compensação seus olhos eram outra vez as duas brasas que assustaram quem o viu nascer e que em outros tempos faziam as cadeiras girarem só de olhar para elas. Na fúria de seu tormento tentava inutilmente provocar os presságios que guiaram sua juventude por veredas de perigo até o desolado descampado da glória. Estava perdido, extraviado em uma casa alheia onde já nada ou ninguém suscitava nele o menor vestígio de afeto. Uma vez abriu o quarto de Melquíades, buscando os rastros de um passado anterior à guerra, e só encontrou os escombros, o lixo, os montes de porcaria acumulados por tantos anos de abandono. Nas capas dos livros que ninguém havia tornado a ler, nos velhos pergaminhos macerados pela umidade, havia prosperado uma flora lívida, e no ar que havia sido o mais puro e luminoso da casa flutuava um insuportável cheiro de recordações apodrecidas. Certa manhã encontrou Úrsula chorando debaixo da castanheira, nos joelhos do marido morto. O coronel Aureliano Buendía era o único habitante da casa que continuava não vendo o potente ancião consumido por meio século de intempérie. "Cumprimente seu pai", disse Úrsula. Ele se deteve um instante na frente da castanheira, e uma vez mais comprovou que aquele espaço vazio tampouco suscitava nele qualquer afeto.

— O que ele está dizendo? — perguntou.

— Está muito triste — respondeu Úrsula — porque acha que você vai morrer.

— Diga a ele — sorriu o coronel — que a gente não morre quando deve, mas quando pode.

O presságio do pai morto removeu o último rescaldo de soberba que restava em seu coração, mas ele o confundiu com um repentino sopro de força. Foi por isso que assediou Úrsula para que revelasse em que lugar do pátio estavam enterradas as moedas de ouro que encontraram dentro do São José de gesso. "Você não saberá jamais", disse ela, com uma firmeza inspirada nas velhas lições da vida. "Um dia — continuou — haverá de aparecer o dono dessa fortuna, e só ele poderá desenterrá-la." Ninguém sabia por que um homem que sempre tinha sido tão desprendido tinha começado a cobiçar dinheiro com semelhante ansiedade, e não as modestas quantidades que teriam bastado para resolver uma emergência mas uma fortuna de magnitudes desatinadas cuja simples menção deixou Aureliano Segundo mergulhado num mar de assombro. Os velhos companheiros de partido a quem ele acudiu pedindo ajuda se esconderam para não recebê-lo. Foi por essa época que ouviram o coronel dizer: "A única diferença atual entre liberais e conservadores é que os liberais vão à missa das cinco e os conservadores vão à missa das oito." Porém, insistiu com tanto afinco, suplicou de tal maneira, rompeu a tal ponto seus princípios de dignidade, que com um pouco daqui e outro pouco de acolá, deslizando por todos os lados com uma diligência sigilosa e uma perseverança impiedosa, conseguiu reunir em oito meses mais dinheiro do que Úrsula tinha enterrado. Então visitou o enfermo coronel Gerineldo Márquez para que o ajudasse a promover a guerra total.

Num certo momento, o coronel Gerineldo Márquez era de verdade o único que teria conseguido mover, mesmo de sua cadeira de balanço de paralítico, os mofados fios da rebelião. Depois do armistício de Neerlândia, enquanto o coronel Aureliano Buendía se refugiava no exílio de seus peixinhos de ouro, ele mantinha contato com os oficiais rebeldes que continuaram fiéis até a derrota. Fez com eles a guerra triste da rebelião cotidiana, das súplicas e dos memorandos, do volte amanhã, do quase-quase, do estamos estudando seu caso com a devida atenção; a guerra perdida sem remédio contra os mui atentos e os seguros servidores que deviam conceder e não concederam jamais as pensões vitalícias. A outra guerra, a sangrenta de vinte anos, não causou neles tantos estragos quanto a guerra corrosiva do eterno adiamento. O próprio coronel Gerineldo Márquez, que escapou de três atentados, sobreviveu a cinco ferimentos e saiu ileso de incontáveis batalhas, sucumbiu ao assédio atroz da espera e afundou na derrota miserável da velhice, pensando em Amaranta entre as réstias de luz de uma casa emprestada. Os últimos veteranos dos quais se teve notícia apareceram retratados num jornal, com a cara erguida de indignidade, junto a um anônimo presidente da república que os presenteou com insígnias com sua efígie para que usassem na lapela, e restituiu-lhes uma bandeira suja de sangue e de pólvora para que fosse posta sobre seus ataúdes. Os outros, os mais dignos, ainda esperavam uma carta na penumbra da caridade pública, morrendo de fome, sobrevivendo de raiva, apodrecendo de velho na requintada merda da glória. Assim, quando o coronel Aureliano Buendía convidou-o a promover uma conflagração mortal que arrasasse com todo e qualquer vestígio de um regime de corrupção e de escândalo sustentado pelo invasor estrangeiro, o coronel Gerineldo Márquez não conseguiu reprimir um estremecimento de compaixão.

— Ai, Aureliano — suspirou —, eu sabia que você estava velho, mas só agora percebo que está muito mais velho do que parece.

No ataranto dos últimos anos, Úrsula havia tido escassas tréguas para cuidar da formação papal de José Arcádio, que de repente teve de ser preparado às pressas para ir para o seminário. Meme, sua irmã, dividida entre a rigidez de Fernanda e as amarguras de Amaranta, chegou quase ao mesmo tempo à idade prevista para ser mandada ao colégio de freiras onde fariam dela uma virtuose do clavicórdio. Úrsula sentia-se atormentada por graves dúvidas sobre a eficácia dos métodos com que havia forjado o espírito do lânguido aprendiz de Sumo Pontífice, mas não punha a culpa em sua trôpega velhice nem nas nuvens escuras que mal lhe permitiam vislumbrar o contorno das coisas, e sim em algo que ela mesma não conseguia definir e que concebia confusamente como um progressivo desgaste do tempo. "Os anos de agora já não chegam como os de antes", costumava dizer, sentindo que a realidade cotidiana escapava de suas mãos. Antes, pensava, as crianças demoravam muito para crescer. Era só recordar o tempo que tinha sido necessário para que José Arcádio, o mais velho, fosse embora com os ciganos, e tudo que ocorreu antes que ele voltasse pintado feito uma cobra e falando como um astrônomo, ou as coisas que ocorreram na casa antes que Amaranta e Arcádio esquecessem a língua dos índios e aprendessem castelhano. Era só ver o que o coitado do José Arcádio Buendía tinha aguentado de sol e de sereno debaixo da castanheira, e tudo que tinha sido preciso chorar sua morte até que levassem moribundo um coronel Aureliano Buendía que depois de tanta guerra e depois de tanto sofrer por ele ainda não havia feito cinquenta anos de vida. Em outra época, depois de passar o dia inteiro fazendo animaizinhos de caramelo, ainda lhe sobrava tempo para cuidar das crianças e ver no branco de seus olhos se estavam precisando de uma poção de óleo de rícino. Mas agora, quando já não tinha mais nada para fazer e andava com José Arcádio grudado na barra da saia do amanhecer até a noite, o tempo de má qualidade a havia obrigado a deixar as coisas pela metade. A verdade é que Úrsula se negava a envelhecer mesmo depois de ter perdido a conta de sua idade, e estorvava por todos os lados, e tratava de se meter em tudo, e aborrecia os forasteiros com a perguntação se não haviam deixado na casa, nos tempos da guerra, um São José de gesso para que fosse guardado enquanto a chuva não passasse. Ninguém soube ao certo quando começou a perder a vista. Mesmo nos seus últimos anos, quando já não conseguia se levantar da cama, parecia simplesmente que estava vencida pela decrepitude, e ninguém descobriu que estava cega. Ela tinha notado desde antes do nascimento de José Arcádio. No começo achou que se tratava de uma debilidade transitória e tomava escondido xarope de tutano e pingava mel de abelha nos olhos, mas logo foi se convencendo de que afundava sem remédio nas trevas, a ponto de nunca ter tido uma noção muito clara da invenção da luz elétrica, porque quando instalaram as primeiras lâmpadas só conseguiu notar o seu resplendor. Não disse nada a ninguém, pois teria sido reconhecer em público sua inutilidade. Empenhou-se num silencioso aprendizado das distâncias das coisas e das vozes das pessoas, para continuar vendo com a memória quando as sombras da catarata já não permitissem ver com os olhos. Mais tarde haveria de descobrir o auxílio imprevisto dos cheiros, que se definiram nas trevas com uma força muito mais convincente do que os volumes e a cor e a salvaram definitivamente da vergonha da renúncia. Na escuridão do quarto conseguia passar a linha na agulha e arrematar uma casa de botão, e sabia quando o leite estava a ponto de ferver. Conheceu com tanta segurança o lugar onde ficava cada coisa, que ela mesma às vezes se esquecia de que estava cega. Em certa ocasião, Fernanda alvoroçou a casa porque tinha perdido sua aliança de casamento e Úrsula encontrou-a numa estante do quarto das crianças. Era simples: enquanto os outros andavam descuidadamente por todos os lados, ela os vigiava com seus quatro sentidos para que nunca a apanhassem de surpresa, e depois de algum tempo descobriu que cada membro da família repetia todos os dias, sem perceber, os mesmos trajetos, os mesmos atos, e que quase repetiam as mesmas palavras à mesma hora. Só quando saíam dessa meticulosa rotina corriam o risco de perder alguma coisa. Portanto, quando ouviu Fernanda consternada porque tinha perdido a aliança, Úrsula recordou que a única coisa diferente que havia feito naquele dia tinha sido botar as esteiras das crianças no sol, porque Meme tinha descoberto um percevejo na noite anterior. Como as crianças assistiram à limpeza, Úrsula pensou que Fernanda havia posto a aliança no único lugar onde elas não poderiam alcançar: a estante. Fernanda, por sua vez, procurou-a unicamente nos trajetos de seu itinerário cotidiano, sem saber que a busca das coisas perdidas fica prejudicada pelos hábitos rotineiros, e é por isso que dá tanto trabalho encontrá-las.

A educação de José Arcádio ajudou Úrsula na tarefa exaustiva de se manter a par das mínimas mudanças da casa. Quando percebia que Amaranta estava vestindo os santos do dormitório, fingia que ensinava ao menino as diferenças das cores.

— Vamos ver — dizia a ele —, me conta agora de que cor São Rafael Arcanjo está vestido.

E assim o menino dava a ela a informação que seus olhos negavam, e muito antes que ele fosse para o seminário Úrsula já conseguia distinguir pela textura as diferentes cores das roupas dos santos. Às vezes aconteciam acidentes imprevistos. Numa tarde em que Amaranta estava bordando na varanda das begônias, Úrsula tropeçou com ela.

— Pelo amor de Deus! — protestou Amaranta. — Olhe por onde anda.

— Você — disse Úrsula — é que está sentada onde não devia.

Para ela, era verdade. Mas naquele dia começou a se dar conta de uma coisa que ninguém havia notado, e era que no transcurso do ano o sol ia mudando imperceptivelmente de posição, e quem se sentava na varanda lateral tinha de ir mudando de lugar pouco a pouco e sem perceber. A partir de então, Úrsula só precisava recordar a data para saber o lugar exato em que Amaranta estava sentada. Embora o tremor das mãos fosse cada vez mais perceptível e ela não aguentasse mais o peso dos pés, sua figura miudinha nunca foi vista em tantos lugares ao mesmo tempo. Era quase tão diligente como nos tempos em que carregava todo o peso da casa. No entanto, na impenetrável solidão da decrepitude teve tanta clarividência para examinar até os mais insignificantes acontecimentos da família que pela primeira vez viu com nitidez as verdades que suas ocupações de outros tempos tinham impedido que visse. Na época em que preparavam José Arcádio para o seminário, já havia feito uma recapitulação infinitesimal da vida da casa desde a fundação de Macondo, e tinha mudado por completo a opinião que sempre teve de seus descendentes. Percebeu que o coronel Aureliano Buendía não tinha perdido o carinho pela família por causa do endurecimento da guerra, como ela acreditava antes, mas que nunca havia realmente gostado de ninguém, nem mesmo de sua esposa Remédios ou das incontáveis mulheres de uma noite que passaram pela sua vida, e muito menos de seus filhos. Vislumbrou que não tinha feito tantas guerras por idealismo, como todo mundo achava, nem havia renunciado por cansaço à vitória iminente, como todo mundo achava, mas havia ganhado e perdido pelo mesmo motivo, a pura e pecaminosa soberba. Chegou à conclusão de que aquele filho por quem ela teria dado a vida era simplesmente um homem incapacitado para o amor. Certa noite, quando o tinha no ventre, ouviu-o chorar. Foi um lamento tão definido que José Arcádio Buendía despertou ao seu lado e alegrou-se com a ideia de que o menino seria ventríloquo. Outras pessoas prognosticaram que seria adivinho. Ela, porém, estremeceu com a certeza de que aquele bramido profundo era um primeiro indício do temível rabo de porco, e rogou a Deus que deixasse a criatura morrer em seu ventre. Mas a lucidez da decrepitude permitiu-lhe ver, e assim repetiu muitas vezes, que o pranto das crianças no ventre da mãe não é um anúncio de ventriloquia ou de faculdade adivinhatória, e sim um sinal inequívoco de incapacidade para o amor. Aquela desvalorização da imagem do filho suscitou nela, de um golpe só, toda a compaixão que estava devendo a ele. Amaranta, por seu lado, cuja dureza de coração a espantava, cuja concentrada amargura a amargava, revelou-se no último exame como a mulher mais terna que jamais existiu, e compreendeu com lastimosa clarividência que as injustas torturas a que havia submetido Pietro Crespi não tinham sido ditadas por uma vontade de vingança, como todo mundo achava, nem o lento martírio com que frustrou a vida do coronel Gerineldo Márquez havia sido determinado pelo fel ruim de sua amargura, como todo mundo achava, mas que as duas ações haviam sido uma luta de morte entre um amor sem medidas e uma covardia invencível, e que finalmente tinha triunfado o medo irracional que Amaranta sempre teve do seu próprio e atormentado coração. Foi por aquela época que Úrsula começou a mencionar Rebeca, a evocá-la com um velho carinho exaltado pelo arrependimento tardio e pela admiração repentina, tendo compreendido que somente ela, Rebeca, a que nunca se alimentou de seu leite mas da terra e da cal de suas paredes, a que não levou nas veias o sangue de suas veias mas o sangue desconhecido de desconhecidos cujos ossos continuavam chocalhando na tumba, Rebeca, a do coração impaciente, a do ventre desaforado, foi a única que teve a valentia sem freios que Úrsula havia desejado para a sua estirpe.

— Rebeca — dizia, tateando as paredes —, como fomos injustos com você!

Na casa, achavam simplesmente que ela desvairava, sobretudo desde que dera para andar com o braço direito erguido, como o arcanjo Gabriel. Fernanda reparou, porém, que havia um sol de clarividência nas sombras desse desvario, pois Úrsula podia dizer sem titubear quanto dinheiro havia sido gasto na casa durante o último ano. Amaranta teve uma ideia semelhante certo dia em que sua mãe remexia uma panela de sopa na cozinha e disse de repente, sem saber que estava sendo ouvida, que o moinho de milho que haviam comprado dos primeiros ciganos, e que havia desaparecido desde antes que José Arcádio desse sessenta e cinco vezes a volta ao mundo, ainda estava na casa de Pilar Ternera. Quase centenária também, mas inteira e ágil apesar da inconcebível gordura que espantava as crianças da mesma forma que suas risadas em outros tempos espantava as pombas, Pilar Ternera não se surpreendeu com o acerto de Úrsula, porque sua própria experiência começava a indicar que uma velhice alerta pode ser mais atinada que as averiguações do baralho.

Quando, porém, Úrsula percebeu que não tinha tido tempo suficiente para consolidar a vocação de José Arcádio, se deixou aturdir pela consternação. Começou a cometer erros, tratando de ver com os olhos as coisas que a intuição lhe permitia ver com maior clareza. Certa manhã jogou na cabeça do menino o conteúdo de um tinteiro, achando que era água de flores. Provocou tantos tropeços com a teimosia de intervir em tudo que se sentiu transtornada por rajadas de mau humor, e tratava de se livrar das trevas que finalmente a estavam enredando como uma camisola de teias de aranha. Foi quando sentiu que seu jeito estabanado não era a primeira vitória da decrepitude e da escuridão, mas uma falha do tempo. Pensava que antes, quando Deus não fazia com os meses e os anos os mesmos truques que os turcos usavam para medir uma jarda de percal, as coisas eram diferentes. Agora não apenas as crianças cresciam mais depressa, como até os sentimentos evoluíam de outro modo. Nem bem Remédios, a Bela, havia subido aos céus em corpo e alma, e a desconsiderada Fernanda já andava bufando pelos cantos porque ela tinha levado embora os lençóis. Nem bem os corpos dos Aurelianos tinham esfriado em suas tumbas, e Aureliano Segundo já estava outra vez com a casa toda iluminada, cheia de bêbados que tocavam sanfona e se ensopavam em champanha, como se não tivessem morrido cristãos e sim cachorros, e como se aquela casa de loucos, que havia custado tanta dor de cabeça e tantos animaizinhos de caramelo, estivesse predestinada a se converter numa lixeira de perdição. Recordando essas coisas enquanto preparavam o baú de José Arcádio, Úrsula se perguntava se não era preferível deitar de uma vez na sepultura e que jogassem terra em cima, e perguntava a Deus, sem medo, se de verdade achava que as pessoas eram feitas de ferro para suportar tantos padecimentos e mortificações; e perguntando e perguntando ia atiçando sua própria confusão, e sentia uns desejos irreprimíveis de desandar a dizer palavrões e xingamentos como se fosse um daqueles forasteiros, e de se permitir enfim um instante de rebeldia, o instante tantas vezes ansiado e tantas vezes adiado de mandar a resignação à merda, e cagar de uma vez para tudo, e arrancar do coração os infinitos montões de palavrões que tinha precisado engolir num século inteiro de conformismo.

— Caralho! — gritou.

Amaranta, que começava a pôr a roupa no baú, pensou que ela tinha sido picada por um escorpião.

— Onde está? — perguntou alarmada.

— O quê?

— O animal! — esclareceu Amaranta.

Úrsula pôs o dedo no coração.

— Aqui — disse.

Numa quinta-feira às duas da tarde, José Arcádio foi para o seminário. Úrsula haveria de evocá-lo sempre como o imaginou ao se despedir, lânguido e sério e sem derramar uma lágrima, como ela tinha ensinado, afogando-se de calor dentro da roupa de veludo de algodão verde com botões de cobre e um laço engomado no colarinho. Deixou a sala de jantar impregnada da penetrante fragrância de água de cheiro que ela havia derramado em sua cabeça para poder seguir seu rastro pela casa. Enquanto durou o almoço de despedida, a família dissimulou o nervosismo com expressões de júbilo, e celebrou com exagerado entusiasmo as tiradas do padre Antônio Isabel. Mas quando o baú forrado de veludo com quinas de prata foi levado, foi como se tivessem tirado um ataúde da casa. O único que se negou a participar da despedida foi o coronel Aureliano Buendía.

— É a última chateação que nos faltava — resmungou: — um papa!

Três meses mais tarde, Aureliano Segundo e Fernanda levaram Meme ao colégio e regressaram com um clavicórdio que ocupou o lugar da pianola. Foi naquela época que Amaranta começou a tecer a própria mortalha. A febre da banana tinha se apaziguado. Os antigos habitantes de Macondo se encontravam encurralados pelos aventureiros, trabalhosamente agarrados aos seus precários recursos de antanho, mas de um jeito ou de outro reconfortados pela impressão de terem sobrevivido a um naufrágio. Continuaram recebendo convidados para almoçar em casa, mas na verdade não se restabeleceu a antiga rotina até que, anos depois, a empresa bananeira foi embora. Houve, porém, mudanças radicais no tradicional sentido de hospitalidade, porque naquela época já era Fernanda quem impunha suas leis. Com Úrsula relegada às trevas, e com Amaranta abstraída na tarefa do sudário, a antiga aprendiz de rainha teve liberdade para selecionar os comensais e impor a eles as rígidas normas que seus pais haviam inculcado nela. Sua severidade fez da casa um reduto de costumes retomados, e isso num povoado convulsionado pela vulgaridade com que os forasteiros dilapidavam suas fortunas fáceis. Para ela, e sem mais rodeios, as pessoas de bem eram as únicas que não tinham nada a ver com a companhia bananeira. Até José Arcádio Segundo, seu cunhado, foi vítima de seu zelo discriminatório, porque no feitiço da primeira hora ele tornou a leiloar seus estupendos galos de briga e se empregou como capataz na companhia bananeira.

— Que não torne a pisar neste lar — disse Fernanda — enquanto tiver a sarna dos forasteiros.

Foi tamanha a rigidez imposta na casa, que Aureliano Segundo sentiu-se definitivamente mais cômodo na de Petra Cotes. Primeiro, e com o pretexto de aliviar a carga da esposa, transferiu as festanças para lá. Depois, com o pretexto de que os animais estavam perdendo a fecundidade, transferiu os estábulos e as cavalariças. Por último, com o pretexto de que na casa da concubina fazia menos calor, transferiu o pequeno escritório onde cuidava dos negócios. Quando Fernanda caiu em si era uma viúva cujo marido ainda não tinha morrido, e era tarde demais para que as coisas voltassem ao estado anterior. Aureliano Segundo mal comia na casa, e as únicas aparências que continuava mantendo, como a de dormir com a esposa, já não bastavam para convencer ninguém. Certa noite, por descuido, a manhã o surpreendeu na cama de Petra Cotes. Fernanda, ao contrário do que ele esperava, não fez a menor recriminação nem soltou o mais leve suspiro de ressentimento, mas naquele mesmo dia mandou para a casa da concubina seus dois baús de roupa. Mandou-os com o sol a pino e com instruções de que fossem levados pelo meio da rua, para que todo mundo visse, acreditando que o marido descarrilado não conseguiria suportar a vergonha e voltaria ao redil de cabeça baixa. Mas aquele gesto heroico foi apenas uma prova a mais do pouco que Fernanda conhecia não apenas do gênio do marido, mas também da índole de uma comunidade que não tinha nada a ver com a de seus pais, porque todos os que viram os baús passarem se disseram que afinal de contas essa era a culminação natural de uma história cujas intimidades ninguém ignorava, e Aureliano Segundo celebrou a liberdade dada de graça com uma farra de três dias. Para maior desvantagem da esposa, enquanto ela começava a enfrentar uma maturidade ruim com suas sombrias vestes talares, seus medalhões anacrônicos e seu orgulho fora do lugar, a concubina parecia arrebentar numa segunda juventude, embutida em vistosos trajes de seda natural e com os olhos atigrados pela candeia da vingança. Aureliano Segundo voltou a se entregar a ela com a fogosidade da adolescência, como antes, quando Petra Cotes não o queria por ser ele mas porque o confundia com o irmão gêmeo, e deitando-se com os dois ao mesmo tempo pensava que Deus lhe havia agraciado com a fortuna de ter um homem que fazia amor como se fosse dois. Era tão urgente a paixão restaurada que em mais de uma ocasião se olharam nos olhos quando se preparavam para comer, e sem se dizer nada tamparam os pratos e foram morrer de fome e de amor no quarto. Inspirado nas coisas que havia visto em suas furtivas visitas às matronas francesas, Aureliano Segundo comprou para Petra Cotes uma cama com dossel arcebispal e pôs cortinas de veludo nas janelas e cobriu o teto e as paredes do quarto com grandes espelhos de cristal de rocha. Tornou-se então aos olhos de todos mais farrista e estroina que nunca. Pelo trem, que chegava todos os dias às onze, recebia caixas e mais caixas de champanha e brandy. Ao regresso da estação arrastava para o bailongo improvisado todo ser humano que encontrava pelo caminho, nativo ou forasteiro, conhecido ou por conhecer, sem diferença de tipo algum. Até o furtivo senhor Brown, que só conversava em língua estranha, se deixou seduzir pelos tentadores sinais que Aureliano Segundo lançava para ele, e várias vezes se embebedou até a morte na casa de Petra Cotes, e inclusive fez com que os ferozes cães alemães que o acompanhavam para todo lado dançassem canções texanas que ele mesmo mastigava de um jeito qualquer ao compasso da sanfona.

— Saiam da frente, vacas — berrava Aureliano Segundo no paroxismo da festa. — Saiam, que a vida é curta.

Nunca teve melhor semblante, nem foi mais querido, nem foi mais desaforada a parição de seus animais. Sacrificavam-se tantas reses, tantos porcos e galinhas nas festanças intermináveis, que a terra do pátio se tornou negra e lodosa de tanto sangue. Aquilo era um eterno vertedouro de ossos e tripas, um monturo de sobras, e era preciso andar queimando bananas de dinamite a toda hora para que os urubus não arrancassem os olhos dos convidados. Aureliano Segundo ficou gordo, violáceo, com cara de tartaruga, consequência de um apetite comparável apenas ao de José Arcádio quando retornou da volta ao mundo. O prestígio de sua desembestada voracidade, de sua imensa capacidade de esbanjar, de sua hospitalidade sem precedentes, ultrapassou os limites do pantanal e atraiu os glutões mais qualificados de todo o litoral. De qualquer lugar chegavam glutões fabulosos para tomar parte nos irracionais torneios de capacidade e resistência que eram organizados na casa de Petra Cotes. Aureliano Segundo foi o comedor invicto, até o sábado de infortúnio em que apareceu Camila Sagastume, uma fêmea totêmica conhecida no país inteiro com o bom nome de A Elefanta. O duelo se prolongou até o amanhecer da terça-feira. Nas primeiras vinte e quatro horas, tendo despachado uma vitela com aipim, inhame e banana assada, e além do mais uma caixa e meia de champanha, Aureliano Segundo estava certo de sua vitória. Via-se mais entusiasmado, mais vital que a imperturbável adversária, possuidora de um estilo evidentemente mais profissional e por isso mesmo menos emocionante para a multidão que lotou a casa. Enquanto Aureliano Segundo comia às dentadas, desbocado pela ansiedade do triunfo, A Elefanta seccionava a carne com as artes de um cirurgião, e comia sem pressa e até com um certo prazer. Era gigantesca e maciça, mas contra a corpulência colossal prevalecia a ternura da feminilidade, e tinha um rosto tão bonito, umas mãos tão finas e bem cuidadas e um encanto pessoal tão irresistível, que quando Aureliano Segundo a viu entrar na casa comentou em voz baixa que teria preferido não fazer o torneio na mesa, mas na cama. Mais tarde, quando viu como ela consumia o quadril de vitela sem violar uma só regra da melhor urbanidade, comentou seriamente que aquele delicado, fascinante e insaciável proboscídeo era de certa maneira a mulher ideal. Não estava enganado. A fama de abutre gigante que precedeu A Elefanta carecia de fundamento. Não era trituradora de bois, nem mulher barbuda num circo grego, como se dizia, mas diretora de uma academia de canto. Havia aprendido a comer sendo já uma respeitável mãe de família, procurando um método para que seus filhos se alimentassem melhor não através de estímulos artificiais do apetite, mas através da absoluta tranquilidade de espírito. Sua teoria, demonstrada na prática, se baseava no princípio de que uma pessoa que tivesse perfeitamente resolvidos todos os assuntos de sua consciência podia comer sem trégua até que o cansaço a vencesse. Assim, foi por razões morais, e não por interesse esportivo, que abandonou a academia e o lar para competir com um homem cuja fama de grande glutão sem princípios havia dado a volta ao país. Desde a primeira vez que o viu, percebeu que o que faria Aureliano Buendía perder não era o estômago, mas o temperamento. Ao final da primeira noite, enquanto A Elefanta continuava impávida, Aureliano Segundo estava se esgotando de tanto falar e rir. Dormiram quatro horas. Ao despertar, cada um bebeu suco de cinquenta laranjas, oito litros de café e trinta ovos crus. No segundo amanhecer, depois de muitas horas sem dormir e tendo despachado dois porcos, um cacho de bananas e quatro caixas de champanha, A Elefanta suspeitou que Aureliano Segundo, sem saber, havia descoberto o mesmo método que ela, mas pelo absurdo caminho da irresponsabilidade total. Era, pois, mais perigoso do que ela pensava. No entanto, quando Petra Cotes levou à mesa dois perus assados, Aureliano Segundo estava a um passo da congestão.

— Se não consegue, não coma mais — disse A Elefanta. — Ficamos empatados.

Disse de coração, compreendendo que nem ela conseguiria comer mais nada por causa do remorso de estar propiciando a morte do adversário. Mas Aureliano Segundo interpretou aquilo como um novo desafio, e se empanturrou de peru muito além de sua incrível capacidade. Perdeu a consciência. Caiu de bruços num prato de ossos, espumando baba de cachorro pela boca e sufocando em roncos de agonia. Sentiu, no meio das trevas, que era atirado do alto de uma torre para um precipício sem fundo, e num último clarão de lucidez se deu conta de que ao final daquela interminável descida o esperava a morte.

— Que me levem até Fernanda — conseguiu dizer.

Os amigos que o deixaram na casa acharam que estava cumprindo a promessa que tinha feito para a esposa de não morrer na cama da concubina. Petra Cotes havia engraxado as botinas de verniz que ele queria vestir no ataúde, e já andava procurando alguém que as levasse, quando foram lhe dizer que Aureliano Segundo estava fora de perigo. Restabeleceu-se, efetivamente, em menos de uma semana, e quinze dias depois estava celebrando com uma festança sem precedentes o acontecimento da sua sobrevivência. Continuou morando na casa de Petra Cotes, mas visitava Fernanda todos os dias e às vezes ficava para comer com a família, como se o destino tivesse invertido a situação e o deixado esposo da concubina e amante da esposa.

Foi um descanso para Fernanda. Nos tédios do abandono, suas únicas distrações eram os exercícios de clavicórdio na hora da sesta e as cartas de seus filhos. Nas detalhadas missivas que mandava a eles a cada quinze dias não havia uma única linha de verdade. Ocultava suas amarguras. Escamoteava a tristeza de uma casa que apesar da luz sobre as begônias, apesar do abafamento das duas da tarde, apesar das frequentes lufadas de festa que chegavam da rua, era cada vez mais parecida com a mansão colonial de seus pais. Fernanda vagava sozinha entre três fantasmas vivos e o fantasma morto de José Arcádio Buendía, que às vezes ia sentar-se com uma atenção inquisidora na penumbra da sala, enquanto ela tocava o clavicórdio. O coronel Aureliano Buendía era uma sombra. Desde a última vez que saiu à rua para propor uma guerra sem porvir ao coronel Gerineldo Márquez, mal abandonava a oficina para ir urinar debaixo da castanheira. Não recebia outra visita além da do barbeiro a cada três semanas. Alimentava-se de qualquer coisa que Úrsula levava uma vez por dia, e embora continuasse fabricando peixinhos de ouro com a mesma paixão de antes, deixou de vendê-los quando ficou sabendo que as pessoas não os compravam como joias e sim como relíquias históricas. Tinha feito uma fogueira no pátio com as bonecas de Remédios que decoravam seu dormitório desde o dia de seu matrimônio. A vigilante Úrsula percebeu o que o filho estava fazendo, mas não conseguiu impedi-lo.

— Você tem um coração de pedra — disse.

— Isso não é assunto de coração — disse ele. — O quarto está se enchendo de traças.

Amaranta tecia sua mortalha. Fernanda não entendia por que ela escrevia cartas ocasionais a Meme, e até mandava presentes, mas em compensação não queria nem ouvir falar de José Arcádio. "Vão morrer sem saber a razão", respondeu Amaranta quando ela fez a pergunta através de Úrsula, e aquela resposta semeou em seu coração um enigma que jamais conseguiu esclarecer. Alta, espigada, altaneira, sempre vestida com abundantes anáguas de seda e com um ar de distinção que resistia aos anos e às lembranças ruins, Amaranta parecia carregar na testa a cruz de cinza da virgindade. Na verdade levava essa cruz na mão, na venda negra que não tirava nem para dormir, e que ela mesma lavava e passava. Sua vida se esvaía em bordar o sudário. Dava para dizer que bordava durante o dia e desbordava de noite, e não com a esperança de assim derrotar a solidão mas, ao contrário, para sustentá-la.

A maior preocupação de Fernanda em seus anos de abandono era que Meme fosse passar as primeiras férias e não encontrasse Aureliano Segundo em casa. A congestão pôs um fim a esse temor. Quando Meme voltou, seus pais tinham chegado a um acordo não apenas para que a menina acreditasse que Aureliano Segundo continuava sendo um esposo domesticado, mas também para que não notasse a tristeza da casa. Todos os anos, durante dois meses, Aureliano Segundo representava seu papel de marido exemplar e promovia festas com sorvetes e biscoitinhos, que a alegre e vivaz estudante abrilhantava com o clavicórdio. Já naquele tempo era evidente que havia herdado muito pouco do gênio da mãe. Mais parecia uma segunda versão de Amaranta quando ainda não conhecia a amargura e andava alvoroçando a casa com seus passos de dança, aos doze, aos catorze anos, antes que a paixão secreta por Pietro Crespi torcesse definitivamente o rumo de seu coração. Mas, ao contrário de Amaranta, ao contrário de todo mundo, Meme ainda não revelava a sina solitária da família e parecia inteiramente de acordo com o mundo, mesmo quando se trancava na sala às duas da tarde e ensaiava o clavicórdio com uma disciplina inflexível. Era evidente que gostava da casa, que passava o ano sonhando com o alvoroço de adolescentes que sua chegada provocava, e que não andava tão longe assim da vocação festiva e dos exageros de hospitalidade de seu pai. O primeiro sinal dessa herança calamitosa revelou-se nas terceiras férias, quando Meme apareceu na casa com quatro freiras e sessenta e oito companheiras de classe, que tinha convidado a passar uma semana com sua família, por iniciativa própria e sem aviso algum.

— Que desgraça! — lamentou Fernanda. — Essa criatura é bárbara que nem o pai!

Foi preciso pedir camas e redes para os vizinhos, estabelecer nove turnos na mesa, fixar horários para o banheiro e conseguir quarenta tamboretes emprestados para que as meninas de uniformes azuis e botinhas de homem não passassem o dia inteiro revoando de um lado a outro. O convite foi um fracasso, porque as ruidosas colegiais mal acabavam de tomar o café da manhã e já tinham de começar o rodízio para o almoço, e depois para o jantar, e na semana inteira só puderam fazer um passeio nas plantações. Ao anoitecer, as freiras estavam esgotadas, incapazes de se mover para dar uma ordem a mais, e o tropel de adolescentes incansáveis ainda estava no pátio cantando insípidos hinos escolares. Um dia estiveram a ponto de atropelar Úrsula, que se empenhava em ser mais útil justamente onde mais estorvava. Certo dia, as freiras armaram um alvoroço porque o coronel Aureliano Buendía urinou debaixo da castanheira sem se preocupar com as colegiais que estavam no pátio. Amaranta esteve a ponto de semear o pânico, porque uma das freiras entrou na cozinha quando ela estava pondo sal na sopa, e a única coisa que lhe ocorreu foi perguntar o que eram aqueles punhados de pó branco.

— Arsênico — disse Amaranta.

Na noite da chegada as estudantes se enredaram de tal maneira tentando ir à retrete antes de se deitar, que à uma da madrugada as últimas ainda estavam entrando. Fernanda comprou então setenta e dois urinóis, mas só conseguiu transformar o problema noturno em matinal, porque desde o amanhecer havia na frente da retrete uma longa fila de moçoilas, cada uma com seu urinol na mão, esperando a vez de lavá-lo. Embora algumas tenham tido febre e várias tenham sofrido infecção nas picadas de mosquitos, a maioria demonstrou uma resistência inquebrantável diante das dificuldades mais penosas, e mesmo na hora do calor mais forte corriam pelo jardim. Quando enfim foram embora, as flores estavam destroçadas, os móveis partidos e as paredes cobertas de desenhos e letreiros, mas no alívio da partida Fernanda perdoou os estragos. Devolveu as camas e tamboretes emprestados e guardou os setenta e dois urinóis no quarto de Melquíades. O quarto trancado, ao redor do qual girou em outros tempos a vida espiritual da casa, foi conhecido a partir de então como o quarto dos urinóis. Para o coronel Aureliano Buendía, esse era o nome mais apropriado, porque enquanto o resto da família continuava se espantando com o fato de que o quarto de Melquíades fosse imune ao pó e à destruição, ele achava que tinha virado um monturo. Seja como for, não parecia se importar com quem tinha ou não tinha razão, e só ficou sabendo do destino do quarto porque Fernanda andou passando e perturbando seu trabalho uma tarde inteira para guardar os urinóis.

Num daqueles dias José Arcádio Segundo reapareceu na casa. Passava ao largo da varanda lateral, sem cumprimentar ninguém, e se trancava na oficina para conversar com o coronel. Apesar de não conseguir vê-lo, Úrsula analisava o ruído firme de suas botas de capataz, e se surpreendia com a distância sem remédio que o separava da família, inclusive do irmão gêmeo com quem inventava na infância engenhosas artimanhas de confusão, e com o qual já não tinha nenhum traço em comum. Era linear, solene, e tinha um ar pensativo, e uma tristeza de sarraceno, e um resplendor lúgubre no rosto da cor do outono. Era o que mais se parecia com a mãe, Santa Sofía de la Piedad. Úrsula se recriminava pela tendência de se esquecer dele ao falar da família, mas quando o sentiu de novo na casa, e percebeu que o coronel o admitia na oficina durante as horas de trabalho, voltou a examinar suas velhas lembranças e confirmou a crença de que em algum momento da infância tinha sido trocado com seu irmão gêmeo, porque era ele e não o outro que deveria se chamar Aureliano. Ninguém conhecia os pormenores de sua vida. Durante algum tempo, soube-se que não tinha residência fixa, que criava galos na casa de Pilar Ternera e que às vezes ficava por lá para dormir, mas que quase sempre passava as noites nos quartos das matronas francesas. Andava sem rumo, sem afetos, sem ambições, como uma estrela errante no sistema planetário de Úrsula.

Na verdade, José Arcádio Buendía não era membro da família, nem seria jamais de outra, desde a madrugada em que o coronel Gerineldo Márquez o levou ao quartel, não para que visse um fuzilamento, mas para que não esquecesse pelo resto de sua vida o sorriso triste e um tanto zombeteiro do fuzilado. Aquela não era apenas a sua lembrança mais antiga, mas a única de sua infância. A outra, a de um ancião com um colete anacrônico e um chapéu de asas de corvo que contava maravilhas na frente de uma janela deslumbrante, ele não conseguia situar em nenhuma época. Era uma lembrança incerta, inteiramente desprovida de ensinamentos ou de nostalgia, ao contrário da recordação do fuzilado, que na verdade havia definido o rumo de sua vida e regressava à sua memória cada vez mais nítida conforme ele ia envelhecendo, como se o passar do tempo os houvesse aproximado. Úrsula tratou de aproveitar José Arcádio Segundo para que o coronel Aureliano Buendía abandonasse seu claustro. "Convença-o a ir ao cinema", dizia. "Mesmo que não goste do filme, pelo menos terá uma ocasião de respirar ar puro." Mas não demorou a perceber que ele era tão insensível às suas súplicas como poderia ter sido o coronel, e que os dois estavam encouraçados pela mesma impermeabilidade aos afetos. Embora nunca tenha sabido, e ninguém soube, do que falavam nos prolongados claustros da oficina, entendeu que eram eles os únicos membros da família que pareciam vinculados por afinidades.

A verdade é que nem José Arcádio Segundo teria conseguido arrancar o coronel de sua clausura. A invasão escolar havia superado os limites da sua paciência. Com o pretexto de que o dormitório nupcial estava à mercê das traças apesar da destruição das apetitosas bonecas de Remédios, dependurou a rede na oficina, e então saía apenas para ir ao pátio fazer suas necessidades. Úrsula não conseguia alinhavar com ele uma conversa trivial. Sabia que não olhava os pratos de comida, que os deixava num canto da mesona enquanto terminava o peixinho, e que não se importava quando a sopa se cobria de placas de gordura e a carne esfriava. Endureceu-se cada vez mais desde que o coronel Gerineldo Márquez se negou a segui-lo numa guerra senil. Trancou-se a sete chaves dentro de si mesmo. Não se tornou a ver nele nenhuma reação humana até um onze de outubro, quando saiu à porta da rua para ver o desfile de um circo. Aquela tinha sido para o coronel Aureliano Buendía uma jornada igual a qualquer uma dos seus últimos anos. Às cinco da madrugada foi despertado pelo alvoroço dos sapos e dos grilos do lado de fora da parede. A garoa persistia desde o sábado, e ele não teria tido necessidade de ouvir seu minucioso sussurro nas folhas do jardim, porque a teria sentido no frio dos ossos. Estava, como sempre, abrigado com a manta de lã e com as compridas ceroulas de algodão cru que continuava usando por comodidade, embora por causa de seu empoeirado anacronismo ele mesmo as chamasse de "cuecas de godo". Vestiu as calças estreitas mas não fechou as presilhas nem pôs no colarinho da camisa o botão de ouro que sempre usava, porque tinha o propósito de tomar um banho. Depois botou a manta na cabeça, como um capuz, penteou com os dedos os bigodes escorridos, e foi urinar no quintal. Faltava tanto para o sol sair, que José Arcádio Buendía ainda cochilava debaixo do telhadinho de sapé apodrecido pela chuva. Ele não o viu, como nunca havia visto, nem ouviu a frase incompreensível que o espectro de seu pai disparou na sua direção quando despertou sobressaltado pelo jorro de urina quente que salpicava seus sapatos. Deixou o banho para mais tarde, não por causa do frio e da umidade mas por causa da neblina opressiva de outubro. De volta à oficina, percebeu o cheiro de mecha do fogão que estava sendo aceso por Santa Sofía de la Piedad, e esperou na cozinha que ela passasse o café para levar sua caneca sem açúcar. Santa Sofía de la Piedad perguntou a ele, como fazia todas as manhãs, em que dia da semana estavam, e ele respondeu terça-feira, onze de outubro. Vendo a impávida mulher dourada pelo resplendor do fogo, que nem naquele nem em nenhum outro instante de sua vida parecia existir de verdade, recordou de repente que num onze de outubro, em plena guerra, foi despertado pela certeza brutal de que a mulher com quem tinha dormido estava morta. Realmente estava, e não esquecia a data porque também ela tinha lhe perguntado, uma hora antes, que dia era aquele. Apesar da evocação, tampouco daquela vez teve consciência de até que ponto havia sido abandonado pelos presságios, e enquanto o café fervia continuou pensando por pura curiosidade, mas sem o mais insignificante risco de nostalgia, na mulher cujo nome jamais conheceu e cujo rosto não viu com vida porque havia chegado até a sua rede tropeçando na escuridão. E no entanto, no vazio de tantas mulheres que chegaram à sua vida da mesma forma, ele não se lembrou que foi ela que no delírio do primeiro encontro estava a ponto de naufragar em suas próprias lágrimas, e uma escassa hora antes de morrer havia jurado amá-lo até a morte. Não tornou a pensar nela, nem em nenhuma outra, depois que entrou na oficina com a caneca fumegante e acendeu a luz para contar os peixinhos de ouro que guardava em um pote de lata. Havia dezessete. Desde que decidiu não vendê-los continuava fabricando dois peixinhos por dia, e quando completava vinte e cinco tornava a fundi-los numa caldeirinha, para começar a fazê-los de novo. Trabalhou a manhã inteira, absorto, sem pensar em nada, sem perceber que às dez a chuva apertou e alguém passou na frente da oficina gritando que fechassem as portas para que a casa não fosse inundada, e sem perceber nem a si mesmo, até que Úrsula entrou com o almoço e apagou a luz.

— Que chuva! — disse Úrsula.

— Outubro — disse ele.

E ao dizer isso não levantou a vista do primeiro peixinho do dia, porque estava engastando os rubis dos olhos. Só quando terminou o peixinho, e o pôs com os outros no pote, começou a tomar a sopa. Depois comeu, muito devagar, o pedaço de carne guisada com cebola, o arroz branco e as fatias de banana frita, tudo junto num mesmo prato. Seu apetite não se alterava nem nas melhores nem nas mais duras circunstâncias. No final do almoço sentiu o desalento da ociosidade. Por uma espécie de superstição científica, nunca trabalhava, nem lia, nem tomava banho, nem fazia amor antes que transcorressem duas horas de digestão, e era uma crença tão enraizada que várias vezes atrasou operações de guerra para não submeter a tropa aos riscos de uma congestão. Assim, deitou-se na rede, catando cera dos ouvidos com um canivetinho de bolso, e em poucos minutos adormeceu. Sonhou que entrava numa casa vazia, de paredes brancas, e que se inquietava com o desconsolo de ser o primeiro ser humano que entrava nela. No sonho recordou que havia sonhado a mesma coisa na noite anterior e em muitas noites dos últimos anos, e soube que a imagem se apagaria de sua memória ao despertar, porque aquele sonho recorrente tinha a virtude de não ser lembrado a não ser dentro do próprio sonho. Um momento depois, de fato, quando o barbeiro bateu na porta da oficina o coronel Aureliano Buendía despertou com a impressão de que involuntariamente tinha adormecido por uns breves segundos, e que não tinha tido tempo de sonhar nada.

— Hoje, não — disse ao barbeiro. — Nos vemos sexta-feira.

Tinha uma barba de três dias, salpicada de penugens brancas, mas não achava necessário se barbear se na sexta ia cortar o cabelo e podia fazer tudo de uma vez só. O suor pegajoso da sesta indesejável reviveu em suas axilas as cicatrizes dos furúnculos. Havia estiado, mas o sol não saía. O coronel Aureliano Buendía emitiu um arroto sonoro que lhe devolveu ao céu da boca a acidez da sopa, e que foi como uma ordem do organismo para que jogasse a manta sobre os ombros e fosse até a retrete. Lá permaneceu mais tempo do que o necessário, acocorado sobre a densa fermentação que subia do caixote de madeira, até que o costume indicou a ele que era hora de retomar o trabalho. Durante o tempo que durou a espera tornou a recordar que era terça-feira, e que José Arcádio Segundo não tinha aparecido na oficina porque era dia de pagamento nas fazendas da companhia bananeira. Essa lembrança, como todas as dos últimos anos, levou-o, sem quê nem porquê, a pensar na guerra. Recordou que o coronel Gerineldo Márquez havia lhe prometido certa vez conseguir para ele um cavalo com uma estrela branca na testa, e que nunca mais tinham voltado a falar no assunto. Depois derivou para episódios dispersos, mas evocou-os sem qualificá-los, porque à força de não conseguir pensar em outra coisa havia aprendido a pensar a frio, para que as recordações inevitáveis não machucassem nenhum de seus sentimentos. De regresso à oficina, vendo que o ar começava a secar, decidiu que era um bom momento para tomar banho, mas Amaranta havia se antecipado. Portanto, começou o segundo peixinho do dia. Estava enlaçando a cauda quando o sol saiu com tanta força que a claridade rangeu como uma canoa. O ar lavado pela chuva fina de três dias encheu-se de formigas voadoras. Então se deu conta de que tinha desejo de urinar, e que estava adiando até que acabasse de armar o peixinho. Ia para o pátio, às quatro e dez, quando ouviu os clarins distantes, os canhões do bumbo e o júbilo das crianças, e pela primeira vez desde a sua juventude pisou conscientemente numa armadilha da nostalgia e reviveu a prodigiosa tarde de ciganos em que seu pai o levou para conhecer o gelo. Santa Sofía de la Piedad abandonou o que estava fazendo na cozinha e correu até a porta.

— É o circo — gritou.

Em vez de ir até a castanheira, o coronel Aureliano Buendía também foi até a porta da rua e se misturou com os curiosos que contemplavam o desfile. Viu uma mulher vestida de ouro no cangote de um elefante. Viu um dromedário triste. Viu um urso vestido de holandesa que marcava o compasso da música com uma concha e uma caçarola. Viu os palhaços dando cambalhotas na cauda do desfile, e viu outra vez a cara de sua solidão miserável quando tudo acabou de passar e não restou nada além do luminoso espaço da rua, e o ar cheio de formigas voadoras, e uns quantos curiosos na beira do precipício da incerteza. Então foi até a castanheira, pensando no circo, e enquanto urinava tratou de continuar pensando no circo, mas não achou mais a lembrança. Enfiou a cabeça entre os ombros, como um franguinho, e ficou imóvel com a testa apoiada no tronco da castanheira. A família não ficou sabendo até o dia seguinte, às onze da manhã, quando Santa Sofía de la Piedad foi jogar o lixo no baldio dos fundos e reparou que os urubus estavam baixando.

As últimas férias de Meme coincidiram com o luto pela morte do coronel Aureliano Buendía. Na casa fechada não havia lugar para festas. Falava-se aos sussurros, comia-se em silêncio, rezava-se o rosário três vezes por dia, e até os exercícios de clavicórdio no calor da sesta tinham uma ressonância fúnebre. Apesar de sua secreta hostilidade contra o coronel, foi Fernanda quem impôs o rigor daquele luto, impressionada pela solenidade com que o governo exaltou a memória do inimigo morto. Aureliano Segundo voltou, como de costume, a dormir na casa enquanto durassem as férias da filha, e alguma coisa Fernanda deve ter feito para recuperar seus privilégios de esposa legítima, porque no ano seguinte Meme encontrou uma irmãzinha recém-nascida, que foi batizada, contra a vontade da mãe, com o nome de Amaranta Úrsula.

Meme havia terminado seus estudos. O diploma que a credenciava como concertista de clavicórdio foi ratificado pelo virtuosismo com que executou temas populares do século XVII na festa organizada para celebrar a culminação de seus estudos, e com a qual se pôs fim ao luto. Os convidados admiraram, mais que sua arte, sua rara dualidade. Seu ar frívolo e até um pouco infantil não parecia adequado para nenhuma atividade séria, mas quando sentava-se ao clavicórdio se transformava numa moça diferente, a quem aquela maturidade imprevista dava ares de adulta. Foi sempre assim. Na verdade não tinha uma vocação definida, mas havia conseguido as notas mais altas através de uma disciplina inflexível, para não contrariar a mãe. Se tivessem imposto a ela o aprendizado de qualquer outro ofício, os resultados teriam sido os mesmos. Desde muito menina se incomodava com o rigor de Fernanda, seu costume de decidir pelos outros, e teria sido capaz de um sacrifício muito mais duro do que as aulas de clavicórdio só para não tropeçar com a sua intransigência. Na cerimônia de fim de curso, teve a impressão de que o pergaminho com letras góticas e maiúsculas a libertava de um compromisso que havia aceitado não tanto por obediência mas por comodidade, e achou que a partir daquele momento nem a obstinada Fernanda tornaria a se preocupar com um instrumento que até as freiras consideravam um fóssil de museu. Nos primeiros anos achou que seus cálculos estavam errados, porque depois de ter feito meia cidade dormir não só em sua sala de visitas, mas em tudo que foi recital beneficente, sarau escolar e comemoração patriótica celebrados em Macondo, sua mãe continuou convidando todos os recém-chegados que supunha capazes de apreciar as virtudes de sua filha. Só depois da morte de Amaranta, quando a família tornou a se fechar em luto durante algum tempo, Meme pôde trancar o clavicórdio e esquecer a chave em algum guarda-roupa sem que Fernanda se desse o trabalho de averiguar em qual momento, ou por culpa de quem, ela tinha se extraviado. Meme aguentou as exibições com o mesmo estoicismo com que se dedicou ao aprendizado. Era o preço de sua liberdade. Fernanda estava tão satisfeita com sua docilidade e tão orgulhosa da admiração que sua arte despertava, que jamais se opôs a que tivesse a casa cheia de amigas e passasse as tardes nas plantações e fosse ao cinema com Aureliano Segundo ou com senhoras de confiança, desde que o filme tivesse sido autorizado no púlpito pelo padre Antônio Isabel. Naqueles momentos de distração, os verdadeiros gostos de Meme se revelavam. Sua felicidade estava no outro extremo da disciplina, nas festas ruidosas, nos mexericos de namorados, nas prolongadas horas passadas trancada com suas amigas, onde aprendiam a fumar e conversavam sobre assuntos de homens, e onde uma vez exageraram a mão com três garrafas de rum e acabaram nuas medindo-se entre si e comparando as partes de seus corpos. Meme não esqueceria jamais a noite em que entrou na casa mastigando bastõezinhos de alcaçuz, e sem que elas percebessem seu transtorno, sentou-se na mesa onde Fernanda e Amaranta jantavam sem trocar palavra uma com a outra. Tinha passado duas tremendas horas no quarto de uma amiga, chorando de rir e de medo, e no outro lado da crise havia encontrado o estranho sentimento de valentia que lhe fez falta para fugir do colégio e dizer à mãe com essas ou com outras palavras que podia muito bem se dar uma lavagem de clavicórdio no intestino. Sentada na cabeceira da mesa, tomando um caldo de galinha que caía em seu estômago como um elixir de ressurreição, Meme viu Fernanda e Amaranta envolvidas no halo acusador da realidade. Precisou fazer um grande esforço para não jogar na cara delas seus melindres, sua pobreza de espírito, seus delírios de grandeza. Desde as segundas férias sabia que seu pai só morava na casa para manter as aparências, e conhecendo Fernanda como conhecia, e tendo mais tarde dado um jeito de conhecer Petra Cotes, deu razão ao pai. Ela também teria preferido ser filha da concubina. No torpor do álcool, Meme pensava com deleite no escândalo que teria suscitado se naquele momento tivesse expressado seus pensamentos, e foi tão intensa a íntima satisfação da picardia, que Fernanda percebeu.

— O que há com você? — perguntou.

— Nada — respondeu Meme. — É que só agora descobri o quanto eu gosto de vocês.

Amaranta assustou-se com a evidente carga de ódio que havia naquela declaração. Mas Fernanda sentiu-se tão comovida que achou que estava ficando louca quando Meme despertou à meia-noite com a cabeça explodindo de dor e afogando-se em vômitos de bílis. Deu a ela um frasco de óleo de fígado de bacalhau, pôs cataplasmas em seu ventre e bolsas de gelo na cabeça, e obrigou-a a cumprir a dieta e o repouso absoluto de cinco dias ordenado pelo novo e extravagante médico francês que, depois de examiná-la durante mais de duas horas, chegou à nebulosa conclusão de que o que ela tinha era um transtorno típico das mulheres. Abandonada pela valentia, num miserável estado de desmoralização,

Meme não teve outro jeito a não ser aguentar. Úrsula, já completamente cega, mas ainda ativa e lúcida, foi a única a intuir o diagnóstico exato. "Para mim — pensou — essas coisas aí são as mesmas que acontecem com os bêbados." Mas não apenas rejeitou a ideia, como recriminou a leviandade do próprio pensamento. Aureliano Segundo sentiu um estirão na consciência quando viu o estado de prostração de Meme, e prometeu a si mesmo cuidar melhor dela no futuro. Foi assim que nasceu a relação de alegre camaradagem entre pai e filha, que o libertou durante um tempo da amarga solidão das farras, e a ela da tutela de Fernanda, sem precisar provocar a crise doméstica que já parecia inevitável. Aureliano Segundo passou então a adiar qualquer compromisso para estar com Meme, para levá-la ao cinema ou ao circo, e dedicava a ela a maior parte de seu ócio. Nos últimos tempos, o estorvo da obesidade absurda que já não permitia que ele amarrasse os cadarços dos sapatos e a satisfação abusiva de todos os tipos de apetite tinham começado a amargar seu temperamento. A descoberta da filha restituiu-lhe a antiga jovialidade, e o gosto de estar com ela ia, pouco a pouco, afastando-o da dissipação. Meme despontava numa idade frutífera. Não era bela, como Amaranta jamais foi, mas em compensação era simpática, descomplicada, e tinha a virtude de agradar desde o primeiro momento. Tinha um espírito moderno, que machucava a antiga sobriedade e o mal disfarçado coração mesquinho de Fernanda, e que Aureliano Segundo gostava de patrocinar. Foi ele quem resolveu tirá-la do dormitório que ocupava desde menina, onde os pávidos olhos dos santos continuavam alimentando seus terrores de adolescente, e mobiliou para ela um quarto com uma cama de rainha, um toucador amplo e cortinas de veludo, sem perceber que estava fazendo uma segunda versão do aposento de Petra Cotes. Era tão pródigo com Meme que nem sabia quanto dinheiro dava a ela, porque ela mesma tirava de seus bolsos, e a mantinha a par de tudo que era novidade embelezadora que chegava aos armazéns da companhia bananeira. O quarto de Meme encheu-se de almofadinhas de pedras-pomes para polir as unhas, aneladores para os cabelos, polidores para os dentes, colírios para languescer o olhar, e tantos e tão novidadeiros cosméticos e artefatos de beleza que cada vez que Fernanda entrava no dormitório se escandalizava com a ideia de que o toucador da filha devia ser igual ao das matronas francesas. Acontece que naquela época Fernanda andava com o tempo dividido entre a pequena Amaranta Úrsula, que era caprichosa e enfermiça, e uma emocionante correspondência com os médicos invisíveis. Portanto, quando notou a cumplicidade do pai com a filha, a única promessa que arrancou de Aureliano Segundo foi a de que jamais levaria Meme à casa de Petra Cotes. Era uma advertência sem sentido, porque a concubina estava tão aborrecida com a camaradagem de seu amante com a filha que não queria saber dela. Estava atormentada por um temor desconhecido, como se o instinto indicasse que Meme, se quisesse, poderia conseguir o que Fernanda não conseguiu: privá-la de um amor que já considerava assegurado até a morte. Pela primeira vez Aureliano Segundo teve de suportar a cara feia e as virulentas ladainhas da concubina, e chegou a temer que seus baús andarilhos acabassem fazendo o caminho de volta até a casa de sua esposa. Mas isto não aconteceu. Ninguém conhecia melhor um homem do que Petra Cotes conhecia o amante, e sabia que os baús ficariam para onde tinham sido mandados, porque se havia uma coisa que Aureliano Segundo detestava nesse mundo era complicar a vida com retificações e mudanças. Assim, os baús ficaram onde estavam, e Petra Cotes empenhou-se em reconquistar aquele marido afiando as únicas armas com as quais a filha não poderia disputá-lo. Foi também um esforço desnecessário, porque Meme jamais teve o propósito de intervir nos assuntos do pai, e se tivesse, certamente teria sido a favor da concubina. Não lhe sobrava tempo para incomodar ninguém. Ela mesma varria o quarto e arrumava a cama, conforme as freiras tinham ensinado. De manhã cuidava da roupa, bordando na varanda lateral ou costurando na velha máquina a manivela de Amaranta. Enquanto os outros faziam a sesta, estudava duas horas de clavicórdio, sabendo que o sacrifício diário manteria Fernanda tranquila. Pela mesma razão, continuava oferecendo concertos em bazares eclesiásticos e saraus escolares, embora os convites fossem cada vez menos frequentes. Ao entardecer se arrumava, punha suas roupas simples e seus borzeguins duros, e se não tinha nada para fazer com o pai ia para a casa das amigas, onde permanecia até a hora do jantar. Era excepcional que Aureliano Segundo não fosse buscá-la para irem ao cinema.

Entre as amigas de Meme havia três jovens norte-americanas que romperam o cerco do galinheiro eletrificado e fizeram amizade com moças de Macondo. Uma delas era Patrícia Brown. Agradecido pela hospitalidade de Aureliano Segundo, o senhor Brown abriu as portas de sua casa para Meme e convidou-a para os bailes dos sábados, que eram os únicos em que os gringos se misturavam com os nativos. Quando Fernanda ficou sabendo, esqueceu-se por um momento de Amaranta Úrsula e dos médicos invisíveis, e armou um tremendo melodrama. "Imagine só — disse a Meme — o que o coronel vai pensar em sua tumba." Estava procurando, é claro, o apoio de Úrsula. Mas a anciã cega, ao contrário do que todos esperavam, achou que não havia nada a recriminar no fato de Meme ir aos bailes e cultivar amizades com as norte-americanas da sua idade, desde que mantivesse o juízo firme e não se deixasse converter à religião protestante. Meme entendeu muito bem o pensamento da tataravó, e no dia seguinte aos bailes se levantava mais cedo que de costume para ir à missa. Fernanda resistiu até o dia em que Meme a desarmou com a notícia de que os norte-americanos queriam ouvi-la tocar clavicórdio. O instrumento foi tirado uma vez mais de casa e levado para a do senhor Brown, onde a jovem concertista recebeu os aplausos mais sinceros e os cumprimentos mais entusiastas. A partir de então não apenas a convidavam para os bailes mas também para os banhos de piscina dominicais, e a almoçar uma vez por semana. Meme aprendeu a nadar como uma profissional, a jogar tênis e a comer presunto da Virginia com rodelas de abacaxi. Entre bailes, piscina e tênis, se viu de repente arranhando o inglês. Aureliano Segundo se entusiasmou tanto com os progressos da filha que comprou para ela, de um vendedor ambulante, uma enciclopédia inglesa em seis volumes e com numerosas ilustrações coloridas, que Meme lia nas suas horas vagas. A leitura ocupou a atenção que antes dedicava aos fuxicos de namorados ou aos encontros secretos e experimentais com suas amigas, não porque tivesse imposto isso como disciplina, mas porque já havia perdido qualquer interesse em comentar mistérios que eram de domínio público. Recordava a bebedeira como uma aventura infantil, e achou-a tão divertida que contou para Aureliano Segundo, que a achou mais divertida ainda. "Se sua mãe soubesse", disse ele, sufocando de tanto rir, como dizia sempre que ela fazia alguma confidência. Tinha feito ela prometer que com a mesma liberdade e a mesma confiança contaria de seu primeiro namoro, e Meme havia contado que simpatizava com um norte-americano ruivo que tinha ido passar as férias com os pais. "Que barbaridade", riu Aureliano Segundo. "Se sua mãe soubesse." Mas Meme contou também que o rapaz tinha voltado para o seu país e não havia tornado a dar sinais de vida. Sua maturidade bem ajuizada afiançou a paz doméstica. Aureliano Segundo dedicava então mais horas a Petra Cotes, e embora o corpo e a alma já não dessem para farras como as de antes não perdia ocasião para promovê-las e tirar da caixa a sanfona, que já tinha algumas teclas amarradas com cadarços de sapatos. Na casa, Amaranta bordava sua interminável mortalha e Úrsula se deixava arrastar pela decrepitude até o fundo das trevas, onde a única coisa que continuava visível era o espectro de José Arcádio Buendía debaixo da castanheira. Fernanda consolidou sua autoridade. As cartas mensais ao filho José Arcádio já não levavam uma linha de mentira, e só ocultava dele sua correspondência com os médicos invisíveis, que haviam diagnosticado um tumor benigno em seu intestino grosso e estavam preparando-a para uma intervenção telepática.

Daria até para dizer que na cansada mansão dos Buendía havia paz e felicidade rotineira para muito tempo, se a intempestiva morte de Amaranta não tivesse promovido um novo escândalo. Foi um acontecimento inesperado. Embora estivesse velha e afastada de todos, ainda se mostrava firme e esguia, com a saúde de pedra que sempre teve.

Ninguém soube de seus pensamentos desde a tarde em que rejeitou definitivamente o coronel Gerineldo Márquez e se trancou para chorar. Quando saiu, tinha esgotado todas as suas lágrimas. Não foi vista chorando com a subida de Remédios, a Bela, aos céus, nem com o extermínio dos Aurelianos, nem com a morte do coronel Aureliano Buendía, que era a pessoa que ela mais tinha amado nesse mundo, embora só tenha podido demonstrar isso quando acharam seu cadáver debaixo da castanheira. Ela ajudou a erguer o corpo. Vestiu-o com seus brilhos e pompas de guerreiro, fez sua barba, penteou seus cabelos e encerou o bigode melhor do que ele mesmo fazia em seus tempos de glória. Ninguém pensou que houvesse amor naquele ato, porque estavam acostumados com a familiaridade de Amaranta com os rituais da morte. Fernanda se escandalizava por ela não entender as relações do catolicismo com a vida, mas só suas relações com a morte, como se não fosse uma religião mas um prospecto de convencionalismos funerários. Amaranta estava demasiado enredada no cipoal de suas recordações para entender aquelas sutilezas apologéticas. Havia chegado à velhice com todas as suas nostalgias vivas. Quando escutava as valsas de Pietro Crespi sentia os mesmos desejos de chorar que tivera na adolescência, como se o tempo e as cicatrizes da vida não servissem para nada. Os rolos de música que ela mesma tinha jogado no lixo com o pretexto de que estavam apodrecendo com a umidade continuavam girando e golpeando os marteletes de sua memória. Tinha tratado de sufocá-los na paixão pantanosa que se permitiu com seu sobrinho Aureliano José, e havia tratado de se refugiar na proteção serena e viril do coronel Gerineldo Márquez, mas não tinha conseguido derrotá-los nem com o ato mais desesperado de sua velhice, quando dava banho no pequeno José Arcádio, de três anos, antes que ele fosse mandado para o seminário, e o acariciava não como uma avó poderia fazer com um neto mas como teria feito uma mulher com seu homem, como se contava que faziam as matronas francesas, e como ela quis fazer com Pietro Crespi aos doze, aos catorze anos, quando o viu com suas calças de baile e a varinha mágica com que marcava o compasso do metrônomo. Às vezes doía nela ter deixado aquele rastro de miséria, e às vezes sentia tanta raiva que picava os dedos com a agulha, e mais doía e mais raiva dava, e mais amargava o pomar de amor, ao mesmo tempo fragrante e bichado, que ia arrastando rumo à morte. Do mesmo modo que o coronel Aureliano Buendía pensava na guerra, sem conseguir evitar, Amaranta pensava em Rebeca. Mas, enquanto seu irmão tinha conseguido esterilizar as recordações, ela só havia conseguido escaldá-las. A única coisa que rogou a Deus durante muitos anos foi que não lhe desse o castigo de morrer antes de Rebeca. E, cada vez que passava pela casa dela e notava os progressos da destruição, se alegrava com a ideia de que Deus a estava ouvindo. Uma tarde, quando costurava na varanda das begônias, foi assaltada pela certeza de que estaria sentada naquele lugar, naquela mesma posição e debaixo daquela mesma luz, quando alguém chegaria com a notícia da morte de Rebeca. Sentou-se para esperar, como quem espera uma carta, e a verdade é que chegou a arrancar botões para tornar a pregá-los, para que a ociosidade não tornasse a espera mais longa e angustiosa. Ninguém na casa reparou então que Amaranta teceu uma preciosa mortalha para Rebeca. Mais tarde, quando Aureliano Triste contou que tinha visto Rebeca transformada numa visão de assombração, com a pele trincada e umas poucas mechas amareladas no crânio, Amaranta não se surpreendeu, porque o espectro descrito era igual ao que ela imaginava fazia muito tempo. Tinha decidido restaurar o cadáver de Rebeca, dissimular com parafina os estragos do rosto e fazer para ela uma peruca com o cabelo dos santos. Fabricaria um cadáver formoso, com a mortalha de linho e um ataúde forrado de veludo com camadas de púrpura, e o poria à disposição dos vermes num funeral esplêndido. Elaborou o plano com tanto ódio que estremeceu com a ideia de que teria feito do mesmo jeito se fizesse com amor, mas não se deixou aturdir pela confusão e continuou aperfeiçoando os detalhes tão minuciosamente que chegou a ser, mais do que uma especialista, uma virtuose nos ritos da morte. A única coisa que não considerou em seu plano assustador foi que, apesar de suas súplicas a Deus, ela poderia morrer primeiro que Rebeca. E foi o que acabou acontecendo. Só que no instante final Amaranta não se sentiu frustrada, pelo contrário, sentiu-se liberada de qualquer amargura, porque a morte deparou-lhe o privilégio de se anunciar com vários anos de antecipação. Viu-a num meio-dia ardente, costurando com ela na varanda das begônias, pouco depois que Meme foi para o colégio. Reconheceu-a no ato e não havia nada de pavoroso na morte, porque era uma mulher vestida de azul e com os cabelos longos, de aspecto um pouco antiquado, e um tanto parecida com a Pilar Ternera da época em que a ajudava nos ofícios de cozinha. Várias vezes Fernanda estava presente e não a viu, apesar de ela ser tão real, tão humana, que em certa ocasião pediu a Amaranta o favor de passar a linha numa agulha. A morte não disse quando ela ia morrer, nem se sua hora estava marcada antes que a de Rebeca, mas mandou que começasse a tecer sua própria mortalha no próximo dia seis de abril. Autorizou que fosse tão complicada e primorosa como ela quisesse, mas tão honradamente como a que tinha feito para Rebeca, e advertiu que haveria de morrer sem dor, nem medo, nem amargura, no anoitecer do dia em que a terminasse. Tratando de perder a maior quantidade de tempo possível Amaranta encomendou as meadas de cambraia de linho, e ela mesma fabricou a tela. Fez com tanto cuidado que só nessa tarefa levou quatro anos. Depois começou o bordado. Conforme se aproximava o final inevitável, ia compreendendo que somente um milagre permitiria que prolongasse o trabalho além da morte de Rebeca, mas aquela mesma concentração proporcionou a ela a calma que faltava para aceitar a ideia de uma frustração. Foi quando entendeu o círculo vicioso dos peixinhos de ouro do coronel Aureliano Buendía. O mundo se reduziu à superfície de sua pele, e o interior ficou a salvo de qualquer amargura. Doeu nela o fato de não ter tido aquela revelação muitos anos antes, quando ainda teria sido possível purificar as lembranças e reconstruir o universo debaixo de uma nova luz, e evocar sem estremecer o cheiro de alfazema de Pietro Crespi ao entardecer, e resgatar Rebeca de seu caldo de miséria, não por ódio nem por amor, mas pela compreensão sem limite da solidão. O ódio que percebeu certa noite nas palavras de Meme não a comoveu porque a afetasse, mas porque se sentiu repetida em outra adolescência que parecia tão limpa como deve ter parecido a sua, e que, no entanto, já estava contaminada pelo rancor. Mas era de tal maneira profundo o conformismo com seu destino que sequer se inquietou com a certeza de que estavam fechadas todas as possibilidades de corrigir aquele rumo. Seu único objetivo foi terminar a mortalha. Em vez de atrasá-la com preciosismos inúteis, como fez no começo, apressou os trabalhos. Uma semana antes, calculou que daria o último ponto na noite do dia quatro de fevereiro, e sem revelar o motivo sugeriu a Meme que antecipasse um concerto de clavicórdio que tinha previsto para o dia seguinte, mas ela não deu atenção. Amaranta procurou então a maneira de atrasar tudo quarenta e oito horas, e até pensou que a morte a estava atendendo, porque na noite do dia quatro de fevereiro uma tempestade estragou o gerador de eletricidade. Mas no dia seguinte, às oito da manhã, deu o último ponto no trabalho mais primoroso que mulher alguma jamais havia terminado, e anunciou sem o menor dramatismo que morreria ao entardecer. Não apenas preveniu a família, mas a população inteira, porque Amaranta tinha cismado com a ideia de que era possível reparar em vida umas mesquinharias com um último favor ao mundo, e pensou que nenhum poderia ser melhor do que levar cartas aos mortos.

A notícia de que Amaranta Buendía zarparia no crepúsculo levando o correio da morte correu Macondo antes do meio-dia, e às três da tarde havia na sala um caixote cheio de cartas. Os que não quiseram escrever passaram a Amaranta recados verbais que ela anotou numa caderneta com o nome e a data da morte do destinatário. "Não se preocupe", tranquilizava os remetentes. "A primeira coisa que farei ao chegar será perguntar por ele, e darei seu recado." Parecia uma farsa. Amaranta não revelava transtorno algum, nem o mais leve sinal de dor, e até parecia um pouco rejuvenescida pelo dever cumprido. Estava tão esguia e esbelta como sempre. Se não fossem os pômulos endurecidos e a falta de alguns dentes, teria parecido muito menos velha do que era na realidade. Ela mesma determinou que as cartas fossem postas numa caixa lacrada com breu, e indicou a maneira como deveria ser colocada na tumba para melhor preservá-la da umidade. Pela manhã chamou um carpinteiro que tomou suas medidas para o ataúde, de pé, na sala, como se fosse para um vestido. Nas últimas horas despertou em Amaranta um tamanho dinamismo que Fernanda ficou achando que ela estava debochando de todos. Úrsula, com a experiência de que os Buendía morriam sem doença, não duvidou que Amaranta tivesse tido o presságio da morte, mas em todo caso atormentou-se com o temor de que no afã das cartas e com a ansiedade de que chegassem rápido os atarantados remetentes acabassem por enterrá-la viva. Por isso se empenhou em esvaziar a casa, disputando aos gritos espaço com os intrusos, e às quatro da tarde conseguiu o que queria. Naquela hora, Amaranta acabava de distribuir suas coisas entre os pobres, e só havia deixado sobre o severo ataúde de tábuas sem polir a muda de roupa e as chinelas de veludo barato que haveria de levar na morte. Levou em conta essa precaução ao recordar que quando o coronel Aureliano Buendía morreu foi preciso comprar um par de sapatos novos para ele, porque só haviam sobrado as pantufas que usava na oficina. Pouco antes das cinco Aureliano Segundo foi buscar Meme para o concerto, e se surpreendeu com a casa preparada para o funeral. Se alguém parecia vivo naquela hora era a serena Amaranta, que havia tido tempo até para aparar os calos. Aureliano Segundo e Meme se despediram dela com adeuses de deboche, e prometeram que no sábado seguinte haveria a farra da ressurreição. Atraído pelas vozes públicas de que Amaranta Buendía estava recebendo cartas para os mortos, o padre Antônio Isabel chegou às cinco levando os santos sacramentos, e precisou esperar mais de quinze minutos para que a moribunda saísse do banho. Quando a viu aparecer com um camisolão de algodão cru e os cabelos soltos nas costas, o decrépito pároco achou que era uma zombaria e despachou o coroinha. Pensou, porém, em aproveitar a ocasião para tomar a confissão de Amaranta depois de quase vinte anos de reticências. Amaranta replicou, simplesmente, que não precisava de assistência espiritual de nenhum tipo, porque tinha a consciência limpa. Fernanda se escandalizou. E, sem tomar cuidado para não ser ouvida, se perguntou em voz alta que espantoso pecado Amaranta teria cometido para preferir uma morte sacrílega à vergonha de uma confissão. Então Amaranta se deitou e obrigou Úrsula a dar testemunho público de sua virgindade.

— Que ninguém se iluda — gritou Úrsula, para que Fernanda ouvisse. — Amaranta Buendía vai-se embora deste mundo do mesmo jeito que veio.

Não tornou a se levantar. Recostada em almofadões, como se estivesse doente de verdade, teceu suas longas tranças e enrolou-as sobre as orelhas, do jeito que a morte havia recomendado para quando estivesse no ataúde. Depois pediu a Úrsula um espelho e pela primeira vez em mais de quarenta anos viu seu rosto devastado pela idade e pelo martírio, e surpreendeu-se ao ver como se parecia com a imagem mental que tinha de si mesma. Úrsula compreendeu, pelo silêncio da alcova, que tinha começado a escurecer.

— Despeça-se de Fernanda — suplicou a ela. — Um minuto de reconciliação tem mais mérito que uma vida inteira de amizade.

— Não vale mais a pena — replicou Amaranta.

Meme não conseguiu deixar de pensar nela quando acenderam as luzes de um palco improvisado e começou a segunda parte do programa. Na metade da peça alguém deu a notícia em seu ouvido, e a apresentação foi suspensa. Quando chegou na casa, Aureliano Segundo teve que abrir caminho aos empurrões no meio da multidão para ver o cadáver da donzela anciã, feia e com uma cor ruim, com a venda negra na mão e envolta na mortalha primorosa. Estava exposto na sala ao lado do caixote do correio.

Úrsula não tornou a se levantar depois das nove noites de Amaranta. Santa Sofía de la Piedad assumiu a responsabilidade de tomar conta dela. Era quem levava a comida ao dormitório, e a água de urucum para que se lavasse, e a mantinha a par de tudo que acontecia em Macondo. Aureliano Segundo a visitava com frequência e levava roupas que ela punha perto da cama, junto com as coisas mais indispensáveis para o viver diário, e assim em pouco tempo construiu um mundo ao alcance da mão. Conseguiu despertar um grande afeto na pequena Amaranta Úrsula, que era idêntica a ela, e que com ela aprendeu a ler. Sua lucidez, a habilidade para se bastar a si mesma faziam pensar que estava naturalmente vencida pelo peso dos cem anos, mas embora fosse evidente que andava mal da vista ninguém suspeitou que estivesse completamente cega. Dispunha então de tanto tempo e tanto silêncio interior para vigiar a vida da casa que foi ela a primeira a perceber a calada aflição de Meme.

— Vem cá — disse a ela. — Agora que estamos sozinhas, confessa a esta pobre velha o que é que está acontecendo.

Meme evitou a conversa com um riso entrecortado. Úrsula não insistiu, mas acabou confirmando suas suspeitas quando Meme não tornou a visitá-la. Sabia que se arrumava mais cedo que de costume, que não tinha um instante de sossego enquanto esperava a hora de ir para a rua, que passava noites inteiras dando voltas na cama do dormitório ao lado, e que se atormentava com o bater de asas de uma borboleta. Em certa ocasião ouviu-a dizer que ia se encontrar com Aureliano Segundo, e Úrsula se surpreendeu que Fernanda fosse tão curta de imaginação que não suspeitasse de nada quando seu marido foi até a casa perguntar pela filha. Era demasiado evidente que Meme andava com assuntos sigilosos, compromissos urgentes, ansiedades reprimidas, muito antes da noite em que Fernanda alvoroçou a casa porque encontrou-a beijando um homem no cinema.

A própria Meme andava tão ensimesmada que acusou Úrsula de tê-la denunciado. Na verdade, se denunciou a si mesma. Fazia tempo que ao passar deixava atrás de si um rio de pistas que teriam despertado o mais adormecido, e se Fernanda demorou tanto em descobri-las foi porque ela também andava obnubilada pelas suas relações secretas com os médicos invisíveis. Mesmo assim, acabou percebendo os silêncios profundos, os sobressaltos intempestivos, as alterações do humor e as contradições da filha. Empenhou-se numa vigilância dissimulada, mas implacável. Deixou que ela fosse encontrar as amigas de sempre, ajudou-a a se vestir para as festas de sábado, e jamais fez uma pergunta impertinente que pudesse alertá-la. Já tinha muitas provas de que Meme fazia coisas diferentes das que anunciava, e ainda assim não deixou vislumbrar suas suspeitas, à espera da ocasião decisiva. Certa noite, Meme anunciou que ia ao cinema com o pai. Pouco depois, Fernanda ouviu os rojões da festança e a inconfundível sanfona de Aureliano Segundo pelos lados da casa de Petra Cotes. Então se vestiu, entrou no cinema, e na penumbra das poltronas reconheceu sua filha. A atordoante emoção do acerto impediu que ela visse o homem que a filha estava beijando, mas chegou a perceber sua voz trêmula no meio dos apupos e das gargalhadas ensurdecedoras do público. "Sinto muito, amor", ela ouviu o homem dizer, e sem dizer uma palavra tirou Meme do cinema e a submeteu à vergonha de ser levada pela alvoroçada Rua dos Turcos, e trancou-a no quarto a sete chaves.

No dia seguinte, às seis da tarde, Fernanda reconheceu a voz do homem que foi visitá-la. Era jovem, amulatado, com uns olhos escuros e melancólicos que não a teriam surpreendido tanto se tivesse conhecido os ciganos, e um ar sonhador que teria bastado para qualquer mulher de coração menos rígido entender os motivos de sua filha. Vestia um linho muito usado, com sapatos defendidos desesperadamente por camadas sobrepostas de tinta branca, e levava na mão um chapéu canotier comprado no sábado anterior. Nunca na vida havia estado ou tornaria a estar mais assustado do que naquele momento, mas tinha uma dignidade e um domínio que o punham a salvo da humilhação, e uma galhardia legítima que só fracassava nas mãos maltratadas e nas unhas lascadas pelo trabalho rude. Para Fernanda, porém, bastou vê-lo uma vez para intuir sua condição de peão da ralé. Percebeu que levava no corpo a única muda dos domingos, e que debaixo da camisa tinha a pele carcomida pela sarna da companhia bananeira. Não deixou nem que ele falasse. Não permitiu sequer que passasse da porta que um momento depois precisou fechar porque a casa estava cheia de borboletas amarelas.

— Caia fora daqui — disse a ele. — Não tem o que procurar entre gente decente.

Chamava-se Mauricio Babilônia. Tinha nascido e crescido em Macondo, e era aprendiz de mecânico nas oficinas da companhia bananeira. Meme o conheceu por acaso, na tarde em que foi com Patrícia Brown buscar o automóvel para dar um passeio pelas plantações. Como o chofer estava doente, ele ficou encarregado de dirigir para elas, e Meme pôde enfim satisfazer seu desejo de sentar-se ao lado do volante e observar de perto o sistema de conduzir. Ao contrário do chofer titular, Mauricio Babilônia fez para ela uma demonstração prática. Isso aconteceu na época em que Meme começou a frequentar a casa do senhor Brown, quando ainda era considerado indigno de damas dirigirem um automóvel. Assim, ela se conformou com a informação teórica e não tornou a ver Mauricio Babilônia durante meses. Mais tarde haveria de recordar que naquele passeio sua beleza varonil chamou sua atenção, exceto a brutalidade das mãos, e que depois havia comentado com Patrícia Brown o mal-estar que a segurança um tanto altaneira do rapaz havia produzido nela. No primeiro sábado em que foi ao cinema com o pai tornou a ver Mauricio Babilônia com sua roupa de linho, sentado a pouca distância deles, e percebeu que se desinteressava do filme para virar e olhar para ela, não tanto para vê-la mas para que ela notasse que estava olhando. Meme ficou incomodada com a vulgaridade daquele sistema. No final, Mauricio Babilônia se aproximou para cumprimentar Aureliano Segundo, e só então Meme ficou sabendo que os dois se conheciam porque ele tinha trabalhado na primitiva geradora elétrica de Aureliano Triste, e tratava seu pai com uma atitude de subalterno. Essa comprovação aliviou-a do desgosto que sua altivez provocava nela. Ainda não tinham se encontrado a sós, nem tinham cruzado uma palavra além do cumprimento, na noite em que ela sonhou que ele a salvava de um naufrágio, e não sentia um sentimento de gratidão, e sim de raiva. Era como ter dado a ele uma oportunidade que ele desejava, sendo que Meme ansiava pelo contrário, não apenas com Mauricio Babilônia mas com qualquer outro homem que se interessasse por ela. Por isso se indignou tanto que, depois do sonho, em vez de detestá-lo, sentisse uma urgência irresistível de vê-lo. A ansiedade se fez mais intensa no transcorrer da semana, e no sábado era tão sufocante que precisou fazer um grande esforço para que Mauricio Babilônia não notasse, ao cumprimentá-la no cinema, que seu coração estava saindo pela boca. Ofuscada por uma confusa sensação de prazer e raiva, estendeu a mão para ele pela primeira vez, e só então Mauricio Babilônia se permitiu apertá-la. Meme chegou a se arrepender de seu impulso numa fração de segundo, mas o arrependimento se transformou de imediato numa satisfação cruel ao comprovar que a mão dele também estava suada e gelada. Naquela noite compreendeu que não teria um instante de sossego enquanto não demonstrasse a Mauricio Babilônia como sua aspiração era vã, e passou a semana revoando em torno dessa ansiedade. Recorreu a todos os tipos de artimanhas inúteis para que Patrícia Brown a levasse para buscar o automóvel. No fim, se valeu do norte-americano ruivo que naquela época foi passar férias em Macondo, e com o pretexto de conhecer os novos modelos de automóveis fez com que ele a levasse até a oficina. Desde o momento em que o viu, Meme deixou de se enganar a si mesma e compreendeu que o que estava realmente acontecendo era que não conseguia mais aguentar os desejos de ficar a sós com Mauricio Babilônia, e indignou-se com a certeza de que ele já tinha compreendido isso ao vê-la chegar.

— Vim ver os novos modelos — disse Meme.

— É um bom pretexto — disse ele.

Meme percebeu que estava se torrando no lume da sua altivez, e buscou desesperadamente uma forma de humilhá-lo. Mas ele não deu tempo. "Não se assuste", disse em voz baixa. "Não é a primeira vez que uma mulher enlouquece por um homem." Sentiu-se tão desamparada que abandonou a oficina sem ver os novos modelos e passou a noite de extremo a extremo rolando na cama e chorando de indignação. O ruivo norte-americano, que na verdade começava a interessá-la, ficou parecendo uma criança de cueiros. Foi quando percebeu de vez as borboletas amarelas que precediam as aparições de Mauricio Babilônia. Tinha visto aquelas borboletas antes, principalmente na oficina mecânica, e achou que estavam fascinadas pelo cheiro da pintura. Alguma vez as tinha visto revoando sobre sua cabeça na penumbra do cinema. Mas, quando Mauricio Babilônia começou a persegui-la como um fantasma que só ela identificava na multidão, compreendeu que as borboletas amarelas tinham alguma coisa a ver com ele. Mauricio Babilônia estava sempre na plateia dos concertos, no cinema, na missa maior dos domingos, e ela não precisava vê-lo para descobri-lo porque as borboletas indicavam onde ele estava. Uma vez Aureliano Segundo impacientou-se tanto com o revoar sufocante que ela sentiu o impulso de confiar a ele seu segredo, conforme havia prometido, mas o instinto indicou que daquela vez ele não ia rir como de costume: "O que sua mãe diria se soubesse." Certa manhã, quando podavam as rosas, Fernanda lançou um grito de espanto e fez com que Meme saísse de onde estava, e que era o mesmo lugar do jardim onde Remédios, a Bela, subira aos céus. Havia tido por um instante a impressão de que o milagre ia se repetir com sua filha, porque um repentino bater de asas a havia perturbado. Eram as borboletas. Meme as viu, como se tivessem nascido de repente na luz, e seu coração se revirou. Naquele momento Mauricio Babilônia entrava com um pacote que, pelo que ele dizia, era um presente de Patrícia Brown. Meme engoliu o rubor, assimilou a perturbação e até conseguiu um sorriso natural para pedir o favor de que o pusesse no parapeito porque estava com os dedos sujos de terra. A única coisa que Fernanda notou no homem que poucos meses depois haveria de expulsar de casa sem recordar tê-lo visto alguma vez foi a textura esverdeada de sua pele.

— É um homem muito estranho — disse Fernanda. — Está na cara que vai morrer.

Meme achou que a mãe tinha ficado impressionada com as borboletas. Quando acabaram de podar o roseiral, lavou as mãos e levou o pacote ao dormitório para abri-lo. Era uma espécie de brinquedo chinês, composto por cinco caixas concêntricas, e na última havia um cartãozinho desenhado com capricho por alguém que mal sabia escrever: *Nos vemos sábado no cinema*. Meme sentiu o estupor tardio de que a caixa tivesse estado tanto tempo no parapeito ao alcance da curiosidade de Fernanda, e embora a audácia e o engenho de Mauricio Babilônia a lisonjeassem comoveu-se com sua ingenuidade de esperar que ela acudisse ao encontro. Meme sabia que Aureliano Segundo tinha um compromisso sábado à noite. Mesmo assim, o fogo da ansiedade abrasou-a de tal maneira ao longo da semana, que no sábado convenceu o pai a deixá-la sozinha no cinema e voltar para buscá-la no final da sessão. Uma borboleta noturna revoou sobre sua cabeça enquanto as luzes estavam acesas. E então aconteceu. Quando as luzes se apagaram, Mauricio Babilônia sentou-se ao seu lado. Meme sentiu que estava chapinhando num lameiro de aflição, do qual só podia ser resgatada, como havia ocorrido no sonho, por aquele homem que cheirava a óleo de motor e que ela mal distinguia na penumbra.

— Se você não tivesse vindo — ele disse —, não ia me ver nunca mais.

Meme sentiu o peso da mão dele em seu joelho, e entendeu que naquele instante os dois chegavam ao outro lado do desamparo.

— O que me choca em você — ela disse — é que sempre diz exatamente o que não deveria.

Ficou louca por ele. Perdeu o sono e o apetite, e afundou tão profundamente na solidão que até seu pai se transformou num estorvo. Elaborou um intrincado enredo de falsos compromissos para desorientar Fernanda, perdeu as amigas de vista, saltou por cima dos convencionalismos para se encontrar com Mauricio Babilônia a qualquer hora e em qualquer lugar. No começo, a rudeza dele a incomodava. Na primeira vez em que se viram a sós, nos prados desertos atrás da oficina mecânica, ele a arrastou sem misericórdia a um estado animal que a deixou extenuada. Levou algum tempo até compreender que aquela também era uma forma de ternura e foi então que perdeu o sossego, e não vivia a não ser para ele, transtornada pela ansiedade de afundar em seu atordoante hálito de óleo misturado com barrela. Pouco antes da morte de Amaranta, tropeçou de repente com um espaço de lucidez dentro da loucura e tremeu diante da incerteza do porvir. Então ouviu falar de uma mulher que fazia prognósticos com o baralho, e foi visitá-la em segredo. Era Pilar Ternera. Desde que a viu entrar, Pilar Ternera descobriu os recônditos motivos de Meme. "Sente-se", disse a ela. "Não preciso de baralho para averiguar o futuro de um Buendía." Meme não sabia, e não soube nunca, que aquela pitonisa centenária era sua bisavó. Nem teria acreditado, depois do agressivo realismo com que ela revelou que a ansiedade da paixão não encontrava repouso a não ser na cama. Era o que pensava Mauricio Babilônia, mas Meme resistia a acreditar, pois no fundo supunha que estava inspirado na falta de juízo típica dos peões. Ela achava que o amor de um jeito derrotava o amor do outro jeito, porque estava na índole dos homens repudiar a fome uma vez satisfeito o apetite. Pilar Ternera não só desfez esse equívoco, como ofereceu-lhe o velho catre de lona onde ela mesma concebeu Arcádio, o avô de Meme, e onde depois concebeu Aureliano José. Ensinou, além do mais, como prevenir a concepção indesejável através da vaporização de cataplasmas de mostarda, e deu-lhe receitas de beberagens que em casos de percalços conseguiam expulsar "até mesmo os remorsos da consciência". Aquela entrevista infundiu em Meme o mesmo sentimento de valentia que sentiu na tarde da bebedeira. A morte de Amaranta, porém, obrigou-a a adiar a decisão. Enquanto duraram as nove noites ela não se afastou um só instante de Mauricio Babilônia, que andava misturado na multidão que invadiu a casa. Vieram em seguida o luto prolongado e a clausura obrigatória, e os dois se separaram durante algum tempo. Foram dias de tanta agitação interior, de tanta ansiedade irreprimível e de tantos anseios reprimidos, que na primeira tarde em que Meme conseguiu sair foi diretamente para a casa de Pilar Ternera. Entregou-se a Mauricio Babilônia sem resistência, sem pudor, sem formalismos, e com uma vocação tão fluida e uma intuição tão sábia, que um homem mais suspicaz teria podido confundir tudo aquilo com uma bem adquirida experiência. Amaram-se duas vezes por semana durante mais de três meses, protegidos pela cumplicidade inocente de Aureliano Segundo, que acreditava sem malícia nas explicações da filha, só por vê-la liberada da rigidez da mãe.

Na noite em que Fernanda os surpreendeu no cinema, Aureliano Segundo sentiu-se sufocado pelo peso da consciência e visitou Meme no dormitório onde tinha sido trancada por Fernanda, confiando que ela desabafaria com ele as confidências que estava devendo. Mas Meme negou tudo. Estava tão segura de si mesma, tão aferrada à sua solidão, que Aureliano Segundo teve a impressão de que já não existia mais nenhum vínculo entre eles, que a camaradagem e a cumplicidade não passavam de uma ilusão do passado. Pensou em falar com Mauricio Babilônia, achando que sua autoridade de antigo patrão faria com que desistisse de seus propósitos, mas Petra Cotes convenceu-o de que aqueles eram assuntos de mulheres, e ele ficou flutuando num limbo de indecisão, sustentado apenas pela esperança de que a clausura terminasse com as angústias da filha.

Meme não deu mostra alguma de aflição. Ao contrário: do quarto contíguo, Úrsula percebeu o ritmo sossegado de seu sono, a serenidade de seus afazeres, a ordem de suas refeições e a boa saúde de sua digestão. A única coisa que intrigou Úrsula depois de quase dois meses de castigo foi que Meme não se banhasse de manhã, como faziam todos, mas às sete da noite. Chegou a pensar em preveni-la contra os escorpiões, mas Meme era tão esquiva com ela, pela convicção de que a havia denunciado, que preferiu não perturbá-la com impertinências de tataravó. As borboletas amarelas invadiam a casa a partir do entardecer. Todas as noites, ao voltar do banho, Meme encontrava Fernanda desesperada, matando borboletas com a bomba de inseticida. "Isso é uma desgraça", dizia. "A vida inteira me contaram que as borboletas noturnas chamam o azar." Uma noite, enquanto Meme estava no banheiro, Fernanda entrou por acaso no seu quarto, e havia tantas borboletas que mal se podia respirar. Agarrou um pano qualquer para espantá-las, e seu coração gelou de pavor ao relacionar os banhos noturnos da filha com as cataplasmas de mostarda que rolaram pelo chão. Não esperou um momento oportuno, como tinha feito da primeira vez. No dia seguinte convidou o novo prefeito, que como ela tinha vindo dos páramos, para almoçar, e pediu a ele que montasse uma guarda noturna no pátio dos fundos, porque estava com a impressão de que andavam roubando galinhas. Naquela noite, a guarda fulminou Mauricio Babilônia quando ele erguia as telhas para entrar no banheiro onde Meme esperava, nua e tremendo de amor entre os escorpiões e as borboletas, como tinha feito quase todas as noites dos últimos meses. Um projétil incrustado em sua coluna vertebral o reduziu à cama pelo resto da vida. Morreu velho na solidão, sem uma queixa, sem um protesto, sem uma única tentativa de traição, atormentado pelas recordações e pelas borboletas amarelas que não lhe concederam um só instante de paz, e repudiado publicamente como ladrão de galinhas.

Os acontecimentos que haveriam de dar o golpe de misericórdia em Macondo começavam a se vislumbrar quando o filho de Meme Buendía foi levado até a casa. Naquele momento, a situação pública era tão incerta que ninguém tinha o espírito preparado para se ocupar de escândalos pessoais, de maneira que Fernanda contou com um ambiente propício para manter o menino escondido, como se jamais tivesse existido. Teve de recebê-lo porque nas circunstâncias em que foi levado não era possível rejeitá-lo. Teve de suportá-lo pelo resto da vida contra a sua vontade, porque na hora da verdade não teve coragem para cumprir a determinação íntima de afogá-lo na tina do banheiro. Trancou-o na antiga oficina do coronel Aureliano Buendía. Conseguiu convencer Santa Sofía de la Piedad que o havia encontrado flutuando num cestinho. Úrsula haveria de morrer sem saber a sua origem. A pequena Amaranta Úrsula, que uma vez entrou na oficina quando Fernanda estava alimentando o menino, também acreditou na versão do cestinho flutuante. Aureliano Segundo, definitivamente afastado da mulher por causa da maneira irracional com que ela tratou a tragédia de Meme, não soube da existência do neto a não ser três anos depois de ele ter sido levado para a casa, quando o menino escapou do cativeiro num descuido de Fernanda e apareceu no corredor por uma fração de segundo, nu e com os cabelos emaranhados e um impressionante sexo que mais parecia aquele enorme apêndice carnudo dos bicos dos perus, como se não fosse uma criatura humana e sim a definição enciclopédica de um antropófago.

Fernanda não contava com aquela maldade de seu incorrigível destino. O menino foi como o regresso de uma vergonha que ela acreditava ter desterrado da casa para sempre. Mauricio Babilônia mal tinha sido levado embora com a espinha dorsal fraturada, e Fernanda já havia concebido, até o mais ínfimo detalhe, um plano destinado a eliminar qualquer vestígio do opróbrio. Sem consultar o marido, no dia seguinte fez as malas, meteu numa maletinha as três mudas de roupa que sua filha poderia necessitar, e foi buscá-la no quarto meia hora antes da chegada do trem.

— Vamos, Renata — disse a ela.

Não lhe deu nenhuma explicação. Meme, por seu lado, não esperava nem queria explicação alguma. Não só ignorava para onde iam, como não daria a mínima se estivesse sendo levada para o matadouro. Não tinha voltado a falar, nem voltaria no resto da vida, desde que ouviu o disparo no pátio dos fundos e o simultâneo uivo de dor de Mauricio Babilônia. Quando sua mãe mandou que saísse do quarto, não se penteou nem lavou o rosto, e subiu no trem como uma sonâmbula sem perceber nem mesmo as borboletas amarelas que continuavam a acompanhá-la. Fernanda jamais soube, nem se deu o trabalho de averiguar, se o seu silêncio de pedra era uma determinação de sua vontade ou se tinha ficado muda por causa do impacto da tragédia. Meme mal se deu conta da viagem através da antiga região encantada. Não viu as sombrias e intermináveis plantações de banana nos dois lados da linha. Não viu as casas brancas dos gringos, nem seus jardins de repente áridos por causa da poeira e do calor, nem as mulheres de calças curtas e camisas de listas azuis que jogavam baralho nos alpendres. Não viu as carretas de bois carregadas de cachos nos caminhos poeirentos. Não viu as donzelas que saltavam como peixes prateados nos rios transparentes para deixar nos passageiros do trem a amargura de seus seios esplêndidos, nem os barracões atopetados e miseráveis dos trabalhadores onde revoavam as borboletas amarelas de Mauricio Babilônia, e em cujos portais havia crianças verdes e esquálidas sentadas em seus peniquinhos e mulheres grávidas que gritavam impropérios à passagem do trem. Aquela visão fugaz, que para ela era uma festa quando regressava do colégio, passou pelo coração de Meme sem despertá-lo. Não olhou através da janela nem mesmo quando a umidade ardente das plantações acabou e o trem passou por uma planície de amapolas onde ainda estava o esqueleto carbonizado do galeão espanhol, e depois saiu no mesmo ar diáfano e no mesmo mar espumoso e sujo onde quase um século antes as ilusões de José Arcádio Buendía fracassaram.

Às cinco da tarde, quando chegaram à derradeira estação do pantanal, desceu do trem porque Fernanda desceu. Subiram numa charretinha que parecia um morcego enorme, puxada por um cavalo asmático, e atravessaram a cidade desolada em cujas ruas intermináveis e rachadas pelo salitre ressoava uma lição de piano igual à que Fernanda escutou nas sestas de sua adolescência. Embarcaram num navio fluvial, cuja roda de madeira fazia um ruído de conflagração e cujas lâminas de ferro carcomidas pela ferrugem reverberavam como a boca de um forno. Meme trancou-se no camarote. Duas vezes por dia Fernanda deixava um prato de comida ao lado da cama, e duas vezes por dia levava o prato intacto, não porque Meme tivesse resolvido morrer de fome, mas porque sentia repugnância só com o cheiro dos alimentos, e seu estômago expulsava até água. Nem ela própria sabia naquele instante que sua fertilidade havia enganado os vapores da mostarda, da mesma forma que Fernanda não soube até quase um ano depois, quando levaram o menino para ela. No camarote sufocante, transtornada pela vibração das paredes de ferro e pelo bafo insuportável do lodo revirado pela roda do barco, Meme perdeu a conta dos dias. Tinha passado muito tempo quando viu a última borboleta amarela destroçando-se nas pás do ventilador e admitiu, como uma verdade irremediável, que Mauricio Babilônia tinha morrido. No entanto, não se deixou vencer pela resignação. Continuava pensando nele durante a penosa travessia em lombo de mula pelas paragens alucinantes onde Aureliano Segundo se perdeu quando buscava a mulher mais bela que havia aparecido sobre a Terra, e quando atravessaram a cordilheira por caminhos de índios, e entraram na cidade lúgubre em cujos despenhadeiros de pedra ressoavam os bronzes funerários de trinta e duas igrejas. Naquela noite dormiram na abandonada mansão colonial, sobre as pranchas de tábua que Fernanda pôs no chão de um aposento invadido pelas ervas daninhas e pelo capim, e abrigadas com tiras de cortinas que arrancaram das janelas e que se esfiapavam a cada virada do corpo. Meme soube onde estavam porque no espanto da insônia viu passar o cavaleiro vestido de negro que numa distante véspera de Natal levaram para a casa dela dentro de um cofre de chumbo. No dia seguinte, depois da missa, Fernanda a conduziu até um edifício sombrio que Meme reconheceu de imediato graças às evocações que sua mãe costumava fazer do convento onde foi educada para ser rainha, e então compreendeu que tinha chegado ao fim da viagem. Enquanto Fernanda falava com alguém no escritório ao lado, ela ficou num salão axadrezado com grandes quadros de arcebispos coloniais, tremendo de frio porque ainda vestia uma roupa de algodãozinho fino com florzinhas negras e os duros borzeguins inchados pelo gelo do páramo. Estava de pé no centro do salão, pensando em Mauricio Babilônia debaixo do jorro amarelo dos vitrais, quando uma noviça muito bonita saiu do escritório levando sua maletinha com as três mudas de roupa. Ao passar junto a Meme estendeu-lhe a mão sem se deter.

— Vamos, Renata — disse a ela.

Meme tomou sua mão e se deixou levar. A última vez que Fernanda a viu, tratando de igualar seu passo ao da noviça, acabava de fechar atrás dela a tenebrosa grade de ferro da clausura. Ainda pensava em Mauricio Babilônia, em seu cheiro de óleo e em sua nuvem de borboletas andarilhas, e continuaria pensando nele todos os dias da sua vida, até a remota madrugada de outono em que morreria de velhice, com o nome trocado e sem jamais ter dito uma só palavra, num tenebroso hospital de Cracóvia.

Fernanda regressou a Macondo num trem protegido por policiais armados. Durante a viagem notou a tensão dos passageiros, o aparato militar nos povoados da linha e o ar rarefeito pela certeza de que alguma coisa grave ia acontecer, mas careceu de informação até que chegaram a Macondo e lhe contaram que José Arcádio Segundo estava incitando os trabalhadores da companhia bananeira a fazerem greve. "É só o que nos faltava", disse Fernanda a si própria. "Um anarquista na família." A greve explodiu duas semanas depois e não teve as consequências dramáticas que se temia. Os trabalhadores reivindicavam que não os obrigassem a cortar e embarcar banana aos domingos, e a petição pareceu tão justa que até o padre Antônio Isabel intercedeu a favor dela porque achou que estava de acordo com as leis de Deus. O triunfo da ação, bem como de outras promovidas nos meses seguintes, tirou do anonimato o desbotado José Arcádio Segundo, de quem costumavam dizer que só tinha servido para encher o povoado de putas francesas. Com a mesma decisão impulsiva com que liquidou seus galos de briga para montar uma desatinada empresa de navegação, tinha renunciado ao cargo de capataz de turno da companhia bananeira e tomou partido ao lado dos trabalhadores. Muito rapidamente foi apontado como agente de uma conspiração internacional contra a ordem pública. Certa noite, no transcurso de uma semana escurecida por nuvens pesadas e sombrias, escapou por milagre de quatro tiros de revólver disparados por um desconhecido quando saía de uma reunião secreta. Foi tão tensa a atmosfera dos meses seguintes que até Úrsula percebeu-a em seu rincão de trevas, e teve a impressão de estar vivendo de novo os tempos infelizes em que seu filho Aureliano carregava nos bolsos os comprimidos homeopáticos da subversão. Tratou de falar com José Arcádio Segundo para informá-lo desse precedente, mas Aureliano Segundo contou que, desde a noite do atentado, seu paradeiro era ignorado.

— Igualzinho ao Aureliano — exclamou Úrsula. — É como se o mundo estivesse dando voltas.

Fernanda continuou imune à incerteza daqueles dias. Carecia de contato com o mundo exterior, desde a violenta discussão que teve com o marido por haver determinado a sorte de Meme sem o seu consentimento.

Aureliano Segundo estava disposto a resgatar a filha, com a polícia se fosse necessário, mas Fernanda mostrou-lhe os papéis que demonstravam que ela havia ingressado no claustro por decisão própria. E era verdade, pois Meme havia assinado quando já estava do outro lado da grade de ferro, e fez isso com o mesmo desdém com que se deixou conduzir. No fundo, Aureliano Segundo não acreditou na legitimidade das provas, da mesma forma que jamais acreditou que Mauricio Babilônia tivesse se metido no pátio para roubar galinhas, mas ambos os argumentos serviram para tranquilizar sua consciência, e então pôde voltar sem remorsos para a sombra de Petra Cotes, onde retomou as farras ruidosas e as comilanças desaforadas. Alheia à inquietação do povoado, surda aos tremendos prognósticos de Úrsula, Fernanda deu a última volta nos parafusos de seu plano consumado. Escreveu uma extensa carta ao seu filho José Arcádio, que no seminário estava prestes a fazer a primeira ordenação, e nela comunicou que sua irmã Renata havia expirado na paz do Senhor como consequência da febre amarela. Depois deixou Amaranta Úrsula aos cuidados de Santa Sofía de la Piedad, e se dedicou a organizar sua correspondência com os médicos invisíveis, transtornada pelo problema de Meme. A primeira coisa que fez foi colocar data definitiva para a adiada intervenção telepática. Mas os médicos invisíveis responderam que não era prudente enquanto persistisse o estado de agitação social em Macondo. Ela estava com tanta pressa, e tão mal informada, que explicou a eles em outra carta que não havia tal estado de agitação, e que tudo era fruto das loucuras de um cunhado seu, que naqueles dias andava com a veneta sindical, como em outros tempos havia padecido a da rinha de galos e a da navegação. Não tinham ainda chegado a um acordo na calorosa quarta-feira em que uma freira anciã bateu na porta da casa levando um cestinho pendurado no braço. Ao abrir, Santa Sofía de la Piedad pensou que era um presente e tentou pegar o cestinho coberto por um primoroso paninho rendado. Mas a freira impediu-a porque tinha instruções de entregar pessoalmente o cestinho, e debaixo da mais estrita reserva, para dona Fernanda del Carpio de Buendía. Era o filho de Meme. O antigo diretor espiritual de Fernanda explicava a ela, numa carta, que havia nascido dois meses antes, e que tinham se permitido batizá-lo com o nome de Aureliano, como o avô, porque a mãe não desgrudou os lábios para expressar sua vontade.

Fernanda se sublevou intimamente contra aquela ironia do destino, mas teve forças para dissimular diante da freira.

— Vamos dizer que o encontramos flutuando no cestinho — sorriu.

— Ninguém vai acreditar nisso — disse a freira.

— Se acreditaram nas Sagradas Escrituras — replicou Fernanda —, não vejo por que não haverão de acreditar em mim.

A freira almoçou na casa, enquanto esperava o trem de regresso, e de acordo com a discrição que tinham exigido dela, não tornou a mencionar o menino, mas Fernanda marcou-a como uma testemunha indesejável de sua vergonha e lamentou que o costume medieval de enforcar o mensageiro de más notícias tivesse sido abolido. Foi quando decidiu afogar a criança na tina do banheiro assim que a freira fosse embora, mas seu coração impediu que chegasse a tanto e preferiu esperar com paciência que a infinita bondade de Deus a livrasse daquele estorvo.

O novo Aureliano fez um ano quando a tensão pública explodiu sem aviso algum. José Arcádio Segundo e outros dirigentes sindicais que até então tinham permanecido na clandestinidade apareceram intempestivamente um fim de semana e promoveram manifestações nas aldeias e povoados da zona bananeira. A polícia se conformou com vigiar a ordem. Mas na noite de segunda-feira os dirigentes foram arrancados de suas casas e mandados com grilhões de cinco quilos nos pés para o cárcere da capital provincial. Entre eles foram levados José Arcádio Segundo e Lorenzo Gavilán, um coronel da revolução mexicana, exilado em Macondo, que dizia ter sido testemunha do heroísmo de seu compadre Artemio Cruz. No entanto, antes que se passassem três meses estavam em liberdade, porque o governo e a companhia bananeira não conseguiram chegar a um acordo sobre quem deveria alimentá-los na cadeia. Desta vez, o inconformismo dos trabalhadores se baseava na insalubridade das moradias, no engodo dos serviços médicos e na iniquidade das condições de trabalho. Afirmavam, além disso, que não eram pagos em dinheiro, mas com vales que só serviam para comprar presunto da Virginia nos armazéns da companhia. José Arcádio Segundo foi encarcerado porque revelou que o sistema dos vales era um recurso da companhia para financiar seus barcos fruteiros, pois se não fosse pela mercadoria dos armazéns teriam de vir vazios de Nova Orleans até os portos de embarque da banana. As outras acusações eram de domínio público. Os médicos da companhia não examinavam os doentes, mas os faziam ficar parados em fila indiana na frente dos dispensários e uma enfermeira punha em suas línguas uma pílula da cor do vitríolo azul, tivessem impaludismo, blenorragia ou constipação. Era uma terapêutica tão generalizada que as crianças entravam na fila várias vezes, e em vez de engolir as pílulas as levavam para suas casas para marcar com elas os números cantados no jogo de víspora. Os trabalhadores da companhia eram amontoados em palhoças miseráveis. Os engenheiros, em vez de construir latrinas, levavam aos acampamentos, no Natal, uma retrete portátil para cada cinquenta pessoas, e faziam demonstrações públicas de como utilizá-las para que durassem mais. Os decrépitos advogados vestidos de negro que em outros tempos assediaram o coronel Aureliano Buendía, e que agora eram procuradores da companhia, desvirtuavam essas acusações com chicanas que pareciam coisa de magia. Quando os trabalhadores redigiram um documento de petições unânimes, passou-se muito tempo sem que pudessem notificar oficialmente a companhia bananeira. É que, assim que foi divulgado o acordo, o senhor Brown enganchou no trem seu suntuoso vagão de vidro e desapareceu de Macondo junto com os representantes mais conhecidos da sua empresa. Aconteceu, porém, que vários operários encontraram um deles no sábado seguinte num bordel, e fizeram com que assinasse uma cópia do documento de petições quando estava nu com a mulher que se prestou a levá-lo à armadilha. Os enlutados advogados demonstraram em juízo que aquele homem não tinha nada a ver com a companhia, e para que ninguém pusesse em dúvida seus argumentos fizeram com que o usurpador fosse preso. Mais tarde, o senhor Brown foi surpreendido viajando incógnito num vagão de terceira classe, e fizeram com que assinasse outra cópia do documento de petições. No dia seguinte compareceu diante dos juízes com os cabelos pintados de negro e falando um castelhano sem tropeços. Os advogados demonstraram que não era o senhor Jack Brown, superintendente da companhia e nascido em Prattville, Alabama, e sim um inofensivo vendedor de plantas medicinais, nascido em Macondo e ali mesmo batizado com o nome de Dagoberto Fonseca. Pouco depois, diante de uma nova tentativa dos trabalhadores, os advogados exibiram em lugares públicos o certificado de defunção do senhor Brown, autenticado por cônsules e chanceleres, e no qual se dava fé de que no dia nove de junho passado ele havia sido atropelado em Chicago por um carro dos bombeiros. Cansados daquele delírio hermenêutico, os trabalhadores repudiaram as autoridades de Macondo e elevaram suas queixas aos tribunais supremos. E foi lá que os ilusionistas do direito demonstraram que as reclamações careciam de qualquer valor, simplesmente porque a companhia bananeira não tinha, nem tivera jamais, trabalhadores a seu serviço, mas os recrutava ocasionalmente e em caráter temporário. Portanto, desbaratou-se a patranha do presunto da Virginia, das pílulas milagrosas e das retretes natalinas, e estabeleceu-se por decisão do tribunal, e se proclamou em decretos solenes, a inexistência dos trabalhadores.

A grande greve explodiu. As plantações ficaram pela metade, a fruta amadureceu no pé e os trens de cento e vinte vagões pararam nos ramais. Os operários ociosos transbordaram os povoados. A Rua dos Turcos reverberou num sábado de muitos dias, e no salão de bilhares do Hotel do Jacob foi preciso estabelecer turnos de vinte e quatro horas. Lá estava José Arcádio Segundo no dia em que foi anunciado que o exército tinha sido encarregado de restabelecer a ordem pública. Embora não fosse homem de presságios, para ele a notícia foi como um anúncio de morte, que havia esperado desde aquela longínqua manhã em que o coronel Gerineldo Márquez permitiu que ele visse um fuzilamento. E ainda assim o mau augúrio não alterou sua solenidade. Fez a jogada que tinha previsto e não errou a carambola. Pouco depois, as batidas das explosões do bumbo, os ganidos do clarim, os gritos e a tropelia das pessoas indicaram a ele que não só a partida de bilhar como a calada e solitária partida que jogava consigo mesmo desde a madrugada da execução tinham finalmente terminado. Então saiu na rua, e viu. Eram três regimentos cuja marcha pautada pelo tambor de galeote fazia a terra tremer. Seu resfolegar de dragão multicéfalo impregnou de um vapor pestilento a claridade do meio-dia. Eram pequenos, maciços, brutos. Suavam com suor de cavalo, e tinham um odor de carniça macerada pelo sol, e a impavidez taciturna e impenetrável dos homens do páramo. Embora tenham levado mais de uma hora para passar, dava para pensar que eram umas poucas esquadras girando em círculo, porque todos eram idênticos, filhos de mesma mãe, e todos aguentavam com idêntica estupidez o peso das mochilas e dos cantis, e a vergonha dos fuzis com as baionetas caladas, e o tumor da obediência cega e do sentimento da honra. De seu leito de trevas Úrsula ouviu-os passar e levantou a mão com os dedos em cruz. Santa Sofía de la Piedad existiu por um instante, inclinada sobre a toalha bordada que acabara de passar, e pensou em seu filho, José Arcádio Segundo, que sem se alterar viu passar os últimos soldados pela porta do Hotel do Jacob.

A lei marcial facultava ao exército assumir funções de árbitro da controvérsia, mas não foi feita nenhuma tentativa de reconciliação. Assim que se exibiram em Macondo, os soldados puseram os fuzis de lado, cortaram e embarcaram banana e puseram os trens outra vez em movimento. Os trabalhadores, que até então tinham se conformado com esperar, foram para as montanhas sem outras armas que seus facões e foices de trabalho, e começaram a sabotar a sabotagem. Incendiaram fazendas e armazéns, destruíram os trilhos para impedir o trânsito dos trens que começavam a abrir caminho com o fogo das metralhadoras, e cortaram os arames do telégrafo e do telefone. As valas de irrigação se tingiram de sangue. O senhor Brown, que estava vivo no galinheiro eletrificado, foi arrancado de Macondo com sua família e as de outros compatriotas e conduzido a território seguro sob a proteção do exército. A situação ameaçava evoluir para uma guerra civil desigual e sangrenta, quando as autoridades fizeram um chamado aos trabalhadores para que se concentrassem em Macondo. O chamado anunciava que o Chefe Civil e Militar da província chegaria na sexta-feira seguinte, disposto a interceder no conflito.

José Arcádio Segundo estava no meio da multidão que se concentrou na estação desde a manhã da sexta-feira. Havia participado de uma reunião dos dirigentes sindicais e tinha sido encarregado, junto com o coronel Gavilán, de se confundir na multidão e orientá-la de acordo com as circunstâncias. Não se sentia bem, e amassava uma pasta salobra no céu da boca desde que percebeu que o exército havia armado ninhos de metralhadoras ao redor da praça, e que a cidade cercada da companhia bananeira estava protegida por peças de artilharia. Lá pelo meio-dia, esperando um trem que não chegava, mais de três mil pessoas, entre trabalhadores, mulheres e crianças, tinham transbordado o espaço descoberto na frente da estação e se apertavam pelas ruas adjacentes, que o exército fechou com filas de metralhadoras. Aquilo já parecia, mais que uma recepção, uma feira jubilosa. Haviam levado as barraquinhas de frituras e de bebidas da Rua dos Turcos, e as pessoas suportavam com muito bom ânimo o fastio da espera e o sol abrasador. Pouco antes das três correu o rumor de que o trem oficial só chegaria no dia seguinte. A multidão cansada exalou um suspiro de desalento. Então, um tenente do exército subiu no telhado da estação, onde havia quatro ninhos de metralhadoras enfileiradas apontando para a multidão, e ouviu-se um toque de silêncio. Ao lado de José Arcádio Buendía estava uma mulher descalça, muito gorda, com dois meninos de uns quatro e sete anos. Carregou o menor e pediu a José Arcádio Segundo, mesmo sem conhecê-lo, que levantasse o outro para que ouvisse melhor o que iam dizer. José Arcádio Segundo colocou o menino a cavalo em sua nuca.

Muitos anos depois, esse menino haveria de continuar contando, sem que ninguém acreditasse, que tinha visto o tenente lendo com uma corneta de gramofone o Decreto Número 4 do Chefe Civil e Militar da província. Estava assinado pelo general Carlos Cortes Vargas e pelo seu secretário, o major Enrique García Isaza, e em três artigos de oitenta palavras declarava que os grevistas eram uma *quadrilha de malfeitores*, e facultava ao exército o direito de matá-los a bala.

Lido o decreto, no meio de uma ensurdecedora vaia de protesto, um capitão substituiu o tenente no telhado da estação, e com a corneta do gramofone fez sinais dizendo que queria falar. A multidão tornou a guardar silêncio.

— Senhoras e senhores — disse o capitão com uma voz baixa, lenta, um pouco cansada —, têm cinco minutos para se retirar.

A vaia e os gritos redobrados afogaram o toque de clarim que anunciou o começo do prazo. Ninguém se moveu.

— Passaram-se os cinco minutos — disse o capitão no mesmo tom. — Mais um minuto e vamos abrir fogo.

José Arcádio Segundo, suando gelo, desceu o menino dos ombros e entregou-o à mulher. "Esses filhos da puta são capazes de atirar", ela murmurou. José Arcádio Segundo não teve tempo de falar, porque naquele instante reconheceu a voz rouca do coronel Gavilán gritando e fazendo eco às palavras da mulher. Embriagado pela tensão, pela maravilhosa profundidade do silêncio e, além do mais, convencido de que nada faria aquela multidão pasmada pela fascinação da morte se mover dali, José Arcádio Segundo empinou-se por cima das cabeças que estavam na sua frente, e pela primeira vez na vida ergueu a voz.

— Filhos da puta! — gritou. — Podem ficar com o minuto que falta.

No final de seu grito aconteceu uma coisa que não produziu nele nenhum espanto, mas uma espécie de alucinação. O capitão deu a ordem de fogo, e catorze ninhos de metralhadoras responderam no ato. Mas tudo parecia uma farsa. Era como se as metralhadoras tivessem sido carregadas com balas de festim, porque se ouvia a sua tosse arfante, e viam-se as suas cusparadas incandescentes, mas não se notava a mais leve reação, nem uma voz, nem mesmo um suspiro, na multidão compacta que parecia petrificada por uma invulnerabilidade instantânea. De repente, num lado da estação, um grito de morte rasgou o encantamento: "Aaaaaai, minha mãe!" Uma força sísmica, um alento vulcânico, um rugido de cataclismo explodiram no meio da multidão com uma descomunal potência expansiva. José Arcádio Segundo mal teve tempo de levantar o menino, enquanto a mãe, com o outro, era absorvida pela multidão centrifugada pelo pânico.

Muitos anos depois, o menino ainda haveria de contar, embora os vizinhos continuassem achando que não passava de um velho gagá, que José Arcádio Segundo levantou-o por cima da sua cabeça e deixou-se arrastar, quase no ar, como que flutuando no terror da multidão, até uma rua vizinha. A posição privilegiada do menino permitiu que ele visse que naquele momento a massa desvairada começava a chegar na esquina e a fileira de metralhadoras abriu fogo. Várias vozes gritaram ao mesmo tempo:

— No chão! Joguem-se no chão!

As duas primeiras linhas já tinham se jogado, varridas pelas rajadas da metralhadora. Os sobreviventes, em vez de se jogarem no chão, trataram de voltar para a praça, e o pânico então deu rabanada de dragão e os mandou numa onda compacta contra a outra onda compacta que se movia em sentido contrário, jogada pela outra rabanada de dragão da rua oposta, onde as metralhadoras também disparavam sem trégua. Estavam encurralados, girando num torvelinho gigantesco que pouco a pouco se reduzia ao seu epicentro porque as bordas iam sendo sistematicamente recortadas em círculo, como quem pela uma cebola, pelas tesouras insaciáveis e metódicas da metralha. O menino viu uma mulher ajoelhada, com os braços abertos em cruz, num espaço limpo, misteriosamente vedado à correria descontrolada da multidão. José Arcádio Segundo depositou-o ali no mesmo instante em que desmoronava com o rosto banhado em sangue, antes que o tropel colossal arrasasse com o espaço vazio, com a mulher ajoelhada, com a luz do alto céu da seca, e com o puto mundo onde Úrsula Iguarán havia vendido tantos animaizinhos de caramelo.

Quando despertou, José Arcádio Segundo estava deitado de costas nas trevas. Percebeu que ia num trem interminável e silencioso, e que estava com os cabelos engomados de sangue seco, e que todos os seus ossos doíam. Sentiu um sono insuportável. Disposto a dormir muitas horas, a salvo do terror e do horror, acomodou-se do lado que doía menos, e só então descobriu que estava deitado sobre os mortos. Não havia espaço livre no vagão, a não ser no corredor central. Deviam ter passado muitas horas depois do massacre, porque os cadáveres tinham a mesma temperatura do gesso no outono e a mesma consistência de espuma petrificada, e quem os havia posto no vagão teve tempo de arrumá-los na mesma ordem e no sentido em que transportavam os cachos de bananas. Tratando de fugir do pesadelo, José Arcádio Segundo arrastou-se de um vagão a outro, na direção em que o trem avançava, e, nos relâmpagos que faiscavam entre as tábuas de madeira ao passar pelos povoados adormecidos, via os mortos homens, os mortos mulheres, os mortos crianças, que iam ser arrojados ao mar como banana de refugo. Reconheceu somente uma mulher que vendia refresco na praça e o coronel Gavilán, que ainda levava enrolado na mão o cinturão com a fivela de prata de Morélia com o qual tentou abrir caminho através do pânico. Quando chegou ao primeiro vagão, deu um salto na escuridão e ficou estendido no barranco até o trem acabar de passar. Era o mais longo que tinha visto na vida, com quase duzentos vagões de carga, e uma locomotiva em cada ponta e uma terceira no meio. Não levava nenhuma luz, nem mesmo as lâmpadas vermelhas e verdes de posicionamento, e deslizava numa velocidade noturna e sigilosa. Em cima dos vagões dava para ver os vultos escuros dos soldados com as metralhadoras engatilhadas.

Depois da meia-noite desabou um aguaceiro torrencial. José Arcádio Segundo não sabia onde havia saltado, mas sabia que caminhando na direção contrária à do trem chegaria a Macondo. Depois de mais de três horas de marcha, empapado até os ossos, com uma terrível dor de cabeça, avistou as primeiras casas na luz do amanhecer. Atraído pelo cheiro do café, entrou numa cozinha onde uma mulher com um menino nos braços estava inclinada sobre o fogão.

— Tarde — disse exausto. — Sou José Arcádio Segundo Buendía.

Pronunciou o nome inteiro, letra por letra, para se convencer de que estava vivo. E fez bem, porque a mulher havia pensado que ele era uma assombração, ao ver na porta aquela figura esquálida, sombria, com a cabeça e as roupas sujas de sangue, e tocada pela solenidade da morte. Ela o conhecia. Levou uma manta para que se abrigasse enquanto sua roupa secava no fogão, esquentou água para lavar sua ferida, que era só um arranhão na pele, e deu-lhe uma fralda limpa para que vendasse a cabeça. Depois serviu-lhe uma caneca de café sem açúcar, conforme alguém tinha dito a ela que os Buendía tomavam, e estendeu sua roupa perto do fogo.

José Arcádio Segundo não falou enquanto não terminou de tomar o café.

— Deviam ser uns três mil — murmurou.

— O quê?

— Os mortos — esclareceu. — Acho que todos os que estavam na estação.

A mulher mediu-o com um olhar de lástima. "Aqui não houve mortes", disse. "Desde os tempos do seu tio, o coronel, não acontece nada em Macondo." Em três outras cozinhas por onde José Arcádio Segundo passou antes de chegar em casa disseram a mesma coisa: "Não houve mortes." Passou pela praça da estação e viu as barracas de frituras amontoadas umas em cima das outras, e tampouco ali encontrou nenhum rastro do massacre. As ruas estavam desertas debaixo da chuva tenaz, e as casas fechadas, sem vestígios de vida interior. O único sinal de vida era o primeiro sino chamando para a missa. Golpeou a porta do coronel Gavilán. Uma mulher grávida, que ele tinha visto muitas vezes, bateu a porta na sua cara. "Ele foi-se embora", disse assustada. "Voltou para a terra dele." A entrada principal do galinheiro eletrificado estava guardada, como sempre, por dois policiais locais que pareciam de pedra debaixo da chuva, com capas impermeáveis e capacetes de borracha. Na sua ruela marginal, os negros antilhanos cantavam em coro os salmos do sábado. José Arcádio Segundo saltou a cerca do quintal e entrou na casa pela cozinha. Santa Sofía de la Piedad mal levantou a voz. "Que Fernanda não veja você", disse. "Agorinha há pouco estava se levantando." Como se cumprisse um pacto implícito, levou o filho para o quarto dos urinóis, arrumou para ele o estropiado catre de Melquíades, e às duas da tarde, enquanto Fernanda fazia a sesta, passou a ele, pela janela, um prato de comida.

Aureliano Segundo tinha dormido na casa porque estava lá ao ser surpreendido pela chuva, e às três da tarde continuava esperando que parasse de chover. Informado por Santa Sofía de la Piedad, e em segredo, naquela mesma hora visitou o irmão no quarto de Melquíades. Pois nem ele acreditou na versão do massacre e do pesadelo do trem carregado de mortos que viajava rumo ao mar. Na noite anterior havia sido lida uma notificação nacional extraordinária para informar que os trabalhadores tinham obedecido à ordem de evacuar a estação e se dirigiam às suas respectivas casas em caravanas pacíficas. A notificação também informava que os dirigentes sindicais, com elevado espírito patriótico, haviam reduzido suas petições a dois pontos: reforma dos serviços de atendimento médico e construção de latrinas nas moradias. Mais tarde, foi informado que, quando as autoridades conseguiram o acordo dos trabalhadores, apressaram-se em comunicá-lo ao senhor Brown, e que ele não só tinha aceitado as novas condições como se ofereceu para pagar três dias de festejos públicos para celebrar o fim do conflito. Só que quando os militares lhe perguntaram quando poderia ser a data da assinatura do acordo, ele olhou pela janela o céu raiado de relâmpagos, e fez um profundo gesto de incerteza.

— Será quando a chuva parar — disse. — Enquanto durar a chuva, suspenderemos todas as atividades.

Fazia três meses que não chovia, e era tempo de seca. Mas quando o senhor Brown anunciou sua decisão, precipitou-se por toda a zona bananeira o aguaceiro torrencial que surpreendeu José Arcádio Segundo no caminho para Macondo. Uma semana depois continuava chovendo. A versão oficial, mil vezes repetida e reiterada por todo o país e por tudo que era meio de divulgação que o governo encontrou ao seu alcance, acabou se impondo: não houve mortos, os trabalhadores tinham voltado satisfeitos para suas famílias, e a companhia bananeira suspendia suas atividades enquanto a chuva não passasse. A lei marcial continuava, pura prevenção caso fosse necessário aplicar medidas de emergência para a calamidade pública do aguaceiro interminável, mas a tropa estava aquartelada. Durante o dia os militares andavam pela correnteza das ruas, com as calças enroladas até a metade das pernas, brincando de naufrágio com as crianças. De noite, após o toque de recolher, derrubavam as portas a coronhadas de fuzil, arrancavam os suspeitos de suas camas e os levavam numa viagem sem volta. Era ainda a busca e o extermínio dos malfeitores, assassinos, incendiários e revoltosos do Decreto Número Quatro, mas os militares negavam tudo aos próprios parentes de suas vítimas que lotavam o escritório dos comandantes à procura de notícias. "Com certeza foi um sonho", insistiam os oficiais. "Em Macondo não aconteceu nada, nem está acontecendo, nem acontecerá nada nunca. Este é um povo feliz." Assim consumaram o extermínio dos chefes sindicais.

O único sobrevivente foi José Arcádio Segundo. Numa noite de fevereiro ouviram-se na porta os golpes inconfundíveis da coronha dos fuzis. Aureliano Segundo, que continuava esperando que estiasse para sair, abriu a porta para seis soldados comandados por um oficial. Empapados de chuva, sem pronunciar uma palavra, revistaram a casa quarto por quarto, armário por armário, das salas até a despensa. Úrsula despertou quando acenderam a luz do aposento e não exalou um suspiro enquanto a revista durou, mas manteve os dedos cruzados, movendo-os na direção onde os soldados se moviam. Santa Sofía de la Piedad conseguiu avisar José Arcádio Segundo, que dormia no quarto de Melquíades, mas ele compreendeu que era tarde demais para tentar a fuga. Por isso, quando Santa Sofía de la Piedad tornou a fechar a porta, ele vestiu a camisa e calçou os sapatos, e sentou-se no catre para esperar que chegassem. Nesse momento estavam revistando a oficina de ourivesaria. O oficial tinha mandado abrir o cadeado, e com uma rápida varrida de lanterna havia visto a mesona de trabalho e a vitrine com os frascos de ácidos e os instrumentos que continuavam no mesmo lugar em que foram deixados pelo dono, e pareceu compreender que naquele quarto não vivia ninguém. Ainda assim, perguntou astutamente a Aureliano Segundo se era ourives, e ele explicou que aquela tinha sido a oficina do coronel Aureliano Buendía. "Ahá!", fez o oficial, e acendeu a luz e ordenou uma revista tão minuciosa que não escaparam nem os dezoito peixinhos de ouro que tinham ficado sem fundir e estavam escondidos atrás dos frascos no pote de lata. O oficial examinou-os um por um na mesona de trabalho, e então se humanizou por completo. "Eu gostaria de levar um, se o senhor permitir", disse. "Em seu tempo foram uma senha da subversão, mas agora são uma relíquia." Era jovem, quase um adolescente, sem nenhum sinal de timidez e com uma simpatia natural que não tinha demonstrado até aquele momento. Aureliano Segundo deu o peixinho de presente. O oficial guardou-o no bolso da camisa, com um brilho infantil nos olhos, e pôs os outros no pote para deixá-los onde estavam.

— É uma lembrança que não tem preço — disse. — O coronel Aureliano Buendía foi um dos nossos maiores homens.

O golpe de humanização, porém, não modificou sua conduta profissional. Diante do quarto de Melquíades, que estava outra vez com cadeado, Santa Sofía de la Piedad lançou mão de uma última esperança. "Está fazendo um século que ninguém mora nesse quarto", disse. O oficial fez com que fosse aberto, percorreu-o com o facho da lanterna, e Aureliano Segundo e Santa Sofía de la Piedad viram os olhos árabes de José Arcádio Segundo no momento em que a rajada de luz passou pela sua cara, e compreenderam que aquele era o fim de uma ansiedade e o princípio de outra que só encontraria alívio na resignação. Mas o oficial continuou examinando o quarto com a lanterna, e não deu nenhum sinal de interesse enquanto não descobriu os setenta e dois urinóis amontoados nos armários. Então, acendeu a luz. José Arcádio Segundo estava sentado na beirada do catre, pronto para sair, mais solene e pensativo que nunca. No fundo estavam aquelas prateleiras com os livros desmoronados, os rolos de pergaminhos e a mesa de trabalho limpa e arrumada, e ainda havia tinta fresca nos tinteiros. Havia a mesma pureza no ar, a mesma transparência, o mesmo privilégio contra o pó e a destruição que Aureliano Segundo conheceu na infância, e que só o coronel Aureliano Buendía não conseguiu perceber. Mas o oficial interessou-se apenas pelos urinóis.

— Quantas pessoas moram nesta casa? — perguntou.

— Cinco.

O oficial, evidentemente, não entendeu. Deteve o olhar no espaço onde Aureliano Segundo e Santa Sofía de la Piedad continuavam vendo José Arcádio Segundo, que também percebeu que o oficial estava olhando para ele sem vê-lo. Depois apagou a luz e fechou a porta. Quando falou com os soldados, Aureliano Segundo entendeu que o jovem militar tinha visto o quarto com os mesmos olhos com que o quarto foi visto pelo coronel Aureliano Buendía.

— É verdade, ninguém entra neste quarto há pelo menos um século — disse o oficial aos seus soldados. — Deve ter até cobra aí dentro.

Quando a porta fechou, José Arcádio Segundo teve a certeza de que sua guerra havia terminado. Anos antes, o coronel Aureliano Buendía tinha lhe falado da fascinação da guerra e havia tratado de demonstrá-la com incontáveis exemplos tirados de sua própria experiência. Ele tinha acreditado. Mas, na noite em que os militares o olharam sem vê-lo, enquanto pensava na tensão dos últimos meses, na miséria do cárcere, no pânico da estação e no trem carregado de mortos, José Arcádio Segundo chegou à conclusão de que o coronel Aureliano Buendía não tinha sido mais do que um farsante ou um imbecil. Não entendia que tivesse precisado de tantas palavras para explicar o que se sentia na guerra, se uma só palavra bastava: medo. No quarto de Melquíades, porém, protegido pela luz sobrenatural, pelo ruído da chuva, pela sensação de ser invisível, encontrou o repouso que não teve num só instante da sua vida anterior, e o único medo que persistia era o de ser enterrado vivo. Contou esse medo para Santa Sofía de la Piedad, que levava para ele as refeições diárias, e ela prometeu lutar para estar viva além de suas forças, para ter certeza de que ele só seria enterrado morto. A salvo de qualquer temor, José Arcádio Segundo dedicou-se então a rever muitas vezes os pergaminhos de Melquíades, e quanto menos compreendia, maior era o prazer. Acostumado ao ruído da chuva, que dois meses depois se converteu numa nova forma de silêncio, a única coisa que perturbava sua solidão eram as entradas e saídas de Santa Sofía de la Piedad. Por isso suplicou a ela que deixasse a comida no peitoril da janela, e passasse o cadeado na porta. O resto da família esqueceu-se dele, inclusive Fernanda, que não teve nenhum inconveniente em deixá-lo ali quando soube que os militares o tinham visto sem reconhecê-lo. Após seis meses de clausura, e vendo que os militares tinham ido embora de Macondo, Aureliano Segundo tirou o cadeado procurando alguém com quem conversar enquanto a chuva não passasse. E a partir do momento em que abriu a porta sentiu-se agredido pela pestilência dos urinóis que estavam no chão, e todos usados muitas vezes. José Arcádio Segundo, devorado pela pelagem, indiferente ao ar rarefeito pelos vapores nauseabundos, continuava lendo e relendo os pergaminhos ininteligíveis. Estava iluminado por um resplendor seráfico. Mal levantou a vista quando sentiu que abriam a porta, mas para seu irmão foi suficiente aquele olhar para ver repetido nele o destino irreparável do bisavô.

— Eram mais de três mil — foi tudo que José Arcádio Segundo disse. — Agora tenho certeza de que foram todos os que estavam na estação.

Choveu durante quatro anos, onze meses e dois dias. Houve épocas de garoa em que todo mundo vestiu suas roupas de ver o bispo e armou uma cara de convalescente para celebrar a estiagem, mas logo todos se acostumaram a interpretar as pausas como anúncios de recrudescimento. O céu desabava numas tempestades de estropício, e o norte mandava uns furacões que destrambelhavam tetos e derrubavam paredes, e desenterraram pela raiz os últimos pés das plantações. Como aconteceu durante a peste da insônia, que Úrsula deu para recordar naqueles dias, a própria calamidade ia inspirando defesas contra o tédio. Aureliano Segundo foi um dos que mais fizeram para não se deixar vencer pela ociosidade. Tinha ido até a casa por algum assunto casual na noite em que o senhor Brown convocou a tormenta, e Fernanda tratou de auxiliá-lo com um guarda-chuva meio inválido que encontrou num armário. "Não precisa", disse ele. "Fico aqui até parar de chover." Não era, é claro, um compromisso sem remédio, mas ainda assim esteve a ponto de cumprir ao pé da letra. Como sua roupa estava na casa de Petra Cotes, a cada três dias tirava a que estava usando e esperava de cuecas enquanto era lavada. Para não se aborrecer, entregou-se à tarefa de fazer os numerosos consertos que a casa pedia. Ajustou dobradiças, lubrificou fechaduras, aparafusou aldrabas e nivelou ferrolhos. Durante vários meses foi visto vagando com uma caixa de ferramentas que deve ter sido esquecida pelos ciganos nos tempos de José Arcádio Buendía, e ninguém sabe se foi pela ginástica involuntária, pelo tédio invernal ou pela abstinência forçada que a pança foi se desinflando pouco a pouco, feito um fole, e o rosto de tartaruga beatífica se fez menos sanguíneo e menos protuberante a papada, até que ele inteiro acabou menos paquidérmico e conseguiu outra vez amarrar os cadarços dos sapatos. Vendo como Aureliano Segundo montava fechaduras de porta e desmontava relógios, Fernanda se perguntou se não estaria incorrendo também no vício de fazer para desfazer, como o coronel Aureliano Buendía com os peixinhos de ouro, Amaranta com os botões e a mortalha, José Arcádio Segundo com os pergaminhos e Úrsula com as recordações. Mas não era isso. O problema é que a chuva transtornava tudo, e as máquinas mais áridas jorravam flores pelas engrenagens que não fossem lubrificadas a cada três dias, e se enferrujavam os fios dos brocados e nasciam algas de açafrão na roupa molhada. A atmosfera era tão úmida que os peixes teriam podido entrar pelas portas e sair pelas janelas, navegando no ar dos aposentos. Certa manhã Úrsula despertou sentindo que se acabava num desfalecimento de placidez, e já havia pedido que a levassem ao padre Antônio Isabel, nem que fosse em andas, quando Santa Sofía de la Piedad descobriu que ela estava com as costas cobertas de sanguessugas. Soltaram uma por uma, estorricando-as com tições, antes que acabassem de sangrá-la. Foi preciso escavar canais para desaguar a casa e livrá-la de sapos e caracóis, para que pudessem secar o chão, tirar os tijolos dos pés das camas e caminhar outra vez com sapatos. Entretido com as múltiplas minúcias que reclamavam sua atenção, Aureliano Segundo não percebeu que estava ficando velho, até a tarde em que se encontrou contemplando o entardecer prematuro numa cadeira de balanço e pensando em Petra Cotes sem estremecer. Não teria tido nenhum inconveniente em regressar ao amor insípido de Fernanda, cuja beleza havia repousado com a maturidade, mas a chuva o havia posto a salvo de qualquer emergência passional e tinha infundido nele a serenidade esponjosa da inapetência. Divertiu-se pensando nas coisas que em outros tempos teria podido fazer com aquela chuva que ia para um ano. Tinha sido um dos primeiros a levar lâminas de zinco para Macondo, muito antes que a companhia bananeira as pusesse na moda, só para telhar com elas o dormitório de Petra Cotes e desfrutar a impressão de intimidade profunda que naquela época a crepitação da chuva produzia nele. Mas até essas lembranças loucas de sua juventude doidivanas o deixavam impávido, como se na última farra tivesse esgotado suas cotas de devassidão e só lhe tivesse restado o prêmio maravilhoso de poder evocá-las sem amarguras nem remorsos. Dava até para pensar que o dilúvio lhe havia dado a oportunidade de sentar-se para refletir, e que o trabalho dos alicates e dos galheteiros de lubrificante havia despertado nele a nostalgia tardia de tantos ofícios úteis que poderia ter tido na vida e que não teve, mas nem um nem outro eram de verdade, porque a tentação do sedentarismo e da domesticidade que andava rondando à sua volta não era fruto da ponderação nem da experiência. Vinha de muito mais longe, desenterrada pelo rastelo da chuva, dos tempos em que lia no quarto de Melquíades as prodigiosas fábulas dos tapetes voadores e das baleias que se alimentavam de barcos e tripulações. Foi num daqueles dias que, num descuido de Fernanda, o pequeno Aureliano apareceu no corredor e seu avô descobriu o segredo de sua identidade. Cortou seus cabelos, vestiu-o, ensinou-o a perder o medo das pessoas, e num instante viu-se que era um legítimo Aureliano Buendía, com seus pômulos altos, seu olhar de assombro e seu ar solitário. Para Fernanda, foi um descanso. Fazia tempo que havia medido a magnitude de sua soberba, mas não encontrava um jeito de remediá-la, porque quanto mais pensava em soluções, menos racionais elas pareciam. Se soubesse que Aureliano Segundo ia encarar o assunto do jeito que encarou, com uma boa complacência de avô, não teria dado tantas voltas nem tantos prazos, e um ano antes já teria se libertado da mortificação. Para Amaranta Úrsula, que já tinha mudado de dentes, o sobrinho foi como um brinquedo escorregadio que a consolou do tédio da chuva. Aureliano Segundo então se lembrou da enciclopédia inglesa que ninguém tinha tornado a tocar no antigo dormitório de Meme. Começou por mostrar às crianças as ilustrações, em especial as dos animais, e mais tarde os mapas e as fotografias de países remotos e personagens célebres. Como não sabia inglês, e como mal podia distinguir as cidades mais conhecidas e as personalidades mais faladas, deu para inventar nomes e lendas para satisfazer a curiosidade insaciável das crianças.

Fernanda acreditava de verdade que seu marido estava esperando que parasse de chover para voltar à concubina. Nos primeiros meses da chuva temeu que ele tentasse deslizar até o seu quarto, e que ela tivesse de passar pela vergonha de revelar a ele que desde o nascimento de Amaranta Úrsula estava incapacitada para a reconciliação. Era essa a causa de sua ansiosa correspondência com os médicos invisíveis, interrompida pelos frequentes desastres do correio. Durante os primeiros meses, quando ficaram sabendo que os trens descarrilavam na tormenta, uma carta dos médicos invisíveis revelou que as dela estavam se extraviando. Mais tarde, quando os contatos com seus correspondentes ignotos foram suspensos, havia pensado seriamente em usar a máscara de tigre que seu marido usara no carnaval sangrento, para ser examinada com nome fictício pelos médicos da companhia bananeira. Mas uma das tantas pessoas que passavam amiúde pela casa levando as notícias ingratas do dilúvio tinha dito a ela que a companhia estava desmantelando seus dispensários para levá-los a terras de estiagem. Então perdeu as esperanças. Resignou-se a aguardar que a chuva passasse e o correio se normalizasse e, enquanto isso, aliviava-se de suas doenças secretas com recursos de inspiração, porque teria preferido morrer a se pôr nas mãos do único médico que tinha sobrado em Macondo, o francês extravagante que se alimentava de capim. Tinha se aproximado de Úrsula, confiando que ela conheceria algum paliativo para seus males. Porém, o tortuoso costume de não chamar as coisas pelo nome levou-a a colocar o anterior no posterior, e a substituir o parido pelo expulsado, e a trocar fluxos por ardores, para que tudo fosse menos vergonhoso, mas de maneira tal que Úrsula concluiu razoavelmente que os transtornos não eram uterinos, mas intestinais, e aconselhou-a a tomar em jejum uma boa dose de purgante de protocloreto de mercúrio. Se não fosse esse padecimento que não teria nada de pudendo para alguém que não estivesse também enfermo de pudicícia, e se não fosse a perda das cartas, Fernanda não teria se importado com a chuva, porque afinal de contas para ela era como se tivesse chovido a vida inteira. Não modificou seus horários nem perdoou os rituais. Quando a mesa ainda estava erguida sobre tijolos e as cadeiras postas sobre tábuas para que os comensais não molhassem os pés, ela continuava servindo com toalhas de linho e porcelanas chinesas, e acendendo os candelabros no jantar, porque considerava que as calamidades não podiam servir de pretexto para o relaxamento de costumes. Ninguém tinha tornado a pôr os pés na rua. Se dependesse de Fernanda não tornariam a fazer isso jamais, não apenas desde que começou a chover, mas desde muito antes, pois ela considerava que as portas tinham sido inventadas para serem fechadas, e que a curiosidade pelo que acontecia na rua era coisa de rameira. Apesar disso, foi ela a primeira a sair quando avisaram que estava passando o enterro do coronel Gerineldo Márquez, embora o que viu pela janela entreaberta a tenha deixado em tal estado de aflição que durante muito tempo andou se arrependendo de sua debilidade.

Teria sido impossível imaginar um cortejo mais desolado. Tinham colocado o ataúde numa carreta puxada por bois, sobre a qual construíram um telhadinho de folhas de bananeira, mas a pressão da chuva era tão intensa e as ruas estavam de tal maneira empantanadas que a cada passo as rodas atolavam, e o telhadinho ameaçava se desfazer. Os jorros de água triste que caíam sobre o ataúde iam ensopando a bandeira que tinha sido colocada em cima, e que na realidade era a bandeira suja de sangue e de pólvora, repudiada pelos veteranos mais dignos. Sobre o ataúde também tinham posto o sabre com borlas de cobre e de seda, o mesmo que o coronel Gerineldo Márquez pendurava no cabideiro da sala para entrar inerme no quarto de costura de Amaranta. Atrás da carreta, alguns descalços e todos com as calças à meia perna, chapinhando na lama, iam os últimos sobreviventes da capitulação de Neerlândia, levando numa das mãos o bastão de madeira de lei e na outra uma coroa de flores de papel descoloridas pela chuva. Surgiram como uma visão irreal na rua que ainda levava o nome do coronel Aureliano Buendía e todos olharam a casa ao passar, e dobraram a esquina da praça, onde tiveram de pedir ajuda para tirar a carreta atolada. Úrsula tinha feito com que Santa Sofía de la Piedad a levasse até a porta da rua. Seguiu com tanta atenção as peripécias do enterro que ninguém duvidou que estivesse vendo, principalmente porque sua erguida mão de arcanjo anunciador se movia com os cabeceios da carreta.

— Adeus, Gerineldo, filho meu — gritou. — Mande lembranças para a minha gente, e diga lá que nos veremos quando parar de chover.

Aureliano Segundo ajudou-a a voltar para a cama, e com a mesma informalidade com que sempre a tratava perguntou o que queria dizer com aquela despedida.

— É verdade — disse ela. — Só estou esperando a chuva passar para morrer.

O estado das ruas alarmou Aureliano Segundo. Tardiamente preocupado pela sorte de seus animais, jogou sobre o corpo uma lona encerada e foi até a casa de Petra Cotes. Encontrou-a no pátio, com a água pela cintura, tratando de desencalhar o cadáver de um cavalo. Aureliano Segundo ajudou-a com uma tranca, e o enorme corpo tumefacto deu uma cambalhota e foi arrastado pela corrente de barro líquido. Desde que a chuva começara Petra Cotes não tinha feito outra coisa a não ser desembaraçar seu pátio de animais mortos. Nas primeiras semanas mandou recados para Aureliano Segundo, para que tomasse providências urgentes, e ele tinha respondido que não havia pressa, que a situação não era alarmante, e logo se pensaria em alguma coisa quando estiasse. Mandou dizer a ele que os currais estavam se inundando, que o gado fugia para as terras altas onde não havia o que comer, e que estavam à mercê das onças e da peste. "Não há nada a ser feito", respondeu-lhe Aureliano Segundo. "Outros nascerão quando parar de chover." Petra Cotes os havia visto morrer aos cachos, e mal tinha como soltar os que ficavam atolados. Viu com uma impotência surda como o dilúvio foi exterminando sem misericórdia uma fortuna que em seu tempo foi considerada a maior e mais sólida de Macondo, e da qual não sobrava nada além da pestilência. Quando Aureliano Segundo decidiu ir ver o que estava acontecendo, só encontrou o cadáver do cavalo e uma mula esquálida entre os escombros da cavalariça. Petra Cotes o viu chegar sem surpresa, sem alegria nem ressentimento, e só se permitiu um sorriso irônico.

— Já não era sem tempo! — disse.

Estava envelhecida, pura pele e ossos, e seus olhos rasgados de animal carnívoro tinham ficado tristes e mansos de tanto olhar a chuva. Aureliano Segundo ficou mais de três meses na sua casa, não porque se sentisse ali melhor que na da sua família, mas porque precisou desse tempo todo para tomar a decisão de jogar outra vez em cima do corpo a lona encerada. "Não há pressa", disse, como havia dito na outra casa. "Vamos esperar que pare de chover nas próximas horas." No curso da primeira semana foi se acostumando aos desgastes que o tempo e a chuva tinham feito na saúde de sua concubina, e pouco a pouco foi vendo-a como era antes, recordando os desvarios jubilosos e a fecundidade de delírio que seu amor provocava nos animais e, em parte por amor, em parte por interesse, numa noite da segunda semana despertou-a com carícias urgentes. Petra Cotes não reagiu. "Durma tranquilo", murmurou. "Os tempos já não estão para essas coisas." Aureliano Segundo viu-se a si mesmo nos espelhos do teto, viu a espinha dorsal de Petra Cotes como uma fileira de carretéis enfiados num maço de nervos murchos, e compreendeu que ela tinha razão, não pelos tempos, mas por eles mesmos, que já não estavam mais para essas coisas.

Aureliano Segundo voltou para a casa com seus baús, convencido de que não apenas Úrsula, mas todos os habitantes de Macondo estavam esperando que estiasse para morrer. Ao passar, os tinha visto sentados nas salas com o olhar absorto e os braços cruzados, sentindo transcorrer um tempo inteiro, um tempo sem desbravar, porque era inútil dividi-lo em meses e anos, e os dias em horas, quando não se podia fazer nada mais do que contemplar a chuva. As crianças receberam Aureliano Segundo com alvoroço, e ele tornou a tocar para elas a sanfona asmática. Mas o concerto não lhes chamava tanto a atenção como as sessões enciclopédicas, de maneira que tornaram a se reunir no quarto de Meme, onde a imaginação de Aureliano Segundo converteu o dirigível em um elefante voador que procurava um lugar para dormir entre as nuvens. Em certa ocasião encontrou um homem a cavalo que, apesar de sua pompa exótica, conservava um ar familiar, e depois de muito examiná-lo chegou à conclusão de que era um retrato do coronel Aureliano Buendía. Mostrou-o a Fernanda, que também admitiu que o ginete era parecido não só com o coronel, mas com todos os membros da família, embora na verdade fosse um guerreiro tártaro. Assim foi passando o tempo, entre o Colosso de Rodes e os encantadores de serpentes, até que sua esposa anunciou que não restavam mais do que seis quilos de carne-seca e um saco de arroz na despensa.

— E o que você quer que eu faça agora? — ele perguntou.

— Eu não sei — respondeu Fernanda. — Isso é assunto de homem.

— Bom — disse Aureliano Segundo —, alguma coisa a gente vai fazer quando parar de chover.

Continuou mais interessado na enciclopédia que no problema doméstico, mesmo quando teve de se contentar com uma pelanca ressecada e um pouco de arroz no almoço. "Agora é impossível fazer qualquer coisa", dizia. "Não vai chover a vida inteira." E quanto mais voltas adiava as urgências da despensa, mais intensa ia se fazendo a indignação de Fernanda, até que seus protestos eventuais, seus desabafos pouco frequentes, transbordaram numa torrente desembestada, desatada, que começou certa manhã como o monótono bordão de um violão, e que à medida que o dia avançava foi subindo de tom, cada vez mais rico, mais esplêndido. Aureliano Segundo não teve consciência da ladainha até o dia seguinte, depois do café da manhã, quando se sentiu atordoado por um zumbido que era mais fluido e mais alto que o rumor da chuva, e era Fernanda que passeava pela casa inteira lamentando ter sido educada como uma rainha para acabar como mucama numa casa de loucos, com um marido folgazão, idólatra, libertino, que se deitava de barriga para cima esperando que chovessem pães do céu, enquanto ela destroncava os rins tratando de manter flutuando um lar que só se mantinha de pé com alfinetes, onde havia tanta coisa a ser feita, tanta a ser suportada e corrigida desde que Deus amanhecia até a hora de dormir, e que chegava na cama com os olhos cheios de pó de vidro, e no entanto ninguém nunca tinha lhe dado um bom-dia, Fernanda, como passou a noite, Fernanda?, nem perguntado a ela, nem que fosse só por cortesia, por que estava tão pálida nem por que despertava com essas olheiras cor de violeta, apesar de ela não esperar, é claro, que aquilo saísse do resto de uma família que, afinal de contas, sempre a teve como um estorvo, como o trapinho de segurar panela, como um boneco pintado na parede, e que sempre andavam fazendo futrica contra ela pelos cantos, chamando-a de santarrona, chamando-a de fariseia, chamando-a de boa bisca, e até Amaranta, que em paz descanse, havia dito a viva voz que ela era das que confundiam o cu com as têmporas, bendito seja Deus, que palavras, e ela havia aguentado tudo com resignação em nome do Santo Padre, mas não havia conseguido suportar mais quando o malvado do José Arcádio Segundo disse que a perdição da família tinha sido abrir as portas para uma janotinha pedante, imagine só, uma janotinha mandona, valha-me Deus, uma filha de má saliva, da mesma índole dos pedantões que o governo mandou para matar trabalhadores, veja se é possível, e se referia a ninguém menos que ela, ela, a afilhada do duque de Alba, uma dama com tanta estirpe que revolvia o fígado das esposas dos presidentes, uma filho d'alga de sangue como ela, que tinha direito de assinar onze sobrenomes peninsulares, e que era o único mortal naquela aldeia de bastardos que não se sentia atarantada diante de dezesseis talheres, para que depois o adúltero do seu marido dissesse, morrendo de rir, que tantas colheres e garfos, e tantas facas e colherinhas não eram coisa de cristãos e sim de centopeias, e a única que podia determinar de olhos fechados quando se servia o vinho branco, e de que lado e em que taça, e quando se servia o vinho tinto, e não como a troglodita da Amaranta, que em paz descanse, que achava que o vinho branco devia ser servido de dia e o tinto de noite, e a única em todo o litoral que podia se vangloriar de não ter feito nada do corpo que não fosse em peniquinhos de ouro, para que depois viesse o coronel Aureliano Buendía, que em paz descanse, e tivesse o atrevimento de perguntar com seu humor de fel de maçom de onde ela tinha merecido aquele privilégio, e se ela cagava merda ou bromélias celestiais, imaginem só, com essas palavras, e para que Renata, sua própria filha, que por indiscrição havia visto seus excrementos no quarto, respondesse que na verdade o peniquinho era de muito ouro e muita heráldica, mas que o que tinha dentro era pura merda, merda física, e pior ainda que as outras porque era merda metida a besta, imaginem só, sua própria filha, de maneira que nunca tinha se deixado iludir com o resto da família, mas fosse como fosse tinha direito de esperar um pouco mais de consideração da parte do esposo, já que bem ou mal era seu cônjuge pelo próprio sacramento, seu autor, seu violador por direito e dever, que tinha jogado sobre si próprio e por livre e soberana vontade a grave responsabilidade de tirá-la do solar paterno, onde nunca se privou do que fosse nem sofreu por coisa alguma, onde tecia coroas fúnebres porque gostava de se distrair, posto que seu padrinho havia mandado uma carta com a assinatura de próprio punho e o selo de seu anel impresso no lacre, só para dizer que as mãos de sua afilhada não tinham sido feitas para afazeres deste mundo, a não ser tocar o clavicórdio, e ainda assim o insensato de seu marido a tinha tirado de sua casa com todas as admoestações e advertências para levá-la para aquele caldeirão do Diabo onde não se podia nem respirar de tanto calor, e antes que ela acabasse de guardar suas abstinências de Pentecostes já tinha ido embora com seus baús andarilhos e sua sanfona de perdulário para madracear em adultério com uma pobre coitada de quem bastava olhar as nádegas, bom, já que disse o que disse, a quem bastava ver remexer as nádegas de potranca para adivinhar que era uma, que era uma..., ao contrário dela, que era uma dama no palácio ou na pocilga, na mesa ou na cama, uma dama com berço, temente a Deus, obediente às suas leis e submissa aos seus desígnios, e com quem não se podia fazer, é claro, as piruetas e safadezas de mulher à toa que fazia com a outra, que é claro que se prestava a tudo, como as matronas francesas, e pensando bem, pior ainda, porque elas pelo menos tinham a honradez de pôr uma lâmpada vermelha na porta, semelhantes porcarias, imagine só, e só faltava essa, com a filha única e bem-amada de dona Renata Argote e dom Fernando del Carpio, principalmente ele, é claro, um santo varão, um cristão dos grandes, Cavalheiro da Ordem do Santo Sepulcro, desses que recebem diretamente de Deus o privilégio de se conservarem intactos na tumba, com a pele tersa feito cetim de noiva e os olhos vivos e diáfanos como as esmeraldas.

— Isto sim, que não é verdade — interrompeu Aureliano Segundo —, quando o trouxeram aqui, já estava fedendo.

Tinha tido a paciência de escutá-la um dia inteiro, até surpreendê-la num erro. Fernanda não deu confiança, mas baixou a voz. Naquela noite, durante o jantar, o exasperante zumbido da ladainha havia derrotado o rumor da chuva. Aureliano Segundo comeu pouco, com a cabeça baixa, e cedo se retirou para o dormitório. No café da manhã do dia seguinte Fernanda estava trêmula, com aspecto de quem dormiu mal, e parecia completamente aliviada de seus rancores. E ainda assim, quando seu marido perguntou se não seria possível comer um ovo quente, ela não apenas respondeu que desde a semana anterior os ovos tinham acabado como elaborou uma violenta catilinária contra os homens que passam o tempo todo adorando o próprio umbigo e depois têm o desplante de pedir fígados de cotovia na mesa. Aureliano Segundo levou as crianças para ver a enciclopédia, como sempre, e Fernanda fingiu arrumar o quarto de Meme, só para que ele a ouvisse murmurar que, é claro, precisava ser muito caradura para dizer aos pobres inocentes que o coronel Aureliano Buendía estava retratado na enciclopédia. Naquela tarde, enquanto as crianças faziam a sesta, Aureliano Segundo sentou-se na varanda e Fernanda perseguiu-o até lá, provocando-o, atormentando-o, girando à sua volta com seu implacável zumbido de mosca-varejeira dizendo que, é claro, até que não sobrasse nada além de pedras para comer, seu marido ia ficar sentado feito um sultão da Pérsia para contemplar a chuva, porque não passava disso, de um capão velho, um sanguessuga, um imprestável, mais frouxo que chumaço de algodão, acostumado a viver das mulheres, e convencido de que tinha se casado com a esposa de Jonas, aquela que ficou sossegadinha depois de escutar a tal história da baleia. Aureliano Segundo ouviu durante mais de duas horas, impassível, como se fosse surdo. Não a interrompeu até bem avançada a tarde, quando não conseguiu mais aguentar a ressonância de bumbo que atormentava sua cabeça.

— Agora cale essa boca, por favor — suplicou.

Fernanda, ao contrário, ergueu o tom. "Não tenho por que calar nada", disse. "Quem não quiser me ouvir que vá embora." Então Aureliano Segundo perdeu o controle. Levantou-se devagar, sem pressa alguma, como se só quisesse esticar os ossos, e com uma fúria perfeitamente regulada e metódica foi agarrando um a um os vasos de begônias, os vasos das samambaias, os potes de orégano, e um a um foi despedaçando tudo no chão. Fernanda se assustou, pois na verdade não tinha tido até aquele momento uma consciência clara da tremenda força interior da ladainha, mas era demasiado tarde para qualquer tentativa de mudança de rumo. Embriagado pela corrente incontrolável do desabafo, Aureliano Segundo arrebentou o vidro da cristaleira, e uma por uma, sem se apressar, foi tirando as peças do aparelho de louça e fazendo tudo virar pó no chão. Sistemático, sereno, com a mesma parcimônia com que tinha empapelado a casa com notas de dinheiro, foi depois arrebentando contra as paredes os cristais da Boêmia, os floreiros pintados à mão, os quadros de donzelas em barcos carregados de rosas, os espelhos de molduras douradas, e tudo que fosse arrebentável da sala até a despensa, e terminou com a tina da cozinha, que espatifou no meio do pátio com uma explosão profunda. Depois lavou as mãos, jogou sobre os ombros a lona encerada, e antes da meia-noite voltou com umas tiras endurecidas de carne-seca, vários sacos de arroz e milho com caruncho, e uns cachos mirrados de banana. Desde então, não tornou a faltar o que comer.

Amaranta Úrsula e o pequeno Aureliano haveriam de recordar o dilúvio como uma época feliz. Apesar do rigor de Fernanda, chapinhavam nas poças do pátio, caçavam lagartos para esquartejá-los e brincavam de envenenar a sopa jogando pó de asas de borboletas durante os descuidos de Santa Sofía de la Piedad. Úrsula era seu brinquedo mais divertido. Era como uma grande boneca decrépita que levavam e traziam por todos os cantos, disfarçada com panos coloridos e a cara pintada com fuligem e urucum, e uma vez estiveram a ponto de arrancar seus olhos com as tesouras de podar, como faziam com os sapos. Nada lhes causava tanto alvoroço como seus desvarios. Na verdade, alguma coisa deve ter acontecido em seu cérebro no terceiro ano da chuva, porque pouco a pouco foi perdendo o sentido da realidade e confundia o tempo atual com épocas remotas de sua vida, a ponto de numa ocasião ter passado três dias chorando sem consolo pela morte de Petronila Iguarán, sua bisavó, enterrada fazia mais de um século. Afundou num estado de confusão tão disparatado que achava que o pequeno Aureliano era seu filho, o coronel, e que o José Arcádio que estava no seminário era o primogênito que foi-se embora com os ciganos. Tanto falou da família que as crianças aprenderam a organizar para ela visitas imaginárias com seres que não apenas tinham morrido fazia muito tempo, mas tinham existido em épocas diferentes. Sentada na cama com os cabelos cobertos de cinzas e a cara tampada por um lenço vermelho, Úrsula era feliz no meio da parentada irreal que as crianças descreviam sem omissão de detalhes, como se a tivessem conhecido de verdade. Úrsula conversava com seus antepassados sobre acontecimentos anteriores à sua própria existência, desfrutava as notícias que contavam, e choravam juntos por mortos muito mais recentes que eles. As crianças não demoraram a perceber que no transcurso daquelas visitas fantasmagóricas Úrsula fazia sempre uma pergunta destinada a esclarecer quem tinha levado para a casa durante a guerra um São José de gesso de tamanho natural para que guardassem enquanto a chuva não passava. Foi assim que Aureliano Segundo se lembrou da fortuna enterrada em algum lugar que só Úrsula conhecia, mas foram inúteis as perguntas e manobras astutas que lhe ocorreram, porque nos labirintos de seu desvario ela parecia conservar a margem de lucidez suficiente para defender aquele segredo, que só haveria de revelar a quem demonstrasse ser o verdadeiro dono do ouro sepultado. Era tão hábil e tão rígida que quando Aureliano Segundo instruiu um de seus companheiros de esbórnia a se fazer passar pelo proprietário da fortuna ela enredou-o num interrogatório minucioso e semeado de armadilhas sutis.

Convencido de que Úrsula levaria o segredo para o túmulo, Aureliano Segundo contratou um grupo de escavadores com o pretexto de construir canais de escoamento no jardim e no pátio dos fundos, e ele mesmo sondou o solo com varetas de ferro e com todos os tipos de detector de metais, sem encontrar nada que se parecesse com ouro nos três meses de exaustivas explorações. Mais tarde recorreu a Pilar Ternera com a esperança de que as cartas vissem mais que os escavadores, mas ela começou explicando que qualquer tentativa seria inútil se a própria Úrsula não cortasse o baralho. Confirmou, porém, a existência do tesouro, com a precisão de que eram sete mil e duzentas e catorze moedas enterradas em três sacos de lona fechados com arame de cobre, dentro de um círculo com um raio de cento e vinte e dois metros, tomando como centro a cama de Úrsula, mas advertiu que não seriam encontrados antes que acabasse de chover e os sóis de três junhos consecutivos convertessem o lameiro em poeira. Aureliano Segundo achou que a profusão e a minuciosa vaguidão dos dados eram tão semelhantes às fábulas espiritistas, que insistiu em sua missão apesar de estarem em agosto e ser necessário esperar pelo menos três anos para satisfazer as condições do prognóstico. A primeira coisa que lhe causou assombro, embora ao mesmo tempo tenha aumentado sua confusão, foi comprovar que havia exatamente cento e vinte e dois metros da cama de Úrsula à última cerca do pátio dos fundos. Fernanda temeu que estivesse tão louco feito seu irmão gêmeo quando o viu fazendo as medições, e pior ainda quando mandou os escavadores aprofundarem um metro mais nas valas. Preso de um delírio exploratório comparável apenas ao do bisavô quando buscava a rota das invenções, Aureliano Segundo perdeu as últimas bolsas de gordura que restavam, e a antiga semelhança com o irmão gêmeo foi acentuando-se outra vez, não apenas por ter tornado a ser esguio, mas também pelo ar distante e a atitude ensimesmada. Não tornou a se ocupar das crianças. Comia a qualquer hora, enlameado da cabeça aos pés, e num canto da cozinha, mal respondendo às perguntas ocasionais de Santa Sofía de la Piedad. Vendo-o trabalhar de um jeito que ela nunca sonhou pudesse ver, Fernanda achou que sua temeridade fosse diligência, e que sua cobiça fosse abnegação e que sua obstinação fosse perseverança, e suas entranhas se contorceram de remorso por causa da virulência com que havia desancado seu desleixo. Mas Aureliano Segundo já não estava para reconciliações misericordiosas. Afundado até o pescoço num pântano de galhos mortos e flores apodrecidas, revirou do direito pelo avesso o chão do jardim depois de haver terminado com o pátio dos fundos, e esburacou tão profundamente os alicerces da varanda oriental da casa que numa noite despertaram aterrorizados com o que parecia ser um cataclismo, tanto pelas trepidações como pelo pavoroso rangido subterrâneo, e três aposentos estavam desabando e uma fenda de dar calafrios tinha sido aberta da varanda até o quarto de Fernanda. Nem por isso Aureliano Segundo renunciou à exploração. Mesmo quando as últimas esperanças haviam se extinguido, e a única coisa que parecia ter algum sentido eram as predições do baralho, reforçou os alicerces furados, tampou a fenda com argamassa, e continuou escavando pelo lado ocidental. E ainda estava lá na segunda semana de junho seguinte, quando a chuva começou a se apaziguar e as nuvens foram se erguendo, e viu-se que de um momento a outro iria estiar. E assim foi. Numa sexta-feira, às duas da tarde, o mundo alumbrou-se com um sol bobo, vermelho e áspero como pó de tijolo, e quase tão fresco como a água, e não tornou a chover em dez anos.

Macondo estava em ruínas. Nas imensas poças d'água das ruas restavam móveis despedaçados, esqueletos de animais cobertos de lírios colorados, últimas recordações das hordas de aventureiros que fugiram de Macondo tão atarantados como haviam chegado. As casas levantadas com tanta urgência durante a febre da banana tinham sido abandonadas. A companhia bananeira desmantelara suas instalações. Da antiga cidade cercada só restavam os escombros. As casas de madeira, as varandas frescas onde transcorriam as serenas tardes de baralho, pareciam arrasadas por uma antecipação do vento profético que anos depois haveria de apagar Macondo da face da Terra. O único rastro humano deixado por aquele sopro voraz foi uma luva de Patrícia Brown no automóvel sufocado pelas buganvílias. A região encantada que José Arcádio Buendía explorou nos tempos da fundação, e onde mais tarde prosperaram as plantações de banana, era um lodaçal de raízes putrefatas em cujo horizonte remoto dava para ver, durante muitos anos, a espuma silenciosa do mar. Aureliano Segundo sofreu uma crise de angústia no primeiro domingo em que vestiu roupas secas e saiu para fazer um reconhecimento pelo povoado. Os sobreviventes da catástrofe, os mesmos que já viviam em Macondo antes que tudo fosse sacudido pelo furacão da companhia bananeira, estavam sentados no meio da rua desfrutando os primeiros sóis. Ainda conservavam na pele o verde de alga e o cheiro de caverna que a chuva impregnara neles, mas no fundo de seus corações pareciam satisfeitos por terem recuperado o povoado em que nasceram. A Rua dos Turcos era outra vez a de antes, a dos tempos em que os árabes de pantufas e argolas nas orelhas, que percorriam o mundo trocando araras por bugigangas, acharam em Macondo um bom remanso para descansar de sua milenar condição de andarilhos. Do outro lado da chuva, a mercadoria dos bazares estava caindo aos pedaços, os sacos dos gêneros alimentícios abertos na porta estavam cobertos de musgo, os balcões carcomidos pelo cupim e as paredes carcomidas pela umidade, mas os árabes da terceira geração estavam sentados no mesmo lugar e com a mesma atitude de seus pais e avós, taciturnos, impávidos, invulneráveis ao tempo e ao desastre, tão vivos ou tão mortos como estiveram depois da peste da insônia e das trinta e duas guerras do coronel Aureliano Buendía. Era tão assombrosa a sua fortaleza de espírito diante dos escombros das mesas de jogo, das barraquinhas de frituras, das tendas de tiro ao alvo e do beco onde se interpretavam os sonhos e se adivinhava o futuro, que Aureliano Segundo perguntou a eles com sua informalidade habitual de que recursos misteriosos tinham se valido para não naufragar na tormenta, como diabos tinham feito para não se afogar, e um atrás do outro, de porta em porta, devolveram a ele um sorriso ladino e um olhar sonhador, e todos deram, sem ter combinado, a mesma resposta:

— Nadando.

Petra Cotes talvez fosse o único nativo que tinha coração de árabe. Havia visto os últimos destroços de seus estábulos e cavalariças arrastados pela tormenta, mas tinha conseguido manter a casa em pé. No último ano havia mandado recados aflitos a Aureliano Segundo, e ele tinha respondido que não sabia quando voltaria para casa, mas que quando fosse levaria um caixote de ouro para ladrilhar o dormitório. Então ela tinha escavado em seu coração, buscando a força que lhe permitisse sobreviver à desgraça, e havia encontrado uma raiva reflexiva e justa, com a qual tinha jurado restaurar a fortuna dilapidada pelo amante e acabada de ser exterminada pelo dilúvio. Foi uma decisão tão inquebrantável, que Aureliano Segundo voltou para sua casa oito meses depois do último recado e encontrou-a verde, desgrenhada, com as pálpebras afundadas e a pele escamada pela sarna, mas escrevendo números em pedacinhos de papel, para fazer uma rifa. Aureliano Segundo ficou atônito, e estava tão esquálido e tão solene que Petra Cotes achou que quem tinha voltado a procurá-la não era o amante da vida inteira, mas seu irmão gêmeo.

— Você está louca — ele disse. — A não ser que esteja pensando em rifar os ossos.

Então ela disse a ele que fosse até o dormitório, e Aureliano Segundo viu a mula. Estava com o couro grudado nos ossos, feito a dona, mas tão viva e decidida como ela. Petra Cotes havia alimentado a mula com a sua raiva, e quando não teve mais capim, nem milho, nem raízes, abrigou-a em seu próprio dormitório e deu-lhe de comer os lençóis de percal, os tapetes persas, as colchas de pelúcia, as cortinas de veludo e o pálio bordado com fios de ouro e as borlas de seda da cama episcopal.

Úrsula teve que fazer um grande esforço para cumprir a promessa de morrer quando estiasse. As rajadas de lucidez que foram tão escassas durante a chuva tornaram-se mais frequentes a partir de agosto, quando começou a soprar o vento árido que sufocava os roseirais e petrificava os lamaçais, e que acabou por espalhar sobre Macondo o pó abrasador que cobriu para sempre os enferrujados telhados de zinco e as amendoeiras centenárias. Úrsula chorou de tristeza ao descobrir que durante mais de três anos tinha servido de brinquedo para as crianças. Lavou a cara borrada, se livrou dos trapos coloridos, das lagartixas e dos sapos ressecados e dos rosários e dos antigos colares árabes que tinham dependurado em seu corpo inteiro, e pela primeira vez desde a morte de Amaranta abandonou a cama sem ajuda de ninguém para se incorporar de novo à vida familiar. O ânimo de seu coração invencível a orientava nas trevas. Quem reparou no seu andar trôpego e quem tropeçou em seu braço de arcanjo sempre erguido à altura da cabeça pensou que ela a duras penas aguentava o próprio corpo, mas ninguém achou que estivesse cega. Ela não precisava enxergar para saber que os canteiros de flores, cultivados com tanto esmero desde a primeira reforma, tinham sido destruídos pela chuva e arrasados pelas escavações de Aureliano Segundo, e que as paredes e o cimento do chão estavam rachados, os móveis bambos e desbotados, as portas cambaias, e a família ameaçada por um espírito de resignação e desolação que teria sido inconcebível nos seus tempos. Movendo-se às cegas pelos dormitórios vazios notava o trovão contínuo dos cupins entalhando as madeiras, e o tesourar das traças nos guarda-roupas, e o estrépito devastador das enormes formigas-ruivas que haviam prosperado no dilúvio e estavam socavando os alicerces da casa. Um dia, abriu o baú dos santos e precisou pedir ajuda a Santa Sofía de la Piedad para se livrar das baratas que saltaram do seu interior, e que já haviam pulverizado a roupa. "Não é possível viver nesta negligência", dizia. "Pelo andar da carruagem vamos acabar devorados pelos bichos." A partir desse momento, ela não teve um instante de sossego. Levantava-se antes do amanhecer, recorria a quem estivesse disponível, inclusive às crianças. Pôs ao sol as escassas roupas que ainda estavam em condições de serem usadas, afugentou as baratas com ataques-surpresa de inseticida, raspou os túneis de cupim em portas e janelas, e asfixiou com cal viva as formigas em suas tocas. A febre de restauração acabou levando-a aos quartos esquecidos. Fez com que desembaraçassem de escombros e teias de aranha o quarto onde José Arcádio Buendía secou a moleira buscando a pedra filosofal, pôs em ordem a oficina de ourivesaria que tinha sido revirada pelos soldados, e por último pediu as chaves do quarto de Melquíades para ver em que estado se encontrava. Fiel à vontade de José Arcádio Segundo, que tinha proibido qualquer intromissão enquanto não houvesse um indício real de que tivesse morrido, Santa Sofía de la Piedad recorreu a todos os tipos de subterfúgios para desorientar Úrsula. Mas era tão inflexível sua determinação de não abandonar aos insetos nem o mais recôndito e imprestável rincão da casa, que desmontou todos os obstáculos que apareceram na sua frente, e após três dias de insistência conseguiu que abrissem o quarto para ela. Teve que se agarrar no portal para não ser derrubada pela pestilência, mas não precisou de mais do que dois segundos para recordar que ali estavam guardados os setenta e dois urinóis das colegiais, e que numa das primeiras noites de chuva uma patrulha de soldados havia revistado a casa procurando José Arcádio Segundo e não tinha conseguido encontrá-lo.

— Bendito seja Deus! — exclamou ela, como se estivesse vendo tudo. — Tanto esforço para ensinar boas maneiras, e você acaba vivendo feito um porco.

José Arcádio Segundo continuava relendo os pergaminhos. A única coisa visível no intrincado emaranhado de cabelos eram os dentes rajados de lama verde e os olhos imóveis. Ao reconhecer a voz da bisavó, moveu a cabeça na direção da porta, tentou sorrir, e sem saber repetiu uma antiga frase de Úrsula.

— Queria o quê? — murmurou. — O tempo passa.

— É verdade — disse Úrsula —, mas não tanto.

Ao dizer isso, percebeu que estava dando a mesma resposta que recebera do coronel Aureliano Buendía em sua cela de condenado, e uma vez mais estremeceu com a comprovação de que o tempo não passava, como ela acabava de admitir, e sim dava voltas redondas. Mas de novo não deu brecha para a resignação. Recriminou José Arcádio Segundo como se ele fosse criança, e se empenhou em que se banhasse e fizesse a barba e emprestasse sua força para acabar de restaurar a casa. A simples ideia de abandonar o quarto que havia lhe proporcionado paz aterrorizou José Arcádio Segundo. Gritou que não havia poder humano capaz de fazer com que saísse dali, porque não queria ver o trem de duzentos vagões carregados de mortos que a cada entardecer saía de Macondo rumo ao mar. "Eram todos os que estavam na estação", gritava. "Três mil quatrocentos e oito." Só então Úrsula compreendeu que ele estava num mundo de trevas mais impenetrável que o dela, tão fechado e solitário como o do bisavô. Deixou-o no quarto, mas conseguiu que não tornassem a passar o cadeado na porta, que fizessem a limpeza todos os dias, que jogassem os urinóis no lixo e só deixassem um, e que mantivessem José Arcádio Segundo tão limpo e apresentável quanto o bisavô em seu longo cativeiro debaixo da castanheira. No começo, Fernanda achava que aquela agitação toda era um acesso de loucura senil, e a duras penas reprimia a exasperação. Mas quando José Arcádio anunciou de Roma que pensava ir até Macondo antes de fazer os votos perpétuos, a boa notícia infundiu nela tal entusiasmo que da noite para o dia se pegou regando as flores quatro vezes por dia para que seu filho não tivesse má impressão da casa. Foi esse mesmo incentivo que a induziu a apressar sua correspondência com os médicos invisíveis, e a repor na varanda os vasos com samambaias e orégano, e as jardineiras de begônias, muito antes que Úrsula ficasse sabendo que tinham sido destruídos pela fúria exterminadora de Aureliano Segundo. Mais tarde vendeu a baixela de prata, e comprou uma de cerâmica, sopeiras e conchas de peltre e talheres de alpaca, e empobreceu com eles os aparadores acostumados à louça da Companhia das Índias e aos cristais da Boêmia. Úrsula sempre tratava de ir mais longe. "Que abram portas e janelas", gritava. "Que preparem carne e peixe, que comprem as maiores tartarugas, que venham forasteiros estender suas esteiras pelos cantos e urinar nas roseiras, que se sentem à mesa para comer quantas vezes quiserem, e que arrotem e digam disparates e enlameiem tudo com suas botas, e que façam com a gente o que lhes der na telha, porque esta é a única maneira de espantar a ruína." Mas era uma ilusão à toa. Já estava demasiado velha e vivendo além da conta para repetir o milagre dos animaizinhos de caramelo, e nenhum de seus descendentes tinha herdado sua fortaleza. A casa continuou trancada por ordens de Fernanda.

Aureliano Segundo, que havia tornado a levar seus baús para a casa de Petra Cotes, mal dispunha de meios para que a família não morresse de fome. Com a rifa da mula, Petra Cotes e ele tinham comprado outros animais, com os quais conseguiram montar um rudimentar negócio de loteria. Aureliano Segundo andava de casa em casa, oferecendo os bilhetinhos que ele mesmo pintava com tinta colorida para torná-los mais atrativos e convincentes, e talvez não percebesse que muitos compravam por gratidão, e a maioria, por compaixão. Ainda assim, até mesmo os mais piedosos compradores adquiriam a oportunidade de ganhar um porco por vinte centavos ou uma novilha por trinta e dois, e se entusiasmavam tanto com a esperança que nas noites de terça-feira transbordavam o pátio de Petra Cotes esperando o momento em que um menino escolhido ao acaso tirasse da sacola o número premiado. Aquilo não tardou a se transformar numa feira semanal, pois desde o entardecer colocavam no pátio mesinhas de frituras e barracas de bebidas, e muitos dos favorecidos sacrificavam ali mesmo o animal ganho, com a condição de que os demais pusessem música e aguardente, e foi assim que, mesmo sem ter sido por sua vontade ou intenção, Aureliano Segundo de repente se viu outra vez tocando sanfona e participando de modestos torneios de voracidade. Estas humildes réplicas da esbórnia de outros tempos serviram para que o próprio Aureliano Segundo descobrisse até que ponto seus ânimos tinham decaído e até que ponto tinha secado seu engenho de sanfoneiro magistral. Era um homem mudado. Os cento e vinte quilos que chegou a ter na época em que foi desafiado por A Elefanta tinham se reduzido a setenta e oito; a cândida e inflada cara de tartaruga tinha voltado a ser de iguana, e ela sempre andava próxima do tédio e do cansaço. Para Petra Cotes, em todo caso, ele nunca foi melhor homem do que nesse tempo, talvez porque confundisse com amor a compaixão que ele inspirava nela, e pelo sentimento de solidariedade que a miséria tinha despertado nos dois. A cama desmantelada deixou de ser lugar de exageros e se converteu em refúgio de confidências. Livres dos espelhos repetidores que haviam leiloado para comprar animais de rifa, e dos damascos e veludos concupiscentes que a mula tinha comido, ficavam acordados até muito tarde com a inocência de dois avós insones, aproveitando para fazer contas e calcular centavos o tempo que antes consumiam em se consumir. Às vezes os primeiros galos os surpreendiam fazendo e desfazendo montinhos de moedas, tirando um pouco daqui para pôr ali, de maneira que este fosse suficiente para contentar Úrsula, e aquele para os sapatos de Amaranta Úrsula, e este outro para Santa Sofía de la Piedad que não estreava uma roupa desde os tempos do onça, e mais um para mandar fazer um caixão para o caso de Úrsula morrer, e mais outro para o café que subia um centavo a libra de três em três meses, e um para o açúcar que cada vez adoçava menos, e outro para a lenha que ainda estava molhada pelo dilúvio, e este aqui para o papel e a tinta colorida dos bilhetes, e aquele ali que sobrava para ir amortizando o valor da novilha de abril, da qual milagrosamente salvaram o couro, porque pegou carbúnculo maligno quando quase todos os números da rifa já estavam vendidos. Eram tão puras aquelas celebrações de pobreza, que sempre destinavam a melhor parte para Fernanda, e nunca por remorso, nem por caridade, mas porque seu bem-estar lhes importava mais que o deles mesmos. Na verdade, o que acontecia, embora nenhum dos dois percebesse, era que pensavam em Fernanda como na filha que queriam ter tido e não tiveram, a ponto de em certa ocasião terem se resignado a comer angu durante três dias para que ela pudesse comprar uma toalha holandesa para a mesa. E no entanto, por mais que se matassem trabalhando, por mais que escamoteassem dinheiro e concebessem artimanhas, seus anjos da guarda dormiam de cansaço enquanto eles punham e tiravam moedas tratando de que pelo menos dessem para viver. Na insônia deixada pelas contas tortas, se perguntavam o que havia se passado no mundo para que os animais não parissem com o mesmo desconcerto de antes, por que o dinheiro escorria pelas suas mãos, e por que as pessoas que há pouco queimavam maços de notas nos bailes agora consideravam que era um assalto cobrar doze centavos pela rifa de meia dúzia de galinhas. Mesmo sem dizer, Aureliano Segundo achava que o mal não estava no mundo, mas em algum lugar recôndito do misterioso coração de Petra Cotes, onde alguma coisa tinha acontecido durante o dilúvio e que tornou estéreis os animais e escorregadio o dinheiro. Intrigado com esse enigma, escavou os sentimentos dela tão profundamente que, buscando o interesse, encontrou o amor, porque tratando de que ela gostasse dele terminou gostando dela. Petra Cotes, por sua vez, ia gostando dele cada vez mais, à medida que sentia aumentar seu carinho, e foi assim que na plenitude do outono tornou a acreditar na superstição juvenil de que a pobreza era uma servidão do amor. Ambos evocavam então como um estorvo as farras desatinadas, a riqueza ostensiva e a fornicação sem freios, e se lamentavam de quanta vida tinha lhes custado encontrar o paraíso da solidão compartilhada. Loucamente apaixonados depois de tantos anos de cumplicidade estéril, desfrutavam o milagre de se amarem tanto na mesa como na cama, e chegaram a ser tão felizes, que mesmo quando eram dois anciões esgotados continuavam brincando feito coelhinhos e brigando feito cachorros.

As rifas jamais deram para nada. No começo, Aureliano Segundo ocupava três dias da semana trancado em seu antigo escritório de criador de gado, desenhando bilhete por bilhete, pintando com um certo primor uma vaquinha vermelha, um porquinho verde ou um grupo de galinhazinhas azuis, conforme o animal a ser rifado, e modelava com uma boa imitação das letras de fôrma o nome que Petra Cotes achou bom para batizar o negócio: *Rifas da Providência Divina*. Mas com o tempo sentiu-se tão cansado depois de desenhar até dois mil bilhetes por semana, que mandou fazer os animais, o nome e os números em carimbos de borracha, e então o trabalho se reduziu a umedecê-los numa almofadinha de cores diferentes. Em seus últimos anos tiveram a ideia de substituir os números por adivinhações, de maneira que o prêmio fosse repartido entre todos os que acertassem, mas o sistema acabou sendo tão complicado e se prestava a tanta desconfiança que desistiram na segunda tentativa.

Aureliano Segundo andava tão ocupado tentando consolidar o prestígio de suas rifas, que mal sobrava tempo para ver as crianças. Fernanda pôs Amaranta Úrsula numa escolinha privada onde não se recebia mais do que seis alunas, mas se negou a permitir que Aureliano fosse à escola pública. Considerava que já tinha cedido demais ao aceitar que ele saísse do quarto. Além do mais, nas escolas dessa época só eram aceitos filhos legítimos de matrimônios católicos, e na certidão de nascimento que tinham prendido com um alfinete na camisolinha de Aureliano quando o mandaram para a casa, ele estava registrado como enjeitado. E assim ficou trancado, à mercê da vigilância caritativa de Santa Sofía de la Piedad e das variações mentais de Úrsula, descobrindo o estreito mundo da casa conforme as avós iam explicando a ele. Era esguio, altaneiro, de uma curiosidade que tirava os adultos do sério, mas ao contrário do olhar inquisitivo e às vezes clarividente que o coronel tinha na sua idade, o seu era pestanejante e um pouco distraído. Enquanto Amaranta Úrsula estava na creche, ele caçava minhocas e torturava insetos no jardim. Uma vez Fernanda o surpreendeu metendo escorpiões numa caixa para deixá-los na esteira de Úrsula, e trancou-o no antigo quarto de Meme, onde ele se distraiu em suas horas solitárias repassando as ilustrações da enciclopédia. E foi lá que Úrsula o encontrou, na tarde em que andava aspergindo a casa com água de sereno e um ramo de urtigas, e apesar de haver estado com ele muitas vezes, perguntou-lhe quem era.

— Sou Aureliano Buendía — disse ele.

— É verdade — replicou ela. — Já é mais do que hora de você começar a aprender a ser ourives.

Tornou a confundi-lo com seu filho, porque o vento cálido que sucedeu o dilúvio e infundiu em seu cérebro rajadas eventuais de lucidez havia acabado de passar. Não tornou a recobrar a razão. Quando entrava no dormitório encontrava Petronila Iguarán, com suas estorvadoras saias rodadas e o paletozinho de lantejoulas que vestia para as visitas de cerimônia, e encontrava Tranquilina Maria Miniata Alacoque Buendía, sua avó, abanando-se com uma pluma de pavão em sua cadeira de balanço de entrevada, e seu bisavô Aureliano Arcádio Buendía com seu falso dólmã da guarda dos vice-reis, e Aureliano Iguarán, seu pai, que havia inventado uma oração para que os bernes das vacas torrassem e caíssem, e sua timorata mãe, e o primo com rabo de porco, e José Arcádio Buendía e seus filhos mortos, todos sentados em cadeiras que tinham sido recostadas contra a parede, como se não estivessem de visita e sim num velório. Ela alinhavava uma conversinha colorida, comentando assuntos de lugares afastados e tempos sem coincidência, de maneira que, quando Amaranta Úrsula voltava da escola e Aureliano se cansava da enciclopédia, a encontravam sentada na cama, falando sozinha, e perdida num labirinto de mortos. Uma vez, apavorada, gritou "Fogo!", e por um instante semeou pânico pela casa, mas o que estava anunciando era o incêndio de uma cavalariça que tinha presenciado aos quatro anos de idade. Chegou a revolver tanto o passado com a atualidade, que nos dois ou três lampejos de lucidez que teve antes de morrer ninguém soube ao certo se falava do que sentia ou do que lembrava. Pouco a pouco foi se reduzindo, se tornando um feto, mumificando-se em vida, a tal ponto que em seus últimos meses era uma passa de ameixa perdida dentro da camisola, e o braço sempre erguido acabou parecendo o de um chimpanzé. Ficava imóvel vários dias, e Santa Sofía de la Piedad tinha que sacudi-la para se convencer de que estava viva, e a sentava no colo para alimentá-la com colheradinhas de água com açúcar. Parecia uma anciã recém-nascida. Amaranta Úrsula e Aureliano a levavam e traziam pelo dormitório, a deitavam no altar para ver que era um pouquinho maior que o Menino Deus, e numa tarde a esconderam num armário da despensa onde ela poderia ter sido comida pelas ratazanas. Num domingo de ramos entraram no dormitório enquanto Fernanda estava na missa, e carregaram Úrsula pela nuca e pelos tornozelos.

— Coitada da tataravozinha — disse Amaranta Úrsula —, morreu de velhice.

Úrsula se sobressaltou.

— Estou viva! — disse.

— Pois é — disse Amaranta Úrsula, reprimindo o riso —, nem respira mais.

— Eu estou falando! — Úrsula gritou.

— Nem fala mais — disse Aureliano. — Morreu feito um grilinho.

Úrsula então se rendeu às evidências. "Santo Deus", exclamou em voz baixa. "Quer dizer que isto é a morte." Iniciou uma oração interminável, atropelada, profunda, que se prolongou por mais de dois dias e que na terça-feira tinha se degenerado num emaranhado de súplicas a Deus e de conselhos práticos para que as formigas-ruivas não derrubassem a casa, para que nunca deixassem que se apagasse a lâmpada que ficava na frente do daguerreótipo de Remédios, e para que cuidassem que nenhum Buendía se casasse com alguém do mesmo sangue, porque os filhos nasciam com rabo de porco. Aureliano Segundo tentou aproveitar o delírio para que confessasse onde estava o ouro enterrado, mas de novo as súplicas foram inúteis. "Quando o dono aparecer — disse Úrsula — Deus haverá de iluminá-lo para que o encontre." Santa Sofía de la Piedad teve certeza de que a encontraria morta de um momento para o outro, porque naqueles dias observava um certo estouvamento da natureza: as rosas cheiravam a quenopódio, deixou cair uma cuia de grãos-de-bico e os grãos ficaram no chão numa ordem geométrica perfeita e na forma de estrela-do-mar, e uma noite viu passar pelo céu uma fila de luminosos discos alaranjados.

Amanheceu morta na quinta-feira santa. Na última vez em que tinham ajudado Úrsula a fazer as contas de sua idade, nos tempos da companhia bananeira, calcularam entre cento e quinze e cento e vinte e dois anos. Foi enterrada numa caixinha pouco maior que a cestinha em que Aureliano tinha sido levado, e muito pouca gente assistiu ao enterro, em parte porque não eram muitos os que se lembravam dela, e em parte porque naquele meio-dia fez tanto calor que os pássaros desorientados se esfacelavam feito perdigotos contra as paredes e rompiam as telas metálicas das janelas para morrer nos quartos.

No começo, todos pensaram que era uma peste. As donas de casa ficavam exaustas de tanto varrer pássaros mortos, principalmente na hora da sesta, e os homens os jogavam no rio às carradas. No domingo de ressurreição, o centenário padre Antônio Isabel afirmou no púlpito que a morte dos pássaros obedecia à má influência do Judeu Errante, que ele mesmo tinha visto na noite anterior. Descrevia um híbrido de bode cruzado com fêmea herege, uma besta infernal cujo bafo calcinava o ar e cuja visita determinaria a concepção de monstrengos pelos recém-casados. Não foram muitos os que prestaram atenção no seu sermão apocalíptico, porque o povo estava convencido de que o pároco desvairava por causa da idade. Mas uma mulher despertou todo mundo no amanhecer da quarta-feira porque havia encontrado umas pegadas de bípede de casco fendido. Eram tão verdadeiras e inconfundíveis, que os que foram examiná-las não puseram em dúvida a existência de uma criatura espantosa semelhante à descrita pelo pároco, e se juntaram para colocar armadilhas nos seus quintais. Foi assim que conseguiram capturá-la. Duas semanas depois da morte de Úrsula, Petra Cotes e Aureliano Segundo acordaram sobressaltados por um pranto de bezerro descomunal que chegava das vizinhanças. Quando se levantaram, um grupo de homens já estava tirando o monstro das varas que tinham fincado no fundo de uma fossa coberta por folhas secas, e ele havia deixado de berrar. Pesava como um boi, apesar de sua estatura não ser maior que a de um adolescente, e de suas feridas emanava um sangue verde e pegajoso. Tinha o corpo coberto por uns pelos ásperos, cheios de carrapatos miúdos, e a pele petrificada por uma crosta de cracas, mas ao contrário da descrição do pároco, suas partes humanas eram mais de anjo combalido que de homem, porque as mãos eram lisas e hábeis, os olhos grandes e crepusculares, e tinha nas omoplatas os cotocos cicatrizados e calosos de umas asas potentes, que devem ter sido desbastadas com machados de lavrador. Foi dependurado pelos tornozelos numa amendoeira da praça, para que ninguém ficasse sem vê-lo, e quando começou a apodrecer foi incinerado numa fogueira, porque não se conseguiu determinar se sua natureza bastarda era de animal a ser jogado no rio ou de cristão a ser sepultado. Nunca se chegou a uma conclusão se na realidade foi por causa dele que os pássaros morreram, mas as recém-casadas não conceberam os monstrengos anunciados, nem diminuiu a intensidade do calor.

Rebeca morreu no fim daquele ano. Argénida, sua criada da vida inteira, pediu ajuda às autoridades para derrubar a porta do dormitório onde a patroa estava trancada fazia três dias, e a encontraram na cama solitária, enroscada que nem um camarão, com a cabeça raspada pela micose e o polegar metido na boca. Aureliano Segundo se encarregou do enterro, e tratou de restaurar a casa para vendê-la, mas a destruição tinha sido tão voraz que as paredes se escalavravam assim que acabavam de ser pintadas, e não houve argamassa suficientemente grossa para impedir que o joio triturasse o chão e a hera apodrecesse as vigas.

Tudo estava assim desde o dilúvio. A desídia das pessoas contrastava com a voracidade do esquecimento, que pouco a pouco ia corroendo sem piedade as memórias, até o extremo de por essa época, num novo aniversário do tratado de Neerlândia, chegarem a Macondo alguns emissários do presidente da república para finalmente entregarem a condecoração várias vezes recusada pelo coronel Aureliano Buendía, e perderam uma tarde inteira procurando alguém que lhes indicasse onde podiam encontrar algum de seus descendentes. Aureliano Segundo ficou tentado a recebê-la, achando que era uma medalha de ouro maciço, mas Petra Cotes persuadiu-o da indignidade quando os emissários já retocavam declarações e discursos para a cerimônia. Foi também por essa época que os ciganos voltaram, os últimos herdeiros da ciência de Melquíades, e encontraram o povoado tão acabado e seus habitantes tão afastados do resto do mundo, que tornaram a se meter nas casas arrastando ferros imantados como se de verdade fossem a última descoberta dos sábios babilônicos, e tornaram a concentrar raios solares com a lupa gigantesca, e não faltou quem ficasse com a boca aberta vendo tachos caindo e caldeirões rolando, e quem pagasse cinquenta centavos para se deixar assombrar com a cigana que punha e tirava sua dentadura postiça. Um trem amarelo caindo aos pedaços, e que não trazia nem levava ninguém, e que mal parava na estação deserta, era a única coisa que restava do trem multitudinário no qual o senhor Brown enganchava seu vagão com teto de vidro e poltronas de bispo, e dos trens fruteiros de cento e vinte vagões que demoravam uma tarde inteira passando. Os delegados curiais que tinham ido investigar o relatório sobre a estranha mortandade dos pássaros e o sacrifício do Judeu Errante encontraram o padre Antônio Isabel brincando de cabra-cega com as crianças e, achando que seu relatório fosse fruto de uma alucinação senil, o levaram para um asilo. Pouco depois mandaram o padre Augusto Ángel, um cruzado das novas fornadas, intransigente, audaz, temerário, que tocava pessoalmente os sinos várias vezes por dia para que os espíritos não afrouxassem, e que andava de casa em casa despertando os dorminhocos para que fossem à missa, mas que em menos de um ano também estava vencido pela negligência que se respirava no ar, pelo pó ardente que envelhecia e trancava tudo, e pelo torpor que as almôndegas do almoço provocaram no calor insuportável da sesta.

Depois da morte de Úrsula, a casa tornou a cair num abandono do qual não a poderia resgatar nem mesmo uma vontade tão decidida e vigorosa como a de Amaranta Úrsula, que muitos anos depois, sendo uma mulher sem preconceitos, alegre e moderna, com os pés bem assentados no mundo, abriu portas e janelas para espantar a ruína, restaurou o jardim, exterminou as formigas-ruivas que já andavam pelo corredor em pleno dia, e tentou inutilmente despertar o esquecido espírito de hospitalidade. A paixão claustral de Fernanda pôs um dique intransponível aos cem anos torrenciais de Úrsula. Não só se negou a abrir as portas quando o vento árido passou, como mandou fechar de vez as janelas com cruzetas de madeira, obedecendo à determinação paterna de se enterrar em vida. A dispendiosa correspondência com os médicos invisíveis acabou em fracasso. Depois de numerosos adiamentos, trancou-se em seu dormitório no dia e hora combinados, coberta somente por um lençol branco e com a cabeça na direção do norte, e à uma da madrugada sentiu que tampavam seu rosto com um lenço embebido num líquido glacial. Quando despertou, o sol brilhava na janela e ela tinha uma costura bárbara na forma de arco que começava na virilha e terminava no esterno. Mas antes que cumprisse o repouso previsto recebeu uma carta desconcertada dos médicos invisíveis, que diziam tê-la examinado durante seis horas sem encontrar nada que correspondesse aos sintomas tantas vezes e tão escrupulosamente descritos por ela. Na verdade, seu hábito pernicioso de não chamar as coisas pelo nome tinha dado origem a uma nova confusão, pois a única coisa que os cirurgiões telepáticos encontraram tinha sido um caimento do útero que podia ser corrigido com o uso de um pessário. A desiludida Fernanda tratou de obter uma informação mais precisa, mas os correspondentes ignotos não tornaram a responder às suas cartas. Sentiu-se tão angustiada pelo peso de uma palavra desconhecida, que decidiu amordaçar a vergonha e perguntar o que era um pessário, e só então soube que o médico francês tinha se pendurado numa viga três meses antes, e tinha sido enterrado contra a vontade do povo por um antigo companheiro de armas do coronel Aureliano Buendía. Então desabafou em confiança com seu filho José Arcádio, que mandou os pessários de Roma, com um folhetinho explicativo que ela botou na privada depois de aprender de cor, para que ninguém descobrisse a natureza de seus quebrantos. Era uma precaução inútil, porque as únicas pessoas que moravam na casa mal se importavam com ela. Santa Sofía de la Piedad vagava numa velhice solitária, cozinhando a pouca coisa que comiam, e se dedicava quase inteiramente a cuidar de José Arcádio Segundo. Amaranta Úrsula, herdeira de certos encantos de Remédios, a Bela, cumpria suas tarefas no tempo que antes perdia em atormentar Úrsula, e começava a se revelar uma moça tão ajuizada e consagrada aos estudos que fizeram renascer em Aureliano Segundo a boa esperança que Meme lhe inspirava. Tinha prometido a ela que a mandaria terminar seus estudos na Bélgica, de acordo com um costume estabelecido nos tempos da companhia bananeira, e essa ilusão tinha feito com que ele tentasse reviver as terras devastadas pelo dilúvio. Agora, nas poucas vezes em que era visto na casa, era por causa de Amaranta Úrsula, pois com o tempo tinha se transformado num estranho para Fernanda, e o pequeno Aureliano se fazia esquivo e ensimesmado conforme ia chegando à puberdade. Aureliano Segundo confiava que a velhice amansaria o coração de Fernanda, para que o menino pudesse se incorporar à vida de um povoado onde com certeza ninguém teria se dado o trabalho de fazer especulações suspicazes sobre a sua origem. Mas o próprio Aureliano parecia preferir o claustro e a solidão, e não revelava a menor malícia para conhecer o mundo que começava na porta da rua. Quando Úrsula mandou abrir o quarto de Melquíades, ele deu para rondá-lo, para curiosear pela porta entreaberta, e ninguém soube em que momento acabou vinculado a José Arcádio Segundo por um afeto recíproco. Aureliano Segundo descobriu essa amizade muito tempo depois que ela começou, quando ouviu o menino falando da matança da estação. Aconteceu num dia em que alguém se lamentou na mesa da ruína em que se afundara o povoado quando a companhia bananeira o abandonou, e Aureliano o contradisse com uma maturidade e uma argumentação de pessoa adulta. Seu ponto de vista, contrário à interpretação geral, era que Macondo tinha sido um lugar próspero e bem encaminhado até que foi desordenado e corrompido e espremido pela companhia bananeira, cujos engenheiros provocaram o dilúvio como pretexto para eludir compromissos com os trabalhadores. Falando com tanto critério que Fernanda achou que o que ele dizia era parecido com uma paródia sacrílega de Jesus entre os doutores, o menino descreveu com detalhes precisos e convincentes como o exército tinha metralhado mais de três mil trabalhadores encurralados na estação, e como carregaram os cadáveres num trem de duzentos vagões e os atiraram ao mar. Convencida da verdade oficial, como a maioria das pessoas, Fernanda escandalizou-se com a ideia de que o menino tivesse herdado os instintos anarquistas do coronel Aureliano Buendía, e ordenou que se calasse. Aureliano Segundo, porém, reconheceu a versão de seu irmão gêmeo. Na verdade, apesar de todo mundo o considerar louco, naquele tempo José Arcádio Segundo era o habitante mais lúcido da casa. Ensinou o pequeno Aureliano a ler e escrever, iniciou-o no estudo dos pergaminhos e inculcou nele uma interpretação tão pessoal do que a companhia bananeira significara para Macondo, que muitos anos depois, quando Aureliano se incorporou ao mundo, haveria de se pensar que contava uma versão alucinada, porque era radicalmente contrária à falsa que os historiadores tinham admitido e consagrado nos textos escolares. Num quartinho isolado, onde o vento árido jamais chegou, nem a poeira nem o calor, os dois recordavam a visão atávica de um ancião com chapéu de asas de corvo que falava do mundo de costas para a janela, muitos anos antes que eles nascessem. Ambos descobriram ao mesmo tempo que ali sempre era março e era sempre segunda-feira, e então compreenderam que José Arcádio Segundo não estava tão louco como dizia a família, e era o único que dispunha de lucidez suficiente para vislumbrar a verdade de que o tempo também sofria tropeços e acidentes, e portanto podia se estilhaçar e deixar num quarto uma fração eternizada. José Arcádio Segundo tinha conseguido, além do mais, classificar as letras criptográficas dos pergaminhos.

Estava certo de que correspondiam a um alfabeto de quarenta e sete a cinquenta e três caracteres, que separados pareciam aranhazinhas e carrapatos, e que na primorosa caligrafia de Melquíades pareciam peças de roupa postas a secar num arame. Aureliano recordava ter visto uma lâmina semelhante na enciclopédia inglesa, e levou-a para o quarto para compará-la com José Arcádio Segundo. De fato, eram iguais.

Na época em que teve a ideia da loteria de adivinhações, Aureliano Segundo despertava com um nó na garganta, como se estivesse reprimindo a vontade de chorar. Petra Cotes interpretou isso como um dos tantos transtornos provocados pela situação difícil, e todas as manhãs, durante mais de um ano, pintava seu céu da boca com um pincel de mel de abelhas e dava a ele xarope de rabanete. Quando o nó na garganta se tornou tão opressivo que ele tinha dificuldade para respirar, Aureliano Segundo visitou Pilar Ternera para ver se ela conhecia alguma erva de alívio. A inquebrantável avó, que tinha chegado aos cem anos cuidando de seu bordelzinho clandestino, não confiou em superstições terapêuticas e consultou o baralho. Viu o cavalo de ouro com a garganta ferida pelo aço do valete de espadas, e deduziu que Fernanda estava tratando de que o marido voltasse para casa através do desprestigiado sistema de cravar alfinetes em seu retrato, mas que tinha provocado nele um tumor interno por ter um conhecimento desastrado das artes da feitiçaria. Como Aureliano Segundo não tinha mais retratos além dos do casamento, e as cópias estavam completas no álbum familiar, continuou buscando pela casa inteira nos descuidos da esposa, e finalmente encontrou no fundo do guarda-roupa meia dúzia de pessários em suas caixinhas originais. Achando que aqueles pneuzinhos de borracha vermelha eram objetos de feitiçaria, pôs um deles no bolso para que Pilar Ternera examinasse. Ela não foi capaz de determinar sua natureza, mas achou que era tão suspeita que fez com que ele trouxesse a meia dúzia e queimou tudo numa fogueira no quintal. Para conjurar o suposto malefício de Fernanda, indicou a Aureliano Segundo que molhasse uma galinha choca e a enterrasse viva debaixo da castanheira, e ele fez isso com tão boa-fé, que quando acabou de dissimular com folhas secas a terra remexida sentiu que já respirava melhor. Por seu lado, Fernanda interpretou o sumiço como uma represália dos médicos invisíveis, e costurou na parte interior da camisola uma bolsinha secreta, onde guardou os pessários novos mandados pelo filho.

Seis meses depois do enterro da galinha, Aureliano Segundo despertou à meia-noite com um acesso de tosse e sentindo que o estrangulavam por dentro com garras de caranguejo. Foi então que compreendeu que, por mais pessários mágicos que destruísse, e por muitas galinhas de conjuro que encharcasse, a única e triste verdade era que estava morrendo. Não contou para ninguém. Atormentado pelo temor de morrer sem mandar Amaranta Úrsula para Bruxelas, trabalhou como nunca, e em vez de uma, fez três rifas semanais. Desde bem cedo era visto percorrendo o povoado, mesmo os bairros mais afastados e miseráveis, tratando de vender os bilhetinhos com uma ansiedade que só num moribundo era concebível. "Aqui está a Providência Divina", apregoava. "Não a deixem ir embora, ela só vem uma vez a cada cem anos." Fazia comovedores esforços para parecer alegre, simpático, loquaz, mas bastava ver o suor e a palidez para saber que não podia com a própria alma. Às vezes se desviava por terrenos baldios, onde ninguém o visse, e sentava-se um momento para descansar das pinças que o despedaçavam por dentro. Até a meia-noite ficava no bairro de tolerância, tratando de consolar com sermões de boa sorte as mulheres solitárias que soluçavam ao lado das vitrolas. "Faz quatro meses que este número não sai", dizia a elas, mostrando os bilhetinhos. "Não o deixe ir embora, que a vida é mais curta do que a gente pensa." Acabaram perdendo o respeito por ele, caçoando dele, e nos últimos meses deixou de ser dom Aureliano, como tinha sido sempre, e passou a ser chamado na cara por dom Providência Divina. A voz foi se enchendo de notas falsas, foi desafinando, e acabou se apagando num ronco de cachorro, mas ainda teve força de vontade para não deixar despencar a expectativa pelos prêmios no quintal de Petra Cotes. Mesmo assim, conforme ia ficando sem voz e percebia que em pouco tempo não conseguiria aguentar a dor, ia compreendendo que não era com leitões e cabritos rifados que sua filha chegaria a Bruxelas, e portanto teve a ideia de fazer a fabulosa rifa das terras destruídas pelo dilúvio, que podiam muito bem ser restauradas por quem dispusesse de capital. Foi uma iniciativa tão espetacular que o próprio prefeito se prestou a anunciá-la com uma notificação pública, e formaram-se sociedades para comprar bilhetes de cem pesos cada um, que se esgotaram em menos de uma semana. Na noite da rifa, os ganhadores fizeram uma festa suntuosa, comparável apenas às dos bons tempos da companhia bananeira, e Aureliano Segundo tocou na sanfona, e pela última vez, as canções esquecidas de Francisco, o Homem, mas não conseguiu mais cantá-las.

Dois meses depois, Amaranta Úrsula foi para Bruxelas. Aureliano Segundo entregou a ela não apenas o dinheiro da rifa extraordinária, mas também o que havia conseguido economizar nos meses anteriores, e o pouco que obtivera com a venda da pianola, do clavicórdio e outros cacarecos caídos em desgraça. Segundo seus cálculos, aquele fundo seria suficiente para os estudos, e portanto só ficava pendente o valor da passagem de regresso. Fernanda se opôs à viagem até o último momento, escandalizada pela ideia de que Bruxelas ficasse tão perto da perdição de Paris, mas tranquilizou-se com uma carta que o padre Ángel deu a ela, dirigida a uma pensão de jovens católicas cuidada por religiosas, onde Amaranta Úrsula se comprometeu a morar até o fim de seus estudos. Além disso, o pároco conseguiu que viajasse aos cuidados de um grupo de franciscanas que iam para Toledo, onde esperavam encontrar gente de confiança para mandá-la para a Bélgica. Enquanto corriam com a apressada correspondência que tornou esta coordenação possível, Aureliano Segundo, ajudado por Petra Cotes, cuidou da bagagem de Amaranta Úrsula. Na noite em que prepararam um dos baús nupciais de Fernanda, as coisas estavam tão bem arrumadas que a estudante sabia de cor quais eram as roupas e as chinelas de pelúcia com que deveria fazer a travessia do Atlântico, e o sobretudo de veludo azul com botões de cobre, e os sapatos de couro de cabra com que deveria desembarcar. Sabia também como deveria caminhar para não cair na água quando subisse a bordo pela plataforma, que em nenhum momento deveria se separar das freiras nem sair do camarote a não ser para comer, e que por motivo algum deveria responder às perguntas que desconhecidos de qualquer sexo fizessem no alto-mar. Levava um frasquinho com gotas contra enjoo, e um caderno escrito de punho e letra pelo padre Ángel, com seis orações para conjurar a tempestade. Fernanda fabricou para ela um cinturão de lona para guardar o dinheiro, e mostrou a forma de usá-lo ajustado ao corpo, de maneira que não precisasse tirá-lo nem para dormir. Tratou de dar a ela de presente o peniquinho de ouro lavado com barrela e desinfetado com álcool, mas Amaranta Úrsula recusou com medo de que suas companheiras de colégio debochassem. Poucos meses depois, na hora da morte, Aureliano Segundo haveria de recordá-la como a viu pela última vez, tratando de fazer descer, sem conseguir, o vidro empoeirado do vagão de segunda classe, para escutar as últimas recomendações de Fernanda. Usava uma roupa de seda rosada com um raminho de amor-perfeito artificial no broche do ombro esquerdo; os sapatos de couro de cabra com fivela e de salto baixo, e as meias acetinadas com ligas elásticas nas panturrilhas. Tinha o corpo miúdo, o cabelo solto e longo e os olhos vivazes que Úrsula teve na sua idade, e a forma como se despedia sem chorar mas sem sorrir revelava a mesma fortaleza de caráter. Caminhando junto ao vagão à medida que acelerava, e levando Fernanda pelo braço para que não tropeçassem, Aureliano Segundo mal conseguiu responder com um aceno de mão quando a filha mandou um beijo na ponta dos dedos. O casal ficou imóvel debaixo de um sol abrasador, olhando como o trem ia se confundindo com o ponto negro do horizonte, e de braços dados pela primeira vez desde o dia do casamento.

No dia nove de agosto, antes que recebessem a primeira carta de Bruxelas, José Arcádio Segundo conversava com Aureliano no quarto de Melquíades, e sem que viesse ao caso disse:

— Lembre-se sempre de que eram mais de três mil e que foram jogados no mar.

Depois despencou de bruços sobre os pergaminhos, e morreu de olhos abertos. Naquele mesmo instante, na cama de Fernanda, seu irmão gêmeo chegou ao final do prolongado e terrível martírio dos caranguejos de ferro que carcomeram sua garganta. Uma semana antes tinha voltado para casa, sem voz, sem fôlego e quase que pele e osso, com seus baús andarilhos e sua sanfona de perdulário, para cumprir a promessa de morrer ao lado da esposa. Petra Cotes ajudou-o a recolher suas roupas e despediu-se dele sem derramar uma lágrima, e não se esqueceu das botinas de verniz que ele queria calçar no ataúde. Assim, quando ficou sabendo que tinha morrido, vestiu-se de negro, envolveu as botinas num jornal, e pediu permissão a Fernanda para ver o cadáver. Fernanda não a deixou passar da porta.

— Ponha-se no meu lugar — suplicou Petra Cotes. — Imagine quanto o amei para suportar esta humilhação.

— Não há uma só humilhação que uma concubina não mereça — replicou Fernanda. — Portanto, espere que morra outro de seus tantos, para então calçar essas botinas nele.

Cumprindo sua promessa, Santa Sofía de la Piedad degolou com uma faca de cozinha o cadáver de José Arcádio Segundo, para ter certeza de que ele não seria enterrado vivo. Os corpos foram postos em ataúdes iguais, e então todos viram que eles tornaram a ficar idênticos na morte, como tinham sido até a adolescência. Os velhos companheiros de esbórnia de Aureliano Segundo puseram sobre seu caixão uma coroa que tinha uma fita roxa com os dizeres: *Saiam da frente, vacas, que a vida é curta.* Fernanda se indignou tanto com a irreverência que mandou jogar a coroa no lixo. No tumulto da última hora, os bebadinhos tristes que tiraram os caixões da casa se confundiram, e os enterraram em túmulos trocados.

Durante muito tempo Aureliano não saiu do quarto de Melquíades. Aprendeu de memória as lendas fantásticas do livro desencadernado, a síntese dos estudos de Hermann, o entrevado; as anotações sobre ciência demonológica, as chaves da pedra filosofal, as centúrias de Nostradamus e suas investigações sobre a peste, de maneira tal que chegou à adolescência sem saber nada de seu tempo, mas com os conhecimentos básicos do homem medieval. A qualquer hora que entrasse no quarto, Santa Sofía de la Piedad o encontrava absorto na leitura. Ao amanhecer, levava para ele uma caneca de café sem açúcar, e ao meio-dia um prato de arroz com fatias de banana frita, que era a única coisa que comiam na casa desde a morte de Aureliano Segundo. Preocupava-se em cortar seu cabelo, tirar as lêndeas, adaptar a roupa velha que encontrava em baús esquecidos, e quando começou a despontar seu bigode levou para ele a navalha barbeira e a pequena cuia para a espuma de barbear do coronel Aureliano Buendía. Nenhum de seus filhos foi tão parecido com ele, nem mesmo Aureliano José, sobretudo por causa dos pômulos pronunciados e a linha firme e um pouco impiedosa dos lábios. Como aconteceu com Úrsula quando Aureliano Segundo estudava no quarto, Santa Sofía de la Piedad achava que Aureliano falava sozinho. Na verdade, conversava com Melquíades. Num meio-dia ardente, pouco depois da morte dos gêmeos, viu contra a reverberação da janela o ancião lúgubre com o chapéu de asas de corvo, como a materialização de uma lembrança que estava em sua memória desde muito antes que nascesse. Aureliano havia acabado de classificar o alfabeto dos pergaminhos. Assim, quando Melquíades perguntou a ele se tinha descoberto em que língua estavam escritos, ele não vacilou ao responder.

— Em sânscrito — disse.

Melquíades revelou a ele que suas oportunidades de voltar ao quarto estavam contadas. Mas ia embora tranquilo para as pradarias da morte definitiva, porque Aureliano teria tempo de aprender sânscrito nos anos que faltavam para que os pergaminhos completassem um século e pudessem ser decifrados. Foi ele quem indicou que no beco que terminava no rio, e onde nos tempos da companhia bananeira se adivinhava o futuro e se interpretavam os sonhos, um sábio catalão tinha uma loja de livros onde havia um *Sanskrit Primer* que seria devorado pelas traças dali a seis anos, se ele não se apressasse em comprá-lo. Pela primeira vez em sua longa vida Santa Sofía de la Piedad deixou transparecer um sentimento, e era um sentimento de estupor, quando Aureliano pediu a ela que trouxesse o livro que haveria de encontrar entre *Jerusalém libertada* e os poemas de Milton, no canto direito da segunda prateleira da estante. Como não sabia ler, guardou as indicações na memória e conseguiu o dinheiro com a venda de um dos dezessete peixinhos de ouro que tinham sobrado na oficina, e que só ela e Aureliano sabiam onde os haviam posto na noite em que os soldados revistaram a casa.

Aureliano avançava no estudo do sânscrito enquanto Melquíades ia se fazendo cada vez menos assíduo e mais distante, se esfumando na claridade radiante do meio-dia. A última vez que Aureliano o sentiu era apenas uma presença invisível que murmurava: "Morri de febre nas dunas de Cingapura." O quarto então se fez vulnerável ao pó, ao calor, aos cupins, às formigas-ruivas, às traças que haveriam de converter em serragem a sabedoria dos livros e dos pergaminhos.

Na casa, não faltava o que comer. No dia seguinte ao da morte de Aureliano Segundo, um dos amigos que tinham levado a coroa com a inscrição irreverente se propôs a pagar a Fernanda um dinheiro que tinha ficado devendo a seu marido. A partir de então, um emissário levava todas as quartas-feiras uma canastra com coisas de comer, que davam muito bem para uma semana. Ninguém jamais ficou sabendo que aquelas provisões eram mandadas por Petra Cotes, com a ideia de que a caridade continuada era uma forma de humilhar quem a havia humilhado. O rancor, porém, se dissipou muito mais depressa do que ela mesma esperava, e então continuou mandando a comida por orgulho, e finalmente por compaixão. Várias vezes, quando lhe faltou ânimo para vender bilhetinhos e as pessoas perderam o interesse pelas rifas, ela ficou sem comer para que Fernanda comesse, e não deixou de cumprir o compromisso até que viu passar o seu enterro.

Para Santa Sofía de la Piedad a redução dos habitantes da casa deveria ter sido o descanso a que tinha direito depois de mais de meio século de trabalho. Nunca ninguém havia ouvido um lamento daquela mulher sigilosa, impenetrável, que semeou na família os germes angelicais de Remédios, a Bela, e a misteriosa solenidade de José Arcádio Segundo; que consagrou uma vida inteira de solidão e silêncio a criar umas crianças que mal se lembravam que eram seus filhos e seus netos, e que cuidou de Aureliano como se tivesse saído de suas entranhas, sem que ela própria soubesse que era sua bisavó. Só mesmo numa casa como aquela era concebível que tivesse dormido sempre numa esteira que estendia no chão da despensa, no meio do estrépito noturno das ratazanas, e sem ter contado a ninguém que uma noite foi acordada pela pavorosa sensação de que alguém a estava olhando na escuridão, e era uma víbora que deslizava pelo seu ventre. Ela sabia que se tivesse contado para Úrsula teria sido posta para dormir na sua própria cama, mas eram tempos em que ninguém percebia nada enquanto não fosse berrado no corredor, porque os afazeres da padaria, os sobressaltos da guerra, o cuidado com as crianças não deixavam tempo para se pensar na felicidade alheia. Petra Cotes, que ela nunca viu, era a única que se lembrava dela. Vivia atenta para que ela tivesse um bom par de sapatos de sair, para que nunca lhe faltasse um vestido, mesmo nos tempos em que faziam milagres com o dinheiro das rifas. Quando Fernanda chegou à casa teve motivos para acreditar que ela era uma empregada eternizada, e embora várias vezes tenha ouvido dizer que era a mãe de seu esposo, achava aquilo tão incrível que demorava mais tempo em lembrar que em esquecer. Santa Sofía de la Piedad nunca pareceu se incomodar com aquela condição subalterna. Ao contrário, tinha-se a impressão de que ela gostava de andar pelos cantos, sem trégua, sem um queixume, mantendo a imensa casa onde vivia desde a adolescência bem arrumada e limpa, e que particularmente nos tempos da companhia bananeira parecia mais quartel do que lar. Mas quando Úrsula morreu a diligência inumana de Santa Sofía de la Piedad, sua tremenda capacidade de trabalho começaram a esmorecer. Não era só porque estava velha e esgotada, mas porque a casa tinha se precipitado da noite para o dia numa crise de senilidade. Um musgo macio trepou pelas paredes. Quando já não havia um único lugar calvo nos pátios, o capim rompeu por baixo do piso da varanda, trincou-o como se fosse cristal, e saíram pelas fendas as mesmas florzinhas amarelas que quase um século antes Úrsula havia encontrado no vaso onde estava a dentadura postiça de Melquíades. Sem tempo nem recursos para impedir os rompantes da natureza, Santa Sofía de la Piedad passava o dia nos dormitórios, espantando os lagartos que tornariam a entrar pela noite. Certa manhã viu que as formigas-ruivas tinham abandonado os alicerces socavados, atravessaram o jardim, subiram pelo parapeito onde as begônias tinham adquirido uma cor de terra e entraram até os fundos da casa. Tratou primeiro de matá-las com uma vassoura, depois com inseticida e por último com cal, mas no outro dia estavam outra vez no mesmo lugar, passando sempre, tenazes e invencíveis. Fernanda, escrevendo cartas aos filhos, não se dava conta da arremetida incontrolável da destruição. Santa Sofía de la Piedad continuou lutando sozinha, brigando com o capim para que não entrasse na cozinha, arrancando das paredes as mantas de teias de aranha que se reproduziam em poucas horas, raspando o cupim. Mas quando viu que o quarto de Melquíades também estava coberto de teias de aranha e de poeira, mesmo que o varresse e espanasse três vezes por dia, e que apesar de sua fúria limpadora estava ameaçado pelos escombros e pelo ar de miséria que só o coronel Aureliano Buendía e o jovem militar haviam previsto, compreendeu que estava vencida. Então vestiu a gasta roupa dominical, uns velhos sapatos de Úrsula e um par de meias de algodão que tinha ganhado de presente de Amaranta Úrsula, e fez um embrulhinho com as duas ou três mudas de roupa que tinham sobrado.

— Eu me rendo — disse a Aureliano. — Isto aqui é casa demais para meus pobres ossos.

Aureliano perguntou-lhe para onde ia, e ela fez um gesto vago, como se não tivesse a menor ideia de seu destino. Tratou de precisar, em todo caso, que ia passar seus últimos dias com uma prima-irmã que morava em Riohacha. Não era uma explicação verossímil. Desde a morte de seus pais, não havia tido contato com ninguém da cidade, nem recebera cartas nem recados, nem ninguém a ouviu falar de parente algum. Aureliano lhe deu catorze peixinhos de ouro, porque ela estava disposta a ir com tudo que tinha: um peso e vinte e cinco centavos. Da janela do quarto, ele a viu atravessar o pátio com seu pacotinho de roupas, arrastando os pés e curvada pelos anos, e viu como ela passava a mão por um buraco do portão para pôr a tramela depois de haver saído. Jamais se tornou a ter notícias dela.

Quando ficou sabendo da fuga, Fernanda praguejou um dia inteiro, enquanto revirava baús, cômodas e armários, coisa por coisa, para se convencer de que Santa Sofía de la Piedad não tinha levado nada. Queimou os dedos tentando acender um fogão pela primeira vez na vida, e teve que pedir a Aureliano o favor de ensinar como se preparava um café. Com o tempo, foi ele quem fez os ofícios de cozinha. Ao se levantar, Fernanda encontrava o café da manhã servido, e só tornava a abandonar o dormitório para pegar a comida que Aureliano deixava tampada no fogão, e que ela levava à mesa para comer em toalhas de linho e entre candelabros, sentada numa cabeceira solitária na ponta de quinze cadeiras vazias. Mesmo nessas circunstâncias, Aureliano e Fernanda não compartilhavam a solidão, mas continuavam vivendo cada um com a sua, fazendo a limpeza do quarto respectivo, enquanto as teias de aranha iam nevando o roseiral, atapetando as vigas, acolchoando as paredes. Foi por aquela época que Fernanda teve a impressão de que a casa estava se enchendo de duendes. Era como se os objetos, principalmente os de uso diário, tivessem desenvolvido a faculdade de mudar de lugar por seus próprios meios. O tempo de Fernanda se esvaía na procura das tesouras que tinha certeza de haver posto na cama, e depois de revirar tudo as encontrava numa prateleira da cozinha onde não se lembrava de ter estado nos últimos quatro dias. De repente não havia um garfo na gaveta dos talheres, e encontrava seis no altar e três no tanque de lavar roupa. Aquele adejar das coisas era ainda mais desesperante quando se sentava para escrever. O tinteiro que punha à direita aparecia à esquerda, a almofadinha do mata-borrão se extraviava, e aparecia dois dias depois debaixo do travesseiro, e as páginas escritas a José Arcádio se confundiam com as de Amaranta Úrsula, e sempre andava com a mortificação de ter enfiado as cartas em envelopes trocados, como realmente aconteceu várias vezes. Em certa ocasião perdeu a caneta. Quinze dias depois foi devolvida, pelo carteiro que a havia encontrado em sua bolsa e andava buscando o dono de casa em casa. No princípio, ela achou que eram coisas dos médicos invisíveis, como o sumiço dos pessários, e até começou a escrever uma carta para suplicar que a deixassem em paz, mas precisou interrompê-la para fazer alguma coisa, e quando voltou ao quarto não só não encontrou a carta começada, como se esqueceu do propósito de escrevê-la. Durante algum tempo pensou que fosse Aureliano. Deu para vigiá-lo, para colocar objetos em seu caminho tratando de surpreendê-lo no momento em que os mudasse de lugar, mas num instante se convenceu de que Aureliano não abandonava o quarto de Melquíades a não ser para ir à cozinha ou ao banheiro, e que não era homem de brincadeiras. Portanto, acabou acreditando que eram travessuras de duendes, e optou por assegurar cada coisa no lugar onde precisava usá-la. Amarrou as tesouras na cabeceira da cama com um barbante comprido. Amarrou a caneta e a almofadinha do mata-borrão no pé da mesa, e colou com goma arábica o tinteiro na tábua da mesa, à direita do lugar onde costumava escrever. Os problemas não se resolveram de um dia para outro, pois em poucas horas de trabalho o barbante das tesouras já não dava para costurar, como se os duendes o fossem encurtando. Acontecia a mesma coisa com o barbante da caneta, e até com seu próprio braço, que pouco tempo depois de estar escrevendo já não alcançava o tinteiro. Nem Amaranta Úrsula, em Bruxelas, nem José Arcádio, em Roma, jamais ficaram sabendo desses infortúnios insignificantes. Fernanda lhes contava que era feliz, e era de verdade, justamente porque se sentia liberada de qualquer compromisso, como se a vida a tivesse arrastado outra vez até o mundo de seus pais, onde não se sofria com os problemas diários porque eles eram resolvidos por antecipado na imaginação. Aquela correspondência interminável fez com que ela perdesse o sentido do tempo, principalmente depois que Santa Sofía de la Piedad foi-se embora. Tinha se acostumado a levar a conta dos dias, dos meses e dos anos tomando como ponto de referência as datas previstas para o regresso dos filhos. Mas, quando eles mudaram os prazos uma e outra vez, as datas se confundiram, os prazos se enredaram, e as jornadas ficaram tão parecidas umas com as outras que não dava para sentir que passavam. Em vez de se impacientar, experimentava uma profunda complacência com a demora. Não se inquietava com o fato de que muitos anos depois de anunciar as vésperas de seus votos perpétuos, José Arcádio continuasse dizendo que esperava terminar seus estudos de alta teologia para começar os de diplomacia, porque ela compreendia que era muito alta e ladrilhada de obstáculos a escadaria em caracol que conduzia à cadeira de São Pedro. Em compensação, seu espírito se exaltava com notícias que para outros teriam sido insignificantes, como a de que seu filho tinha visto o papa. Experimentou um gozo similar quando Amaranta Úrsula mandou dizer que seus estudos se prolongavam além do tempo previsto, porque suas excelentes notas tinham rendido privilégios que seu pai não levara em consideração ao fazer as contas.

Haviam se passado mais de três anos desde que Santa Sofía de la Piedad tinha levado a gramática para ele, quando Aureliano conseguiu traduzir a primeira página. Não foi uma tarefa inútil, mas constituía apenas o primeiro passo num caminho cuja longitude era impossível prever, porque em castelhano o texto não significava nada: eram versos em código. Aureliano carecia de elementos para estabelecer as chaves que lhe permitiriam desentranhá-los, mas como Melquíades tinha dito a ele que na loja do sábio catalão estavam os livros que lhe fariam falta para chegar ao fundo dos pergaminhos, decidiu falar com Fernanda para que ela permitisse que fosse buscá-los. No quarto devorado pelos escombros, cuja proliferação incontrolável havia acabado por derrotá-lo, pensava na forma mais adequada de formular a solicitação, se antecipava às circunstâncias, calculava a ocasião mais adequada, mas quando encontrava Fernanda retirando a comida do fogão apagado, que era a única oportunidade para falar com ela, a solicitação laboriosamente premeditada se engasgava na garganta, e sua voz se perdia. Foi aquela a única vez que a espionou. Ficava na espreita de seus passos no quarto. Ouviu-a ir até a porta para receber as cartas dos filhos e entregar as suas ao carteiro, e escutava até altas horas da noite o traço duro e apaixonado da pena no papel, antes de ouvir o ruído do interruptor e o murmúrio das orações na escuridão. Só então dormia, confiando que o dia seguinte daria a ele a oportunidade esperada. Iludiu-se tanto com a ideia de que o pedido não seria negado, que certa manhã cortou os cabelos que davam em seus ombros, fez a barba emaranhada, vestiu umas calças estreitas e uma camisa de colarinho postiço que não sabia de quem havia herdado, e esperou na cozinha que Fernanda fosse tomar o café da manhã. Não chegou a mulher de todos os dias, a de cabeça alçada e andadura pétrea, mas uma anciã de uma formosura sobrenatural, com uma capa de arminho amarelada, uma coroa de papelão dourado e a conduta lânguida de quem tinha chorado em segredo. Na realidade, desde que o encontrara nos baús de Aureliano Segundo, Fernanda tinha posto muitas vezes o vestido de rainha carcomido pelas traças. Qualquer um que a tivesse visto na frente do espelho, extasiada com os próprios gestos monárquicos, poderia pensar que estava louca. Mas não estava. Simplesmente havia convertido as vestimentas reais em máquina de recordar. A primeira vez que as vestiu não conseguiu evitar que se formasse um nó em seu coração e que os olhos se enchessem de lágrimas, porque naquele instante tornou a sentir o cheiro de betume das botas do militar que foi buscá-la em sua casa para fazê-la rainha, e sua alma cristalizou-se com a nostalgia dos sonhos perdidos. Sentiu-se tão velha, tão acabada, tão distante das melhores horas de sua vida, que sentiu saudades inclusive das que recordava como as piores, e só então descobriu como faziam falta as lufadas de orégano da varanda, e o vapor dos roseirais ao entardecer, e até a natureza bestial dos forasteiros. Seu coração de cinza amassada, que tinha resistido sem fraquejar aos golpes mais certeiros da realidade cotidiana, desmoronou nos primeiros embates da nostalgia. A necessidade de sentir-se triste ia se transformando num vício conforme os anos a devastavam. Humanizou-se na solidão. E ainda assim, na manhã em que entrou na cozinha e encontrou uma xícara de café que um adolescente ósseo e pálido lhe oferecia, com um resplendor alucinado nos olhos, foi lanhada pela garra do ridículo. Não apenas se negou a autorizar, como a partir de então passou a levar a chave da casa na bolsa onde guardava os pessários sem uso. Era uma precaução inútil, porque, se quisesse, Aureliano teria podido escapar e até voltar para casa sem ser visto. Mas o prolongado cativeiro, a incerteza do mundo, o hábito de obedecer tinham ressecado em seu coração as sementes da rebeldia. Assim, voltou ao claustro, lendo e relendo os pergaminhos, e ouvindo até alta noite os soluços de Fernanda no quarto. Certa manhã foi, como de costume, acender o fogão, e encontrou nas cinzas apagadas a comida que tinha deixado para ela na noite anterior. Então foi até o quarto, e a viu estendida na cama, tapada com a capa de arminho, mais bela do que nunca, e com a pele convertida numa casca de marfim. Quatro meses mais tarde, quando chegou, José Arcádio encontrou-a intacta.

Era impossível imaginar um homem mais parecido com a própria mãe. Vestia um terno de tafetá lutuoso, uma camisa de colarinho redondo e duro, e uma fina fita de seda com um laço no lugar da gravata. Era lívido, lânguido, de olhar atônito e lábios débeis. Os cabelos negros, lustrados e lisos, repartidos no centro do crânio por uma linha reta e exangue, tinham a mesma aparência postiça dos cabelos dos santos. A sombra da barba feita com rigor no rosto de parafina parecia uma questão da consciência. Tinha as mãos pálidas, com nervuras verdes e dedos parasitários, e um anel de ouro maciço com uma opala da cor de um girassol, redondo, no indicador esquerdo. Quando abriu a porta da rua para ele, Aureliano nem precisou supor quem era para perceber que vinha de muito longe. Ao seu passo, a casa se impregnou da fragrância de água-de-colônia que Úrsula derramava em sua cabeça quando era menino, para poder encontrá-lo nas trevas. De alguma maneira impossível de precisar, depois de tantos anos de ausência José Arcádio continuava sendo um menino outonal, terrivelmente triste e solitário. Foi diretamente para o quarto da mãe, onde Aureliano tinha vaporizado mercúrio durante quatro meses no alambique do avô de seu avô, para conservar o corpo de acordo com a fórmula de Melquíades. José Arcádio não fez nenhuma pergunta. Deu um beijo na fronte do cadáver, tirou debaixo da saia a bolsinha secreta onde havia três pessários ainda sem usar, e a chave do guarda-roupa. Fazia tudo com gestos diretos e decididos, em contraste com sua languidez. Tirou do guarda-roupa um cofrinho adamascado com o brasão familiar, e encontrou no interior perfumado de sândalo a carta volumosa em que Fernanda desafogara o coração das incontáveis verdades que havia ocultado dele. Leu-a de pé, com avidez mas sem ansiedade, e na terceira página se deteve, e examinou Aureliano com um olhar de segundo reconhecimento.

— Então — disse com uma voz que tinha alguma coisa de navalha de barbear —, você é o bastardo.

— Sou Aureliano Buendía.

— Vá para o seu quarto — disse José Arcádio.

Aureliano foi, e não tornou a sair nem mesmo por curiosidade quando ouviu o rumor do funeral solitário. Às vezes, da cozinha, via José Arcádio perambulando pela casa, sufocando-se em sua respiração ansiosa, e continuava escutando seus passos pelos dormitórios em ruínas depois da meia-noite. Não ouviu sua voz em muitos meses, não apenas porque José Arcádio não lhe dirigia a palavra, mas porque ele não tinha vontade de que isso acontecesse, nem tempo de pensar em nada além dos pergaminhos. Quando da morte de Fernanda, tinha apanhado o penúltimo peixinho e havia ido à livraria do sábio catalão à procura dos livros que precisava. Não se interessou por nada do que viu no trajeto, talvez porque carecesse de lembranças para comparar, e as ruas desertas e as casas desoladas eram do jeito que as havia imaginado num tempo em que teria dado a alma por conhecê-las. Havia concedido a si mesmo a permissão que Fernanda lhe negara, e só por uma vez, com um objetivo único e pelo tempo mínimo indispensável, e assim percorreu sem pausa as onze quadras que separavam a casa do beco onde antes eram interpretados os sonhos, e entrou arfante no espremido e sombrio local onde mal havia espaço para se mover. Mais que uma livraria, aquela parecia uma lixeira de livros usados, postos em desordem nas prateleiras carcomidas pelo cupim, nos cantos cobertos pelo melaço das teias de aranha, e mesmo nos espaços que deveriam ser destinados aos corredores entre as estantes. Numa mesa comprida, também entulhada de livros gordíssimos, o proprietário escrevia uma prosa incansável, com uma caligrafia lilás, um pouco delirante, e em folhas soltas de caderno escolar. Tinha uma bela cabeleira prateada que avançava na fronte como o penacho de uma cacatua, e seus olhos azuis, vivos e estreitos, revelavam a mansidão do homem que tinha lido todos os livros. Estava de cuecas, empapado de suor, e não se distraiu da escrita para ver quem havia chegado. Aureliano não teve dificuldade para resgatar daquela desordem de fábula os cinco livros que procurava, pois estavam no lugar exato que Melquíades indicara. Sem dizer uma palavra, entregou-os junto com o peixinho de ouro ao sábio catalão, que os examinou, e suas pálpebras se contraíram como duas amêijoas. "Você deve estar louco", disse em sua língua, sacudindo os ombros, e devolveu a Aureliano os cinco livros e o peixinho.

— Pode levar — disse em castelhano. — O último homem que leu esses livros deve ter sido Isaac, o Cego, então pense bem no que está fazendo.

José Arcádio restaurou o dormitório de Meme, mandou limpar e remendar as cortinas de veludo e o damasco do dossel da cama de vice-rei, e pôs outra vez funcionando o banheiro abandonado, cuja tina de cimento estava negra de uma nata fibrosa e áspera. A esses dois lugares se reduziu seu império de mentira, de desgastados gêneros exóticos, de perfumes falsos e bijuterias baratas. A única coisa que pareceu estorvá-lo no resto da casa foram os santos do altar doméstico, que numa tarde queimou até transformá-los em cinzas numa fogueira que armou no pátio. Dormia até depois das onze. Ia ao banheiro com uma túnica esfiapada de dragões dourados e uns chinelos de borlas amarelas, e ali oficiava um ritual que por sua parcimônia e duração recordava o de Remédios, a Bela. Antes de tomar banho, chegava até a tina com os sais que levava em três potes cor de alabastro. Não fazia abluções com a cuia, e sim mergulhava nas águas fragrantes, e permanecia até duas horas flutuando de barriga para cima, adormecido pelo frescor e pela lembrança de Amaranta. Poucos dias depois de ter chegado abandonou o terno de tafetá, que além de ser demasiado quente para o povoado era o único que tinha, e trocou-o por calças justas, muito parecidas com as que Pietro Crespi usava nas aulas de baile, e uma camisa tecida com o bicho-da-seda ainda vivo, e com suas iniciais bordadas no coração. Duas vezes por semana lavava a muda completa na tina, e ficava de túnica até que secasse, pois não tinha nada mais para vestir. Jamais comia na casa. Saía à rua quando o calor da sesta afrouxava, e não regressava até alta noite. Então continuava seu perambular angustioso, respirando feito um gato, e pensando em Amaranta. Ela, e o olhar assombrado dos santos no fulgor da lâmpada noturna, eram as duas lembranças que conservava da casa. Muitas vezes, no alucinante agosto romano, havia aberto os olhos na metade do sono e tinha visto Amaranta surgindo de um tanque de mármore rajado, com suas anáguas de renda e sua venda na mão, idealizada pela ansiedade do exílio. Ao contrário de Aureliano José, que tentou sufocar aquela imagem no pântano sangrento da guerra, ele tratava de mantê-la viva num lodaçal de concupiscência, enquanto distraía sua mãe com o engodo sem fim da vocação pontifícia. Nem a ele nem a Fernanda ocorreu jamais pensar que sua correspondência fosse um intercâmbio de fantasias. José Arcádio, que abandonou o seminário assim que chegou em Roma, continuou alimentando a lenda da teologia e do direito canônico, para não pôr em perigo a herança fabulosa que as cartas delirantes de sua mãe mencionavam, e que haveria de resgatá-lo da miséria e da sordidez que compartilhava com dois amigos numa água-furtada do Trastévere. Quando recebeu a última carta de Fernanda, ditada pelo pressentimento da morte iminente, meteu na maleta as últimas sobras do seu falso esplendor, e atravessou o oceano num porão onde os imigrantes se embolavam feito reses de matadouro, comendo macarrões frios e queijo bichado. Antes de ler o testamento de Fernanda, que não era mais que uma minuciosa e tardia recapitulação de infortúnios, os móveis escangalhados e as ervas da varanda já haviam indicado que estava metido numa armadilha da qual não sairia jamais, exilado para sempre da luz de diamante e do ar imemorial da primavera romana. Nas insônias extenuantes da asma, media e tornava a medir a profundidade de sua desventura, enquanto repassava a casa tenebrosa onde os exageros senis de Úrsula entranharam nele o medo do mundo. Para ter certeza de não perdê-lo nas trevas, ela tinha dedicado a ele um canto do quarto, o único onde poderia estar a salvo dos mortos que perambulavam pela casa a partir do entardecer. "Qualquer coisa errada que você fizer — dizia Úrsula — os santos me contam." As noites assombradas de sua infância se reduziram a esse canto, onde permanecia imóvel até a hora de ir dormir, suando de medo num tamborete, debaixo do olhar vigilante e glacial dos santos acusadores. Era uma tortura inútil, porque já naquela época ele tinha terror de tudo que o rodeava, e estava preparado para se assustar com tudo que encontrasse na vida: as mulheres da rua, que envenenavam o sangue; as mulheres da casa, que pariam filhos com rabos de porco; os galos de briga, que provocavam mortes de homens e remorsos de consciência para o resto da vida; as armas de fogo, que só de tocar nelas condenavam a vinte anos de guerra; as aventuras desatinadas, que só conduziam ao desencanto e à loucura, e tudo, enfim, tudo que Deus tinha criado em sua infinita bondade, e que o diabo tinha pervertido. Ao despertar, moído pela engrenagem dos pesadelos, a claridade da janela e as carícias de Amaranta na tina, e o deleite com que ela passava talco entre suas pernas com uma bolota de seda, o libertavam do terror. Até Úrsula era diferente debaixo da luz radiante do jardim, porque ali não falava com ele de coisas de pavor, mas esfregava seus dentes com pó de carvão para que tivesse o sorriso radiante de um papa, e cortava e polia suas unhas para que os peregrinos que chegassem a Roma vindos de tudo que é canto da Terra se assombrassem com a pulcritude das mãos do papa quando os abençoasse, e o penteava como um papa, e o ensopava com água-de-colônia para que seu corpo e suas roupas tivessem a fragrância de um papa. No pátio de Castelgandolfo ele tinha visto o papa numa sacada, pronunciando o mesmo discurso em sete idiomas para uma multidão de peregrinos, e a única coisa que tinha chamado sua atenção de verdade foi a brancura de suas mãos, que pareciam amolecidas com água de barrela, o esplendor deslumbrante de suas roupas de verão, e seu recôndito hálito de água-de-colônia.

Quase um ano depois de seu regresso, tendo vendido para ter o que comer os candelabros de prata e o peniquinho heráldico que na hora da verdade só tinha ouro nas incrustações do brasão, a única distração de José Arcádio era reunir os meninos do povoado para que fossem brincar em sua casa. Aparecia com eles na hora da sesta, e os fazia pular corda no jardim, cantar na varanda e dar cambalhotas nos móveis da sala, enquanto ele andava pelos grupos dando lições de boas maneiras. Naquela época tinha acabado com as calças estreitas e a camisa de seda, e usava uma muda ordinária comprada nos armazéns dos árabes, mas continuava mantendo sua dignidade lânguida e seus gestos papais. Os meninos tomaram a casa como as companheiras de Meme tinham feito no passado. Até altas horas dava para ouvi-los tagarelando e cantando e dançando sapateado, de maneira que a casa parecia um colégio interno sem disciplina. Aureliano não se preocupou com a invasão enquanto não foram incomodá-lo no quarto de Melquíades. Certa manhã, dois meninos empurraram a porta e se espantaram com a visão do homem imundo e peludo que continuava decifrando os pergaminhos na mesa de trabalho. Não se atreveram a entrar, mas continuaram rondando o quarto. Espiavam cochichando pela tela do mosquiteiro da janela, jogavam animais vivos pela claraboia, e em uma ocasião pregaram por fora a porta e a janela, e Aureliano precisou de meio dia para forçá-las. Divertidos com a impunidade de suas travessuras, em outra manhã quatro meninos entraram no quarto, enquanto Aureliano estava na cozinha, dispostos a destruir os pergaminhos. Mas no momento em que pegaram as folhas amareladas, uma força angelical levantou-os do chão, e os manteve suspensos no ar até Aureliano voltar e arrebatar os pergaminhos. Desde então, não tornaram a incomodá-lo.

Os quatro meninos maiores, que usavam calças curtas apesar de já se aproximarem da adolescência, cuidavam da aparência pessoal de José Arcádio. Chegavam mais cedo que os outros e dedicavam a manhã a barbeá-lo, a fazer massagens com toalhas quentes, a cortar e polir as unhas de suas mãos e de seus pés, a perfumá-lo com água-de-colônia. Em várias ocasiões se meteram na tina para ensaboá-lo dos pés à cabeça, enquanto ele flutuava de barriga para cima, pensando em Amaranta. Depois o secavam, passavam talco em seu corpo e o vestiam. Um dos meninos, que tinha cabelos louros e crespos, e os olhos de vidros rosados como os dos coelhos, costumava dormir na casa. Eram tão firmes os vínculos que o uniam a José Arcádio que o acompanhava em suas insônias de asmático, sem falar, perambulando com ele pela casa em trevas. Uma noite viram na alcova onde Úrsula dormia um resplendor amarelo através do cimento cristalizado, como se um sol subterrâneo tivesse convertido o chão do dormitório em vitral. Não precisaram acender a luz. Bastou levantar as tábuas quebradas do canto onde a cama de Úrsula sempre esteve, e onde o resplendor era mais intenso, para encontrar a cripta secreta que Aureliano Segundo cansou de buscar no delírio das escavações. Lá estavam os três sacos de lona fechados com arame de cobre e, dentro deles, os sete mil duzentos e catorze dobrões, que continuavam relumbrando feito brasas na escuridão.

O achado do tesouro foi como uma deflagração. Em vez de regressar a Roma com a intempestiva fortuna, que era o sonho amadurecido na miséria, José Arcádio transformou a casa num paraíso decadente. Trocou as cortinas e o dossel do dormitório por veludo novo, mandou pôr lajotas no chão do banheiro e azulejos nas paredes. O aparador da sala de jantar encheu-se de frutas cristalizadas, presuntos e conservas de legumes em vinagre, e a despensa em desuso tornou a ser aberta para armazenar vinhos e licores que o próprio José Arcádio retirava na estação de trem, em caixas marcadas com seu nome. Uma noite, ele e os quatro meninos maiores fizeram uma festa que se prolongou até o amanhecer. Às seis da manhã saíram nus do dormitório, esvaziaram a tina do banheiro e a encheram de champanha. Mergulharam em bando, nadando como pássaros que voaram num céu dourado de borbulhas fragrantes, enquanto José Arcádio flutuava de costas, à margem da festa, evocando Amaranta com os olhos abertos. Permaneceu assim, ensimesmado, ruminando a amargura de seus prazeres equívocos mesmo depois que os meninos se cansaram e foram em tropel até o dormitório, onde arrancaram as cortinas de veludo para se secarem, e arrebentaram, na desordem, o espelho de cristal de rocha, e escangalharam o dossel da cama tentando se deitar em tumulto. Quando José Arcádio voltou do banheiro encontrou-os dormindo amontoados, nus, numa alcova de naufrágio. Ensandecido não tanto pelos estragos, mas pelo asco e a pena que sentia de si mesmo no desolado vazio da bacanal, armou-se com os instrumentos de disciplina de domador eclesiástico que guardava no fundo do baú, junto com um cilício e outros ferros de mortificação e penitência, e expulsou os meninos da casa, uivando feito um louco e açoitando-os sem misericórdia, como não teria feito com uma matilha de coiotes. Ficou demolido, com uma crise de asma que se prolongou por vários dias e lhe deu o aspecto de um agonizante. Na terceira noite de tortura, vencido pela asfixia, foi ao quarto de Aureliano para pedir que por favor comprasse na botica vizinha um pó de inalação. E assim Aureliano fez a sua segunda saída à rua. Precisou percorrer só dois quarteirões para chegar na estreita botica de vitrines empoeiradas com potes de louça marcados em latim, onde uma moça com a sigilosa beleza de uma serpente do Nilo despachou o remédio que José Arcádio havia escrito num papel. A segunda visão do povoado deserto, mal iluminado pelas lâmpadas amareladas das ruas, não despertou em Aureliano mais curiosidade que da primeira vez. José Arcádio chegou a pensar que ele tinha fugido, quando o viu aparecer de novo, um pouco ofegante por causa da pressa, arrastando as pernas que o claustro e a falta de mobilidade tinham tornado débeis e desajeitadas. Era tão certa sua indiferença pelo mundo que poucos dias depois José Arcádio violou a promessa que tinha feito para a mãe, e deixou-o em liberdade para que saísse quando quisesse.

— Não tenho nada para fazer na rua — respondeu Aureliano.

Continuou trancado, absorto nos pergaminhos que pouco a pouco ia destrinchando, e cujo sentido, porém, não conseguia interpretar. José Arcádio levava para ele fatias de presunto, flores açucaradas que deixavam na boca um gosto primaveril, e em duas ocasiões um copo de bom vinho. Não se interessou pelos pergaminhos, que considerava um entretenimento esotérico, mas chamaram sua atenção a rara sabedoria e o inexplicável conhecimento do mundo que aquele parente desolado tinha. Então ficou sabendo que ele era capaz de entender inglês escrito, e que entre pergaminho e pergaminho havia lido da primeira à última página, como se fosse um romance, os seis tomos da enciclopédia. No princípio, achou que era por isso que Aureliano pudesse falar de Roma como se tivesse morado lá muitos anos, mas depois percebeu que ele tinha conhecimentos que não eram enciclopédicos, como os preços das coisas. "Tudo se sabe", foi a única resposta que recebeu de Aureliano quando perguntou como tinha conseguido aquelas informações. Aureliano, por sua vez, surpreendeu-se que José Arcádio visto de perto fosse tão diferente da imagem que tinha formado dele quando via sua maneira de perambular pela casa. Era capaz de rir, de se permitir de vez em quando uma nostalgia do passado da casa, e de se preocupar com o ambiente de miséria em que se encontrava o quarto de Melquíades. Aquela aproximação entre dois solitários do mesmo sangue estava muito longe da amizade, mas permitiu aos dois suportar melhor a insondável solidão que ao mesmo tempo os separava e os unia. José Arcádio pôde então acudir a Aureliano buscando ajuda para desenredar certos problemas domésticos que o exasperavam. Aureliano, por sua vez, podia sentar-se na varanda para ler, receber as cartas de Amaranta Úrsula que continuavam chegando com a pontualidade de sempre, e usar o banheiro de onde José Arcádio o havia desterrado desde a sua chegada.

Numa calorenta madrugada os dois acordaram alarmados pelas batidas aflitas na porta da rua. Era um ancião escuro, com uns olhos grandes e verdes que davam ao seu rosto uma fosforescência espectral e com uma cruz de cinza na testa. As roupas em farrapos, os sapatos rotos, a velha mochila que levava no ombro como bagagem única davam a ele o aspecto de um mendigo, mas sua conduta tinha uma dignidade que estava em franca contradição com sua aparência. Bastava vê-lo uma vez, mesmo na penumbra da sala, para perceber que a força secreta que lhe permitia viver não era o instinto de conservação, mas o costume do medo. Era Aureliano Amador, o único sobrevivente dos dezessete filhos do coronel Aureliano Buendía, que ia procurando trégua em sua longa e atribulada existência de fugitivo. Identificou-se, suplicou que lhe dessem refúgio naquela casa que em suas noites de pária havia evocado como o último reduto de segurança que lhe restava na vida. Mas José Arcádio e Aureliano não se lembravam dele. Acreditando que fosse um vagabundo, o puseram na rua aos empurrões. Ambos viram então, da porta, o final de um drama que havia começado antes que José Arcádio tivesse uso da razão. Dois agentes da polícia que tinham perseguido

Aureliano Amador durante anos, que o tinham rastreado feito cão de caça por meio mundo, surgiram do meio das amendoeiras da calçada oposta e dispararam dois tiros de máuser que penetraram limpamente pela cruz de cinza.

Na verdade, desde que expulsou os meninos da casa, José Arcádio esperava notícias de um transatlântico que havia saído de Nápoles antes do Natal. Tinha contado para Aureliano, e inclusive feito planos para deixar montado um negócio que lhe permitisse viver, porque o cestinho de víveres não tornara a chegar desde o enterro de Fernanda. No entanto, tampouco aquele sonho final haveria de se cumprir. Uma manhã de setembro, depois de tomar o café com Aureliano na cozinha, José Arcádio estava terminando seu banho diário quando irromperam através das vigas das telhas os quatro meninos que ele havia expulsado da casa. Sem dar tempo para que se defendesse, se meteram na tina de roupa e tudo, o agarraram pelos cabelos e mantiveram sua cabeça afundada até que na superfície sumiu o borbulhar da agonia, e o silencioso e pálido corpo de delfim deslizou até o fundo das águas fragrantes. Depois levaram os três sacos de ouro que só eles e sua vítima sabiam onde estavam escondidos. Foi uma ação tão rápida, metódica e brutal, que pareceu um assalto de militares. Aureliano, trancado no seu quarto, não percebeu nada. Naquela tarde, tendo sentido sua falta na cozinha, procurou José Arcádio pela casa inteira, e encontrou-o flutuando nos reflexos perfumados da tina, enorme e tumefacto, e ainda pensando em Amaranta. Só então compreendeu o quanto havia começado a gostar dele.

Amaranta Úrsula voltou com os primeiros anjos de dezembro, empurrada por brisas de veleiro, trazendo o esposo amarrado pelo pescoço com um cordel de seda. Apareceu sem aviso, com um vestido cor de marfim, um fio de pérolas que lhe dava quase nos joelhos, anéis de esmeraldas e topázios, e os cabelos redondos e lisos arrematados nas orelhas como asas de andorinhas. O homem com quem havia se casado seis meses antes era um flamengo maduro, esbelto, com ares de navegante. Não precisou nada além de empurrar a porta da sala para compreender que sua ausência tinha sido mais prolongada e demolidora do que ela mesma supunha.

— Meu Deus! — gritou mais alegre que alarmada —, bem se vê que não tem mulher nesta casa!

A bagagem não cabia no corredor. Além do antigo baú de Fernanda, com que foi mandada para o colégio, trazia duas enormes malas verticais, quatro outras malas grandes, uma sacola para as sombrinhas, oito caixas de chapéus, uma gaiola gigantesca com meia centena de canários, e o biciclo do marido desarmado dentro de um estojo especial que permitia carregá-lo como um violoncelo. Não se permitiu sequer um dia de descanso após a longa viagem. Vestiu um macacão gasto, de brim, que o esposo tinha levado junto com outras prendas de motorista, e se lançou à nova reforma da casa. Espantou as formigas-ruivas que já tinham se apoderado da varanda das begônias, ressuscitou os roseirais, arrancou as ervas daninhas e o capim pela raiz, e tornou a plantar samambaias, oréganos e begônias nos vasos do parapeito. Pôs-se à frente de uma equipe de carpinteiros, serralheiros e pedreiros que corrigiram as fendas do chão, ajustaram portas e janelas, renovaram os móveis e caiaram as paredes por dentro e por fora, e assim, três meses depois de sua chegada, respirava-se outra vez o ar de juventude e de festa que existiu nos tempos da pianola. Nunca se viu na casa alguém com melhor humor a qualquer hora e em qualquer circunstância, nem alguém mais disposto a cantar e dançar, e a jogar no lixo as coisas e costumes rançosos de antanho. Numa vassourada acabou com as lembranças fúnebres e os montões de tralha inútil e os instrumentos de superstição que se amontoavam pelos cantos, e a única coisa que conservou, por gratidão a Úrsula, foi o daguerreótipo de Remédios na sala. "Vejam só que luxo!", gritava morrendo de rir. "Uma bisavó de catorze anos!" Quando um dos pedreiros contou que a casa estava povoada de fantasmas, e que o único modo de espantá-los seria buscar os tesouros que tinham deixado enterrados, ela replicou entre gargalhadas que não acreditava em superstições de homens. Era tão espontânea, tão emancipada, com um espírito tão moderno e livre, que Aureliano não soube o que fazer com o corpo quando a viu chegar. "Que bárbaro!", gritou ela feliz, com os braços abertos. "Olhem só como meu adorado antropófago cresceu!" Antes que ele tivesse tempo de reagir, ela já havia posto um disco no gramofone portátil que tinha trazido e estava tentando ensinar para ele as danças da moda. Obrigou-o a trocar as calças esquálidas que herdara do coronel Aureliano Buendía, deu para ele camisas juvenis e sapatos de duas cores, e empurrava-o para a rua quando passava muito tempo no quarto de Melquíades.

Ativa, miúda, indomável, como Úrsula, e quase tão bela e provocativa como Remédios, a Bela, estava dotada de um raro instinto para se antecipar à moda. Quando recebia pelo correio os figurinos mais recentes, eles só serviam para comprovar que não tinha se enganado nos modelos que inventava e que costurava na rudimentar máquina de manivela de Amaranta. Tinha assinatura de tudo que era revista de moda, informação artística e música popular que se publicava na Europa, e mal passava os olhos por elas para perceber que as coisas no mundo iam tal qual imaginava. Não era compreensível que uma mulher com aquele espírito tivesse regressado a um povoado morto, deprimido pelo pó e pelo calor, e menos ainda com um marido que tinha dinheiro de sobra para viver bem em qualquer lugar do mundo, e que a amava tanto que havia se submetido a ser trazido e levado por ela com a coleira de seda. Conforme, porém, o tempo passava, era mais evidente sua intenção de ficar, pois não fazia planos que não fossem de longo prazo nem tomava determinações que não estivessem orientadas para a busca de uma vida cômoda e uma velhice tranquila em Macondo. A gaiola dos canários demonstrava que esses propósitos não eram improvisados. Recordando que sua mãe tinha contado numa carta do extermínio dos pássaros, havia atrasado a viagem vários meses até encontrar um barco que fizesse escala nas ilhas Afortunadas, e lá selecionou os vinte e cinco casais dos canários mais finos para repovoar o céu de Macondo. Foi essa a mais lamentável de suas numerosas iniciativas frustradas. Conforme os pássaros se reproduziam, Amaranta Úrsula ia soltando casais, que demoravam mais para se sentirem livres do que para fugir do povoado. Tratou, em vão, de encarinhá-los com o viveiro que Úrsula tinha mandado fazer na primeira reforma. Em vão falsificou para eles ninhos de cânhamo nas amendoeiras e regou alpiste nos telhados e alvoroçou os cativos para que seus cantos dissuadissem os desertores, porque eles se espantavam na primeira tentativa e davam uma volta no céu, justo o tempo indispensável para encontrar o rumo de regresso às ilhas Afortunadas.

Um ano depois da volta, embora não tivesse conseguido fazer uma amizade ou promover uma festa, Amaranta Úrsula continuava acreditando que era possível resgatar aquela comunidade eleita pelo infortúnio. Gastón, seu marido, tratava de não contrariá-la, embora desde o meio-dia mortal em que desceu do trem compreendeu que a determinação de sua mulher tinha sido provocada por uma miragem da nostalgia. Certo de que ela seria derrotada pela realidade, não se deu sequer o trabalho de armar o biciclo, e dedicou-se a perseguir os ovos mais transparentes entre as teias de aranha que os pedreiros desprendiam, e os abria com as unhas e gastava horas contemplando com uma lupa as aranhinhas minúsculas que saíam de seu interior. Mais tarde, achando que Amaranta Úrsula continuava com as reformas para não dar o braço a torcer, resolveu armar o aparatoso biciclo cuja roda anterior era muito maior que a posterior, e dedicou-se a capturar e dissecar todos os insetos aborígines que encontrava nas vizinhanças, e que mandava em frascos de geleia a seu antigo professor de história natural da universidade de Liège, onde tinha feito estudos avançados em entomologia, embora sua vocação dominante fosse a de aeronauta. Quando andava no biciclo usava calças de acrobata, meias de gaiteiro e boné de detetive, mas quando andava a pé vestia linho cru, impecável, com sapatos brancos, gravata de seda, chapéu canotier e uma vara de junco na mão. Tinha pupilas pálidas que acentuavam seu ar de navegante, e um bigodinho de pelos de esquilo. Embora fosse pelo menos quinze anos mais velho que sua mulher, seus gostos juvenis, sua vigilante determinação de fazê-la feliz e suas virtudes de bom amante compensavam a diferença. Na verdade, quem visse aquele quarentão de hábitos cautelosos, com seu cordão de seda no pescoço e sua bicicleta de circo, não conseguiria imaginar que tinha com sua jovem esposa um pacto de amor desenfreado, e que ambos cediam às urgências recíprocas nos lugares menos adequados e onde quer que fossem surpreendidos pela inspiração, como tinham feito desde que começaram a se ver, e com uma paixão que o transcorrer do tempo e as circunstâncias cada vez mais insólitas iam aprofundando e enriquecendo. Gastón não apenas era um amante feroz, de uma sabedoria e uma imaginação inesgotáveis, como era talvez o primeiro homem na história da espécie a ter feito uma aterrissagem de emergência, quase se matando com a namorada, só para fazer amor num campo de violetas.

Tinham se conhecido três anos antes de se casar, quando o biplano esportivo em que ele fazia piruetas sobre o colégio onde Amaranta Úrsula estudava tentou uma manobra intrépida para se desviar do mastro da bandeira, e a primitiva armação de lona e papel de alumínio ficou dependurada pela cauda nos fios de energia elétrica. Desde então, e sem dar importância à sua perna engessada, ele ia nos fins de semana buscar Amaranta Úrsula na pensão de religiosas onde ela sempre morou, e cujo regulamento não era tão severo como Fernanda desejava, e a levava para o seu clube esportivo. Começaram a se amar a 500 metros de altitude, no ar dominical das planícies cobertas de flores silvestres, e mais compenetrados se sentiam conforme mais minúsculos iam se tornando os seres da Terra. Ela falava de Macondo como sendo o povoado mais luminoso e plácido do mundo, e de uma casa enorme, perfumada de orégano, onde queria morar até a velhice com um marido leal e dois filhos indômitos que se chamassem Rodrigo e Gonzalo, e de jeito nenhum Aureliano e José Arcádio, e uma filha que se chamasse Virgínia, e de jeito nenhum Remédios. Tinha evocado com uma tenacidade tão ansiosa o povoado idealizado pela nostalgia que Gastón compreendeu que ela não ia querer se casar se ele não a levasse para morar em Macondo. E concordou, como mais tarde concordou com o cordão de seda, porque achou que era um capricho transitório que mais valia desfazer com o tempo. Mas quando se passaram dois anos em Macondo e Amaranta Úrsula continuava tão contente como no primeiro dia, ele começou a dar sinais de alarme. Naquela altura já havia dissecado todos os insetos dissecáveis na região, falava castelhano como um nativo, e tinha decifrado todas as palavras cruzadas das revistas que recebiam pelo correio. Não tinha o pretexto do clima para apressar o regresso, porque a natureza o tinha dotado de um fígado colonial que resistia sem fraquejar ao abafamento da sesta e à água com vermes. Gostava tanto da comida nativa que uma vez comeu uma fileira de oitenta e dois ovos de iguana. Já Amaranta Úrsula fazia com que mandassem de trem peixes e mariscos em caixas de gelo, carne em lata e compotas de frutas, que eram a única coisa que conseguia comer, e continuava se vestindo conforme a moda europeia e recebendo figurinos pelo correio, apesar de não ter aonde ir ou quem visitar, e de naquela altura seu marido carecer de humor para apreciar seus vestidos curtos, seus chapéus de feltro caídos de lado e seus colares de sete voltas. Seu segredo parecia consistir em encontrar sempre uma forma de estar ocupada, resolvendo problemas domésticos que ela mesma criava e fazendo mal certas coisas que corrigia no dia seguinte, com uma diligência perniciosa que teria feito Fernanda pensar no vício hereditário de fazer para desfazer. Seu gênio festivo continuava tão desperto que quando recebia discos novos convidava Gastón para ficar na sala até muito tarde para ensaiar as danças que suas colegas de colégio descreviam com desenhos, e terminavam geralmente fazendo amor nas cadeiras vienenses de balanço ou no chão pelado. A única coisa que lhe faltava para ser completamente feliz era o nascimento dos filhos, mas respeitava o pacto que tinha feito com o marido, de não engravidar até que tivessem completado cinco anos de casados.

Procurando alguma coisa para ocupar suas horas mortas, Gastón costumava passar a manhã no quarto de Melquíades, com o esquivo Aureliano. Gostava de evocar com ele os rincões mais íntimos de sua terra, que Aureliano conhecia como se tivesse morado lá muito tempo. Quando Gastón perguntou como tinha feito para obter informações que não estavam na enciclopédia, recebeu a mesma resposta que José Arcádio: "Tudo se sabe." Além do sânscrito, Aureliano tinha aprendido inglês e francês, e algo de latim e grego. Como naquela altura saía todas as tardes, e Amaranta Úrsula tinha estabelecido uma semanada para seus gastos pessoais, seu quarto parecia uma seção da livraria do sábio catalão. Lia com avidez até altas horas da noite, embora pela forma como se referia às suas leituras Gastón pensasse que não comprava livros para se informar, mas para verificar a exatidão de seus conhecimentos, e que nenhum deles lhe interessava mais do que os pergaminhos, aos quais dedicava as melhores horas da manhã. Tanto Gastón como sua esposa teriam gostado que se incorporasse à vida familiar, mas Aureliano era um homem hermético, com uma nuvem de mistério que o tempo ia tornando mais densa. Era uma condição de tal maneira intransponível, que Gastón fracassou em seus esforços para tornar-se íntimo dele, e precisou buscar outra distração para preencher suas horas mortas. Foi por essa época que concebeu a ideia de estabelecer um serviço de correio aéreo.

Não era um projeto novo. Na verdade estava bastante avançado quando conheceu Amaranta Úrsula, só que não era para Macondo, mas para o Congo Belga, onde sua família tinha investimentos em óleo de palmeira. O matrimônio e a decisão de passar uns meses em Macondo para agradar à esposa tinham obrigado Gastón a adiar o plano. Mas quando viu que Amaranta Úrsula estava empenhada em organizar uma comissão de melhorias públicas, e até ria dele por insinuar a possibilidade do regresso, compreendeu que as coisas iam levar ainda um bom tempo e tornou a estabelecer contato com seus sócios esquecidos de Bruxelas, pensando que para ser pioneiro tanto fazia o Caribe ou a África. Enquanto as negociações progrediam, preparou um campo de aterrissagem na antiga região encantada que naquela época mais parecia uma planície de cascalho, e estudou a direção dos ventos, a geografia do litoral e as rotas mais adequadas para a navegação aérea, sem saber que sua empreitada, tão parecida com a de Mr. Herbert, estava espalhando na população a perigosa suspeita de que seu propósito não fosse planejar itinerários, e sim plantar banana. Entusiasmado com uma ideia que afinal poderia justificar seu estabelecimento definitivo em Macondo, fez várias viagens à capital da província, reuniu-se com autoridades e obteve licenças e assinou contratos de exclusividade. Enquanto isso, mantinha com os sócios de Bruxelas uma correspondência parecida com a de Fernanda com os médicos invisíveis, e acabou por convencê-los que embarcassem o primeiro aeroplano aos cuidados de um mecânico experiente, que o armaria no porto mais próximo e o levaria voando até Macondo. Um ano depois das primeiras medições e cálculos meteorológicos, confiando nas reiteradas promessas de seus correspondentes, tinha adquirido o costume de passear pelas ruas olhando o céu, atento aos rumores da brisa, à espera de que o aeroplano aparecesse.

Embora ela não tivesse notado, o regresso de Amaranta Úrsula havia determinado uma mudança radical na vida de Aureliano. Depois da morte de José Arcádio, tinha se tornado um cliente assíduo da livraria do sábio catalão. Além disso, a liberdade de que então desfrutava e o tempo de que dispunha despertaram nele uma certa curiosidade pelo povoado, que conheceu sem assombro. Percorreu as ruas empoeiradas e solitárias, examinando com um interesse mais científico que humano o interior das casas em ruínas, as telas metálicas das janelas rasgadas pelo óxido e pelos pássaros moribundos, e os habitantes abatidos pelas recordações. Tratou de reconstruir com a imaginação o arrasado esplendor da antiga cidade da companhia bananeira, cuja piscina seca estava cheia até a beirada de apodrecidos sapatos de homem e sapatilhas de mulher, e em cujas casas devastadas pelo matagal encontrou o esqueleto de um pastor alemão ainda atado a uma argola com uma corrente de aço, e um telefone que tocava, tocava, tocava, até que ele tirou o fone do gancho, entendeu o que uma mulher angustiada e remota perguntava em inglês, e respondeu que sim, que a greve havia terminado, que os três mil mortos tinham sido jogados ao mar, que a companhia bananeira tinha ido embora e que fazia muitos anos que Macondo finalmente estava em paz. Aquelas andanças o levaram à prostrada zona de tolerância, onde em outros tempos queimavam-se maços de dinheiro para animar a festa e que tinha virado um desfiladeiro de ruas mais angustiantes e miseráveis que as outras, com algumas lâmpadas vermelhas ainda acesas e com salões de baile adornados com fiapos de guirlandas, onde as macilentas e gordas viúvas de ninguém, as bisavós francesas e as matriarcas babilônicas continuavam esperando ao lado de suas vitrolas. Aureliano não encontrou quem se lembrasse de sua família, nem mesmo do coronel Aureliano Buendía, a não ser o mais antigo dos negros antilhanos, um ancião cuja cabeça algodoada lhe dava o aspecto de um negativo de fotografia, que continuava cantando no pórtico da casa os salmos lúgubres do entardecer. Aureliano conversava com ele em seu arrevesado idioma caribenho, uma mistura nervosa de várias línguas que aprendeu em poucas semanas, e às vezes compartilhava o caldo de cabeças de galo preparado por sua bisneta, uma negra grande, de ossos sólidos, cadeiras de égua e tetas de melões vivos e uma cabeça redonda, perfeita, encouraçada por um duro capacete de cabelos de arame que parecia a malha metálica da antiga armadura de um guerreiro medieval. Chamava-se Nigromanta. Naquela época, Aureliano vivia de vender talheres, candelabros e outros trastes da casa. Quando andava sem um centavo, que era o mais frequente, conseguia de presente nas cantinas do mercado as cabeças de galo que iam jogar no lixo, e levava para que Nigromanta fizesse suas sopas reforçadas com ora-pro-nóbis e perfumadas com hortelã. Quando o bisavô morreu, Aureliano deixou de frequentar a casa, mas se encontrava com Nigromanta debaixo das amendoeiras da praça, cativando com seus assovios de animal dos montes os escassos notívagos. Muitas vezes acompanhou-a falando, no idioma dos antilhanos, da sopa de cabeças de galo e de outros refinamentos da miséria, e teria continuado fazendo tudo isso se ela não o tivesse feito ver que sua companhia afugentava a clientela. Embora algumas vezes tenha sentido a tentação, e embora a própria Nigromanta pudesse achar que parecia a culminação de uma nostalgia compartilhada, não se deitava com ela. Portanto, Aureliano continuava sendo virgem quando Amaranta Úrsula regressou a Macondo e lhe deu um abraço fraternal que o deixou sem fôlego. Cada vez que a via, e pior ainda, quando ela ensinava para ele as danças da moda, sentia o mesmo desamparo de esponjas nos ossos que havia atordoado seu tataravô quando Pilar Ternera inventou o pretexto do baralho na despensa. Tentando sufocar o tormento, mergulhou mais a fundo nos pergaminhos e evitou os afagos inocentes daquela tia que envenenava suas noites com eflúvios de tormento, mas quanto mais a evitava, com mais ansiedade esperava seu riso cascalhante, seus uivos de gata feliz e suas canções de gratidão, agonizando de amor a qualquer hora e nos lugares menos pensados da casa. Uma noite, a dez metros de sua cama, na mesona da ourivesaria, os esposos de ventre alucinado arrebentaram o armário de porta de vidro e acabaram se amando num charco de ácido muriático. Aureliano não apenas não conseguiu dormir nem um minuto, como passou o dia seguinte com febre, soluçando de raiva. A chegada da primeira noite em que esperou Nigromanta à sombra das amendoeiras fez-se eterna para ele, atravessado pelas agulhas de gelo da incerteza, e apertando na mão os cinquenta centavos que tinha pedido a Amaranta Úrsula, não tanto porque precisasse deles, mas para complicá-la, envilecê-la e prostituí-la de alguma forma com sua aventura. Nigromanta levou-o para o seu quarto iluminado com abajures de mentira, sua cama de campanha com a lona impregnada de maus amores, e para o seu corpo de cadela brava, empedernida, desalmada, que se preparou para despachá-lo como se ele fosse um menino assustado, e de repente se encontrou com um homem cujo tremendo poder exigiu de suas entranhas um movimento de reacomodação sísmica.

Fizeram-se amantes. Aureliano ocupava as manhãs decifrando pergaminhos, e na hora da sesta ia até o dormitório soporífero onde Nigromanta esperava por ele para ensinar-lhe primeiro a fazer como fazem as minhocas, depois os caracóis e por último os caranguejos, até a hora em que precisava abandoná-lo para atocaiar amores extraviados. Passaram-se várias semanas até Aureliano descobrir que ela tinha ao redor da cintura um cordãozinho extremamente fino, que parecia feito com uma corda de violoncelo, mas que era duro feito aço e carecia de arremate, porque havia nascido e crescido com ela. Quase sempre, entre amor e amor, comiam nus na cama, no calor alucinante e debaixo das estrelas diurnas que o óxido ia fazendo despontar no teto de zinco. Era a primeira vez que Nigromanta tinha um homem fixo, um fodedor particular e permanente, como ela mesma dizia morrendo de rir, e até começava a criar ilusões de coração quando Aureliano confidenciou sua paixão reprimida por Amaranta Úrsula, que não tinha conseguido remediar com a substituição mas que ia retorcendo cada vez mais suas entranhas conforme a experiência ampliava o horizonte do amor. Então Nigromanta continuou recebendo-o com o mesmo calor de sempre, mas se fez pagar pelos serviços com tanto rigor que quando Aureliano não tinha dinheiro ela anotava na conta que não era feita de números e sim de risquinhos que ia traçando atrás da porta com a unha do polegar. Ao anoitecer, enquanto ela ficava flanando nas sombras da praça, Aureliano passava pela varanda das begônias como se fosse um estranho, mal cumprimentando Amaranta Úrsula e Gastón, que normalmente jantavam àquela hora, e tornava a se trancar no seu quarto, sem conseguir ler nem escrever, nem mesmo pensar, por causa da ansiedade que lhe provocavam os risos, os cochichos, as travessuras preliminares e depois as explosões de felicidade agônica que cobriam as noites da casa. Essa era a sua vida dois anos antes que Gastón começasse a esperar pelo aeroplano, e continuava sendo igual na tarde em que foi até a livraria do sábio catalão e encontrou quatro rapazes desbocados, enredados numa discussão sobre os métodos de matar baratas na Idade Média. O velho livreiro, conhecendo a fixação de Aureliano por livros que só mesmo o Venerável Beda tinha lido, sugeriu com uma certa malignidade paternal que intercedesse na controvérsia, e ele sequer tomou fôlego para explicar que as baratas, o inseto alado mais antigo da Terra, já era a vítima favorita das chineladas no Antigo Testamento, mas que como espécie era definitivamente refratária a qualquer método de extermínio, desde as rodelas de tomate com borato de sódio até a farinha com açúcar, pois umas mil e seiscentas e três variedades tinham resistido à mais remota, tenaz e impiedosa perseguição que o homem havia desatado desde as suas origens contra qualquer ser vivente, inclusive o próprio homem, ao extremo de que da mesma forma que se atribuía ao gênero humano um instinto de reprodução, devia se atribuir a ele outro mais definido e aflitivo, que era o instinto de matar baratas, e que se elas tinham conseguido escapar da ferocidade humana era porque haviam se refugiado nas sombras, mas em compensação tornaram-se susceptíveis ao esplendor do meio-dia, de tal forma que já na Idade Média, na atualidade, e pelos séculos e séculos, o único método eficaz para matar baratas era o ofuscamento solar.

Aquele fatalismo enciclopédico foi o princípio de uma grande amizade. Aureliano continuou se reunindo todas as tardes com os quatro debatedores, que se chamavam Álvaro, Germán, Alfonso e Gabriel, os primeiros e últimos amigos que teve na vida. Para um homem como ele, encastelado na realidade escrita, aquelas sessões de tempestade que começavam na livraria às seis da tarde e terminavam nos bordéis ao amanhecer foram uma revelação. Ele não tinha pensado até aquele momento que a literatura fosse o melhor brinquedo que haviam inventado para zombar das pessoas, conforme Álvaro demonstrou numa noite de farra. Haveria de se passar algum tempo antes que Aureliano percebesse que tanta arbitrariedade tinha origem no exemplo do sábio catalão, para quem a sabedoria não valia a pena se não fosse possível servir-se dela para inventar uma maneira nova de preparar os grãos-de-bico.

Na tarde em que Aureliano ditou cátedra sobre as baratas, a discussão terminou na casa das mocinhas que se deitavam por fome, num bordel de mentiras nos arrabaldes de Macondo. A proprietária era uma marafona sorridente, que era também uma parteira atormentada pela mania de abrir e fechar portas. Seu eterno sorriso parecia provocado pela credulidade dos clientes, que admitiam como verdadeiro um estabelecimento que não existia a não ser na imaginação, porque ali até as coisas tangíveis eram irreais: os móveis que se desmontavam ao sentar, a vitrola destripada em cujo interior havia uma galinha chocando, o jardim de flores de papel, os almanaques de anos anteriores à chegada da companhia bananeira, os quadros com litografias recortadas de revistas que nunca foram editadas. Até as putinhas tímidas que acudiam das vizinhanças quando a proprietária avisava que tinham chegado clientes eram pura invenção. Apareciam sem cumprimentar, com as roupinhas floridas de quando tinham cinco anos a menos, e que tiravam com a mesma inocência com que tinham vestido, e no paroxismo do amor exclamavam assombradas que barbaridade, veja só como esse teto está desmoronando, e assim que recebiam seu peso e cinquenta centavos gastavam tudo em um pão e um pedaço de queijo que a proprietária vendia, mais risonha que nunca, porque somente ela sabia que aquela comida tampouco era de verdade. Aureliano, cujo mundo começava nos pergaminhos de Melquíades e terminava na cama de Nigromanta, encontrou no bordelzinho imaginário uma dose cavalar contra a timidez. No começo não conseguia chegar a nenhum lugar, nuns quartos onde a dona entrava nos melhores momentos do amor e fazia todo tipo de comentário sobre os encantos íntimos dos protagonistas. Mas com o tempo chegou a se familiarizar tanto com aqueles percalços do mundo que numa noite mais alucinada que as outras desnudou-se na salinha da recepção e percorreu a casa equilibrando uma garrafa de cerveja sobre sua inconcebível masculinidade. Foi ele quem pôs na moda as extravagâncias que a proprietária celebrava com seu sorriso eterno, sem protestar, sem acreditar nelas, da mesma forma que fez quando Germán tentou incendiar a casa para demonstrar que ela não existia, ou quando Alfonso torceu o pescoço do papagaio e jogou-o no panelão onde começava a ferver o sopão de galinha.

Embora Aureliano se sentisse vinculado aos quatro amigos por um mesmo carinho e uma mesma solidariedade, a ponto de pensar neles como se fossem um só, estava mais próximo de Gabriel do que dos outros. O vínculo nasceu na noite em que ele falou casualmente do coronel Aureliano Buendía, e Gabriel foi o único que não achou que estivesse zombando de alguém. Até a dona, que não costumava intervir nas conversas, discursou com raivosa paixão de matrona que o coronel Aureliano Buendía, de quem efetivamente havia ouvido falar certa vez, era um personagem inventado pelo governo como pretexto para matar liberais. Gabriel, porém, não punha em dúvida a realidade do coronel Aureliano Buendía, porque tinha sido companheiro de armas e amigo inseparável de seu bisavô, o coronel Gerineldo Márquez. Aquelas veleidades da memória eram ainda mais críticas quando se falava da matança dos trabalhadores. Cada vez que Aureliano tocava nesse ponto, não apenas a proprietária, mas também algumas pessoas mais velhas que ela, repudiavam a história sem pé nem cabeça dos trabalhadores encurralados na estação e do trem de duzentos vagões carregados de mortos, e ainda se obstinavam em dizer que afinal de contas tinha ficado esclarecido nos expedientes judiciais e nos textos da escola primária: a companhia bananeira jamais existiu. Assim, Aureliano e Gabriel estavam vinculados por uma espécie de cumplicidade baseada em fatos reais nos quais ninguém acreditava, e que haviam afetado suas vidas a ponto de ambos se encontrarem à deriva na ressaca de um mundo acabado, do qual só restava a nostalgia. Gabriel dormia onde a hora o surpreendesse. Aureliano acomodou-o várias vezes na oficina de ourivesaria, mas ele passava a noite em claro, perturbado pelo perambular dos mortos que andavam pelos quartos até o amanhecer. Mais tarde encarregou Nigromanta de cuidar dele, e ela o levava para o seu quartinho multitudinário quando estava livre, e anotava as contas com risquinhos verticais atrás da porta nos poucos espaços disponíveis que as dívidas de Aureliano tinham deixado.

Apesar de sua vida desordenada, o grupo inteiro tentava fazer alguma coisa perdurável, a instâncias do sábio catalão. Era ele, com sua experiência de antigo professor de letras clássicas e seu depósito de livros raros, quem os havia posto em condições de passar uma noite inteira buscando a trigésima sétima situação dramática num povoado onde ninguém mais tinha interesse nem possibilidade de ir além da escola primária. Fascinado pela descoberta da amizade, atordoado pelos feitiços de um mundo que tinha sido vedado a ele pela mesquinharia de Fernanda, Aureliano abandonou o exame dos pergaminhos, justamente quando eles começavam a se revelar como predições em versos cifrados. Mas a comprovação posterior de que o tempo dava para tudo sem que fosse necessário renunciar aos bordéis deu a ele novo ânimo para voltar ao quarto de Melquíades, decidido a não fraquejar em seu empenho até descobrir as últimas chaves. Isso aconteceu naqueles dias em que Gastón começava a esperar pelo aeroplano, e Amaranta Úrsula se encontrava tão sozinha que certa manhã apareceu no quarto.

— Oi, antropófago — disse a ele. — Na gruta outra vez.

Era irresistível, com seu vestido inventado e um dos longos colares de vértebras de peixe que ela mesma fabricava. Tinha desistido do cordão de seda, convencida da fidelidade do marido, e pela primeira vez desde o regresso parecia dispor de um momento de ócio. Aureliano não precisava vê-la para saber que havia chegado. Ela se inclinou na mesa de trabalho, tão próxima e indefesa que Aureliano percebeu o profundo rumor de seus ossos, e interessou-se pelos pergaminhos. Tratando de superar a aflição ele agarrou a voz que fugia, a vida que se ia, a memória que se convertia num pólipo petrificado, e falou a ela do destino levítico do sânscrito, da possibilidade científica de ver o futuro transparecido no tempo, como se vê à contraluz o que foi escrito no reverso de um papel, da necessidade de cifrar as predições para que não se derrotassem a si mesmas, e das *Centúrias* de Nostradamus e da destruição de Cantábria anunciada por São Millán. De repente, sem interromper o que dizia, movido por um impulso que dormia nele desde suas origens, Aureliano pôs a mão em cima da dela, acreditando que aquela decisão final punha termo à sua angústia. Ela, porém, agarrou seu dedo indicador com a mesma inocência carinhosa com que tinha feito isso muitas vezes na infância, e continuou agarrando enquanto ele continuava respondendo às suas perguntas. Ficaram assim, vinculados por um indicador de gelo que não transmitia nada em nenhum sentido, até que ela despertou de seu sonho momentâneo e deu um tapa na própria testa. "As formigas!", exclamou. E então se esqueceu dos manuscritos, chegou até a porta num passo de dança, e mandou de lá com a ponta dos dedos o mesmo beijo com que havia se despedido de seu pai na tarde em que foi mandada para Bruxelas.

— Depois você me explica — disse ela. — Eu tinha esquecido que hoje é dia de jogar cal na toca das formigas.

Continuou indo ocasionalmente ao quarto quando tinha alguma coisa a fazer por aquelas bandas, e ficava ali breves minutos enquanto seu marido continuava perscrutando o céu. Cheio de ilusão por causa daquela mudança, Aureliano então ficava para almoçar com a família, como não fazia desde os primeiros meses do regresso de Amaranta Úrsula. Para Gastón, foi bom. Nas conversas ao longo da sobremesa, que costumavam prolongar-se por mais de uma hora, queixava-se de que estava sendo enganado pelos sócios. Tinham anunciado o embarque do aeroplano num navio que não chegava, e, embora seus agentes marítimos insistissem em que não chegaria jamais porque não aparecia nas listas dos barcos do Caribe, seus sócios se obstinavam em dizer que o despacho tinha sido correto, e até insinuavam a possibilidade de Gastón estar mentindo em suas cartas. A correspondência atingiu tal grau de suspicácia recíproca que Gastón optou por não tornar a escrever, e começou a sugerir a possibilidade de uma rápida viagem a Bruxelas para esclarecer as coisas e regressar com o aeroplano. O projeto, porém, se desvaneceu assim que Amaranta Úrsula reiterou sua decisão de não se mover de Macondo mesmo que ficasse sem marido. Nos primeiros tempos, Aureliano compartilhou a ideia generalizada de que Gastón era um tonto de biciclo, e isso suscitou nele um vago sentimento de piedade. Mais tarde, quando obteve nos bordéis a informação mais profunda sobre a natureza dos homens, pensou que a mansidão de Gastón tinha origem na paixão desatinada. Mas quando o conheceu melhor, e percebeu que seu verdadeiro temperamento estava em contradição com sua conduta submissa, concebeu a maliciosa suspeita de que até a espera do aeroplano era uma farsa. Então achou que Gastón não era tão tonto como parecia, mas ao contrário, era um homem de uma constância, uma habilidade e uma paciência infinitas, que tinha se proposto vencer a esposa pelo cansaço da eterna complacência, do nunca dizer não, do fingir um conformismo sem limites, deixando que ela se enredasse em sua própria teia de aranha até o dia em que não conseguisse mais suportar o tédio das ilusões ao alcance da mão, e ela mesma fizesse as malas para voltar para a Europa. A antiga piedade de Aureliano se transformou numa antipatia virulenta. Achou o sistema de Gastón tão perverso, mas ao mesmo tempo tão eficaz, que se atreveu a prevenir Amaranta Úrsula. Ela, no entanto, debochou de sua suspeita, sem vislumbrar sequer a dilacerante carga de amor, de incerteza e de ciúmes que havia dentro daquilo tudo. Não tinha lhe ocorrido pensar que suscitava em Aureliano algo mais do que um afeto fraternal, até que cortou um dedo tratando de destampar uma lata de pêssegos, e ele se precipitou a chupar o sangue com uma avidez e uma devoção que a deixaram arrepiada.

— Aureliano! — disse ela, inquieta. — Você é malicioso demais para ser um bom morcego.

Então Aureliano transbordou. Dando beijinhos órfãos no côncavo da mão ferida, abriu os passadiços mais recônditos de seu coração e arrancou de si uma tripa interminável e macerada, o terrível animal parasitário que tinha incubado em seu martírio. Contou como se levantava à meia-noite para chorar de desamparo e raiva na roupa íntima que ela deixava secando no banheiro. Contou com quanta ansiedade pedia a Nigromanta que gemesse feito uma gata, e soluçasse em seu ouvido gastón, gastón, gastón, e com quanta astúcia saqueava seus frascos de perfume para encontrá-lo no pescoço das menininhas que iam para a cama com ele por causa da fome. Espantada com a paixão daquele desabafo Amaranta Úrsula foi fechando os dedos, contraindo-os como um molusco, até que sua mão machucada, liberada de qualquer dor e de qualquer vestígio de misericórdia, se transformou num nó de esmeraldas e topázios e ossos pétreos e insensíveis.

— Depravado! — disse ela, como se estivesse cuspindo. — Vou-me embora para a Bélgica no primeiro barco que estiver saindo.

Numa daquelas tardes Álvaro tinha chegado à livraria do sábio catalão apregoando em voz alta sua última descoberta: um bordel zoológico. Chamava-se *O Menino de Ouro*, e era um imenso salão ao ar livre, por onde passeavam à vontade pelo menos duzentas garças noturnas que davam a hora com um cacarejar ensurdecedor. Nos currais de arame farpado que rodeavam a pista de dança, e entre grandes camélias amazônicas, havia mais outras garças coloridas, jacarés cevados como leitões, serpentes de doze guizos na cauda e uma tartaruga de casco dourado que mergulhava num minúsculo oceano artificial. Havia um cachorrão branco, manso e pederasta, que mesmo assim prestava serviço como semental para que lhe dessem de comer. O ar tinha uma densidade ingênua, como se tivesse acabado de ser inventado, e as belas mulatas que esperavam sem esperança entre pétalas sangrentas e discos fora de moda conheciam ofícios de amor que o homem tinha esquecido no paraíso terreno. Na primeira noite em que o grupo visitou aquele criadouro de ilusões, a esplêndida e taciturna anciã que vigiava a entrada numa cadeira de balanço de cipó trançado sentiu que o tempo regressava aos seus mananciais primários, quando entre os cinco que chegavam descobriu um homem ósseo, amulatado, de pômulos tártaros, marcado para sempre e desde o princípio do mundo pela varíola da solidão.

— Ai — suspirou —, Aureliano!

Estava vendo outra vez o coronel Aureliano Buendía, como o viu à luz de uma lamparina muito antes das guerras, muito antes da desolação da glória e do exílio do desencanto, na remota madrugada em que ele foi até o seu dormitório para dar a primeira ordem da sua vida: a ordem de que lhe dessem amor. Era Pilar Ternera. Anos antes, quando completou cento e quarenta e cinco, havia renunciado ao pernicioso costume de fazer as contas da idade e continuava vivendo no tempo estático e marginal das recordações, num futuro perfeitamente revelado e estabelecido, além dos futuros perturbados pelas armadilhas e as suposições insidiosas do baralho.

A partir daquela noite, Aureliano se refugiou na ternura e na compreensão compassiva da tataravó ignorada. Sentada na cadeira de balanço de cipó, ela evocava o passado, reconstruía a grandeza e o infortúnio da família e o arrastado esplendor de Macondo, enquanto Álvaro assustava os jacarés com suas gargalhadas de estrépito e Alfonso inventava a história truculenta das garças noturnas que arrancaram a bicadas ferozes os olhos de quatro clientes que tinham se portado mal na semana anterior, e Gabriel estava no quarto da mulata pensativa que não cobrava o amor em dinheiro, mas com cartas para um noivo contrabandista que estava preso do outro lado do rio Orinoco, porque os guarda-fronteiras o tinham feito beber purgante e depois o haviam posto num penico que ficou cheio de merda com diamantes. Aquele bordel verdadeiro, com aquela dona maternal, era o mundo com que Aureliano havia sonhado no seu prolongado cativeiro. Sentia-se tão bem, tão próximo da companhia perfeita, que não pensou em outro refúgio na tarde em que Amaranta

Úrsula esmigalhou suas ilusões. Foi até lá disposto a desabafar com palavras, buscando alguém que safasse os nós que oprimiam seu peito, mas só conseguiu se soltar num pranto fluido e cálido e reparador no regaço de Pilar Ternera. Ela deixou que ele terminasse, acariciando sua cabeça com a ponta dos dedos, e sem que ele tivesse revelado que estava chorando de amor ela reconheceu de imediato o pranto mais antigo da história do homem.

— Bem, menininho — consolou-o: — agora, diga quem é.

Quando Aureliano contou, Pilar Ternera emitiu um riso profundo, a antiga risada expansiva que agora parecia um arrulhar de pombas. Não havia nenhum mistério no coração de um Buendía que fosse impenetrável para ela, porque um século de baralho e de experiência tinha ensinado que a história da família era uma engrenagem de repetições irreparáveis, uma roda giratória que teria continuado dando voltas até a eternidade, se não fosse o desgaste progressivo e irremediável do eixo.

— Não se preocupe — sorriu. — Seja onde for que ela estiver agora, estará esperando por você.

Eram quatro e meia da tarde quando Amaranta Úrsula saiu do banho. Aureliano viu quando ela passou na frente do seu quarto, com uma túnica de pregas tênues e uma toalha enrolada na cabeça, feito um turbante. Seguiu-a quase na ponta dos pés, cambaleando por causa da bebedeira, e entrou no dormitório do casal no momento em que ela abriu a túnica e tornou a fechá-la espantada. Silenciosa, fez um sinal em direção ao quarto contíguo, cuja porta estava entreaberta, e onde Aureliano sabia que Gastón começava a escrever uma carta.

— Vá embora — disse ela sem voz.

Aureliano sorriu, levantou-a pela cintura com as duas mãos, como se fosse um vaso de begônias, e atirou-a de costas na cama. Com um puxão brutal despojou-a da túnica antes que ela tivesse tempo de impedir, e aproximou-se do abismo de uma nudez recém-lavada que não tinha um matiz da pele, nem uma jazida de pelos, nem um lugar recôndito que ele não tivesse imaginado nas trevas de outros quartos. Amaranta Úrsula se defendia sinceramente, com astúcias de fêmea sábia, contorcendo o escorregadio e flexível e fragrante corpo de doninha, enquanto tratava de destroncar os rins dele com os joelhos e esgarçava sua cara com as unhas, mas sem que ele ou ela emitissem um suspiro sequer que não pudesse ser confundido com a respiração de alguém que contemplasse o parcimonioso crepúsculo de abril pela janela aberta. Era uma luta feroz, uma batalha de morte, que apesar disso parecia desprovida de qualquer violência, porque era feita de agressões distorcidas e evasivas espectrais, lentas, cautelosas, solenes, de tal forma que entre uma e outra havia tempo para que as petúnias tornassem a florescer e Gastón esquecesse os seus sonhos de aeronauta no quarto vizinho, como se fossem dois amantes inimigos tentando se reconciliar no fundo de um lago diáfano. No fragor do agitado e cerimonioso forcejar, Amaranta Úrsula compreendeu que a meticulosidade de seu silêncio era tão irracional que poderia ter despertado as suspeitas do marido contíguo, muito mais do que os estrépitos de guerra que tratavam de evitar. Então começou a rir com os lábios apertados, sem renunciar à luta, mas defendendo-se com falsas mordidas e contorcendo o corpo pouco a pouco, até que os dois tiveram consciência de serem ao mesmo tempo adversários e cúmplices, e a briga degenerou numa brincadeira convencional e as agressões viraram carícias. De repente, quase que de brincadeira, como uma travessura a mais, Amaranta Úrsula descuidou da defesa, e quando tratou de reagir, assustada com o que ela própria tinha tornado possível, já era demasiado tarde. Uma comoção descomunal imobilizou o seu centro de gravidade, semeou-a em seu lugar, e sua vontade defensiva foi demolida pela ansiedade irresistível de descobrir o que eram os assovios alaranjados e os balões invisíveis que a esperavam do lado de lá da morte. Mal teve tempo de estender a mão e buscar a toalha às cegas, e meter uma mordaça entre os dentes, para que não saíssem os uivos de gata que já estavam dilacerando suas entranhas.

Pilar Ternera morreu na cadeira de balanço, numa noite de festa, vigiando a entrada de seu paraíso. De acordo com sua última vontade, foi enterrada sem ataúde, sentada na cadeira que oito homens baixaram com cordas num buraco enorme cavado no centro da pista de dança. As mulatas vestidas de preto, pálidas de pranto, improvisavam ofícios de trevas enquanto tiravam os brincos, os broches e os anéis, que iam jogando na tumba antes que fosse selada com uma lápide sem nome nem datas e que pusessem em cima um promontório de camélias amazônicas. Depois de envenenar os animais, taparam portas e janelas com tijolos e argamassa, e se dispersaram pelo mundo com seus baús de madeira forrados por dentro com estampas de santos, fotos de revistas e retratos de noivos efêmeros, remotos e fantásticos, que cagavam diamantes, ou eram comidos por canibais, ou eram coroados reis do carteado em alto-mar.

Era o fim. Na tumba de Pilar Ternera, entre salmos e miçangas de putas, apodreciam os escombros do passado, os poucos que restavam depois que o sábio catalão liquidou a livraria e regressou à aldeia mediterrânea onde havia nascido, derrotado pela nostalgia de uma primavera tenaz. Ninguém teria sido capaz de pressentir sua decisão. Havia chegado a Macondo no esplendor da companhia bananeira, fugindo de uma entre tantas guerras, e não lhe havia ocorrido nada mais prático que instalar aquela livraria de incunábulos e edições originais em vários idiomas, que os clientes casuais folheavam com receio, como se fossem livros de monturo, enquanto esperavam a vez para que seus sonhos fossem interpretados na casa em frente. Passou meia vida na calorosa salinha dos fundos, desenhando sua escrita preciosista em tinta violeta e em folhas que arrancava de cadernos escolares, sem que ninguém soubesse ao certo o que era que escrevia. Quando Aureliano o conheceu, tinha dois caixotes lotados daquelas páginas cobertas de garranchos confusos, que de certa forma faziam pensar nos pergaminhos de Melquíades, e desde então e até quando foi-se embora havia enchido um terceiro, de tal forma que era razoável pensar que não tinha feito outra coisa durante sua permanência em Macondo. As únicas pessoas com quem se relacionou foram os quatro amigos, com os quais trocou livros por piões e pipas, e os botou para ler Sêneca e Ovídio quando ainda estavam na escola primária. Tratava os clássicos com uma familiaridade caseira, como se todos tivessem sido, alguma vez, seus companheiros de quarto, e sabia muitas coisas que simplesmente não deveriam ser sabidas, como que São Agostinho usava, debaixo do hábito, um gibão de lã que não tirou durante catorze anos, e que Arnaldo de Vilanova, o nigromante, era impotente desde criança, por causa de uma mordida de escorpião. Seu fervor pela palavra escrita era uma trama de respeito solene e irreverência tagarela. Nem seus próprios manuscritos estavam a salvo dessa dualidade. Tendo aprendido o catalão para poder traduzi-los, Alfonso meteu um maço de páginas nos bolsos, que andavam sempre cheios de recortes de jornais e manuais de ofícios estranhos, e numa noite os perdeu na casa das mocinhas que se deitavam com eles por fome. Quando o avô sábio ficou sabendo, em vez de fazer o tão temido escândalo comentou, morrendo de rir, que aquele era o destino natural da literatura. No entanto, não houve poder humano capaz de persuadi-lo de que não levasse com ele os três caixotes quando regressou à sua aldeia natal, e soltou impropérios cartaginenses contra os inspetores do trem que tratavam de despachá-los como carga, até conseguir ficar com eles no vagão de passageiros. "O mundo terá se fodido de vez — disse então — no dia em que os homens viajarem de primeira classe e a literatura no vagão de carga." Foi a última coisa que se ouviu dele. Havia passado uma semana negra com os preparativos finais da viagem, porque conforme se aproximava a hora seu humor ia se decompondo e suas intenções se atropelavam, e as coisas que punha em um lugar apareciam em outro, assediado pelos mesmos duendes que atormentavam Fernanda.

— *Collons* — amaldiçoava. — Estou cagando para o cânon 27 do sínodo de Londres.

Germán e Aureliano cuidaram dele. Ajudaram como se fosse um menino, prenderam em seu bolso com alfinetes de fralda a passagem e os documentos, fizeram para ele uma lista pormenorizada do que devia fazer a partir do momento em que saísse de Macondo e até desembarcar em Barcelona, mas ainda assim ele acabou jogando fora, sem perceber, um par de calças com a metade de seu dinheiro. Na véspera da viagem, depois de pregar as caixas e meter a roupa na mesma maleta com que havia chegado, franziu suas pálpebras de amêijoas, apontou com uma espécie de bênção insolente os montões de livros com os quais tinha aguentado o exílio, e disse a seus amigos:

— Essa merda eu deixo para vocês!

Três meses depois receberam num envelope grande vinte e nove cartas e mais de cinquenta retratos, que tinham sido acumulados nos ócios em alto-mar. Embora não tivessem data, era óbvia a ordem em que haviam sido escritas. Nas primeiras, contava com seu humor habitual as peripécias da travessia, a vontade que teve de jogar pela amurada o sobrecarga do navio que não permitiu que ele pusesse os três caixotes no camarote, a imbecilidade lúcida de uma senhora que se apavorava com o número 13 não por superstição, mas porque achava que era um número que tinha ficado sem acabar, e a aposta que ganhou no primeiro jantar porque reconheceu na água de bordo o sabor das beterrabas noturnas dos mananciais de Lérida. Com o passar dos dias, porém, a realidade a bordo importava cada vez menos e até os acontecimentos mais recentes e triviais pareciam dignos de saudade, porque conforme o barco se afastava, a memória ia ficando triste. Aquele processo de nostalgização progressiva também era evidente nos retratos. Nos primeiros, parecia feliz, com sua camisa de inválido e seu topete nevado no encabritado outubro do Caribe. Nos últimos aparecia com um abrigo escuro e um cachecol de seda, pálido de si mesmo e taciturno por causa da ausência, no tombadilho de um barco de angústia que começava a sonambular por oceanos outonais. Germán e Aureliano respondiam às cartas. Ele escreveu tantas nos primeiros meses, que então se sentiam mais perto dele do que quando estava em Macondo, e quase se aliviavam da raiva de que tivesse partido. No começo mandava dizer que tudo estava igual, que na casa onde nasceu ainda existia o caracol rosado, que os arenques secos tinham o mesmo sabor na casca de pão, que as cascatas da aldeia continuavam se perfumando ao entardecer. De novo eram as folhas de caderno bordadas com carrapatinhos roxos, nas quais dedicava um parágrafo a cada um. No entanto, e embora ele mesmo não parecesse perceber, aquelas cartas de recuperação e estímulo iam se transformando pouco a pouco em pastorais de desengano. Nas noites de inverno, enquanto fervia a sopa na lareira sentia saudades do calor de sua salinha nos fundos da livraria, do zumbido do sol nas amendoeiras empoeiradas, do apito do trem no torpor da sesta, da mesma forma que em Macondo sentia saudades da sopa de inverno na lareira, dos pregões do vendedor de café e das cotovias fugazes da primavera. Atordoado por duas nostalgias que se contrapunham como dois espelhos, perdeu seu maravilhoso sentido da irrealidade, até acabar recomendando a todos que fossem embora de Macondo, que olvidassem tudo que ele havia ensinado do mundo e do coração humano, que cagassem para Horácio, e que em qualquer lugar em que estivessem recordassem sempre que o passado era mentira, que a memória não tinha caminhos de regresso, que toda primavera antiga era irrecuperável, e que o amor mais desatinado e tenaz não passava de uma verdade efêmera.

Álvaro foi o primeiro que seguiu o conselho de abandonar Macondo. Vendeu tudo, até a onça cativa que zombava dos transeuntes no quintal de sua casa, e comprou uma passagem eterna em um trem que nunca acabava de viajar. Nos cartões-postais que mandava das estações do meio do caminho descrevia aos berros as imagens instantâneas que tinha visto pela janela do vagão, e era como ir rasgando e jogando no esquecimento o longo poema da fugacidade: os negros quiméricos nos algodoais da Louisiana, os cavalos alados na pista de grama azul de Kentucky, os amantes gregos no crepúsculo infernal do Arizona, a moça de suéter vermelho que pintava aquarelas no lago de Michigan e que fez para ele, com os pincéis, um adeus que não era de despedida mas de esperança, porque não sabia que estava vendo passar um trem sem volta. Depois foram-se embora Alfonso e Germán, num sábado, com a ideia de regressar na segunda-feira, e nunca mais se tornou a saber deles. Um ano depois da partida do sábio catalão, o único que restava em Macondo era Gabriel, ainda à deriva, à mercê da infeliz caridade de Nigromanta, e respondendo aos questionários do concurso de uma revista francesa cujo prêmio maior era uma viagem a Paris. Aureliano, que era o assinante da revista, ajudava-o a preencher os formulários, às vezes em sua casa, e quase sempre entre os frascos de louça e o ar de valeriana da única botica que tinha sobrado em Macondo, onde vivia Mercedes, a sigilosa namorada de Gabriel. Era tudo que ia ficando de um passado cujo aniquilamento não se consumava, porque continuava aniquilando-se indefinidamente, consumindo-se dentro de si mesmo, acabando-se a cada minuto mas sem acabar de se acabar nunca. O povoado tinha chegado a tal extremo de inatividade que quando Gabriel ganhou o concurso e foi para Paris com duas mudas de roupa, um par de sapatos e as obras completas de Rabelais, teve que fazer sinais ao maquinista para que o trem se detivesse para apanhá-lo. A antiga Rua dos Turcos era então um rincão de abandono onde os últimos árabes se deixavam levar rumo à morte pelo costume milenar de sentar-se à porta, embora fizesse muitos anos que tinham vendido a última jarda de tecido e nas vitrines sombrias somente restassem os manequins decapitados. A cidade da companhia bananeira, que Patrícia Brown talvez tentasse evocar para seus netos nas noites de intolerância e pepinos em conserva de Prattville, Alabama, era uma planície de campinas selvagens. O cura ancião que havia substituído o padre Ángel, e cujo nome ninguém se deu o trabalho de averiguar, esperava a piedade de Deus estendido de costas numa rede, atormentado pela artrite e pela insônia da dúvida enquanto os lagartos e as ratazanas disputavam a herança do templo vizinho. Naquela Macondo esquecida até pelos pássaros, onde a poeira e o calor tinham se tornado tão tenazes que respirar dava muito trabalho, reclusos pela solidão e pelo amor e pela solidão do amor numa casa onde era quase impossível dormir por causa do estrondo das formigas-ruivas, Aureliano e Amaranta Úrsula eram os únicos seres felizes, e os mais felizes sobre a Terra.

Gastón tinha voltado para Bruxelas. Cansado de esperar pelo aeroplano, um dia colocou numa maletinha as coisas indispensáveis e seu arquivo de correspondência e foi embora com o propósito de regressar pelos ares, antes que seus privilégios fossem cedidos a um grupo de aviadores alemães que tinham apresentado às autoridades provinciais um projeto mais ambicioso que o dele. Desde a tarde do primeiro amor, Aureliano e Amaranta Úrsula haviam continuado a aproveitar os escassos descuidos do marido, amando-se com ardores amordaçados em encontros incertos e quase sempre interrompidos por regressos imprevistos. Mas quando se viram sozinhos na casa sucumbiram ao delírio dos amores atrasados. Era uma paixão insensata, desvairada, que fazia tremerem de pavor na sua tumba os ossos de Fernanda, e os mantinha em estado de exaltação perpétua. Os gemidos de Amaranta Úrsula, suas canções agônicas, explodiam tanto às duas da tarde na mesa da sala de jantar quanto às duas da madrugada na despensa. "O que mais me dói — e dava risada — é o tempo todo que perdemos." No atordoamento da paixão, viu as formigas devastando o jardim, saciando sua fome pré-histórica nas madeiras da casa, e viu a torrente de lava viva apoderando-se outra vez da varanda das begônias, mas só se preocupou em combatê-la quando a encontrou em seu dormitório. Aureliano abandonou os pergaminhos, não tornou a sair da casa, e respondia de qualquer jeito às cartas do sábio catalão. Perderam o sentido da realidade, a noção do tempo, o ritmo dos hábitos cotidianos. Voltaram a fechar portas e janelas para não se atrasarem nos trâmites de se desnudar, e andavam pela casa do jeito que Remédios, a Bela, sempre quis andar, e se espojavam nus em pelo nos lameiros do pátio, e uma tarde estiveram a ponto de se afogar quando se amavam na tina. Em pouco tempo fizeram mais estragos que as formigas-ruivas: destroçaram os móveis da sala, rasgaram com suas loucuras a rede que havia resistido aos tristes amores de acampamento do coronel Aureliano Buendía e estriparam os colchões e os esvaziaram no chão para sufocar-se em tempestades de algodão. Embora Aureliano fosse um amante tão feroz quanto o seu rival, era Amaranta Úrsula quem comandava com seu engenho disparatado e sua voracidade lírica aquela paixão de desastres, como se tivesse concentrado no amor a indômita energia que a tataravó consagrara à fabricação de animaizinhos de caramelo. Afora isso, enquanto ela cantava de prazer e morria de rir de suas próprias invenções, Aureliano ia se fazendo mais absorto e calado, porque sua paixão era ensimesmada e calcinante. Os dois chegaram a tais extremos de virtuosismo, que quando se esgotavam na exaltação tiravam partido do cansaço. Entregaram-se à idolatria de seus corpos ao descobrir que os tédios do amor tinham possibilidades inexploradas, muito mais ricas que as do desejo. Enquanto ele esfregava com claras de ovo os seios eréteis de Amaranta Úrsula, ou suavizava com gordura de coco suas coxas elásticas e seu ventre apessegado, ela brincava de boneca com a portentosa criatura de Aureliano, e pintava olhos de palhaço com carmim de lábios e bigodes de turco com o lápis de pintar sobrancelhas, e punha gravatinhas de organdi e chapeuzinhos de papel prateados. Uma noite se lambuzaram da cabeça aos pés com pêssego em calda, se lamberam feito cães e se amaram como loucos no chão da varanda, e foram despertados por uma torrente de formigas carnívoras que se dispunham a devorá-los vivos.

Nas pausas do delírio, Amaranta Úrsula respondia às cartas de Gastón. Sentia-o tão distante e ocupado que seu regresso parecia impossível. Numa das primeiras cartas ele contou que na verdade seus sócios tinham mandado o aeroplano, mas uma agência marítima de Bruxelas o tinha embarcado por engano com destino a Tanganica, onde foi entregue à dispersa comunidade dos Makondos. Aquela confusão tinha provocado tantos contratempos que só a recuperação do aeroplano podia levar dois anos. Por isso, Amaranta Úrsula descartou a possibilidade de um regresso inoportuno. Aureliano, por sua vez, não tinha outro contato com o mundo além das cartas do sábio catalão e das notícias que recebia de Gabriel através de Mercedes, a boticária silenciosa. Gabriel tinha conseguido ser reembolsado pela passagem de volta para poder ficar em Paris, vendendo os jornais atrasados e as garrafas vazias que as camareiras de um hotel lúgubre da rue Dauphine jogavam fora. Aureliano podia então imaginá-lo com um suéter de gola alta que ele só tirava quando as varandas de Montparnasse se enchiam de namorados primaveris, e dormindo de dia e escrevendo de noite para confundir a fome no quarto cheirando a espuma de couve-flor fervida onde Rocamadour haveria de morrer. No entanto, suas notícias foram pouco a pouco se fazendo tão incertas, e tão esporádicas e melancólicas as cartas do sábio, que Aureliano acostumou-se a pensar neles como Amaranta Úrsula pensava no marido, e os dois ficaram flutuando num universo vazio onde a única realidade cotidiana e eterna era o amor.

De repente, como um estampido naquele mundo de inconsciência feliz, chegou a notícia do regresso de Gastón. Aureliano e Amaranta Úrsula abriram os olhos, sondaram suas almas, olharam-se no rosto com a mão no coração e compreenderam que estavam de tal maneira identificados que preferiam a morte à separação. Então ela escreveu ao marido uma carta de verdades contraditórias, na qual reiterava seu amor por ele e sua vontade de tornar a vê-lo, ao mesmo tempo que admitia como um desígnio fatal a impossibilidade de viver sem Aureliano. Ao contrário do que os dois esperavam, Gastón mandou uma resposta tranquila, quase paternal, com duas folhas inteiras consagradas a preveni-los contra as veleidades da paixão, e um parágrafo final com votos inequívocos de que fossem tão felizes como ele tinha sido em sua breve experiência conjugal. Era uma atitude tão imprevista que Amaranta Úrsula sentiu-se humilhada pela ideia de ter propiciado ao marido o pretexto que ele esperava para abandoná-la à própria sorte. O rancor se agravou seis meses depois, quando Gastón voltou a escrever, agora de Leopoldville, onde enfim tinha ido receber o aeroplano, só para pedir que mandassem o biciclo, que de tudo que havia deixado em Macondo era a única coisa que tinha valor sentimental para ele. Aureliano suportou com paciência o despeito de Amaranta Úrsula, esforçou-se por demonstrar a ela que podia ser tão bom marido na bonança como na adversidade, e as urgências cotidianas que os assediaram quando se acabaram os últimos dinheiros de Gastón criaram entre os dois um vínculo de solidariedade que não era tão deslumbrante e capcioso como a paixão, mas que serviu para que se amassem tanto e fossem tão felizes como nos tempos arrebatados da luxúria. Quando Pilar Ternera morreu estavam esperando um filho.

No torpor da gravidez, Amaranta Úrsula tratou de montar uma indústria de colares de vértebras de peixes. Mas à exceção de Mercedes, que comprou uma dúzia, não encontrou a quem vender. Aureliano teve consciência pela primeira vez de que seu dom para línguas, sua sabedoria enciclopédica, sua rara faculdade de recordar sem conhecer os pormenores de fatos e lugares remotos eram tão inúteis como o cofre de legítimas pedras preciosas de sua mulher, que na época deviam valer tanto como todo o dinheiro que teriam conseguido, juntos, os últimos habitantes de Macondo. Sobreviviam por milagre. Embora Amaranta Úrsula não perdesse o bom humor, nem seu engenho para as travessuras eróticas, adquiriu o costume de sentar-se na varanda depois do almoço, numa espécie de sesta insone e pensativa. Aureliano a acompanhava. Às vezes permaneciam em silêncio até o anoitecer, um em frente ao outro, olhando-se nos olhos, se amando no sossego com tanto amor como antes se amavam no escândalo. A incerteza do futuro fez com que virassem o coração rumo ao passado. Viram-se a si mesmos no paraíso perdido do dilúvio, chapinhando nas poças do pátio, matando lagartixas para pendurá-las em Úrsula, brincando de enterrá-la viva, e aquelas evocações revelaram aos dois a verdade de que tinham sido felizes juntos desde que tinham memória. Aprofundando no passado, Amaranta Úrsula recordou a tarde em que entrou na oficina de ourivesaria e sua mãe contou-lhe que o pequeno Aureliano não era filho de ninguém porque havia sido encontrado flutuando num cestinho. Embora a versão tenha lhes parecido inverossímil, careciam de informação para substituí-la pela verdadeira. A única coisa de que tinham certeza, depois de examinar todas as possibilidades, era que Fernanda não era mãe de Aureliano. Amaranta Úrsula inclinou-se a acreditar que era filho de Petra Cotes, de quem só recordava as fábulas de infâmia, e aquela suposição produziu na alma dos dois uma torção de horror.

Atormentado pela certeza de que era irmão de sua mulher, Aureliano deu uma escapada até a casa paroquial para procurar nos arquivos úmidos e comidos de traças alguma pista segura de sua filiação. A certidão de batismo mais antiga que encontrou foi a de Amaranta Buendía, batizada na adolescência pelo padre Nicanor Reyna, que na época tentava provar a existência de Deus através de artifícios de chocolate. Chegou a se iludir com a possibilidade de ser um dos dezessete Aurelianos, cujas certidões de nascimento rastreou através de quatro tomos, mas as datas de batismo eram demasiado remotas para a sua idade. Vendo-o extraviado em labirintos de sangue, trêmulo de incerteza, o pároco artrítico que o observava da rede perguntou compassivamente qual era o seu nome.

— Aureliano Buendía — disse ele.

— Então não se mate procurando — exclamou o pároco com uma convicção decisiva. — Há muitos anos houve aqui uma rua com esse nome, e naqueles tempos as pessoas tinham o costume de pôr nos filhos os nomes das ruas.

Aureliano tremeu de raiva.

— Ah! — disse —, então o senhor também não acredita.

— Em quê?

— Que o coronel Aureliano Buendía fez trinta e duas guerras civis e perdeu todas — respondeu Aureliano. — Que o exército encurralou e metralhou três mil trabalhadores, e que levaram os cadáveres num trem de duzentos vagões para serem jogados no mar.

O pároco mediu-o com um olhar de pena.

— Ai, filho — suspirou. — Para mim, seria suficiente ter certeza de que você e eu existimos neste momento.

Assim, Aureliano e Amaranta Úrsula aceitaram a versão do cestinho, não porque acreditassem nela, mas porque os punha a salvo de seus terrores. Conforme a gravidez avançava, iam se convertendo num ser único, se integravam cada vez mais na solidão de uma casa à qual só fazia falta um último sopro para desmoronar. Tinham se reduzido a um espaço essencial, do dormitório de Fernanda, onde vislumbraram os encantos do amor sedentário, até o princípio da varanda, onde Amaranta Úrsula se sentava para tricotar botinhas e touquinhas de recém-nascido, e Aureliano para responder às cartas ocasionais do sábio catalão. O resto da casa se rendeu ao assédio tenaz da destruição. A oficina de ourivesaria, o quarto de Melquíades, os reinos primitivos e silenciosos de Santa Sofía de la Piedad ficaram no fundo de uma selva doméstica que ninguém teria tido a temeridade de desenredar. Cercados pela voracidade da natureza, Aureliano e Amaranta Úrsula continuavam cultivando o orégano e begônias e defendiam seus mundos com demarcações de cal, construindo as últimas trincheiras da guerra imemorial entre o homem e as formigas. Os cabelos longos e descuidados, as manchas arroxeadas que amanheciam em sua cara, o inchaço das pernas, a deformação do antigo e amoroso corpo de doninha tinham mudado aquela aparência juvenil de Amaranta Úrsula de quando chegara na casa com uma gaiola de canários desafortunados e um esposo cativo, mas não alteraram sua vivacidade de espírito. "Merda", costumava rir. "Quem teria imaginado que de verdade acabaríamos vivendo feito antropófagos?" O último fio que os vinculava ao mundo se rompeu no sexto mês da gravidez, quando receberam uma carta que evidentemente não era do sábio catalão. Havia sido postada em Barcelona, mas o envelope estava escrito com tinta azul convencional numa caligrafia administrativa, e tinha o aspecto inocente e impessoal dos recados inimigos. Aureliano arrebatou-a das mãos de Amaranta Úrsula quando ela estava prestes a abri-la.

— Esta, não — disse a ela. — Não quero saber o que diz.

Tal como ele pressentia, o sábio catalão não tornou a escrever. A carta alheia, que ninguém leu, ficou à mercê das traças na prateleira onde uma vez Fernanda esqueceu sua aliança de casamento, e lá ficou, consumindo-se no fogo interior de sua má notícia, enquanto os amantes solitários navegavam contra a corrente daqueles tempos postrimeiros, tempos impertinentes e aziagos, que se desgastavam no empenho inútil de fazê-los derivar rumo ao deserto do desencanto e do esquecimento. Conscientes daquela ameaça, Aureliano e Amaranta Úrsula passaram os últimos meses de mãos dadas, terminando com amores de lealdade o filho começado com desaforos de fornicação. À noite, abraçados na cama, não se amedrontavam com as explosões das formigas à luz da lua, nem o fragor das traças, nem o assovio constante e nítido do crescimento do capim nos quartos vizinhos. Muitas vezes foram despertados pelo flanar dos mortos. Ouviram Úrsula lutando com as leis da criação para preservar a estirpe, e José Arcádio Buendía buscando a verdade quimérica dos grandes inventos, e Fernanda rezando, e o coronel Aureliano Buendía embrutecendo-se com enganos de guerras e peixinhos de ouro, e Aureliano Segundo agonizando de solidão no aturdimento das farras, e então aprenderam que as obsessões dominantes prevalecem contra a morte, e tornaram a ser felizes com a certeza de que eles continuariam se amando com suas naturezas de assombrações muito depois que outras espécies de animais futuros arrebatassem dos insetos o paraíso de miséria que os insetos estavam acabando de arrebatar dos homens.

Num domingo, às seis da tarde, Amaranta Úrsula sentiu as premências do parto. A sorridente parteira das mocinhas que iam para a cama com homens por causa da fome fez com que ela subisse na mesa da sala de jantar, se encavalou em seu ventre e a maltratou com golpes abruptos até que seus gritos foram calados pelos berros de um varão formidável. Através das lágrimas, Amaranta Úrsula viu que era um Buendía dos grandes, maciço e voluntarioso como os Josés Arcádios, com os olhos abertos e clarividentes dos Aurelianos, e predisposto a começar a estirpe outra vez do princípio e purificá-la de seus vícios perniciosos e sua vocação solitária, porque era o único em um século que tinha sido engendrado com amor.

— É um verdadeiro antropófago — disse. — E vai se chamar Rodrigo.

— Não — o marido contradisse. — Vai se chamar Aureliano e ganhará trinta e duas guerras.

Depois de cortar-lhe o umbigo, a parteira se pôs a limpar com um pedaço de pano o unguento azul que cobria seu corpo, iluminada por Aureliano com uma lâmpada. Só quando o viraram de barriga para baixo perceberam que tinha algo mais do que o resto dos homens, e se inclinaram para examiná-lo. Era um rabo de porco.

Não se alarmaram. Aureliano e Amaranta Úrsula não conheciam o precedente familiar, nem recordavam as pavorosas admoestações de Úrsula, e a parteira acabou por tranquilizá-los com a suposição de que aquele rabo inútil poderia ser cortado quando o menino trocasse os dentes. E não tiveram ocasião de tornar a pensar no assunto, porque Amaranta Úrsula se esvaía num manancial descontrolado de sangue. Tentaram socorrê-la com emplastros de teia de aranha e de cinza amassada, mas era como querer impedir uma cascata com a mão. Nas primeiras horas, ela fazia esforços para conservar o bom humor. Pegava a mão do assustado Aureliano e suplicava a ele que não se preocupasse, que gente como ela não tinha sido feita para morrer contra a vontade, e se arrebentava de rir com os recursos truculentos da parteira. Mas conforme as esperanças abandonavam Aureliano, ela ia se fazendo menos visível, como se estivesse sendo apagada da luz, até que afundou no torpor. Ao amanhecer da segunda-feira levaram uma mulher que rezou ao lado da sua cama orações de cautério, infalíveis em homens e animais, mas o sangue apaixonado de Amaranta Úrsula era insensível a qualquer artifício que não fosse o amor. À tarde, depois de vinte e quatro horas de desespero, perceberam que tinha morrido porque o caudal se extinguiu sem auxílio, e seu perfil afinou-se, e os vergões do rosto se desvaneceram numa aurora de alabastro, e ela tornou a sorrir.

Aureliano não tinha compreendido até ali o quanto gostava de seus amigos, quanta falta faziam, e quanto teria dado para estar com eles naquele momento. Pôs o menino na cestinha que a mãe havia preparado, tampou o rosto do cadáver com uma manta e vagou sem rumo pelo povoado deserto, buscando um desfiladeiro de regresso ao passado. Bateu na porta da botica, onde não havia estado nos últimos tempos, e o que encontrou foi uma oficina de carpintaria. A anciã que abriu a porta para ele com uma lamparina na mão se compadeceu de seu desvario e insistiu que não, que ali jamais tinha havido uma botica, nem havia jamais conhecido uma mulher de pescoço esbelto e olhos adormecidos que se chamava Mercedes. Chorou com a cabeça apoiada na porta da antiga livraria do sábio catalão, consciente de que estava pagando os prantos atrasados por uma morte que não quis chorar na hora certa para não romper os feitiços do amor. Arrebentou as mãos contra os muros de argamassa de *O Menino de Ouro,* clamando por Pilar Ternera, indiferente aos luminosos discos alaranjados que atravessavam o céu, e que tantas vezes tinha contemplado com uma fascinação pueril, em noites de festa, do pátio das garças. No último salão aberto do desmantelado bairro de tolerância um conjunto de sanfonas tocava os cantos de Rafael Escalona, o sobrinho do bispo, herdeiro dos segredos de Francisco, o Homem. O taberneiro, que tinha um braço seco e como que estorricado por tê-lo erguido contra a própria mãe, convidou Aureliano a tomar uma garrafa de aguardente, e Aureliano ofereceu outra. O taberneiro falou da desgraça de seu braço. Aureliano falou da desgraça de seu coração, seco e como que estorricado por tê-lo levantado contra a própria irmã. Acabaram chorando juntos e Aureliano sentiu por um momento que a dor havia terminado. Mas quando tornou a ficar sozinho na última madrugada de Macondo abriu os braços no meio da praça, disposto a despertar o mundo inteiro, e gritou com toda a sua alma:

— Os amigos são uns filhos da puta!

Nigromanta resgatou-o de um charco de vômito e de lágrimas. Levou-o até o seu quarto, limpou-o, fez com que tomasse uma xícara de caldo. Achando que isso o consolava, traçou um risco de carvão sobre os incontáveis amores que ele continuava devendo a ela, e evocou voluntariamente suas tristezas mais solitárias para não deixá-lo sozinho em seu pranto. Ao amanhecer, depois de um sono ruim e breve, Aureliano recobrou a consciência de sua dor de cabeça. Abriu os olhos e se lembrou do menino.

Não o encontrou no cestinho. No primeiro impacto sentiu uma deflagração de alegria, achando que Amaranta Úrsula tinha despertado de sua morte para cuidar do menino. Mas o cadáver era um promontório de pedras debaixo da manta. Consciente de que ao chegar tinha encontrado aberta a porta do quarto, Aureliano atravessou a varanda saturada pelos suspiros matinais do orégano, e apareceu na sala de jantar, onde ainda estavam os escombros do parto: o panelão grande, os lençóis ensanguentados, os vasos cheios de cinza, e o retorcido umbigo do menino na fralda aberta em cima da mesa, ao lado das tesouras e do cordão de seda. A ideia de que a parteira tinha voltado para pegar o menino durante a noite proporcionou-lhe uma pausa de sossego para pensar. Derrubou-se na cadeira de balanço, a mesma onde Rebeca sentava-se nos tempos originais da casa para dar aulas de bordado, e em que Amaranta jogava xadrez chinês com o coronel Gerineldo Márquez, e em que Amaranta Úrsula costurava a roupinha do menino, e naquele relampejar de lucidez teve consciência de que era incapaz de aguentar em cima da alma o tremendo peso de tanto passado. Ferido pelas lanças mortais das nostalgias próprias e alheias, admirou a impavidez da teia de aranha nos roseirais mortos, a perseverança da erva daninha, a paciência do ar no radiante amanhecer de fevereiro. E então viu o menino. Era um pedaço de carne inchada e ressecada, que todas as formigas do mundo iam arrastando trabalhosamente até suas tocas pela vereda de pedras do jardim. Aureliano não conseguiu se mexer. E não porque estivesse paralisado pelo estupor, mas porque naquele instante prodigioso as chaves definitivas de Melquíades se revelaram, e viu a epígrafe dos pergaminhos perfeitamente ordenada no tempo e no espaço dos homens: *O primeiro da estirpe está amarrado a uma árvore e o último está sendo comido pelas formigas.*

Em nenhum ato de sua vida Aureliano foi mais lúcido do que quando esqueceu os mortos e a dor de seus mortos e tornou a pregar as portas e as janelas com as cruzetas de Fernanda para não se deixar perturbar por nenhuma tentação do mundo, porque então sabia que nos pergaminhos de Melquíades estava escrito o seu destino. Encontrou-os intactos, entre as plantas pré-históricas e os charcos fumegantes e os insetos luminosos que haviam desterrado do quarto qualquer vestígio da passagem dos homens pela Terra, e não teve serenidade para levá-los até a luz, mas ali mesmo, de pé, sem a menor dificuldade, como se tivessem sido escritos em castelhano debaixo do resplendor deslumbrante do meio-dia, começou a decifrá-los em voz alta. Era a história da família, escrita por Melquíades nos seus detalhes mais triviais, com cem anos de antecipação. Tinha redigido em sânscrito, que era sua língua materna, e havia cifrado os versos pares com os códigos pessoais do imperador Augusto, e os ímpares com códigos militares da Lacedemônia. A chave final, que Aureliano começava a vislumbrar quando se deixou confundir pelo amor de Amaranta Úrsula, tinha sua raiz no fato de Melquíades não ter ordenado os fatos no tempo convencional dos homens, mas concentrado um século de episódios cotidianos, de maneira que todos coexistissem num mesmo instante. Fascinado pelo achado, Aureliano leu em voz alta, sem saltos, as encíclicas cantadas que o próprio Melquíades fizera Arcádio escutar, e que na realidade eram as predições de sua execução, e encontrou anunciado o nascimento da mulher mais bela do mundo que estava subindo aos céus de corpo e alma, e conheceu a origem dos gêmeos póstumos que renunciavam a decifrar os pergaminhos, não apenas por incapacidade e inconstância, mas porque suas tentativas eram prematuras. Neste ponto, impaciente por conhecer sua própria origem, Aureliano deu um salto. Então começou o vento, morno, incipiente, cheio de vozes do passado, de murmúrios de gerânios antigos, de suspiros de desenganos anteriores às nostalgias mais tenazes. Não o percebeu, porque naquele momento estava descobrindo os primeiros indícios de seu ser num avô concupiscente que se deixava arrastar pela frivolidade através de um páramo alucinado, à procura de uma mulher formosa que ele não faria feliz. Aureliano reconheceu-o, perseguiu os caminhos ocultos de sua descendência, e encontrou o instante de sua própria concepção entre os escorpiões e as borboletas amarelas de um banheiro crepuscular, onde um peão de oficina saciava sua luxúria com uma mulher que se entregava a ele por rebeldia. Estava tão absorto, que tampouco sentiu a segunda arremetida do vento, cuja potência ciclônica arrancou as portas e as janelas dos umbrais, destroçou o telhado da varanda oriental e desenraizou os alicerces. Só então descobriu que Amaranta Úrsula não era sua irmã e sim sua tia, e que Francis Drake tinha assaltado Riohacha somente para que eles pudessem se buscar pelos labirintos mais intrincados do sangue, até engendrarem o animal mitológico que haveria de pôr fim à estirpe. Macondo já era um pavoroso redemoinho de poeira e escombros centrifugados pela cólera do furacão bíblico quando Aureliano pulou onze páginas para não perder tempo em fatos demasiado conhecidos e começou a decifrar o instante que estava vivendo, decifrando conforme vivia esse instante, profetizando a si mesmo no ato de decifrar a última página dos pergaminhos, como se estivesse se vendo num espelho falado. Então deu outro salto para se antecipar às predições e averiguar a data e as circunstâncias de sua morte. Porém, antes de chegar ao verso final já havia compreendido que não sairia jamais daquele quarto, pois estava previsto que a cidade dos espelhos (ou das miragens) seria arrasada pelo vento e desterrada da memória dos homens no instante em que Aureliano Babilônia acabasse de decifrar os pergaminhos, e que tudo que estava escrito neles era irrepetível desde sempre e para sempre, porque as estirpes condenadas a cem anos de solidão não tinham uma segunda chance sobre a Terra.

Este livro foi composto na tipografia
Adobe Garamond Pro em corpo 12/16, e impresso
em papel off-white na gráfica Santa Marta.